SCIENCE FICTION

Herausgegeben
von Wolfgang Jeschke

Von George Alec Effinger erschienen in der Reihe
HEYNE SCIENCE FICTION & FANTASY:

Die Wölfe der Erinnerung · 06/4329
Zeitknick · 06/4720
Das Ende der Schwere · 06/4842
Ein Feuer in der Sonne · 06/4843

GEORGE ALEC EFFINGER

EIN FEUER IN DER SONNE

Roman

Aus dem Amerikanischen übersetzt von
Isabella Bruckmaier

Science Fiction

WILHELM HEYNE VERLAG
MÜNCHEN

HEYNE SCIENCE FICTION & FANTASY
Band 06/4843

Titel der amerikanischen Originalausgabe
A FIRE IN THE SUN
Deutsche Übersetzung von Isabella Bruckmaier
Das Umschlagbild malte Michael Hasted / XING Art Productions GmbH, München

Redaktion: Wolfgang Jeschke

Printed in Germany 1991
Umschlaggestaltung: Atelier Ingrid Schütz, München
Satz: Schaber Datentechnik, Wels
Druck und Bindung: Elsnerdruck, Berlin

ISBN 3-453-05368-0

Mein Großvater, George Conrad Effinger, den ich nicht mehr gekannt habe, war während der Depression Polizist in Cleveland. Er kam bei der Ausübung seines Dienstes ums Leben. Dieses Buch ist seinem Andenken gewidmet, das von Jahr zu Jahr mehr verblaßt in der Erinnerung derer, die ihn noch gekannt haben. Was nicht für seine Dienstmarke mit der Nummer 374 gilt, die stolz in eine Polizeiwache in Cleveland gehängt wurde.

Kinder lieben anfangs ihre Eltern.
Wenn sie älter werden, beurteilen sie sie.
Bisweilen verzeihen sie ihnen.

Oscar Wilde, Dorian Gray

1. Kapitel

Tagelang waren wir unterwegs gewesen auf der Küstenstraße Richtung Mauretanien, in den Teil Algeriens, in dem ich geboren wurde. In dieser Zeit hatte uns der Schrotthaufen von einem Bus trotz seiner schon an Lethargie grenzenden Gemächlichkeit von der Stadt in ein Nest gebracht, das Allah bereits vergessen hatte, bevor er noch seinen Namen kannte. Die Jahrhunderte kommen, die Jahrhunderte gehen: In der arabischen Welt tun sie das auf dem Dach von zusammengeflickten, knatternden alten Bussen, die einigermaßen am Laufen zu halten mehr Arbeit macht als einst die großen Kamelkarawanen. Ich kannte diese Busfahrten aus meiner Kindheit. Man saß oder stand mit fünfzig anderen Jungen oder Männern auf dem Gang und zwei Dutzend klammerten sich auf dem Dach fest. Die Busse fuhren damals an unserer Wohnung vorbei. Ich sah Köpfe mit Turban, Köpfe mit Fez oder Strickkäppchen, Köpfe mit einer weißen oder einer gemusterten *Keffiya*. Ausschließlich Männer. Das wollte ich meinen Vater fragen, falls ich ihn je treffen sollte. »Vater«, wollte ich sagen, »sag mir, warum nur Männer mit dem Bus fahren. Wo sind ihre Frauen?«

Und ich pflegte mir auszumalen, wie mein Vater — in meiner Vorstellung war er groß und hager und trug einen finsteren Bart, ein Mann wie ein Falke oder ein Adler; ich dachte ihn mir immer als Araber, obwohl meine Mutter mir versichert hatte, er sei Franzose gewesen — ich sah ihn also, wie er gedankenversunken in das helle Sonnenlicht blickte und an einer Antwort für seinen kleinen Sohn bastelte. »O Marîd, mein Schatz«, würde er sagen — und seine Stimme klänge tief und rauh, so als käme sie ganz weit hinten aus seinem Hals und als würde er ganz ohne die Mithilfe seiner Lippen sprechen, auch wenn meine Mutter sagte, daß er ganz anders war — »Marîd, die Frauen kommen später. Die Männer holen sie später nach.«

»Ah«, würde ich sagen. Mein Vater durchschaute alle Rätsel. Ich konnte ihm keine Frage stellen, auf die er keine Antwort wußte. Er übertraf den Scheich unseres Dorfes an Weisheit, und er war klüger als der Mann, dessen Gesicht auf den Plakaten zu sehen war, die an unserer Pinkelwand hingen. »Vater«, würde ich ihn fragen, »warum pissen wir diesem Mann ins Gesicht?«

»Weil es gotteslästerlich ist, sein Gesicht auf so einem Plakat abbilden zu lassen und weil so etwas nur in eine solche heruntergekommene Gasse paßt wie diese. Und deshalb sagt uns der Prophet, möge Allahs Segen mit ihm sein, daß das, was wir mit diesen Bildern machen, gut und richtig ist.«

»Und Vater?« Ich wüßte immer noch eine Frage, und er hätte die Geduld eines Engels. Er würde zu mir herablächeln und mir mit der Hand über den Kopf streicheln. »Vater? Was ich dich fragen wollte — was tust du, wenn du pißt, und deine Blase ist so voll, daß du das Gefühl hast, sie explodiert noch, bevor du dich erleichtert hast. Und in dem Augenblick, in dem du zu pissen anfängst, *genau dann,* beginnt der Muezzin ...«

Saied schlug mich mit der Hand auf die linke Schläfe. »Schläfst du hier draußen?«

Ich sah zu ihm hoch. Es war gleißend hell. Ich hatte keine Ahnung, wo, zum Teufel, wir waren. »Wo, zum Teufel, sind wir?« fragte ich ihn.

Er schnaubte verächtlich. »*Du* kommst doch aus dem Maghreb, dem großen, wilden Westen. Das mußt doch du wissen.«

»Sind wir schon in Algerien?« Das hätte mich gewundert.

»Nein, du dummer Kerl. Ich bin jetzt drei Stunden in diesem gottverdammten Kaffeehaus gesessen und habe auf diesen Fettwanst eingeschwallt, daß ihm die Warzen aus dem Gesicht fielen. Er heißt Hisham.«

»Wo sind wir?«

»Sind soeben durch Karthago gefahren. Jetzt sind wir am Stadtrand des alten Tunis. Und nun hör mir mal zu. Wie heißt der alte Kerl?«

»Hm? Keine Ahnung.«

Er schlug mich mit der rechten Hand auf die andere Schläfe. Ich hatte zwei Nächte nicht geschlafen. Ich war etwas durcheinander. Überhaupt war sein Teil des Jobs der wesentlich angenehmere: an den Haltestellen rumsitzen, mit dem jeweiligen Platzhirschen Pfefferminztee schlürfen und über die christlichen Banditen, die jüdischen Banditen und die schwarzen Banditen herziehen und sich einfach so richtig anwanzen. Und mir blieben die verpißten Gassen und die Fliegen. Mir war völlig entfallen, wieso wir den Job so aufgeteilt hatten. Schließlich war es hauptsächlich meine Angelegenheit — ich wollte diese Frau auftreiben, ich hatte die Sache angeleiert, und ich bezahlte für alles. Aber Saied übernahm den Pfefferminztee und das Anwanzen, und ich — nun, ich brauche das nicht zu wiederholen.

Wir warteten ein Weilchen. Die Sonne verschwand hinter der Mauer. Die Zeit für das Abendgebet war schon fast gekommen. Ich warf einen Blick auf Saied, der eingenickt war. Gut, dachte ich, jetzt bekommt er einen Schlag auf den Kopf. Ich war gerade aufgestanden und hatte einen Schritt auf ihn zu gemacht, als er zu mir hochsah. »Es ist soweit«, sagte er und gähnte. Ich nickte, dem hatte ich nichts hinzuzufügen. Ich setzte mich also wieder hin, und Saied der Halb-Hadschi machte sich an die Arbeit.

Saied ist ein geborener Lügner. Es ist ein wahres Vergnügen, ihm bei seinen Gaunereien zuzusehen. Er hatte sich sein Lieblingspersönlichkeitsmodul eingesteckt, sein Schwerer-Junge-auf-der-Suche-nach-Ärger-Moddy. Wenn der Halb-Hadschi das eingeschoben hatte, brauchte ihm keiner krumm kommen.

Daheim in der Stadt hielt Saied es für unter seiner Würde, Kohle ranzuschaffen. Er liebte es, mit mir, Mahmoud und Jacques den ganzen Tag und den ganzen Abend im Café rumzusitzen. Seine kleine Prinzessin, der amerikanische Junge, den alle Abdul-Hassan nannten, ging mit älteren Herren aus und kam mit dem Geld für die Miete nach Hause. Saied betrachtete alles gerne von oben herab und zurrte seine *Gallebeya* mit einem schwarzen Ledergürtel fest, der mit glitzernden Chromknöpfen und -nieten verziert war. Der Halb-Hadschi legte immer Wert auf seine Erscheinung.

Was er hier in diesen ungezieferverseuchten Buden am Straßenrand trieb, lief für ihn unter ›Spaß‹. Ich wartete ein paar Minuten und ging ihm um die Ecke ins Kaffeehaus nach. Ich schlurfte hinein, unfrisiert und heruntergekommen, und setzte mich auf einen Stuhl in eine dunklen Nische. Der Wirt musterte mich von unten bis oben, runzelte die Stirn und wandte sich wieder Saied zu. Saied war gerade beim Ende eines Witzes angelangt, den ich schon ein paar dutzendmal gehört hatte, seit wir die Stadt verlassen hatten. Als er die Pointe zum Besten gab, konnten sich der Wirt und die vier anderen Männer an der Theke vor lauter Lachen nicht mehr halten. Sie mochten Saied. Er konnte die Sympathie eines jeden gewinnen, gerade wie er es brauchte. Diese Fähigkeit befand sich auf einem Add-on-Chip, das auf sein Harter-Kerl-Modul gesteckt war. Wenn das Moddy und die Daddys stimmten, war es egal, wo man geboren war oder wie man aufgewachsen war. Man konnte mit allen möglichen Leuten klarkommen, man konnte jede Sprache sprechen und mit jeder denkbaren oder undenkbaren Situation fertigwerden. Die Information ging direkt ins Kurzzeitgedächtnis. Es war möglich, buchstäblich eine andere Person zu werden, Ramses II. oder Buck Rogers im 25. Jahrhundert, solange man den Moddy und die Daddys drin ließ.

Saied war ungeschlacht und gefährlich, gleichzeitig war er bezaubernd, wenn Sie sich das vorstellen können. Ich sah zu, wie der Wirt nach dem Teekessel griff. Er goß etwas davon in das Glas des Halb-Hadschis und noch etwas mehr auf die Holztheke. Niemand kümmerte sich darum oder wischte es gar auf. Saied hob das Glas, um zu trinken, und setzte es dann wieder ab. »*Yaa salaam!*«, brüllte er und sprang auf.

»Was ist los, o mein Freund?« wollte Hisham der Wirt wissen.

»Mein Ring!« rief Saied. Er trug einen schweren Goldring mit einem großen, runden Diamanten. Damit hatte er dem alten Mann zwei Stunden lang vor der Nase herumgefuchtelt.

»Was ist los mit deinem Ring?«

»Schau doch selbst! Der Diamant ist verschwunden!«

Hisham packte Saieds Hand, mit der er wild gestikulierte, und sah, daß der Diamant tatsächlich weg war. »Wird herausgefallen sein«, sagte der Alte mit der Weisheit des Volkes, wie man sie nur noch in diesen mumifizierten Käffern findet.

»Ja, herausgefallen«, wiederholte Saied, nicht im geringsten beruhigt. »Aber wo?«

»Siehst du ihn?«

Saied suchte demonstrativ den Boden unter seinem Hocker ab. »Nein, hier ist er nicht, da bin ich sicher«, sagte er schließlich.

»Dann muß er draußen in der Gasse sein. Du mußt ihn verloren haben, als du letztesmal zum Pissen raus bist.«

Saied schlug mit der Faust auf die Theke. »Und jetzt wird's finster, und ich muß den Bus erwischen.«

»Du hast noch genug Zeit zum Suchen«, sagte Hisham. Doch er klang nicht recht überzeugt.

Der Halb-Hadschi lachte auf. »So ein Diamant ist viertausend tunesische Dinar wert und sieht aus wie Kieselsteinchen. Da draußen in der Dämmerung finde ich den nie. Was soll ich nur machen?«

Der alte Mann kaute an seiner Unterlippe und dachte nach. »Du willst auf alle Fälle mit dem Bus fahren, wenn er kommt?«

»Ich habe keine andere Wahl, o mein Bruder. Wichtige Geschäfte rufen mich.«

»Ich helfe dir, soweit es in meinen Kräften steht. Vielleicht kann ich den Diamant für dich suchen. Laß du mir deinen Namen und deine Anschrift hier. Dann kann ich dir den Diamanten schicken, wenn ich ihn finden sollte.«

»Möge der Segen Allahs mit dir und deiner Familie sein!« rief Saied aus. »Ich glaube zwar nicht, daß du ihn finden wirst, aber es tröstet mich zu wissen, daß du dir um meinetwillen solche Umstände machst. Ich stehe tief in deiner Schuld. Was kann ich dir geben, um das wieder gutzumachen?«

Hisham sah Saied mit zusammengekniffenen Augen an. »Du brauchst mir nichts zu geben«, sagte er zurückhaltend.

»Natürlich brauche ich dir nichts zu geben, aber ich bestehe darauf, dir etwas dafür zu geben.«

»Das ist nicht nötig. Ich empfinde es als meine Pflicht, dir zu helfen. Schließlich bist du mein mohammedanischer Bruder.«

»Trotzdem werde ich dir«, fuhr Saied fort, »wenn du den verfluchten Diamanten finden solltest, tausend tunesische Dinar geben. Verwende sie für den Unterhalt deiner Kinder und um deinen alten Eltern eine kleine Freude zu bereiten.«

»Dein Wille geschehe«, antwortete Hisham mit einer leichten Verbeugung.

»So, und nun will ich dir meine Adresse aufschreiben«, sagte mein Freund. Während Saied seinen Namen auf einen Fetzen Papier kritzelte, hörte ich, wie draußen der alte Schrotthaufen von einem Bus vorfuhr.

»Möge Allah dir eine gute Reise gewähren«, murmelte der alte Mann.

»Und möge er für deinen Frieden und deinen Wohlstand Sorge tragen«, rief Saied auf dem Weg zum Bus.

Ich wartete drei Minuten. Jetzt war ich an der Reihe. Ich erhob mich und machte ein paar schwankende Schritte in Richtung Theke. Geradezugehen fiel mir schwer. Ich sah, wie mich der Wirt voll Abscheu musterte. »Was, zum Teufel, willst du, du Drecksack von einem Bettler?«

»Wasser«, gab ich zur Antwort.

»Wasser! Kauf dir was oder mach, daß du hier rauskommst!«

»Der Prophet Gottes, Allahs Segen möge auf ihm ruhen, wurde einmal gefragt, was das Großherzigste ist, das ein Mensch tun kann. Darauf antwortete der Prophet: ›Dem Dürstenden das Wasser zu reichen.‹ Genau darum bitte ich dich.«

»Bitte doch den Propheten. Ich habe zu tun.«

Ich nickte. Ich erwartete nicht, von diesem Scheißkerl irgend etwas umsonst zu bekommen. Ich lehnte mich an die Theke und starrte an die Wand. Doch es gelang mir nicht, dieses Karussell hier anzuhalten.

»Was willst du? Ich habe dir gesagt, du sollst verschwinden.«

»Ich versuche mich zu erinnern«, brummte ich. »Da war was, das ich dir sagen wollte. Ach ja, jetzt fällt es mir wieder ein.« Ich griff in die Tasche meiner Jeans und holte einen großen glitzernden Stein heraus. »Sucht der Mann das hier? Ich habe es da draußen gefunden. Ist es ...?«

Der alte Mann versuchte mir das Ding aus der Hand zu reißen. »Wo hast du das her? Die Gasse, stimmt's? *Meine* Gasse. Dann gehört es mir.«

»Nein, ich habe es gefunden. Es ...«

»Er wollte, daß ich danach suche«, hielt der Wirt entgegen. Sein Blick war in die Ferne gerichtet, im Geiste war er schon dabei, die Belohnung auszugeben.

»Er hat gesagt, er gibt dir Geld dafür?«

»Richtig. Hör zu! Ich habe seine Anschrift. Dir hilft der Diamant gar nichts ohne die Anschrift.«

Ich dachte kurz darüber nach. »Ja, o Scheich.«

»Und mir hilft die Anschrift nichts ohne den Diamanten. Ich mache dir also ein Angebot: Ich gebe dir zweihundert Dinar dafür.«

»Zweihundert? Aber er hat gesagt ...«

»Er hat gesagt, daß er mir tausend gibt. *Mir,* du Trunkenbold. Für dich ist er wertlos. Nimm die zweihundert. Wann hast du das letztemal zweihundert Dinar gehabt?«

»Das ist lange her.«

»Das kann ich mir vorstellen. Also, was ist?«

»Gib mir zuerst das Geld.«

»Gib mir den Diamant.«

»Das Geld.«

Der alte Mann brummte etwas in seinen Bart und drehte sich um. Er angelte eine alte, verrostete Kaffeekanne unter der Theke hervor. Darin steckte eine dicke Rolle Geldscheine. Er zog zweihundert Dinar in alten, zerfledderten Noten heraus. »Da hast du dein Geld, und verflucht sei deine Mutter, die alte Hure.«

Ich nahm das Geld und steckte es in die Hosentasche. Dann gab ich Hisham den Stein. »Wenn du dich beeilst«, lallte ich, obwohl ich den ganzen Tag noch nichts Einschlägiges zu mir genommen hatte, »erwischst du ihn noch. Der Bus steht noch draußen.«

Der Alte grinste mich an. »Nun will ich dir mal zeigen, wie man Geschäfte macht. Der geschätzte Herr hat mir tausend Dinar für einen Diamanten angeboten, der seine viertausend Dinar wert ist. Soll ich nun die Belohnung einstecken oder den Stein verkaufen und das ganze Geld einstreichen?«

»Wenn du den Diamanten verkaufst, kannst du dir eine Menge Ärger einhandeln.«

»Laß das meine Sorge sein. Und nun scher dich zum Teufel! Ich will dich hier nicht mehr sehen.«

Darüber brauchte er sich keine Sorgen zu machen. Als ich aus der Bruchbude draußen war, nahm ich das Moddy raus, das ich einstecken hatte. Keine Ahnung, wo der Halb-Hadschi das her hatte. Laut dem Etikett kam es aus Malakka, aber ich kann mir nicht vorstellen, daß es weiße Ware war. Es war ein Dummacher-Moddy. Wenn ich es einsteckte, schluckte es den größten Teil meines Verstandes und machte einen torkelnden Blödmann aus mir, der kaum in der Lage war, seinen Teil der Arbeit zu verrichten. Zog ich es raus, nahm ich mit einem Schlag die Welt wieder wahr. Es war, als würde ich aus einem düsteren Drogentraum gerissen. Es dauerte dann immer noch eine halbe Stunde, bis meine Wut verraucht war. Ich haßte mich dafür, daß ich zugestimmt hatte, es zu tragen. Ich haßte Saied, weil er mich dazu gebracht hatte. Er würde es nie tragen, der Halb-Hadschi doch nicht, der so großen Wert auf sein Image legte. Also trug ich es, obwohl ich mit zweimal soviel intrakraniellen Modifikationen ausstaffiert bin wie alle anderen, mit genug Daddy-Kapazität, um mich zum begabtesten Hundesohn der gesamten Schöpfung zu machen. Und trotzdem überredete mich Saied dazu, mir ein Dummacher-Moddy einzuschieben, das meine Intelligenz auf Gemüseebene herunterdämpfte.

Im Bus saß ich neben ihm, aber mir war nicht danach, mit ihm zu reden oder zuzuhören, wie er sich aufspielte.

»Wieviel haben wir für den Glasscherben bekommen?« wollte er wissen. Er trug schon wieder den echten Diamanten am Ring.

Ich gab ihm das Geld. Es war sein Spiel und sein Treffer. Mich ließ das völlig kalt. Ich wußte nicht einmal mehr, warum ich da mitmachte, nur noch, daß er gesagt hatte, er würde sonst nicht mit mir nach Algerien gehen.

Er zählte die Scheine. »Zweihundert? Das ist alles? Die letzten beiden Male haben wir mehr rausgeschlagen. Ach was, ist doch egal — zweihundert Dinar mehr, die wir in Algier auf den Kopf hauen können. ›Komm mit mir in die Kasbah!‹ Noch ahnen sie nicht, diese Knaben mit den Gazellenaugen, wer sich an ihre Fersen heftet, jetzt, in der nach Zitronen duftenden Nacht.«

»Dieser Stinker von einem Bus, Saied.«

Er sah mich mit weit aufgerissenen Augen an, um dann doch zu lachen. »Dir fehlt jede Romantik, Marîd. Seit du dir das Hirn hast verdrahten lassen, ist mit dir nichts mehr los.«

»Was sagt man dazu.« Ich wollte meine Ruhe und tat so, als würde ich schlafen. Ich schloß einfach die Augen und horchte auf das Krachen und Holpern des Busses, wie er über die Schlaglöcher rumpelte, und auf das nicht enden wollende Geplauder und Gelächter der anderen Leute. Es war heiß im Bus, und es stank; er war völlig überfüllt, aber jede Stunde darin brachte mich der Lösung meines Geheimnisses näher. Ich hatte einen Punkt im Leben erreicht, an dem ich herausfinden mußte, wer ich war.

Der Bus hielt in der Berberstadt Annaba. Ein alter Mann mit einem grauen Bart stieg zu, um Aprikosennektar zu verkaufen. Ich kaufte welchen für mich und für den Halb-Hadschi. Aprikosen sind der Stolz Mauretaniens. Der Saft war das erste Zeichen dafür, daß die Heimat nicht mehr fern war. Ich schloß die Augen und atmete dieses herrliche Aroma reifer Aprikosen ein, dann kostete ich davon, genoß, wie dickflüssig und süß er war und wie er langsam die Kehle hinabrann. Saied schüttete den seinen einfach hinunter, grunzte und brummte etwas, das wie ›Danke‹ klang. Der Kerl hat eine Lebensart wie eine tote Fledermaus.

Die Straße bog nach Süden ab. Sie verließ die dunkle, unsichtbare Küste und wandte sich Richtung Constantine. Zwar war es schon spät, beinahe Mitternacht, doch ich sagte zu Saied, daß ich aussteigen will, um noch ein Abendessen zu kriegen. Ich hatte seit Mittag nichts mehr gegessen. Constantine liegt auf einer hohen Kalksteinklippe, die einzige alte Stadt in Ostalgerien, die die Invasionen der letzten Jahrhunderte überdauert hat. Mir ging's im Moment nur ums Essen. Es gibt eine Constantiner Spezialität, *chorba beïda bel kefta,* eine Suppe mit Hackfleischklößchen, die mit Zwiebeln, Pfeffer, Kichererbsen, Mandeln und Zimt gemacht wird. Die hatte ich seit mindestens fünfzehn Jahren nicht mehr gegessen, und es war mir völlig egal, ob ich deshalb den Bus verpaßte und bis morgen auf den nächsten warten mußte. Ich wollte so eine Suppe haben. Saied meinte, ich sei verrückt.

Ich bekam meine Suppe, und sie war wunderbar. Saied sah mir beim Essen zu, nippte an seinem Tee und sagte kein Wort. Wir kamen rechtzeitig zum Bus zurück. Jetzt fühlte ich mich wohl, angenehm voll und gewärmt von der Erinnerung an alte Zeiten. Ich setzte mich ans Fenster in der Hoffnung, einen Blick auf vertraute Gegenden erhaschen zu können, wenn wir durch Jijel und Mansouria fuhren. Natürlich war es draußen so finster wie in meiner Hosentasche, und ich sah nichts als den Mond und das Funkeln der Sterne. Trotzdem machte ich mir vor, ich würde an dem einen oder anderen draußen erkennen, daß wir bald in Algier waren — der Stadt, in der ich einen Großteil meiner Kindheit verbracht hatte.

Als wir schließlich einige Zeit nach Sonnenaufgang in Algier ankamen, rüttelte mich der Halb-Hadschi wach. Ich konnte mich nicht erinnern, eingeschlafen zu sein. Ich fühlte mich schrecklich. Mein Kopf fühlte sich an, als wäre er voller Glasspitter, und hinten am Rücken hatte ich mir auch noch einen Nerv eingeklemmt. Ich holte mein Pillendöschen raus und schaute hinein. Wie wollte ich Algier begrüßen: halluziniert, narkotisiert oder schlafwandelnd? Eine schwierige Entscheidung. Ich beschloß schmerzfrei, aber bei Bewußtsein. Also angelte ich mir acht Tabletten Sonnein. Die Sunnys ließen mein Kopfweh verschwinden — und alle anderen mißliebigen Empfindungen —, und ich schwebte mehr oder weniger vom Busbahnhof in Mustapha zum Taxistand.

»Du bist zu«, sagte Saied, als wir auf dem Rücksitz Platz nahmen. Ich gab dem Fahrer den Auftrag, uns zu einer öffentlichen Datenbibliothek zu fahren.

»Ich? Zu? Hast du je erlebt, daß ich so früh am Morgen zu war?«

»Gestern. Vorgestern. Vorvorgestern.«

»Aber *sonst*. Ich funktioniere besser mit einer Tonne Opiaten intus als die meisten Leute ohne.«

»Klar doch.«

Ich starrte aus dem Autofenster. »Außerdem habe ich einen ganzen Packen Daddys, die das wettmachen.« In ganz Arabien gibt es kein solches aufgemotztes Superhirn wie meins. Mit der ganzen maßgeschneiderten Ausrüstung, die ich habe. Meine Spezialdaddys kontrollieren meine hypothalamischen Funktionen. Ich kann also Müdigkeit, Angst, Hunger, Durst und Schmerz ausblenden. Damit kann ich auch meine Wahrnehmung verschärfen.

»Marîd Audran, Silikon-Supermann.«

»Paß auf«, erklärte ich Saied verärgert, »ich habe lange Angst gehabt, mich verdrahten zu lassen. Aber jetzt kann ich mir gar nicht mehr vorstellen, wie ich je ohne Moddys und Daddys leben konnte.«

»Warum, zum Teufel, dezimierst du dann immer noch deine Gehirnzellen mit Drogen?«

»Nenne mich altmodisch. Außerdem, sobald ich die Daddys rausnehme, fühle ich mich schrecklich. Die ganze unterdrückte Müdigkeit und der Schmerz stürzt auf einmal über mich herein.«

»Und du bekommst keinen Kater wegen der Sonnys und Beautys, stimmt's? Das sagst du doch?«

»Halt's Maul, Saied! Warum regst du dich da plötzlich auf?«

Er sah mich von der Seite an und lächelte. »Die Religion verbietet nun mal Alkohol und harte Drogen.« Und das sagte der Halb-Hadschi, der, falls er jemals in seinem Leben eine Moschee aufgesucht haben sollte, dies nur getan hatte, um ein Auge auf die Knabenschule zu werfen.

Zehn oder fünfzehn Minuten später ließ uns der Taxifahrer an der Bibliothek aussteigen. Ich war ganz aufgeregt, dabei hatte ich keine Ahnung, warum eigentlich. Schließlich ging ich nur die Granittreppe eines öffentlichen Gebäudes hinauf. Warum wühlte mich das so auf? Ich versuchte mich mit angenehmeren Gedanken abzulenken.

Drinnen waren mehrere Terminals unbesetzt. Ich nahm vor dem grauen Bildschirm eines arg mitgenommenen Bab el-Marifi Platz. Er fragte mich, was ich nachschlagen wolle. Der Stimmsynthesizer des Geräts kam aus einer der nordamerikanischen Republiken und hatte große Probleme mit der Aussprache des Arabischen. Ich sagte: »Name«, und dann »Eingabe«. Als der Cursor wieder erschien, sagte ich: »Monroe Komma Angel.« Das dauerte etwas, dann flimmerten weiße Buchstaben über die Mattscheibe:

Angel Monroe
16, Rue du Sahara
(Obere) Kasbah
Algier
Mauretanien
04-B-28

Ich ließ die Adresse ausdrucken. Der Halb-Hadschi zog die Augenbrauen hoch, und ich nickte. »Sieht so aus, als ob ein paar Fragen geklärt würden.«

»*Inshallah*«, murmelte Saied. Wenn Gott will.

Wir gingen wieder in den heißen, dampfigen Morgen hinaus, um ein Taxi zu erwischen. Die Fahrt von der Bibliothek in die Kasbah dauerte nicht lange. Es war nicht mehr soviel Verkehr, wie ich es aus meiner Kindheit in Erinnerung hatte. Aber noch immer wurden die langsamen, unvermeidlichen Bataillone von schwer beladenen Eseln von ihren Treibern unter Gejohle durch die engen Straßen getrieben.

Rue du Sahara ist ein Mißverständnis. Vor langer Zeit hat mir einmal jemand erzählt, die Straße hieße eigentlich Rue N'sara, was soviel bedeutet wie ›Straße der Christen‹. Ich weiß nicht, wie es verballhornt wurde. In Algier erinnert wenig an die Sahara. Schließlich ist es auch eine verdammt lange Strecke von dem Mittelmeerhafen bis zur Wüste. Aber heute ist das egal, niemand benutzt mehr den alten Namen. Der neue hat es sogar in die offiziellen Karten geschafft, damit ist die Sache erledigt.

Nummer 16 war ein verwohnter Ziegelhaufen, den nicht mehr viel zusammenhielt. Die zwei bauchig vorgewölbten Obergeschosse hingen über die kopfsteingepflasterte Gasse. Beim Wohnhaus gegenüber war es dasselbe. Die zwei Gebäude hätten sich über meinem Kopf küssen können wie zwei alte Matronen, die sich über den Zaun hinweg unterhalten. In einem Gewirr von Briefschlitzen fand ich Angel Monroes Namen auf eine Karte gekritzelt. Die Tinte war schon verblaßt. Ich drückte mit dem Daumen auf ihren Klingelknopf. Die Haustür war nicht verschlossen, ich ging hinein und lief die Treppe in den ersten Stock hoch. Saied folgte mir auf den Fersen.

Ihre Wohnung war im dritten Stock, zum Hof hin, wie sich herausstellte. Der Gang hatte einen Teppichboden, wenn man das trostlose, grobe Gewebe so bezeichnen kann, das vor langer Zeit einmal kastanienbraun gewesen sein mußte. Nun war er durch die zahllosen Füße, die drüber gelaufen waren, an vielen Stellen so fadenscheinig, daß man durch die Löcher schon den grauen Holzfußboden sah. Die Wände waren mit einer schmutzigen, gelbbrauen Tapete bedeckt, die an manchen Stellen schon in Streifen herunterhing. Über allem schwebte ein merkwürdiger saurer Geruch, als ob in dem Haus nur Sieche wohnten, die hierher gekommen waren, um zu sterben, oder die krank genug waren, um jeden Moment zu sterben, aber statt dessen elendiglich weiter dahinvegetierten. Hinter einer Tür war ein Familienkrach zu hören, inklusive Drohgebrüll und Geschirrgeschepper. Hinter einer anderen schrilles Gelächter, spitze Schreie und das Geräusch von aufeinanderklatschenden nackten Leibern. Am liebsten hätte ich mir die Ohren zugehalten.

Ich stand vor der Tür zu Angel Monroes Wohnung und holte tief Luft. Ich sah den Halb-Hadschi an, aber der zuckte bloß die Achseln und blickte demonstrativ weg. Schöner Freund. Ich war auf mich gestellt. Ich sagte mir vor, daß nichts Schlimmes passieren würde — eine Lüge, damit ich den nächsten Schritt wagte —, und dann klopfte ich an die Tür. Keine Antwort war zu hören. Ich wartete ein paar Sekunden lang und klopfte erneut, diesmal lauter. Nun hörte ich das Knarzen und Quietschen von Matratzenfedern und dann jemand zur Tür tappen. Die Tür ging auf. Angel Monroe steckte den Kopf heraus und versuchte angestrengt, geradeaus zu schauen.

Sie war einen ganzen Kopf kleiner als ich. Ihr gebleichtes, blondes Haar trug sie in dicht anliegenden Locken. Eine Frisur, zu der mir als Vergleich nur ›Ratte‹ einfällt. Der schwarze Haaransatz sah aus, als ob sich seit dem Geburtstag des Propheten niemand mehr um ihn gekümmert hätte. Ihre Augen waren mit dunkelblauem und schwarzem Make-up eingerahmt, was unweigerlich die Erinnerung an die farbenfroheren unter den Mittelmeerfischen wachrief. Ihr Rouge war großzügig aufgetragen, aber nicht unbedingt dort, wo es hingehörte. Dadurch wirkte sie weniger sexuell ausschweifend als fiebrig. Ihr Lippenstift war aus Gründen, die nur Gott und Angel Monroe bekannt sein dürften, knatschrot. Ihre Lippen sahen aus, als hätte sie sie zuerst gekauft und dann vergessen, sie in den Kühlschrank zu legen, als sie loszog, um sich den Rest ihres Gesichts anzuschaffen.

Ihrem Körper nach zu urteilen, war sie für mein Gefühl zu alt, um irgend etwas anderes zu tragen als das lange weiße algerische *haïk,* nicht zu vergessen einen Schleier. Das Problem war, daß dieser Körper nie ein *haïk* von innen gesehen hatte. Im Augenblick trug sie so knappe Shorts, daß ihr wohlgerundeter Bauch über den Bund hing. Ihre Hängebusen war von einer Art hauchdünnem Hemdchen bedeckt — falls man das ›bedeckt‹ nennen kann. Ich war mir sicher, wenn sie auf einem Stuhl saß, könnte man den wertvollsten Edelstein der Welt in ihrem Nabel verstecken und kein Mensch würde ihn dort entdecken. Ihre Beine waren über und über mit geplatzten Äderchen bedeckt wie die ausgetrockneten *chebka*-Täler des Mzab. Ihre breiten Plattfüße steckten in ausgelatschten Pantöffelchen, an denen die Überbleibsel von rosa Schleifchen baumelten.

Um die Wahrheit zu sagen, ich ekelte mich. »Angel Monroe?« fragte ich. Natürlich hieß sie nicht wirklich so. Sie war zumindest zur Hälfte Berber, wie ich. Ihr Teint war dunkler als meiner, ihre Augen so schwarz und dumpf wie verwitterter Asphalt.

»Mhm«, sagte sie. »Bißchen früh, hm?« Ihre Stimme war schrill und schneidend. Sie war bereits sehr betrunken. »Wer schickt euch? Schickt euch Khalid? Ich habe diesem verfluchten Bastard gesagt, daß ich krank bin. Ich nehme mir heute frei, das habe ich ihm gestern abend gesagt. Er hat gesagt, das geht in Ordnung. Und dann schickt er euch. *Zwei* Kerle noch dazu. Für was, zum Teufel, hält der Typ mich eigentlich? Und es ist nicht so, daß er keine anderen Mädchen hätte. Er hätte euch zu Efra schicken können, dieser Hure mit ihrem Stöpsel-Talent. Wenn's mir nicht gut geht, habe ich nichts dagegen, wenn er euch zu ihr schickt. Ist doch mir egal. Überhaupt, wieviel habt ihr ihm gegeben?«

Da stand ich und schaute sie an. Saied stieß mich in die Seite. »Nun, mhm, Fräulein Monroe«, sagte ich, aber dann legte sie schon wieder los.

»Scheiß drauf. Kommt rein. Das Geld kann ich schon brauchen. Aber diesem Schweinekerl Khalid könnt ihr sagen, daß ...« Sie hielt inne, setzte das Whiskeyglas, das sie die ganze Zeit in der Hand gehalten hatte, an die Lippen und stürzte einen großen Schluck Whiskey hinunter. »Fragt ihn, ob ihm meine Gesundheit egal ist. Mich arbeiten zu lassen, wenn ich ihm doch gesagt habe, daß ich krank bin. Und dann sagt ihr ihm, daß es genug Typen gibt, für die ich arbeiten kann. Jederzeit, wenn ich will. Das könnt ihr glauben.«

Ich versuchte zweimal, sie zu unterbrechen. Erfolglos. Ich wartete ab, bis sie den nächsten Schluck nahm. Als sie den Mund voll Schnaps hatte, sagte ich: »Mutter?«

Sie riß ihre verschwommenen Augen auf und starrte mich einen kurzen Augenblick lang an. »Nein«, flüsterte sie endlich. Sie sah genauer hin. Dann ließ sie ihr Whiskeyglas fallen.

2. Kapitel

Später, als wir aus Algier und Mauretanien zurück waren in der Stadt, führte mich der erste Gang daheim hinter die Mauer, in den Budayin. Früher hatte ich mitten drin gewohnt in diesem Viertel, aber der Lauf der Dinge, das Schicksal und Friedlander Bei hatten dem ein Ende bereitet. Ich hatte auch eine Menge Freunde im Budayin gehabt und war überall willkommen gewesen, aber jetzt gab es nur zwei Menschen, die sich freuten, wenn sie mich sahen: Saied der Halb-Hadschi und Chiriga, die einen Club an der Promenade führte, zwischen dem großen Torbogen und dem Friedhof. Chiris Club war immer mein zweites Zuhause gewesen. Dort konnte ich in Ruhe etwas trinken, mir den neuesten Klatsch anhören, und keines der Mädchen rückte mir zu sehr auf die Pelle.

Vor langer, langer Zeit mußte ich ein paar Leute umbringen, größtenteils in Notwehr. Nicht wenige Clubbesitzer legten mir nahe, ihr Etablissement nicht mehr zu betreten. Daraufhin beschlossen viele meiner Freunde, daß sie recht gut ohne meine Gesellschaft zurecht kämen. Aber Chiri hatte mehr Verstand.

Chiri ist eine schwer arbeitende Frau, eine große schwarze Afrikanerin mit rituellen Narben im Gesicht und spitz zugeschliffenen Zähnen. Um der Wahrheit die Ehre zu geben, ich bin mir nicht darüber im klaren, ob diese Reißzähne nur zur Zierde sind wie die Narbenmuster auf ihrer Stirn und auf den Wangen oder ein Zeichen, daß es bei ihr zu Hause Delikatessen zum Abendessen gab, die im Koran implizit und explizit verboten sind. Chiri ist ein Moddy, aber sie hält sich für einen abgeklärten Moddy. Bei der Arbeit ist sie stets sie selbst. Ihre Phantasien steckt sie sich erst zu Hause rein, wo es niemanden stört. Ich schätze das.

Als ich durch die Clubtür ging, spürte ich als erstes einen willkommenen kühlen Luftzug. Ihre Klimaanlage, unzuverlässig wie der ganze alte Schrott aus Rußland, funktionierte zur Abwechslung mal. Schon ging es mir besser. Chiri war in ein tiefes Gespäch mit einem Kunden verwickelt. Einem glatzköpfigen Kerl mit nacktem Oberkörper. Er trug eine schwarze Hose aus Vinyl und die linke Hand mit einer Handschelle hinten an den Gürtel gebunden. Oben auf dem Kopf hatte er ein corymbisches Implantat. Darin steckte ein hellgrünes Plastikmoddy und versorgte ihn mit einer fremden Persönlichkeit. Wenn Chiri sich seiner so annahm, konnte er nicht gefährlich sein. Und wahrscheinlich war er gar nicht so widerwärtig.

Chiri bringt nicht viel Geduld auf für ihre Gäste. Sie vertritt die Meinung, daß ihnen *jemand* Alkohol und Drogen verkaufen muß, aber daß das noch lange nicht bedeutet, daß sie sich mit ihnen zu verbrüdern habe.

Ich war ihr alter Kumpel, und ich kannte die meisten Mädchen, die für sie arbeiteten. Natürlich gab es immer neue Gesichter — und damit meine ich *neue* Gesichter, die mit chirurgischem Geschick aus faden, reizlosen Allerweltsgesichtern in diese umwerfend schönen Kunstwerke umgeschnipselt wurden. Die altvertrauten Angestellten wurden gefeuert oder gingen wegen irgendeiner Lappalie aufgebracht von selber. Aber nachdem sie eine Weile für Frenchy Benoit oder Jo-Mama gearbeitet hatten, kehrten sie wieder an ihre alte Arbeitsstelle zurück. Sie ließen mich ziemlich in Ruhe, weil ich ihnen selten Cocktails kaufte und mich für ihren Profi-Charme nicht interessierte. Die neuen Mädchen machten sich schon mal an mich ran, wurden dann aber in der Regel schnell von Chiri verscheucht.

Bei ihnen stieß mein Verhalten auf kein Verständnis.

Ich war in ihren Augen das Wesen-ohne-Seele. Blanca, Fanya, Yasmin und ihresgleichen schauten weg, wenn sie meinen Blick auffingen. Manche Mädchen wußten nicht, was ich getan hatte, vielleicht war es ihnen auch egal, auf jeden Fall behandelten sie mich nicht wie einen Aussätzigen. Trotzdem war der Budayin für mich viel ruhiger und einsamer geworden. Ich versuchte, mir nichts daraus zu machen.

»*Jambo,* Bwana Marîd!« rief Chiriga, als sie mich bemerkte. Sie ließ den Moddy mit der Handschelle stehen, ging langsam die Theke herunter und warf einen Korkuntersatz vor mich hin. »Du bist gekommen, um deinen Reichtum mit dieser armen Wilden zu teilen. Da, wo ich herkomme, haben die Menschen nichts zu essen und müssen viele Kilometer laufen, um Wasser zu finden. Hier kann ich in Frieden leben und habe alles, was ich brauche. Ich habe gelernt, was Freundschaft bedeutet. Ich habe schreckliche Männer kennengelernt, die mich an verborgenen Stellen berühren wollen. Du kaufst mir Drinks und gibst mir ein großes Trinkgeld. Du erzählst all deinen Freunden von diesem Club, dann kommen sie und wollen mich an verborgenen Stellen berühren. Ich werde viel billigen Glitzerkram haben. Es geschieht so, wie Gott es will.«

Ich schaute sie ein paar Sekunden lang unverwandt an. Es ist manchmal schwierig herauszufinden, in welcher Stimmung Chiri ist. »Großes Negermädchen redet Unsinn«, sagte ich schließlich.

Sie grinste und hörte auf, die dumme Dinka zu spielen. »Ja, stimmt. Was soll's sein?«

»Gin.« Meistens nehme ich einen Schuß Gin und einen Schuß Bingara auf Eis, mit etwas von Roses Limonensaft. Den Drink habe ich selbst erfunden, aber ich bin nie dazu gekommen, mir einen passenden Namen dafür auszudenken. Manchmal trinke ich auch Wodka Gimlets, weil Philip Marlowe das in *Der lange Abschied* immer trinkt. Wenn es mir darum geht, möglichst schnell voll zu sein, trinke ich von Chiris Privatvorrat. Dieser *Tende* ist ein afrikanischer Schnaps, den sie im Sudan oder im Kongo oder was weiß ich wo aus vergorenen Yam-Wurzeln und Krötengift brauen. Sollte Ihnen je *Tende* angeboten werden, LASSEN SIE IHN STEHEN. Sie *würden* es bereuen. Allah weiß, daß ich das tue.

Die Tänzerin, die gerade mit ihrer ersten Nummer fertig wurde, war eine Ägypterin und hieß Indihar. Ich kannte sie seit Jahren. Sie arbeitete früher für Frenchy Benoit, aber jetzt wackelte sie mit ihrem dicken Hintern in Chiris Club. Als sie die Bühne verließ, kam sie zu mir. Sie hatte sich jetzt einen apricotfarbenen Schal umgeschlungen, der jedoch ihren üppigen Körper kaum verbergen konnte. »Willst du mir kein Trinkgeld geben für den Tanz soeben?« fragte sie.

»Es bereitet mir eine ungeahnte Freude«, antwortete ich und steckte ihr einen Kiamschein vom Wechselgeld in ihr dampfendes Dekolleté. Wenn sie mich wie einen Freier behandelte, wollte ich mich auch wie einer benehmen. »Jetzt habe ich keine Schuldgefühle mehr, wenn ich heimgehe und die ganze Nacht von dir träume.«

»Das kostet extra«, sagte sie und schlenderte die Theke entlang zu dem halbnackten Kerl in der Vinylhose.

Ich sah zu, wie sie ging, und sagte zu Chiriga: »Mir gefällt dieses Mädchen.«

»Das ist unsere Indihar, unser Supersonderspitzenangebot in Sachen sonnengebräunter Spaß«, gab Chiri zurück.

Indihar war ein echtes Mädchen und ganz sie selbst, sie trug sogar ihre eigene Persönlichkeit. Eine Seltenheit in diesem Club. Anscheinend bevorzugte Chiri stromlinienförmig hübsche Angestellte. Sie sagte mal zu mir, daß Geschlechtsumwandlungen besser auf ihre Erscheinung achteten. Ihre Fabrikschönheit ist ihr ganzes Leben. Möge Allah es verhindern, daß ein einziges Haar in einer ihrer Augenbrauen aus der Fasson gerät.

In ihren eigenen Augen war Indihar auch eine gute

Mohammedanerin. Sie hatte sich das Gehirn nicht verdrahten lassen wie die meisten anderen Tänzerinnen. Die konservativeren Imams lehrten, daß Implantate ebenso verboten sind wie Drogen, da sich manche das Lustzentrum verdrahten ließen und den Rest ihres kurzen Lebens süchtig nach ununterbrochener Ekstase verbrachten. Selbst wenn, wie in meinem Fall, das Lustzentrum unangetastet bleibt, wird durch die Verwendung eines Moddys die eigene Persönlichkeit unterdrückt, und das verstößt gegen das Gebot der Mäßigung. Es muß nicht extra erwähnt werden, daß ich zwar Allah und seinem Propheten wohlgesonnen bin, aber mich nicht zum Fanatismus hinreißen lasse. Ich bin auf Seite dieses König Sauds aus dem zwanzigsten Jahrhundert, der forderte, die islamischen Führer seines Landes sollten die Beine heben, wenn es um technischen Fortschritt ging. Für mich gibt es keinen grundlegenden Widerspruch zwischen der modernen Wissenschaft und einer besonnenen Annäherung an die Religion.

Chiris Blick schweifte die Theke entlang. »Na los!« rief sie laut, »welches von euch Miststücken ist dran? Janelle? Ich will dir nicht noch mal sagen müssen, daß du deinen Hintern hochkriegen und tanzen sollst. Wenn ich noch mal dran erinnern muß, deine verdammte Musik zu spielen, berechne ich dir fünfzig Kiam. Und jetzt rühr deinen fetten Arsch.« Sie sah mich an und seufzte.

»Das Leben ist hart«, sagte ich.

Indihar kam zurück, auf ihrem Weg durch die Bar versuchte sie so viel wie möglich aus den paar bedrückt wirkenden Kunden rauszuholen. Sie nahm auf dem Hocker neben mir Platz. Ihr schien ich, wie Chiri, keine Alpträume einzujagen. »Wie ist es denn«, fragte sie, »wenn man für Friedlander Bei arbeitet?«

»Erzähl du's mir.« Im Budayin arbeitete jeder mehr oder weniger für Papa.

Sie zuckte die Achseln. »Ich würde keinen Fîq von ihm nehmen, und wenn ich am Verhungern wäre, im

Gefängnis säße und über und über von Krebsgeschwüren bedeckt wäre.«

Das war wohl ein ziemlicher Hieb, eine nicht allzu verschleierte Anspielung darauf, daß ich mich verkauft hatte, um die Implantate zu kriegen. Ich nahm noch einen Schluck von dem Gin mit Bingara.

Wahrscheinlich hänge ich unter anderem in Clubs rum, sobald ich etwas Aufmunterung gebrauchen kann, weil ich in genau solchen Bars aufgewachsen bin. Meine Mutter hatte angefangen als Tänzerin zu arbeiten, als ich noch ein Baby war. Kurz nachdem mein Vater sich aus dem Staub gemacht hatte. Als es nicht mehr fürs Nötigste reichte, machte sie ein bißchen mehr fürs Geld. Einige Mädchen in den Bars tun's, andere nicht. Meine Mutter hatte keine Wahl. Als es noch schlimmer wurde, verkaufte sie meinen kleinen Bruder. Darüber spricht sie nicht. Und ich auch nicht.

Meine Mutter tat, was sie tun konnte. In der arabischen Welt legte man bei Frauen nie viel Wert auf Bildung. Man weiß ja, wie die traditionelleren, das heißt hinterwäldlerischeren Araber, die sich von den neuen Sitten noch nicht anstecken ließen, ihre Frauen und Töchter behandeln. Ihre Kamele respektierten sie jedenfalls mehr. Jetzt sieht man auf den Straßen der großen Städte wie Damaskus und Kairo moderne Frauen in westlicher Kleidung, die einen Job haben und es vielleicht sogar wagen, in der Öffentlichkeit eine Zigarette zu rauchen.

In Mauretanien, hatte ich gesehen, waren die Sitten noch strenger. Dort trugen die Frauen lange weiße Kleider und gingen verschleiert. Vor fünfundzwanzig Jahren gab es für meine Mutter keinen Platz auf dem regulären Arbeitsmarkt. Aber es gibt natürlich immer ein paar verlorene Seelen, Menschen, die auf die Gebote der mohammedanischen Welt und den ehrwürdigen Koran pfeifen, Männer und Frauen, die Alkohol trinken und spielen und in sexuellen Ausschweifungen schwelgen.

Es gibt immer einen Platz für eine junge Frau, deren Moral von Hunger und Verzweiflung untergraben wurde.

Als ich meine Mutter in Algier wiedersah, war ich geschockt. Ich hatte sie mir als würdige Matrone vorgestellt, die in bescheidenen Verhältnissen lebt. Ich hatte sie seit Jahren weder gesehen noch gesprochen, aber dabei geglaubt, sie hätte es irgendwie geschafft, der Armut und den entwürdigenden Verhältnissen zu entkommen. Jetzt dachte ich, vielleicht ist sie glücklich, so wie sie ist: eine abgehärmte, schrille, alte Hure. Ich war eine Stunde bei ihr geblieben und hatte gehofft, das zu erfahren, weswegen ich gekommen war. Hatte versucht herauszufinden, wie ich mich ihr gegenüber verhalten sollte, und schämte mich für sie vor dem Halb-Hadschi. Sie wollte von ihren Kindern in Ruhe gelassen werden. Ich gewann den Eindruck, es tat ihr leid, daß sie mich nicht auch verkauft hatte wie Hussein Abdul-Qahar, meinen Bruder. Sie mochte es ganz und gar nicht, daß ich nach all den Jahren wieder in ihrem Leben auftauchte.

»Glaub mir«, sagte ich ihr, »mir hat es auch keinen Spaß gemacht, dich aufzuspüren. Ich habe es nur getan, weil ich keine Wahl hatte.«

»Was soll das?« wollte sie wissen. Sie ließ sich auf einem modrig riechenden, zerschlissenen alten Sofa nieder, das über und über mit Katzenhaaren bedeckt war. Dann machte sie sich einen neuen Drink, aber sie unterließ es, mir oder Saied etwas anzubieten.

»Es ist wichtig für mich.« Ich erzählte ihr von meinem Leben in der Stadt, die so weit weg war. Wie ich mich mit Gelegenheitsjobs durchgeschlagen hatte, bis Friedlander Bei mich als Werkzeug ausgesucht hatte.

»Du lebst jetzt in der Stadt?« In ihre Stimme mischte sich nostalgische Sehnsucht. Ich hatte gar nicht gewußt, daß sie in der Stadt gelebt hatte.

»Ich lebte im Budayin, aber Friedlander Bei wollte, daß ich in seinen Palast ziehe.«

»Du arbeitest für ihn?«

»Mir blieb nichts anderes übrig.« Ich zuckte die Achseln. Sie nickte. Es überraschte mich, daß sie auch wußte, wer Friedlander Bei war.

»Also, warum bist du hier?«

Das war schwierig zu erklären. »Ich wollte alles über meinen Vater erfahren.«

Sie sah mich über den Rand des Whiskeyglases hinweg an. »Du hast bereits alles darüber erfahren.«

»Das denke ich nicht. Wie sicher bist du, daß dieser französische Seemann mein Vater ist?«

Sie holte tief Luft und atmete langsam aus. »Er hieß Bernard Audran. Wir trafen uns in einem Café. Damals lebte ich in Sidi-bel-Abbès. Er lud mich zum Abendessen ein. Er gefiel mir, und ich gefiel ihm. Ich zog zu ihm. Später lebten wir in Algier, und wir waren anderthalb Jahre zusammen. Dann, als du zur Welt kamst, verschwand er. Ich habe nie mehr etwas von ihm gehört. Ich habe keine Ahnung, wohin er ging.«

»*Ich* weiß es. Er ist unter der Erde. Ich habe lange dafür gebraucht, aber ich habe die algerischen Computerdaten weit genug zurückverfolgt. Es gab einen Bernard Audran in der Marine der Provence, und er war in Mauretanien, als die Französische Konföderierte Union uns wieder gängeln wollte. Das Problem ist nur, daß ihm ein unbekannter *noraf* ein Jahr vor meiner Geburt das Gehirn rauspustete. Vielleicht könntest du noch mal etwas nachdenken und dir dann ein klareres Bild darüber machen, was damals passiert ist.«

Das machte sie wütend. Sie sprang hoch und schmiß ihr halbvolles Whiskeyglas nach mir. Es flog rechts von mir gegen die fleckige Wand. Ich konnte die stechende, unverdünnte Schärfe des irischen Whiskeys riechen. Neben mir murmelte Saied etwas, vielleicht ein Gebet. Meine Mutter kam ein paar Schritte auf mich zu, das Gesicht wutverzerrt. »Du nennst mich eine *Lügnerin?*« kreischte sie.

So konnte man es nennen. »Ich habe nur gesagt, daß in den offiziellen Dateien etwas anderes steht.«

»Zum Teufel mit den offiziellen Dateien!«

»Dort steht auch, daß du in zwei Jahren siebenmal verheiratet warst. Von Scheidungen war nicht die Rede.«

Ihre Wut bröckelte ein wenig. »Wie kam das in die Computer? Ich war nie offiziell verheiratet, nicht mit Urkunde oder so.«

»Ich glaube, du unterschätzt die Fähigkeit der Regierung, den Leuten hinterherzuschnüffeln. Es ist alles da, und jeder kann es sehen.«

Das erschreckte sie. »Was hast du noch herausgefunden?«

Ich befreite sie aus der selbstgestellten Falle. »Sonst nichts. Es gab nichts mehr. Wenn du noch ein paar Leichen im Keller hast, brauchst du dir deshalb keine Gedanken machen.« Das war eine Lüge, ich hatte noch eine ganze Menge über meine Mama herausgefunden.

»Gut«, atmete sie auf, »ich mag es nicht, wenn du mir nachspionierst. Das ist respektlos.«

Die Antwort darauf behielt ich für mich. »Diese nostalgische Suche ging los mit einem Geschäft, das ich für Papa erledigte«, erklärte ich ruhig. Im Budayin sagte jeder ›Papa‹ zu Friedlander Bei. Eine liebevolle Umschreibung für Terror. »Der Kommissar, der für den Budayin verantwortlich war, starb. Papa beschloß daher, daß wir eine Art Öffentlichkeitsbeauftragten bräuchten, eine Schaltstelle zwischen ihm und der Polizei. Er bat mich, diesen Job zu machen.«

Ihr Mund zuckte. »Ja? Hast du jetzt eine Pistole? Und eine Dienstmarke?« Meine Abneigung gegen Polizisten stammte von meiner Mutter.

»Ja, ich habe eine Pistole *und* eine Dienstmarke.«

»In Algier hilft dir deine Dienstmarke nichts, *salaud*.«

»Hilfe unter Kollegen gibt's überall.« Ich hatte nicht die geringste Ahnung, ob das hier zutraf. »Was ich sagen wollte, ist folgendes: Als ich gerade so schön am Polizeicomputer saß, nutzte ich die Gelegenheit, und las meine eigene Datei. Und noch ein paar andere. Das Lustige daran war, daß mein Name und Friedlander Beis Name immer wieder zusammen auftauchten. Und nicht nur in den Dateien über die letzten Jahre. Ich habe insgesamt acht Einträge gefunden — nur Hinweise, mußt du verstehen, nichts Definitives —, die anzudeuten schienen, daß er und ich Blutsverwandte sind.« Das brachte den Halb-Hadschi ganz kurz aus der Fassung. Vielleicht hätte ich vorher doch mit ihm darüber reden sollen.

»So?« sagte meine Mutter.

»Was ist denn das für eine Antwort? Was soll das bedeuten? Hast du mal mit Friedlander Bei gebumst, damals in deiner goldenen Jugend?«

Jetzt war sie wieder rasend vor Wut. »Zum Teufel, ich habe mit einer *Menge* Kerle gebumst. Verlangst du von mir, daß ich mich an jeden einzelnen erinnern kann? Ich wußte oft nicht mal, wie sie aussehen, als ich mit ihnen schlief.«

»Du wolltest nicht zu viel mit ihnen zu tun haben, stimmt's? Wenn ihr gute Freunde wart, dann reichte dir das. Warst du mal mit einem so gut befreundet, daß du ihm Kredit gewährt hast? Oder wolltest du stets zuvor Bares sehen?«

»Maghrebiner«, rief Saied, »das ist deine *Mutter!*« Ich hatte immer gedacht, ihn ließe alles kalt.

»Ja, sie ist meine Mutter. Schau sie dir an!«

Sie brauchte drei Schritte durchs Zimmer, holte aus und langte mir eine, daß ich zurückzuckte. »Schau, daß du hier *raus*kommst!«

Ich berührte sie an der Wange und sah sie an. »Zuerst beantwortest du mir eine Frage: Könnte Friedlander Bei mein Vater sein?«

Sie hatte sich erhoben, um mir eine zweite Ohrfeige zu verabreichen. »Ja, das könnte er sein. So, wie praktisch *jeder* Mann dein Vater sein kann. Lauf zurück in die Stadt und klettere auf seinen Schoß, mein Söhnchen. Ich will dich hier nicht mehr sehen.«

Der Wunsch war leicht zu erfüllen. Ich drehte mich um und verschwand aus diesem ekelhaften Loch, ohne mir die Mühe zu machen, die Tür hinter mir zu schließen. Das übernahm der Halb-Hadschi, und dann beeilte er sich, mich einzuholen. Ich stürmte die Treppe hinunter. »Hör, mal, Marîd«, sagte er. Erst als er zu reden anfing, merkte ich, wie wütend ich war. »Ich nehme an, daß dich das alles völlig überrascht hat ...«

»Glaubst du? Heute ist wohl dein einfühlsamer Tag, Saied.«

»... aber du kannst dich deiner Mutter gegenüber nicht so verhalten. Denk dran, was darüber ...«

»Im Koran steht? Ja, ich weiß schon. Was also sagt der Rechte Weg zur Prostitution? Was sagt er zu so heruntergekommenen Subjekten, wie meine Mutter eins geworden ist?«

»Du hast leicht reden. Wenn es je einen windigeren Spitzbuben im Budayin gegeben hat, ist er mir nie über den Weg gelaufen.«

Ich lächelte kalt. »Vielen Dank, Saied, aber ich lebe nicht mehr im Budayin. Hast du das vergessen? Und ich habe nichts mehr mit halbseidenen Jobs zu schaffen. Ich habe jetzt einen festen Job.«

Er spuckte mir vor die Füße. »Du hast so ziemlich alles getan, wenn es dir nur ein paar Kiam einbrachte.«

»Und wenn schon. Nur weil ich zum Abschaum gehörte, ist es noch lange nicht in Ordnung, wenn meine Mutter zum Abschaum gehört.«

»Warum mußt du dir andauernd das Maul über sie zerreißen? Ich will nichts mehr davon hören.«

»Dein Mitgefühl wird immer größer, Saied. Du weißt nicht alles, was ich weiß. Meine Alma mater da oben war schon im Geschäft, bevor sie mich und meinen Bruder durchbringen mußte. Sie war keineswegs die gefallene Heldin, als die sie sich hinzustellen pflegte. Sie hat sich die Wahrheit ganz schön zurechtgebogen.«

Der Halb-Hadschi blickte mir einen kurzen Moment fest in die Augen. »Ja? Fünfzig Prozent der Mädel, Umwandlungen und Debs machen es genauso. Und *die* behandelst du auch wie menschliche Wesen.«

Ich wollte sagen: ›Klar, aber keine von ihnen ist meine Mutter.‹ Doch ich verkniff es mir. Er hätte sich über diese Gefühlsregung ebenso hergemacht. Außerdem kam ich mir allmählich selber bescheuert vor. Meine Wut begann sich zu legen. Vermutlich hatte es mich nur wahnsinnig geärgert, dies nach all den Jahren zu erfahren. Es fiel mir schwer, mich damit abzufinden. Das bedeutete schließlich, daß ich das meiste vergessen konnte, was ich bisher über mich zu wissen geglaubt hatte. Zum Beispiel war ich immer stolz darauf gewesen, halb Berber und halb Franzose zu sein. Ich kleidete mich meistens europäisch — Stiefel, Jeans und Hemd. Wahrscheinlich hatte ich mich den Arabern gegenüber immer etwas überlegen gefühlt. Nun mußte ich mich an den Gedanken gewöhnen, daß ich sehr wohl halb Berber und halb Araber sein konnte.

Der rauhe, stampfende Sound von Hispo-Roc-Musik aus der Mitte des einundzwanzigsten Jahrhunderts riß mich aus meinem Tagtraum. Irgendeine längst vergessene Band grölte ein häßliches Lied über irgendwas, das niemand interessierte. Ich habe mir nie die Zeit genommen, einen dieser spanischen Dialekte zu lernen. Ich habe nicht einmal ein Spanisch-Daddy. Sollte ich mal kolumbianische Industrielle treffen, werden sie Arabisch mit mir sprechen müssen. Ich habe ja was für sie übrig, lebermäßig, weil sie soviel herrliche Narkotika produzieren, aber davon abgesehen ist mir absolut unklar, wozu Südamerika gut sein soll. Die Welt braucht kein zweites überbevölkertes, am Hungertuch nagendes, Spanisch sprechendes Indien in der westlichen Hemisphäre. Ihr Mutterland Spanien hat den Islam ausprobiert und höflich, aber bestimmt abgelehnt. Daraufhin entwickelte sich ihr Nationalcharakter zu einem ätherischen Nichts. Das ist Allahs Strafe.

»Das Lied kann ich nicht ausstehen«, sagte Indihar. Chiri hatte ihr ein Glas Sharâb gegeben, ein Getränk, das die Clubs für alle Mädchen wie Indihar vorrätig hatten, die keinen Alkohol tranken. Es hat dieselbe Farbe wie Champagner. Chiri gibt in das Cocktail-Glas immer Eis und etwas Soda — als Dreingabe für den Kunden. Natürlich haben Eis und Soda nichts im Champagner zu suchen. Aber damit spart sie sich eine Menge von dem teueren Zeug. Für den Kram muß der geschätzte Gast dann acht Kiam hinlegen und Trinkgeld für Chiri. Davon kriegt das Mädchen, das den Drink bekommt, drei Kiam. Ein Grund für die Mädchen, die Drinks in einer affenartigen Geschwindigkeit wegzuhauen. Sie erklären es normalerweise damit, daß es einfach durstig macht, da oben auf der Bühne für das tobende Publikum den Tanz der Derwische hinzulegen.

Chiri drehte sich weg, um Janelle zuzusehen, die bei ihrem letzten Lied angekommen war. Janelle tanzt eigentlich nicht, sie stelzt herum. Sie macht fünf oder sechs Schritte bis zu dem einen Ende der Bühne, wartet auf den nächsten Einsatz der Baßtrommel und vollführt zuckende und bebende Bewegungen mit dem Oberkörper, was sie anscheinend für unglaublich sexy hält. Sie irrt sich. Dann stelzt sie zum anderen Ende der Bühne, wo sie ihren Veitstanz erneut bringt. Die ganze Zeit über bewegt sie die Lippen synchron — nicht etwa zum Text, nein, zum Gejaule des Keyboards. Janelle — der menschliche Synthesizer. Janelle — der synthetische Mensch kommt der Wahrheit näher. Sie trägt immer ein Moddy, doch man muß mit ihr sprechen, wenn man herausfinden will, welches sie gerade einstecken hat. An einem Tag ist sie sanft und erotisch (Honey Pílar), am nächsten ist sie kalt und unflätig (Brigitte Stahlhelm). Doch welches Persönlichkeitsmodul sie auch gerade eingeschoben hat, das Drumrum ist immer derselbe, nicht modifizierte Körper eines nigerianischen Flüchtlings. Den sie ebenfalls für sexy hält — der nächste Irrtum. Die anderen Mädchen wollen nicht viel mit ihr zu tun haben. Sie glauben, daß sie in der Garderobe in ihren Taschen rumwühlt und Geld klaut. Außerdem schätzen sie es nicht besonders, wie sie sich an ihre Kunden ranmacht, sobald sie auf die Bühne müssen. Der Tag wird kommen, an dem die Bullen Janelle in irgendeiner dunklen Einfahrt finden, das Gesicht zu Brei geschlagen und die Hälfte der Knochen gebrochen. Bis dahin stakst sie zum Rhythmus der Gitarren und Keyboards über die Bühne.

Ich langweilte mich zu Tode. Ich kippte den Rest meines Drinks hinunter. Chiri sah mich an und zog die Augenbrauen in die Höhe. »Nein danke, Chiri«, sagte ich, »ich muß gehen.«

Indihar wandte sich mir zu und drückte mir einen Kuß auf die Backe. »Jetzt werd bloß nicht komisch, nur weil du ein faschistischer Schweinepolyp geworden bist.«

»Gut.« Ich stand auf.

»Grüß Papa von mir«, sagte Chiri.

»Wie kommst du drauf, daß ich da hingehe?«

Sie lächelte, daß ihre spitz zugeschliffenen Zähne zur Geltung kamen. »Es ist Zeit für die braven Buben und Mädchen, im alten *kibanda* einzulaufen.«

»Ja, mag sein.« Ich ließ das Wechselgeld liegen für ihre gierige Registrierkasse und ging nach draußen.

Ich lief die Promenade hinunter zum Osttor. Außerhalb des Budayins warteten ein paar Taxis entlang des breiten Boulevard il-Jameel auf Kundschaft. Ich sah meinen alten Freund Bill und kletterte auf den Rücksitz seines Wagens. »Bring mich zu Papa, Bill«, sagte ich.

»Ja? Du redest mit mir, als ob wir uns kennen würden. Haben wir uns schon mal getroffen?«

Bill erkannte mich nicht, weil er permanent auf Trip

ist. Er ließ sich nicht das Hirn verdrahten oder den Körper kosmetisch aufmotzen, sondern sich einen Lungenflügel durch einen großen Beutel ersetzen, aus dem ständig ein Halluzinogen der Sonderklasse in wohldosierten Dosen in seinen Blutkreislauf abgegeben wird. Bill hat hin und wieder lichte Momente, doch er hat gelernt, sie zu ignorieren. Oder zumindest, durchzuhalten und zu funktionieren, bis sie vorbei sind, und er wieder purpurne Eidechsen sieht. Ich habe die Droge ausprobiert, die Tag und Nacht durch ihn gepumpt wird. Und obwohl ich auf diesem Gebiet nicht ganz unerfahren bin, will ich mit RPM nie wieder was zu tun haben. Bill dagegen schwört, daß es ihm die Augen für die verborgene, wahre Welt geöffnet habe. Das wird wohl so sein. Er kann feurige Dämonen sehen; ich nicht. Das einzige Problem dabei ist — und Bill wird dem sofort zustimmen —, daß er von einer Minute zur nächsten alles vergißt.

Es war daher nicht überraschend, daß er mich nicht erkannte. Ich habe dieses Gespräch schon hundertmal mit ihm geführt. »Ich bin's, Bill. Marîd. Kannst du mich zu Friedlander Bei fahren?«

»Wär gelogen, wenn ich behaupten würde, daß ich dich schon mal gesehen habe, Kumpel.«

»Hast du aber. Und zwar schon oft.«

»*Du* hast leicht reden«, brummte er vor sich hin. Er ließ den Wagen an und fuhr los. Wir fuhren in die falsche Richtung. »Wohin wolltest du gleich wieder?«

»Zu Papa.«

»Ach ja, stimmt. Den ganzen Tag sitzt schon dieser *Afrit* hier und wirft mir glühende Kohlen in den Schoß. Das lenkt mich total ab. Aber man kann nichts dagegen machen. Einen *Afrit* kann man nicht einfach hinauswerfen. Die machen dich ganz wirr im Kopf. Ich habe schon daran gedacht, mir Lourdes-Wasser zu besorgen. Vielleicht würde ihnen das einen Schrecken einjagen. Aber wo, zum Teufel, ist eigentlich Lourdes?«

»Im Kalifat Gascogne.«

»Ganz schön weit zu fahren. Nehmen Sie Postbestellungen an?«

Ich sagte ihm, daß ich nicht die geringste Ahnung hätte, und lehnte mich zurück. Ich sah zu, wie am Fenster die Landschaft vorbeiwischte — beim Autofahren ist Bill nicht weniger verrückt als sonst — und dachte darüber nach, was ich Friedlander Bei erzählen wollte. Mir war nicht klar, wie ich es anpacken sollte, Friedlander Bei von meinen Nachforschungen zu erzählen, was meine Mutter mir erzählt hatte und was ich vermutete. Ich entschied mich dafür, abzuwarten. Es war nicht unwahrscheinlich, daß die Informationen, die mich mit Papa in Verbindung brachten, extra hineingeschmuggelt wurden, um mich kooperativer zu machen. Früher hatte ich Geschäfte mit Papa peinlichst vermieden. Wenn man sein Geld nahm, stand man für alle Zeit in seiner Pflicht. Doch dann finanzierte er meine intrakranielle Implantate, und an dieser Investition werde ich mein Leben lang abzubezahlen haben. Ich *wollte* nicht für ihn arbeiten, aber es gab keinen Ausweg. Noch nicht. Ich hoffte immer noch, irgendwann eine Möglichkeit zu finden, mich freizukaufen — oder ihn zu zwingen, mir meine Freiheit zu geben. In der Zwischenzeit machte es ihm Freude, Verantwortung auf meine widerwilligen Schultern zu laden und mich mit immer größeren Geschenken zu bedenken.

Bill fuhr durch das Tor in der hohen weißen Mauer um Friedlander Beis Besitz und die lange, geschwungene Auffahrt hoch. Vor der Treppe aus weißem Marmor hielt er an. Papas Butler öffnete die auf Hochglanz polierte Tür und blieb heraußen stehen, um auf mich zu warten. Ich bezahlte Bill und drückte ihm zusätzliche zehn Kiam Trinkgeld in die Hand. Die irren Augen zusammengezogenen, blickte er von dem Geld zu mir hoch. »Was ist das?« fragte er mißtrauisch.

»Das ist dein Trinkgeld. Das kannst du behalten.«

»Wofür ist das?«

»Dafür, daß du so ausgezeichnet gefahren bist.«

»Du willst mich doch nicht etwa kaufen?«

Ich seufzte. »Nein. Ich bewundere, wie du mit der Unterhose voll glühender Kohlen den Wagen durch den Verkehr lenkst. Ich könnte das nicht.«

Er zuckte die Achseln. »Es ist ein Geschenk«, stellte er fest.

»Wie die zehn Kiam.«

Er riß die Augen auf. »*Jetzt* habe ich's kapiert!«

»Aber sicher. Ein andermal, Bill.«

»Tschüs, Kumpel.« Er gab Gas, daß der Kies nur so flog. Ich drehte mich um und ging die Treppe hoch.

»Guten Tag, *yaa Sidi*«, sagte der Butler.

»Hallo, Yousseff. Ich würde gerne Friedlander Bei sprechen.«

»Aber selbstverständlich. Schön, Sie wieder zu Hause zu haben, Sir.«

»Ja, vielen Dank.« Wir gingen einen mit Teppichen belegten Gang entlang zu Papas Arbeitszimmer. Die Luft war kühl und trocken. Ich spürte, wie mich der sanfte Wind von den vielen Ventilatoren liebkoste. Ein leichter, anregender Duft von Räucherstäbchen lag in der Luft. Das gebrochene Licht fiel durch die dünnen Holzstäbe der Fensterläden. Irgendwo in einem der Innenhöfe sprudelte ein Brunnen.

Bevor wir am Wartezimmer angelangt waren, kam eine große, gut angezogene Frau durch das Vestibül und lief die Treppe hinauf. Sie lächelte mir kurz zu und drehte dann den Kopf weg. Ihr schwarzes Haar, das wie Obsidian glänzte, trug sie in einem Chignon. Ihre Hände waren sehr zart, die Finger lang und schmal. Es reichte nur für einen ersten Eindruck, aber ich wußte sofort, diese Frau war intelligent und hatte Stil. Aber mir war ebenso klar, daß sie hart und gefährlich werden konnte, wenn sie es für nötig hielt.

»Wer war das, Yousseff?« fragte ich.

Er wandte sich um und runzelte die Stirn. »Das ist Umm Saad.« Ganz offensichtlich hatte er etwas gegen sie. Ich vertraute Yousseffs Menschenkenntnis, also war wohl mein erster Eindruck nicht ganz falsch.

Ich nahm im Vorzimmer Platz und schlug die Zeit damit tot, in den Sprüngen an der Decke nach Gesichtern zu suchen. Nach einer Weile öffneten Papas zwei riesige Leibwächter die Verbindungstür. Ich nenne die zwei Kerle die Sprechenden Felsen. Sie können mir glauben, ich habe meine Gründe. »Rein«, sagte der Fels. Diese Typen verschwenden keinen Atemzug.

Ich betrat Friedlander Beis Arbeitszimmer. Dieser Mann war etwa zweihundert Jahre alt, hatte aber viele Körpermodifikationen und Transplantationen gehabt. Er hatte es sich auf Kissen bequem gemacht und trank aus einer goldenen Tasse starken Kaffee. Als ich hereinkam, lächelte er. »Meine Augen beginnen wieder zu leben, wenn sie dich sehen, o mein Neffe«, begrüßte er mich. Offensichtlich freute er sich wirklich.

»Die Tage, die ich von Euch getrennt verbrachte, o Scheich, waren mit Bedauern angefüllt«, antwortete ich. Er rückte etwas, und ich setzte mich neben ihn. Er langte nach vorne, um aus der goldenen Kanne Kaffee in meine Tasse zu gießen. Ich nippte daran und sagte: »Möge Eure Tafel stets überquellen.«

»Möge Allah dir Gesundheit und Glück schenken!«

»Ich bete für Euer Wohlergehen, o Scheich.«

Er griff nach meiner Hand. »Ich bin so fit und kräftig wie ein Sechzigjähriger, nur die Müdigkeit macht mir zu schaffen, mein Neffe.«

»Vielleicht sollte Euer Arzt ...«

»Es ist eine Müdigkeit der Seele«, unterbrach er mich. »Das Begehren und der Ehrgeiz sterben. Ich bin nur noch am Leben, weil die Vorstellung, Hand an sich zu legen, so abstoßend ist.«

»Vielleicht kann Euch die Wissenschaft schon bald helfen.«

»Wie denn, mein Sohn? Indem die Ärzte mir frische Lebenslust in meinen müden Geist einpflanzen?«

»Diese Technik gibt es bereits. Ihr könnt Euch ein Moddy- und Daddy-Implantat einsetzen lassen, wie ich eins habe.«

Er schüttelte wehmütig den Kopf. »Allah würde mich in der Hölle schmoren lassen.« Es schien ihn nicht zu kümmern, ob *ich* in der Hölle schmorte. Er hob die Hand, um weitere Vorschläge abzuwürgen. »Berichte mir von deiner Reise.«

Da kam's, doch ich war noch nicht so weit. Ich hatte noch immer keine Ahnung, wie ich ihn fragen sollte, welchen Ast meines Stammbaums er besetzte. Also bat ich um Aufschub. »Zuerst müßt Ihr mir erzählen, was während meiner Abwesenheit geschah, o Scheich. Ich sah im Vestibül eine Frau, die ich noch nie zuvor in diesem Haus gesehen habe. Darf ich Euch fragen, um wen es sich handelt?«

Papas Gesicht verdunkelte sich. Er legte sich seine Antwort zurecht. »Sie ist eine Betrügerin und eine Hochstaplerin, und sie fängt an, mir großen Kummer zu bereiten.«

»Dann müßt Ihr sie wegschicken.«

»Ja.« Sein Gesicht wurde zu Stein. Neben mir saß nicht der Herrscher über ein großes Geschäftsimperium, nicht der Befehlshaber über Laster und Verbrechen in der Stadt. Friedlander Bei war etwas viel Schrecklicheres. Er hätte in der Tat der Sproß von Königen sein können, den er trug den Mantel der Macht und der Befehlsgewalt, als sei er damit geboren worden. »Ich muß dir diese Frage stellen, o mein Neffe: Ehrst du mich so sehr, daß du deine Lungen noch mal mit Feuer füllst?«

Ich blinzelte. Ich glaubte zu wissen, wovon er sprach. »Habe ich euch das nicht erst vor ein paar Monaten bewiesen, o Scheich?«

Er winkte ab. Einfach so, als wären der Schmerz und der Schrecken von damals ohne Bedeutung. »Zu jener

Zeit drohte dir Gefahr«, sagte er. Er wandte sich mir zu und legte eine alte Hand, die an eine Klaue erinnerte, auf mein Knie. »Jetzt brauche ich dich, um *mich* zu schützen. Ich möchte, daß du alles über diese Frau in Erfahrung bringst. Und dann sollst du sie zerstören. Und ihr Kind ebenfalls. Ich muß wissen, ob ich mir deiner absoluten Loyalität sicher sein kann.«

Seine Augen brannten. Ich kannte diese Seite von ihm. Ich saß neben einem Mann, der immer stärker vom Wahnsinn gepackt wurde. Mit zitternder Hand griff ich nach der Kaffeetasse und nahm einen großen Schluck. Bevor ich ihn nicht hinuntergeschluckt hatte, brauchte ich ihm nicht zu antworten.

□□□□□□□□□□□□□□□□□□□□□□

3. Kapitel

Vor meiner Schädeloperation brauchte ich einen Wecker. Wenn er am Morgen läutete, blieb ich gern noch eine Weile faul und müde im Bett liegen. Vielleicht stand ich auf, vielleicht auch nicht. Doch jetzt habe ich keine Wahl mehr. Ich stecke mir am Abend zuvor ein Add-on rein, und wenn der Daddy es für an der Zeit hält, öffnen sich meine Augen, und ich bin *hellwach*. Es geschieht plötzlich und verblüfft mich jedesmal. Und mit dem Chip im Kopf ist es unmöglich, wieder einzuschlafen. Ich kann es nicht ausstehen.

Am Sonntagmorgen wachte ich pünktlich um acht Uhr auf. Neben meinem Bett stand ein Schwarzer, den ich noch nie zuvor gesehen hatte. Ich dachte kurz darüber nach. Er war groß, größer als ich, und kräftig, ohne daß ihm dies zu Kopf stieg. Die meisten Schwarzen, die man in der Stadt sieht, sind wie Janelle Flüchtlinge aus einem dieser von Hungersnöten und Dürre geplagten afrikanischen Länder. Dieser Bursche jedoch sah aus, als hätte er noch nie in seinem Leben auf eine vernünftige, wohlausgewogene Mahlzeit verzichten müssen. Er hatte ein langes, ernstes Gesicht, das noch nie gelacht oder auch nur freundlich dreingeschaut zu haben schien. Seine strengen braunen Augen und der rasierte Kopf trugen zu dieser düsteren Erscheinung bei. »Wer sind Sie?« fragte ich. Noch lag ich unter der Bettdecke.

»Guten Morgen, *yaa Sidi*«, sagte er. Seine Stimme klang weich und tief und hatte einen kehligen Unterton. »Ich heiße Kmuzu.«

»Das ist ein Anfang. Und was in Allahs Namen wollen Sie hier?«

»Ich bin Euer Sklave.«

»Ein Scheiß sind Sie.« Ich halte mich gern für den Retter der Enterbten und so was. Auf Ideen wie Sklaverei reagiere ich allergisch, eine Haltung, die zu der Einstellung meiner Freunde und Nachbarn im Widerspruch steht.

»Der Herr des Hauses befahl mir, mich um Euch zu kümmern. Er dachte, ich sei der perfekte Sklave für Euch, *yaa Sidi,* weil mein Name in Ngoni soviel wie ›Medizin‹ bedeutet.«

Mein Name bedeutet auf Arabisch soviel wie ›Krankheit‹. Selbstverständlich wußte Friedlander Bei, daß meine Mutter mich Marîd genannt hatte, weil sie dem Aberglauben anhing, ich würde dann mein Leben lang von Krankheit verschont bleiben. »Ich habe nichts gegen einen Diener einzuwenden«, sagte ich, »aber einen Sklaven will ich auf keinen Fall.« Kmuzu zuckte die Achseln. Ob ich nun das Wort verwendete oder nicht, er wußte, daß er noch immer *jemandem* gehörte, mir oder Papa.

»Der Herr des Hauses informierte mich eingehend über Ihre Bedürfnisse.« Er kniff die Augen zusammen. »Er versprach, mich freizulassen, wenn ich mich zum Islam bekehre. Aber ich kann den Glauben meines Vaters nicht verraten. Ihr sollt wissen, daß ich ein gläubiger Christ bin.« Ich verstand das so, daß mein neuer Diener aus ganzem Herzen alles ablehnte, was ich sagte oder tat.

»Wir wollen trotzdem versuchen, Freunde zu sein«, erwiderte ich und schwang mich aus dem Bett. Ich holte den Schlafkontroll-Chip raus und legte ihn in den Daddyschuber auf dem Nachttisch. Früher ging morgens immer viel Zeit mit Gähnen und Mich-am-Kopf-Kratzen und Strecken drauf, aber jetzt sind mir sogar diese kleinen Freuden verwehrt, wenn ich aufwache.

»Benötigt Ihr diese Vorrichtung wirklich?« wollte Kmuzu wissen.

»Mein Körper hat verlernt, von selbst einzuschlafen und aufzuwachen.«

Er schüttelte den Kopf. »Das Problem ist einfach zu lösen, *yaa Sidi*. Ihr müßt nur lange genug aufbleiben, dann schlaft Ihr schon von selbst ein.«

Ich erkannte, daß ich, um Frieden zu finden, diesen Mann erschlagen mußte. Und zwar bald. »Sie haben das falsch verstanden. Das Problem ist, daß ich, wenn ich dann nach drei oder vier Tagen einschlafe, von bizarren Alpträumen gequält werde, von sehr bizarren Alpträumen. Warum soll ich mir das antun, wenn ich nur ein paar Pillen oder die geeignete Software einzuschmeißen brauche?«

»Der Herr des Hauses wies mich an, Euren Drogenkonsum einzudämmen.«

Allmählich wurde ich sauer. »Prima, dann probieren Sie's doch, verflucht.« Wahrscheinlich steckte das Drogenproblem hinter Friedlander Beis Freundlichkeit, mir einen Sklaven zu ›schenken‹. Ich hatte an meinem ersten Morgen *chez* Papa einen schweren Fehler begangen, indem ich zu spät beim Frühstück erschien und dann auch noch mit einem Butaqualid-Kater. Es dauerte ein paar Stunden, bis ich wieder voll da war, und das mißfiel dem alten Herrn. Als ich also an diesem Nachmittag an Lailas Mod-Geschäft in der Vierten Straße im Budayin vorbeilief, schaute ich rein und besorgte mir den Schlafkontroll-Chip.

Ich ziehe noch immer ein halbes Dutzend Beautys vor, aber neuerdings schaue ich mich um, ob auch keiner von Papas Spionen in der Gegend ist. Von der Sorte gibt's jede Menge. Um es klar auszudrücken: Man will ihm nicht mißfallen. Sowas vergißt er nie. Wenn es sein muß, beauftragt er jemand, seiner Verärgerung Luft zu machen.

Aber die Sache hat auch ihre Vorteile. Zum Beispiel das Bett. Ich hatte nie zuvor ein Bett, nur eine Matratze, die in einer Ecke auf dem Boden lag. Jetzt habe ich etwas, worunter ich meine schmutzigen Socken und die Unterwäsche werfen kann. Und wenn etwas auf den

Boden fällt und ich es nicht auf Anhieb finde, weiß ich wenigstens, wo ich suchen muß. Ich falle immer noch ein paarmal die Woche aus dem verdammten Bett, aber dank dem Schlafkontroll-Chip stört mich das nicht weiter. Ich schlafe weiter und wache am nächsten Morgen am Boden auf.

Ich stand also an diesem Sonntagmorgen auf, duschte mich heiß, wusch mir die Haare, brachte meinen Bart auf Vordermann und putzte mir die Zähne. Um neun Uhr mußte ich an meinem Schreibtisch auf der Polizeiwache sitzen, aber eine meiner Methoden, mir meine Unabhängigkeit zu bewahren, bestand darin, diese Zeitvorgaben zu mißachten. Ich ließ mir Zeit mit dem Anziehen. Ich wählte eine Khakihose, ein hellblaues Hemd, eine dunkelblaue Krawatte und ein weißes Leinenjacket. Die Schreibtischtäter im Bullenladen ziehen sich alle so an. Gott sei Dank. Die arabische Tracht erinnert mich zu sehr an das Leben, das ich hinter mir ließ, als ich in die Stadt kam.

»Sie wurden also hierher beordert, um mir nachzuschnüffeln«, sagte ich, während ich mich mit meiner Krawatte quälte.

»Ich bin hier, um Euch als Freund zu dienen, *yaa Sidi*«, erwiderte Kmuzu.

Das amüsierte mich. Bevor ich in Friedlander Beis Palast zog, war ich oft allein. Ich wohnte in einem kahlen Ein-Zimmer-Apartment, und nur mein Pillenschächtelchen leistete mir Gesellschaft. Natürlich hatte ich Freunde, aber nicht die Art, die aus lauter Sehnsucht andauernd vorbeischauten. Dann gab es Yasmin, die ich wohl ein bißchen liebte. Sie verbrachte ab und zu die Nacht bei mir, aber jetzt schaute sie zur Seite, wenn wir uns zufällig begegneten. Ich glaube, sie nimmt es mir übel, daß ich ein paar Leute umgebracht habe.

»Und wenn ich Sie verprügeln würde?« fragte ich Kmuzu. »Wären Sie dann noch immer mein Freund?«

Ich versuchte, sarkastisch zu sein. Doch damit hatte

ich entschieden das Falsche gesagt. »Ich würde Euch daran hindern«, sagte Kmuzu mit der kältesten Stimme, die mir je zu Ohren gekommen war.

Ich glaube, mir klappte der Kinnladen nach unten. »Ich habe das nicht so gemeint«, versuchte ich es wieder gutzumachen. Kmuzu nickte leicht, und die Spannung ließ etwas nach. »Können Sie mir damit helfen? Ich glaube, die Krawatte bleibt Sieger.«

Kmuzus Gesichtsausdruck wurde etwas weicher. Es schien ihn zu freuen, mir diesen kleinen Dienst tun zu können. »Nun stimmt es«, sagte er, als er fertig war. »Ich werde Euch das Frühstück besorgen.«

»Ich frühstücke nicht.«

»*Yaa Sidi,* der Herr des Hauses trug mir auf, darauf zu achten, daß Ihr von nun an frühstückt. Er ist überzeugt, daß das Frühstück die wichtigste Mahlzeit ist.«

Allah schütze mich vor Ernährungsfaschisten! »Wenn ich am Morgen etwas esse, fühle ich mich stundenlang wie ein Klumpen Blei.«

Meine Meinung spielte für Kmuzu keine Rolle. »Ich werde Euch das Frühstück besorgen«, beharrte er.

»Müssen Sie nicht in die Kirche gehen oder irgendwas?«

Er sah mich ruhig an. »Ich war bereits im Gottesdienst. Jetzt werde ich Euch Euer Frühstück besorgen.« Ich bin mir sicher, er notierte jede einzelnen Kalorie, die ich zu mir nahm, und erstattete Friedlander Bei Bericht darüber. Das war nur ein weiteres Beispiel für das Ausmaß von Papas Einfluß.

Ich mag mir wie ein Gefangener vorgekommen sein, aber es gab gewisse Kompensationen. Ich bewohnte eine geräumige Suite im Westflügel von Friedlander Beis großem Anwesen. Sie lag im ersten Stock, in der Nähe von Papas Privaträumen. Mein Schrank war voll mit arabischen Trachten und westlichen Anzügen jeglichen Stils — sportlich, lässig, elegant. Papa besorgte mir eine Menge anspruchsvolle High Tech-Hardware, von einer neuen regelorientierten Chhindwara-KI-Datenstation hin zu einem Esmeraldas-Holosystem mit Libertad-Bildschirmen und einem Ruy-Challenger-Argon-Solipsator. Über Geld machte ich mir nie Gedanken. Einmal die Woche legte einer der Sprechenden Felsen einen dikken Umschlag voller Scheine auf meinen Schreibtisch.

Alles in allem hatte sich mein Leben in einem Ausmaß verändert, das die Tage der Armut und Unsicherheit wie ein dreißig Jahre dauernder Alptraum erscheinen ließ. Heute habe ich genug zu essen, bin gut angezogen und werde von den richtigen Leuten geschätzt. Und all das hat mich nicht mehr gekostet, als man erwarten würde: nur meine Selbstachtung und den Respekt meiner Freunde.

Kmuzu teilte mir mit, daß das Frühstück fertig sei. »*Bismillah*«, murmelte ich, als ich mich hinsetzte: im Namen Gottes. Ich aß einige in ausgelassener Butter herausgebratene Eier und Brot und trank eine Tasse heißen Kaffee.

»Habt Ihr noch einen Wunsch, *yaa Sidi*?« erkundigte sich Kmuzu.

»Nein, danke.« Ich starrte die gegenüberliegende Wand an und dachte über Freiheit nach. Ich fragte mich, ob es einen Weg gibt, mich aus diesem Quasi-Polizei-Job freizukaufen. Mit Geld bestimmt nicht. Da war ich mir sicher. Papa mit Geld zu bestechen war wohl unmöglich. Und dennoch, wenn ich nur gut genug aufpaßte, fand ich vielleicht eine andere Möglichkeit. *Inshallah*.

»Soll ich hinuntergehen und den Wagen holen?« fragte Kmuzu. Ich blinzelte und merkte, daß es an der Zeit war zu gehen. Über Friedlander Beis große, schwarze Limousine konnte ich nicht frei verfügen, aber er hatte mir ein praktisches, neues Elektromobil gegeben. Schließlich war ich sein offizieller Repräsentant unter den Wächtern über Recht und Gesetz.

Selbstverständlich war Kmuzu jetzt mein Chauffeur. Mir kam der Gedanke, daß ich es in Zukunft schlau würde anstellen müssen, wenn ich seinen wachsamen Augen entkommen wollte. »Ja, ich bin in einer Minute unten«, antwortete ich.

Ich fuhr mir mit der Hand durchs Haar. Es wurde wieder länger. Bevor ich das Haus verließ, packte ich meine Aktentasche voll Moddys und Daddys. Es ließ sich nicht im voraus sagen, welche Persönlichkeit oder welche Talente und Fertigkeiten ich bei der Arbeit brauchen würde. Am besten nahm ich also alles mit und war auf alles vorbereitet.

Ich stand auf der Marmortreppe und wartete auf Kmuzu. Wir hatten den Monat Rabi al-Awwal. Ein leichter Regen fiel von einem grauen Himmel. Obwohl Papas Besitz mitten in der Stadt, in einer belebten Wohngegend lag, konnte ich mich mühelos in eine Gartenoase träumen, weit weg vom Schmutz und vom Lärm der Stadt. Rings um mich herum war üppiges Grün, das nur aufgepäppelt und am Leben erhalten wurde, um einen müden alten Mann zu erquicken. Das ruhige, friedliche Geplätscher eines Brunnens drang an mein Ohr, und aus den sorgfältig gepflegten Obstbäumen ertönte munteres Vogelgezwitscher. Ich tat so, als ließe mich das alles kalt.

Darauf stieg ich in die cremefarbene westfälische Limousine und fuhr durch das bewachte Tor nach draußen. Ich tauchte gleichsam in den Lärm und das Gewühl der Stadt. Mit Schrecken stellte ich fest, wie leid es mir tat, die Beschaulichkeit von Papas Anwesen verlassen zu müssen. Es würde nicht mehr lange dauern, so schoß es mir durch den Kopf, und ich war wie er.

Kmuzu ließ mich in der Walid al-Akbar-Straße aussteigen. Dort befand sich die für den Budayin zuständige Polizeiwache. Er sagte, er wäre pünktlich um vier Uhr dreißig wieder da, um mich abzuholen. Ich hatte den Eindruck, daß er zu den Leuten gehört, die nie zu spät kommen. Ich stand auf dem Trottoir und sah zu, wie er wegfuhr.

Vor der Polizeiwache treiben sich immer eine Menge Kinder herum. Ich weiß nicht, ob sie hoffen, einen Ganoven in Handschellen zu sehen, oder darauf warten, daß ihre Eltern entlassen werden, oder ob sie nur herumlungern, weil sie die Hoffnung auf ein paar Münzen nicht aufgeben. Vor nicht allzu langer Zeit war ich eines von ihnen, in Algier. Und es machte mir nichts aus, einige Kiam in die Luft zu werfen und sie danach haschen zu sehen. Ich langte in die Tasche nach einer Handvoll Münzen. Die älteren, größeren Kinder fingen das Geld auf und die kleineren klammerten sich an meine Beine und jammerten: *»Bakschisch!«* Jeden Tag stand ich vor der Aufgabe, die jungen Passagiere abzuschütteln, bevor ich an der Drehtür ankam.

Mein Schreibtisch stand in einem kleinen Büroabteil im zweiten Stock der Polizeiwache. Mein Büroabteil war durch eine mannshohe, hellgrüne Gipswand von den benachbarten Büroabteilen getrennt. Es lag immer ein saurer Geruch in der Luft, nach abgestandenem Schweiß, Tabakrauch und Desinfektionsmittel. Über meinem Schreibtisch war ein Regal mit Plastikschachteln voller Dateien auf legierten Kobaltzellspeicherelementen mit Dateien angebracht. Auf dem Boden stand eine riesige Schachtel rappelvoll mit gebundenen Ausdrucken. Auf dem Schreibtisch stand ein schmutziges altes Annamese-Terminal, das zwei- von dreimal einwandfrei funktionierte. Natürlich war meine Arbeit hier nicht von großer Bedeutung, wenn es nach Kommissar Hajjar ging. Wir wußten beide, daß ich nur hier war, um für Friedlander Bei auf alles ein Auge zu haben. Es sah Papa ähnlich, einen eigenen Polizeibezirk zu haben, der seine Interessen im Budayin schützte.

Hajjar kam in mein Büroabteil und stellte noch eine schwere Schachtel auf meinen Schreibtisch. Er war Jordanier und hatte selbst ein längeres Vorstrafenregister aus der Zeit, bevor er in die Stadt kam. Vor zehn Jahren hatte er wohl Sport getrieben, aber er war nicht in Form geblieben. Er hatte schütteres, braunes Haar, und in letzter Zeit versuchte er, sich einen Bart wachsen zu lassen. Es sah furchtbar aus, wie eine Kiwischale. So stellte man sich den Alptraum von einem Drogen dealenden Schwiegersohn vor, womit er sich auch die Zeit vertrieb, wenn er sich nicht gerade um die Angelegenheiten des Budayin kümmerte.

»Wie geht's, Audran?« begrüßte er mich.

»Okay, was ist das?«

»Habe eine sinnvolle Beschäftigung für Sie gefunden.« Hajjar war etwa zwei Jahre jünger als ich, und es machte ihm Spaß, mich zu schikanieren.

Ich sah in die Schachtel. Ein paar hundert blaue, legierte Kobaltplatten waren drin. Sah ganz nach einem weiteren Scheißjob aus. »Sie wollen, daß ich die sortiere?«

»Ich möchte, daß Sie sie in die Tagesberichte einarbeiten.«

Ich fluchte in mich hinein. Jeder Bulle trägt ein elektronisches Protokoll bei sich, um den Tagesablauf aufzuzeichnen: wohin er ging, was er sah, was er sagte, was er machte. Am Abend gibt er die Zellspeicherplatte des Buches seinem Inspektor. Hajjar wollte nun, daß ich alle Platten aus dem Regalständer der Station sortieren sollte. »Für diese Art von Arbeit hat Papa mich nicht vorgesehen«, sagte ich.

»Zum Teufel. Wenn Sie sich beschweren wollen, gehen Sie zu Friedlander Bei. Bis dahin machen Sie gefälligst, was ich Ihnen sage.«

»Geht in Ordnung«, lenkte ich ein. Ich durchbohrte seinen Rücken mit Blicken, als er wieder ging.

»Ach ja«, drehte er sich noch mal um, »da ist jemand, der Sie treffen will. Könnte eine nette Überraschung sein.«

Das bezweifelte ich. »Mhm«, brummte ich.

»Na, dann fangen Sie mal mit den Speicherplatten an. Ich möchte, daß Sie mittags fertig sind.«

Ich beugte mich wieder über meinen Schreibtisch und

schüttelte den Kopf. Hajjar trieb mich zum Wahnsinn. Schlimmer noch, er wußte es. Und das ärgerte mich am meisten.

Das Lustige daran war, daß Hajjar ebenfalls von Friedlander Bei bezahlt wurde, aber er tat so, als sei er unabhängig. Seit er jedoch befördert worden war und Verantwortung übernommen hatte, hatte Hajjar sich auf bemerkenswerte Weise verändert. Er begann, seine Arbeit ernst zu nehmen und seine Geschäftemachereien und ›Nebeneinnahmen‹ zurückzuschrauben. Nicht daß er plötzlich ein Ehrgefühl entwickelt hätte, er hatte einfach erkannt, daß er sich den Arsch abarbeiten mußte, wenn er nicht wegen Unfähigkeit und Unzuverlässigkeit gefeuert werden wollte.

Ich holte ein Produktivitätsmoddy aus meiner Aktentasche und steckte es in meine hintere Buchse. Die hinteren Implantate unterscheiden sich nicht von den anderen auf dem Markt. Ich kann ein Moddy und sechs Daddys einstecken. Die vordere Buchse aber macht mich zu etwas Besonderem. Sie spricht direkt den Hypothalamus an. Hier stecke ich meine Spezialdaddys rein. So weit ich weiß, hat noch nie jemand ein zweites Implantat erhalten. Ich bin froh, daß ich keine Ahnung hatte, daß Friedlander Bei meine Ärzte beauftragt hatte, dieses absolut gefährliche Experiment zu wagen. Wahrscheinlich wollte er nicht, daß ich mir Gedanken machte. Jetzt, nachdem der unangenehme Teil vorbei ist, bin ich froh, daß ich es gemacht habe. Dadurch wurde ich ein wertvolleres Mitglied der menschlichen Gesellschaft und so weiter und so fort.

Wenn ich langweilige Polizeiarbeit zu erledigen hatte, was beinahe jeden Tag der Fall war, steckte ich ein orangefarbenes Moddy rein, das Hajjar mir gegeben hatte. Laut dem Warenkennzeichen war es in der Schweiz hergestellt worden. Den Schweizern ist Effektivität wohl ziemlich wichtig. Ihr Moddy macht im Handumdrehen aus dem dynamischsten, lebhaftesten Menschen einen stumpfsinnigen Dödel. Keinen Blödmann wie das Dummmacher-Moddy des Halb-Hadschi, sondern ein dumpfes Arbeitstier, das nichts mitkriegt, bevor nicht die ganze Arbeit im *Ausgang*-Korb liegt. Es ist das größte Geschenk für das gemeine Bürogesinde seit der Einführung gemischtgeschlechtlicher Kaffeepausen.

Ich seufzte, nahm das Moddy und steckte es mir rein.

Die Welt schien kurz ins Schlingern geraten zu sein und dann wieder die Balance gefunden zu haben. Audran hatte einen merkwürdig metallenen Geschmack im Mund und in den Ohren ein schrilles Summen. Ihm war leicht übel, doch er versuchte, es so weit wie möglich zu ignorieren. Es würde erst weggehen, wenn er das Moddy herausnahm. Das Moddy dämpfte seine Persönlichkeit wie ein Lampenschirm das Licht. Nur ein kaum wahrnehmbarer Rest seines wahren Selbst blieb übrig, der zu nichts mehr gut war.

Audran war so gedämpft, daß ihm das nichts ausmachte. Er wußte nur, daß er Arbeit zu erledigen hatte, und holte zwei Handvoll legierte Kobaltplatten aus der Schachtel. Er schob sie in die Kontrollports unter den Bildschirm des arg mitgenommenen Terminals. Audran berührte das Bedienfeld und sagte: »Ports eins, zwei, drei, vier, fünf, sechs kopieren.« Während der Inhalt der Speicherplatten kopiert wurde, starrte er leeren Blickes auf den Bildschirm. Als der erste Durchlauf beendet war, entfernte er die Speicherplatten, legte sie auf der einen Seite seines Schreibtisches ab und legte die nächsten sechs ein. Er bemerkte kaum, wie der Vormittag verstrich, während er die Daten einspeicherte.

»Audran.« Jemand rief seinen Namen.

Er hielt inne und blickte über die Schulter. Kommissar Hajjar und ein Polizist in Uniform standen am Eingang zu seinem Büroabteil. Audran drehte sich wieder langsam um und fixierte sein Terminal. Er langte in die Schachtel, doch die war leer.

»Nehmen Sie das verfluchte Ding raus.«

Audran sah wieder Hajjar an und nickte. Es war Zeit, das Moddy rauszunehmen.

Mich schwindelte. Ich verlor die Orientierung und dann saß ich mit einem Schweizer Moddy in der Hand an meinem Schreibtisch und sah dämlich drein. »Puh«, seufzte ich. Ich war froh, wieder bei Verstand zu sein.

»Ich erzähle Ihnen ein Geheimnis über Audran«, sagte Hajjar zu dem Bullen. »Wir haben ihn nicht wegen seiner wunderbaren Fähigkeiten eingestellt. Die hat er nämlich nicht. Aber er eignet sich so hervorragend für Hardware. Audran ist ein Moddyständer mit Beinen.« Der Bulle grinste.

»Sie haben mir dieses verdammte Moddy gegeben«, warf ich ein.

Hajjar zuckte die Achseln. »Audran, das ist Inspektor Shaknahyi.«

»Wie geht's?« fragte ich.

»Geht schon«, antwortete der Bulle.

»Sie müssen auf Audran ein Auge haben«, erklärte Hajjar. »Er gehört zu diesen ewig Süchtigen. Früher hat er sich immer mordswichtig damit gemacht, daß er sich nie das Gehirn verdrahten lassen würde. Jetzt sieht man ihn nie mehr ohne einem Moddy im Kopf.«

Das traf mich. Mir war gar nicht bewußt gewesen, daß ich die Moddys so häufig benutzte. Es überraschte mich, daß es sonst jemand gemerkt hatte.

»Versuchen Sie, seine Schwächen zu übersehen, Jirji, Sie und er werden zusammenarbeiten.«

Shaknahyi sah ihn scharf an. Ich ebenfalls. »Was meinen Sie denn mit ›zusammenarbeiten‹?« hakte der Bulle nach.

»Ich meine damit das, was ich gesagt habe. Ich habe einen kleinen Auftrag für euch beide. Ihr werdet eine Weile sehr eng zusammenarbeiten.«

»Sie wollen mich aus dem Streifendienst nehmen?« fragte Shaknahyi.

Hajjar schüttelte den Kopf. »Das habe ich nicht gesagt. Ich teile Audran mit Ihnen für den Streifendienst ein.«

Shaknahyi geriet so außer sich, daß ich schon dachte, er würde platzen. »Möge der Scheitan zuvor meine Kinder holen!« rief er. »Sie glauben wohl nicht im Ernst, daß Sie mich mit einem Kerl zusammenspannen können, der nicht ordentlich ausgebildet ist und keine Erfahrung hat!«

Mir gefiel die Vorstellung, auf die Straße rauszugehen, gar nicht. Ich hatte keine Lust, für irgendeinen Verrückten im Budayin, dem zufällig die Nadelpistole lokker saß, eine Zielscheibe abzugeben. »Mein Job ist es, hier auf der Wache zu bleiben«, wandte ich ein. »Friedlander Bei hat nie etwas über echte Bullenarbeit verlauten lassen.«

»Wird gut sein für Sie, Audran«, sagte Hajjar. »Sie kommen in der Gegend rum und treffen alle Ihre Freunde wieder. Die sind sicher beeindruckt, wenn Sie ihnen Ihre Polizeimarke zeigen.«

»Sie werden mich verabscheuen.«

»Sie beide übersehen da ein kleines Detail«, meldete sich Shaknahyi zu Wort. »Seine Aufgabe als mein Partner ist es, mir den Rücken freizuhalten, sobald es gefährlich wird. Um ehrlich zu sein, ich habe nicht die Spur Vertrauen zu ihm. Sie können von mir nicht erwarten, mit einem Partner zu arbeiten, dem ich nicht vertraue.«

»Ich werfe Ihnen das nicht vor«, sagte Hajjar. Die Meinung des Bullen über mich amüsierte ihn. Auch mein erster Eindruck von Shaknahyi fiel nicht günstig aus. Er hatte sich das Gehirn nicht verdrahten lassen, das heißt, er gehörte entweder zu der Gruppe von Bullen, die streng nach den Geboten des Korans lebte, oder er gehörte zu den Kerlen, die glaubten, ihr nacktes Gehirn würde auch ohne Tuning locker mit allen Übeltätern fertig. Ich gehörte zu den letzteren, aber ich habe meinen Irrtum eingesehen. So oder so, ich würde mit ihm nicht auskommen.

»Und ich will nicht dafür verantwortlich sein, ihm den

Rücken freizuhalten«, sagte ich. »Auf den Streß kann ich verzichten.«

Hajjar machte eine beschwichtigende Handbewegung. »Um das geht es doch gar nicht. Ihr sollt nicht rausgehen und die bösen Buben jagen, sondern eine inoffizielle Ermittlung durchführen.«

»Was für eine Ermittlung?« fragte Shaknahyi argwöhnisch.

Hajjar schwenkte eine dunkelgrüne, legierte Kobaltplatte. »Hier habe ich eine riesige Datei über Reda Abu Adil. Ich will, daß ihr sie rückwärts wie vorwärts auswendig aufsagen könnt. Dann macht ihr euch an ihn ran und heftet euch wie Schatten an seine Fersen.«

»Sein Name fiel ein paarmal bei Papa«, sagte ich. »Wer ist das?«

»Er ist Friedlander Beis ältester Rivale.« Hajjar lehnte sich gegen die hellgrüne Wand. »Die Sache zwischen ihnen dauert schon hundert Jahre.«

»Ich kenne die Geschichte«, bemerkte der Bulle schroff.

»Audran kennt nur die kleinen Fische im Budayin. Abu Adil macht einen großen Bogen um den Budayin. Hält sich aus Papas Interessengebiet raus. Hat sich sein eigenes kleines Reich im Norden und Westen der Stadt geschaffen. Trotzdem bat mich Friedlander Bei, ihn zu überwachen.«

»Sie machen das, weil Friedlander Bei Sie darum bat?« fragte Shaknahyi.

»Da können Sie Ihren Arsch drauf wetten. Er hat Anhaltspunkte, daß Abu Adil mit dem Gedanken spielt, ihren Waffenstillstand zu brechen. Papa will vorbereitet sein.«

Solange ich kein Loch in Papas Netz gefunden hatte, konnte er mit mir machen, was er wollte. Ich mußte tun, was er und Hajjar befahlen.

Doch Shaknahyi wollte mit der Sache nichts zu tun haben. »Ich wurde Polizist, weil ich dachte, so könnte ich Menschen helfen«, widersprach er. »Ich verdiene nicht besonders gut, ich habe zu wenig Schlaf, und jeden Tag gerate ich in die eine oder andere brenzlige Situtation. Ich weiß nie, wann jemand eine Pistole auf mich richtet und abdrückt. Ich mache diesen Job, weil ich glaube, etwas ändern zu können, und nicht, weil ich den Privatspion für irgendeinen reichen Arsch spielen will. Wie lange ist diese Uniform eigentlich schon im Angebot?« Er schaute den Kommissar wütend in die Augen, bis dieser seinen Blick nicht mehr ertrug und wegblickte.

»Was haben Sie denn gegen mich?« wandte ich mich an Shaknahyi.

»Zum einen sind Sie kein Bulle. Sie sind schlimmer als ein Anfänger. Entweder Sie lassen mich hängen, und ein Ganove knallt mich ab, oder Sie verlieren die Nerven und erschießen eine nette alte Dame. Ich will sicher sein, daß ich mich auf meinen Partner verlassen kann.«

Ich nickte. »Ja, da haben Sie völlig recht. Aber ich kann ein Moddy tragen. Viele Anfänger tragen Polizisten-Moddys, um die mangelnde Erfahrung auszugleichen.«

Shaknahyi warf die Hände in die Höhe. »Er macht es nur schlimmer.«

»Ich sagte schon, ihr braucht euch keine Gedanken darüber zu machen, daß es heiß werden könnte. Das ist eine Ermittlung. Größtenteils reine Schreibtischarbeit. Ich weiß nicht, warum Sie sich so aufregen, Jirji.«

Shaknahyi rieb sich die Stirn und seufzte. »In Ordnung, in Ordnung. Ich möchte nur, daß mein Einspruch zur Kenntnis genommen wird.«

»Okay«, sagte Hajjar. »Das ist hiermit geschehen. Ich will von euch beiden regelmäßige Berichte, um Friedlander Beis Wünschen nachzukommen. Das ist nicht ganz so einfach, wie es sich anhört.« Er warf mir die Zellspeicherplatte zu.

»Sollen wir sofort damit anfangen?« fragte ich.

Hajjar zog die Mundwinkel nach unten. »Wenn Ihnen Ihre gesellschaftlichen Verpflichtungen nicht im Weg stehen.«

»Machen Sie für mich eine Kopie«, sagte Shaknahyi. »Ich werde mir die Datei heute noch ansehen, und morgen fahren wir an Abu Adils Wohnsitz vorbei.«

»Okay«, erwiderte ich, legte die grüne Speicherplatte in mein Terminal ein und kopierte die Datei auf eine leere Speicherplatte.

»Gut«, sagte Shaknahyi, nahm die Kopie und verließ mein Büroabteil.

»Ihr zwei scheint euch ja nicht gerade auf Anhieb zu verstehen«, stellte Hajjar fest.

»Wir sollen den Job erledigen«, entgegnete ich, »und nicht das Tanzbein schwingen.«

»Ist ja schon in Ordnung. Warum nehmen Sie sich nicht den restlichen Nachmittag frei? Gehen Sie nach Hause, und sehen Sie sich den Bericht an. Ich bin sicher, daß Ihnen, sollten Sie Fragen haben, Papa weiterhelfen kann.«

Er verließ mich ebenfalls, und ich rief bei Friedlander Bei zu Hause an. Einer der Sprechenden Felsen war am Apparat. »Ja?« meldete er sich schroff.

»Hier ist Audran. Sagen Sie Kmuzu, er soll mich in zwanzig Minuten an der Polizeiwache abholen.«

»Ja«, antwortete der Fels. Dann war der Wählton zu hören. Die Barschheit der Felsen hält durchaus mit ihrem Mangel an Beredsamkeit Schritt.

Genau zwanzig Minuten später hielt Kmuzu am verabredeten Platz. Ich nahm auf dem Rücksitz Platz, und er fuhr uns zu Friedlander Beis Palast.

»Kmuzu«, begann ich, »haben Sie jemals von einem Geschäftsmann namens Reda Abu Adil gehört?«

»Nicht viel, *yaa Sidi.* Was möchtet Ihr wissen?« Er wandte den Blick nicht von der Straße.

»Alles, aber es muß nicht gleich sein.« Ich schloß die Augen und legte den Kopf zurück an den Rücksitz.

Wenn Friedlander Bei mir nur soviel erzählen würde wie Kmuzu und Kommissar Hajjar. Ich haßte die Vorstellung, daß Papa mir noch immer nicht ganz traute.

»Ihr möchtet mit Friedlander Bei sprechen, sobald Ihr zu Hause seid?«

»Stimmt.«

»Seid gewarnt, er ist in ziemlich übler Stimmung wegen dieser Frau.«

Wunderbar, dachte ich. Die Frau hatte ich ganz vergessen. Papa wollte sicher wissen, warum ich sie noch nicht umgebracht hatte. Den Rest der Fahrt dachte ich über eine glaubhafte Antwort nach.

4. Kapitel

Hätte ich gewußt, was alles auf mich zukommt, hätte ich Kmuzu gebeten, mich auf dem nächsten Weg hinaus aus der Stadt zu fahren, an einen ruhigen, möglichst weit entfernten Ort. Es war vier Uhr, als ich zu Hause ankam — inzwischen betrachtete ich Friedlander Beis Palast als mein Zuhause. Ich beschloß, mich etwas hinzulegen. Anschließend wollte ich kurz mit Papa sprechen, dann ausgehen und den Abend in Chirigas Club verbringen. Unglücklicherweise hatte mein Sklave Kmuzu andere Pläne.

»Das kleine Zimmer wird mir reichen«, verkündete er.

»Wie bitte?« fragte ich nach. Ich hatte keine Ahnung, wovon er sprach.

»Das kleine Zimmer, das Ihr als Abstellkammer verwendet. Es reicht mir voll und ganz. Ich stelle ein Feldbett rein.«

Ich sah ihn kurz an. »Ich dachte, Sie würden im Dienstbotenflügel schlafen.«

»Ja, Sidi, ich bin dort untergebracht, *yaa Sidi,* aber ich kann mich besser um Euch kümmern, wenn ich hier ebenfalls ein Zimmer habe.«

»Ich bin gar nicht daran interessiert, daß Sie sich ununterbrochen um mich kümmern, Kmuzu. Ganz im Gegenteil, ich lege absolut Wert auf meine Privatsphäre.«

Kmuzu nickte: »Ich weiß, aber der Herr des Hauses gab mir die Anweisung ...«

Davon hatte ich bereits genug. »Es ist mir *egal,* welche Anweisung Ihnen der Herr des Hauses gab«, brüllte ich. »Wessen Sklave sind Sie — seiner oder meiner?«

Diese Frage ließ Kmuzu unbeantwortet. Er schaute mich einfach mit seinen großen, ernsten Augen an.

»Ja, okay, ist schon in Ordnung«, sagte ich. »Richten Sie sich von mir aus die Abstellkammer ein. Räumen Sie meine Sachen irgendwohin, und legen Sie sich eine Matratze rein, wenn Sie unbedingt wollen.« Ich drehte mich zutiefst verärgert um.

»Friedlander Bei lud Euch ein, nach Ihrer Unterredung mit ihm zu essen.«

»Ich nehme an, es spielt keine Rolle, daß ich etwas anderes vorhatte.« Die einzige Reaktion, die mir diese Erwiderung einbrachte, war wieder dieser stumme Blick. Den beherrschte Kmuzu hervorragend.

Ich ging ins Schlafzimmer und zog mich aus. Darauf duschte ich mich kurz und dachte über das Gespräch mit Friedlander Bei nach. Als erstes würde ich ihm sagen, daß diese Sache mit dem spionierenden Sklaven aufhören mußte — und zwar rasch. Als zweites würde ich ihm klarmachen, daß es mich nicht gerade glücklich machte, Inspektor Shaknahyi als Partner zugewiesen zu bekommen. Und als drittes — doch da merkte ich, daß ich wahrscheinlich nicht den Mut aufbringen würde, die Punkte eins und zwei auch nur zu erwähnen.

Ich stieg aus der Dusche und rubbelte mich trocken. Durch das warme Wasser fühlte ich mich erfrischt und beschloß, auf das Nickerchen zu verzichten. Statt dessen stand ich vor dem Kleiderschrank und überlegte, was ich anziehen sollte. Papa hatte es gern, wenn ich mich arabisch kleidete. Ach was, dachte ich, und griff nach einer braunen *Gallebeya*. Ein Käppchen, wie man es dort trug, wo ich geboren wurde, erschien mir unpassend. Ich entschied mich für eine einfache weiße *Keffiya,* die ich mit einem *Akal,* einem Band befestigte. Um die Hüfte schlang ich einen Gürtel, in den ich einen Dolch steckte — ein Geschenk Papas. Außerdem trug ich hinten am Gürtel in einem Halfter eine Schockpistole. Um sie zu verbergen, trug ich einen teuren, gelbbraunen Überwurf über der *Gallebeya.* Nun fühlte ich mich für alles gewappnet: ein Festmahl, eine Auseinandersetzung oder einen Anschlag.

»Warum bleiben Sie nicht hier und richten sich ein?« sagte ich zu Kmuzu, aber er folgte mir nach unten. Papas Arbeitsräume befanden sich im Erdgeschoß, im Hauptteil des Hauses, das zwischen den zwei Flügeln lag. Als wir dort eintrafen, stand einer der Sprechenden Felsen im Flur und bewachte den Eingang. Er warf mir einen Blick zu und nickte, doch als er Kmuzu sah, wechselte sein Gesichtsausdruck. Er verzog leicht den Mund. Soviel Gefühl hatte ich noch bei keinem der Sprechenden Felsen gesehen.

»Halt«, sagte er.

»Ich gehe mit meinem Herrn«, entgegnete Kmuzu.

Der Fels schlug ihm gegen die Brust und schob ihn einen Schritt zurück. »Halt«, wiederholte er.

»Ist schon gut, Kmuzu«, meldete ich mich zu Wort. Ich wollte nicht, daß die beiden sich hier draußen vor Friedlander Beis Arbeitszimmer einen Kampf lieferten. Sollten sie doch ihre kleinen Hierarchieprobleme zu einer geeigneteren Zeit klären.

Kmuzu sah mich kalt an, schwieg aber. Der Fels nickte leicht, als ich an ihm vorbei in Papas Wartezimmer ging, und schloß die Tür hinter mir. Falls er und Kmuzu draußen im Flur aneinandergerieten, war ich aufgeschmissen. Wie verhält man sich, wenn der eigene Sklave vom Sklaven des Herrn verprügelt wird? Allerdings hatte ich bei diesen Betrachtungen völlig außer acht gelassen, daß vielleicht Kmuzu ganz gut in der Lage war, selbst mit dem Sprechenden Felsen fertig zu werden.

Wie dem auch war, Friedlander Bei saß in seinem Hauptbüro hinter seinem riesigen Schreibtisch. Er sah nicht gut aus. Er hatte den Kopf in die Hände gestützt und massierte sich die Stirn. Als ich das Zimmer betrat, erhob er sich. »Ich bin erfreut«, grüßte er mich. Er klang nicht erfreut. Er klang erschöpft.

»Es ist mir eine Ehre, Euch einen guten Abend zu wünschen, o Scheich«, antwortete ich. Er trug eine ausgebeulte graue Hose und ein weißes Hemd mit offenem Kragen. Die Ärmel hatte er hochgekrempelt. Wahrscheinlich merkte er nicht einmal, welche Mühe ich mir mit der arabischen Tracht gegegeben hatte. Es war zum Mäusemelken.

»Das Essen wird bald aufgetragen, mein Sohn. Setz dich bis dahin zu mir. Es gibt einige Angelegenheiten, die ich mit dir besprechen möchte.«

Ich nahm auf einem bequemen Stuhl neben seinem Schreibtisch Platz. Papa setzte sich wieder und schob stirnrunzelnd einen Stapel Blätter hin und her. Ich fragte mich, ob er mit mir über die Frau sprechen wollte oder darüber, warum er mir Kmuzu aufgehalst hatte. Es war nicht an mir, ihn danach zu fragen. Er würde das Gespräch eröffnen, wenn er soweit war.

Er schloß kurz die Augen und öffnete sie wieder mit einem Seufzer. Sein schütteres weißes Haar war zerzaust, und er schien sich heute morgen nicht rasiert zu haben. Vermutlich ging ihm eine Menge im Kopf um. Allmählich bekam ich es mit der Angst zu tun, welchen Auftrag er mir diesmal erteilen würde.

»Wir müssen miteinander sprechen«, fing er an. »Die Angelegenheit mit den Almosen muß geregelt werden.«

Okay, ich gebe es zu: Von allen möglichen Problemen, die zur Auswahl standen, hatte ich mit der Almosenfrage am wenigsten gerechnet. Was für ein Narr ich doch war, zu glauben, er würde zur Sache kommen und etwas Essentielles besprechen. Etwas wie Mord.

»Ich fürchte, ich hatte etwas Wichtigeres erwartet, o Scheich.«

Friedlander Bei nickte müde. »Zweifelsohne, mein Sohn, glaubst du, diese anderen Dinge seien wichtiger, aber da befindest du dich im Irrtum. Du und ich, wir nehmen teil an einem Leben in Luxus und Wohlstand, und daraus ergibt sich unsere Verantwortung für unsere Brüder.«

Jacques, mein ungläubiger Freund, hätte Schwierigkeiten, ihm zu folgen. Sicher, auch die anderen Religionen legen Wert auf Barmherzigkeit. Schließlich ist es nur vernünftig, sich um die Armen und Bedürftigen zu kümmern, man weiß ja nicht, wann man selber als Armer und Bedürftiger endet. Doch die Mohammedaner gehen da weiter. Almosen zu geben ist bei ihnen eine der fünf Säulen des Glaubens, so grundlegend wie das Bekenntnis des Glaubens, das tägliche Gebet, das Fasten im Ramadan oder die Pilgerreise nach Mekka.

Ich beherzigte das Gebot, Almosen zu geben, genauso wie die anderen Gebote. Das heißt, ich schätzte sie in einem intellektuellen Sinn und redete mir ein, demnächst allen Ernstes nach ihnen zu leben.

»Offensichtlich habt Ihr Euch schon länger damit beschäftigt«, sagte ich.

»Wir haben unsere Verpflichtung vernachlässigt, uns der Armen und der Reisenden, der Witwen und der Waisen unter unseren Nachbarn anzunehmen.«

Einige meiner Freunde — meiner alten Freunde, meiner früheren Freunde — halten Papa für ein schreckliches Monster, aber das stimmt nicht. Er ist ein gerissener Geschäftsmann, der stark im Glauben, der unsere Tradition begründete, verwurzelt ist. Es tut mir leid, wenn sich das wie ein Widerspruch anhört. Er konnte zu Zeiten hart, sogar grausam sein. Aber ich kenne niemanden, für den sein Glaube so wichtig ist und der sich so bemüht, die vielen Gebote des ehrwürdigen Korans zu befolgen.

»Was wünscht Ihr, soll ich tun, o mein Onkel?«

Friedlander Bei zuckte die Achseln. »Erhältst du für deine Dienste etwa kein ausreichendes Entgelt?«

»Ihr seid im äußersten Maße großzügig, o Scheich.«

»Dann würde es nicht die Härte für dich bedeuten, ein Fünftel deiner Einnahmen für Almosen aufzuwenden, so wie es im Rechten Weg vorgesehen ist? Nachgerade möchte ich dir ein Geschenk machen, das dir ein eigenes Einkommen und damit Unabhängigkeit von diesem Haus ermöglicht.«

Das weckte meine Aufmerksamkeit. Von Freiheit träumte ich jede Nacht vor dem Einschlafen. Ihr galt mein erster Gedanke am nächsten Morgen beim Aufwachen. Und der erste Schritt zur Freiheit war finanzielle Unabhängigkeit.

»Ihr seid der Vater der Großzügigkeit, o Scheich, aber ich bin ihrer nicht wert.« Sie können mir glauben, ich brannte darauf zu hören, was er nun sagen würde. Die Etikette jedoch verlangte, daß ich so tat, als könne ich sein Geschenk unmöglich annehmen.

Er hob eine dünne, zitternde Hand. »Ich ziehe es vor, daß meine Geschäftspartner unabhängige Einkommensquellen haben, die nur ihnen unterstellt sind und deren Einkünfte sie mit niemandem zu teilen brauchen.«

»Eine kluge Vorgehensweise.« Ich kannte eine Menge von Papas ›Geschäftspartnern‹, und ich wußte, aus welchen Quellen sie ihre Einkünfte bezogen. Ich war sicher, er würde mir etwas Dubioses zuschanzen. Nicht daß ich Skrupel gehabt hätte. Ich hätte nichts dagegen, meinen eigenen Drogengroßhandel zu haben. Ich habe nur überhaupt keine Hand fürs Geschäft.

»Bis vor kurzem war der Budayin deine Welt. Du kennst ihn gut, mein Sohn, und du kennst die Menschen dort. Ich habe dort großen Einfluß, und so hielt ich es für das Beste, für dich ein kleines Geschäft in diesem Viertel zu erwerben.« Er reichte mir eine in Plastik eingeschweißte Urkunde.

Ich streckte die Hand danach aus und nahm es. »Was ist das, o Scheich?« fragte ich.

»Es ist eine Eigentümerurkunde. Du bist jetzt der Besitzer des darauf beschriebenen Objekts. Von heute an ist es dein Geschäft. Es ist ein sehr einträgliches Unternehmen, mein Neffe. Leite es gut, und der Lohn ist dein, *inshallah.*«

Ich sah die Urkunde an. »Ihr seid ...« Mir verschlug es die Sprache. Papa hatte Chirigas Club gekauft und mir gegeben. Ich blickte ihn an. »Aber ...«

Er winkte ab. »Du brauchst mir nicht zu danken, du bist mein pflichteifriger Sohn.«

»Aber das ist Chiris Club. Ich kann doch nicht ihren Club übernehmen. Was wird sie machen?«

Friedlander Bei zuckte die Achseln. »Geschäft ist Geschäft«, sagte er ruhig.

Ich konnte den Blick nicht von ihm wenden. Er hatte eine bemerkenswerte Begabung, mir Geschenke zu machen, ohne die ich glücklicher gewesen wäre: zum Beispiel Kmuzu und die Karriere als Bulle. Es brachte nichts, das Geschenk abzulehnen. »Ich kann meine Dankbarkeit nicht in Worte fassen«, brachte ich ohne sonderliche Begeisterung über die Lippen. Ich hatte nur noch zwei gute Freunde: Saied den Halb-Hadschi und Chiri. Sie würde es hassen. Ich hatte jetzt schon Angst vor ihrer Reaktion.

»Komm«, sagte Friedlander Bei, »gehen wir ins Speisezimmer.« Er erhob sich hinter seinem Schreibtisch und streckte mir die Hand entgegen. Ich folgte ihm, noch immer völlig betreten. Erst später fiel mir auf, daß ich noch gar nicht mit ihm über meinen Job bei Hajjar oder den neuen Auftrag, über Reda Abu Adil Ermittlungen anzustellen, gesprochen hatte. Wenn man bei Papa ist, bestimmt Papa, wohin man geht, was man tut und worüber man spricht.

Wir gingen in das kleinere der beiden Speisezimmer, das im Erdgeschoß, im Westflügel, gelegen ist. Wenn wir zusammen aßen, geschah dies gewöhnlich hier. Im Gang schloß sich Kmuzu mir an, und der Sprechende Fels folgte Friedlander Bei. Wäre das ein sentimentaler amerikanischer Holoschinken gewesen, hätten die beiden sich nun geprügelt und wären später dann die besten Freunde geworden. Worauf Sie einen lassen können.

Auf der Schwelle zum Speisezimmer blieb ich entgeistert stehen. Umm Saad und ihr Sohn warteten drinnen auf uns. Sie war die erste Frau, die ich je in Friedlander Beis Haus gesehen hatte. Doch sie hatte sich noch nie am Tisch zu uns gesellen dürfen. Der Junge sah aus, als sei er um die fünfzehn — nach dem Koran also bereits erwachsen. Er war nun alt genug, um den Gebeten und rituellen Waschungen nachzukommen, war also unter gegebenen Umständen als Gast an unserem Tisch willkommen. »Kmuzu«, sagte ich, »begleite die Frau zurück in ihre Räume.«

Friedlander Bei legte mir die Hand auf den Arm. »Ich danke dir, mein Sohn, aber ich habe sie eingeladen, sich mit uns zu treffen.«

Ich sah ihn mit offenem Mund an, aber mir fiel keine intelligente Antwort ein. Wenn Papa zu so später Stunde größere Veränderungen und Revolutionen wagen wollte — er hatte das Recht dazu. Ich machte den Mund wieder zu und nickte.

»Umm Saad wird das Abendessen nach unserem Gespräch in ihren Räumen zu sich nehmen«, fuhr Friedlander Bei fort und sah sie dabei streng an. »Ihr Sohn kann sich ihr anschließen oder mit uns am Tisch bleiben, ganz nach Belieben.«

Umm Saad wirkte ungeduldig. »Ich muß wohl für jede Minute dankbar sein, die Ihr für mich erübrigt«, sagte sie.

Papa ging zu seinem Stuhl, und der Fels war an seiner Seite. Kmuzu führte mich zu meinem Stuhl auf der anderen Seite des Tisches, gegenüber von Friedlander Bei. Umm Saad saß zu seiner Linken und ihr Sohn saß rechts von Papa. »Marîd«, sagte Papa, »hast du bereits die Bekanntschaft des jungen Mannes gemacht?«

»Nein«, antwortete ich. Ich hatte ihn noch nicht mal zu Gesicht bekommen. Er und seine Mutter traten nicht sehr in Erscheinung in Papas Haus. Der Junge war für sein Alter groß, aber schlank, und er wirkte melancholisch. Er hatte einen unnatürlich gelben Teint, und das Weiße seiner Augäpfel war verfärbt. Er sah nicht gesund aus. Er trug eine dunkelblaue *Gallebeya* mit einem geometrischen Muster und einen Turban, wie ihn junge Scheichs aufhaben — nicht den eines Stammesführer, sondern den Turban eines jungen Mannes, der den ganzen Koran auswendig beherrscht.

»*Yaa Sidi*«, sagte die Frau, »darf ich Ihnen meinen schönen Sohn, Saad ben Salah, vorstellen?«

»Möge Allah Ihren Ruhm vermehren, Herr«, ergriff der Junge das Wort.

Ich zog die Augenbrauen in die Höhe. Manieren zumindest hatte der Kerl. »Möge Allah Ihnen danken.«

»Umm Saad«, mischte sich Friedlander Bei barsch ein, »du bist in mein Haus gekommen und hast überspannte Ansprüche gestellt. Meine Geduld ist erschöpft. Um dem Gebot der Gastfreundschaft Respekt zu zollen, habe ich deine Anwesenheit ertragen, aber nun ist mein Gewissen rein. Ich verlange, daß du mir keine weiteren Umstände machst. Wenn morgen der Ruf zum Morgengebet ertönt, mußt du mein Haus verlassen haben. Ich werde meinen Dienern Anweisung erteilen, dir dabei behilflich zu sein.«

Umm Saad lächelte leicht, als amüsiere sie seine Aufgebrachtheit. »Ich denke nicht, daß Ihr über unser Problem ausreichend nachgedacht habt. Und Ihr habt keine Vorsorge für die Zukunft Eures Enkels getroffen.« Sie legte die Hand auf Saads Hand.

Das war ein Schlag ins Gesicht. Sie behauptete, Friedlander Beis Tochter oder Schwiegertochter zu sein. Das erklärte, warum er wollte, daß *ich* sie aus dem Weg räumte.

Er wandte sich mir zu. »Mein Neffe, diese Frau ist nicht meine Tochter, und dieser Junge ist nicht von meinem Blute. Das ist nicht das erstemal, daß ein Fremder an meine Tür klopft und behauptet, mit mir verwandt zu sein, weil er sich dadurch einen großen Vorteil erhofft.«

Himmel, ich hätte mich gleich um sie kümmern sollen, als er mich darum bat. Dann hätte ich mir die ganze Intrige hier ersparen können. Eines Tages werde ich es verstehen, die Dinge zu erledigen, bevor sie zu kompliziert werden. Ich will damit nicht sagen, daß ich sie wirklich umgebracht hätte. Aber ich hätte vielleicht eine Gelegenheit dazu gehabt, sie zu beschwatzen, zu bedrohen oder zu erpressen, und sie so dazu zu bringen, uns in Ruhe zu lassen. Dazu war es jetzt selbstverständlich zu spät. Sie würde sich mit keinem Kompromiß mehr zufriedengeben, jetzt war sie hinter dem ganzen Laden her — samt Inventar.

»Seid Ihr sicher, o Scheich?« fragte ich. »Daß sie nicht Eure Tochter ist?«

Einen Augenblick dachte ich, er würde auf mich losgehen. Dann sagte er mit mühsam kontrollierter Stimme: »Ich schwöre es auf das Leben des Propheten Gottes, möge Segen und Frieden mit ihm sein.«

Das mußte mir reichen. Friedlander Bei ist nicht über kleine Manipulationen erhaben, wenn diese seinen Zwecken dienlich sind. Aber er schwört keinen Meineid. Zu einem guten Teil kommen wir deshalb so gut miteinander aus, weil er nicht lügt und weil ich nicht lüge. Ich sah Umm Saad an: »Können Sie Ihren Anspruch beweisen?«

Sie riß die Augen auf. »Beweisen?« rief sie. »Brauche ich einen Beweis, um meinen eigenen Vater zu umarmen? Können *Sie* beweisen, wer Ihr Vater ist?«

Sie konnte nicht wissen, welch wunden Punkt sie berührt hatte. Ich ging auf die Bemerkung nicht ein. »Papa ...«, ich hielt inne. »Der Herr des Hauses hat sich Ihnen gegenüber respektvoll und gastfreundlich gezeigt. Nun bittet er Sie in aller Form, Ihren Besuch zu beenden. Sie können, wie er sagt, für Ihre Abreise die Hilfe seiner Diener in Anspruch nehmen.« Ich wandte mich an den Sprechenden Felsen, und er nickte. Er würde dafür sorgen, daß Umm Saad und ihr Sohn außer Haus waren, wenn der Muezzin die letzte Silbe des Morgenrufs ausstieß.

»Dann müssen wir unsere Vorbereitungen treffen«, sagte sie und erhob sich. »Komm, Saad!« Und die beiden verließen das kleine Speisezimmer so würdevoll, als wäre dies ihr Palast und als wären sie soeben beleidigt worden.

Friedlander Bei drückte mit den Handflächen gegen den Tisch, daß die Knöchel weiß waren. Er holte zwei-, dreimal tief Atem. »Was sollte denn deiner Ansicht nach geschehen, um diesem Ärgernis ein Ende zu bereiten?«

Ich sah hoch, von Kmuzu zum Sprechenden Felsen. Beide Sklaven wirkten völlig unbeteiligt. »Laßt mich zuerst eins wissen, o Scheich«, sagte ich. »Ihr wollt sie und ihren Sohn loswerden. Wie wichtig ist es Euch, daß sie sterben? Was wäre, wenn ich einen anderen, weniger gewaltsamen Weg wählen würde, um sie zu abzuschrekken?«

»Du hast sie gesehen, und du hast ihre Worte vernommen. Nichts, was vor Gewalt haltmacht, wird ihren Plänen ein Ende setzen können. Und außerdem wird nur ihr Tod die anderen Blutsauger fernhalten, die auf derselben Masche reiten wollen. Warum zögerst du noch, mein Sohn? Es ist einfach und wirkungsvoll. Du hast bereits getötet. Es sollte nicht so schwierig sein, einen weiteren Menschen umzubringen. Es braucht nicht einmal nach einem Unfall aussehen. Inspektor Hajjar wird verstehen und keine Ermittlung einleiten.«

»Hajjar ist inzwischen Kommissar«, antwortete ich.

Papa winkte ungeduldig ab. »Ja, natürlich.«

»Ihr glaubt, Hajjar drückt bei einem Mord beide Augen zu?« Hajjar wurde von Papa bezahlt, aber das hieß noch nicht, daß er ruhig zusehen würde, während ich ihn wie einen Narren aussehen ließ. Ich konnte mir neuerdings viel erlauben, aber nur, wenn ich darauf achtete, daß Hajjars Gesicht gewahrt blieb.

Der alte Herr zog eine Augenbraue in die Höhe. »Mein Sohn«, sprach er betont langsam, damit ich auch jedes Wort verstehen konnte, »wenn Kommissar Hajjar Schwierigkeiten macht, kann auch er entfernt werden. Vielleicht hast du mehr Glück mit seinem Nachfolger. Du kannst mit diesem Spiel so lange fortfahren, bis ein Polizist mit ausreichendem Weitblick an diesem Platz sitzt.«

»Möge Allah Euch und mich geleiten«, murmelte ich. Friedlander Bei ging in letzter Zeit ziemlich locker mit dem Leben anderer Menschen um, wenn kleine Rückschläge ausgebügelt werden mußten. Wieder beeindruckte es mich, daß Papa selbst keinen Finger krumm zu machen brauchte. Er hatte bereits früh gelernt, Verantwortung zu delegieren. Und am liebsten delegierte er an mich.

»Wollen wir zu Abend essen?« fragte er.

Mir war der Appetit vergangen. »Ich hoffe, Ihr könnt mir verzeihen«, lehnte ich ab. »Ich habe noch einiges zu erledigen. Vielleicht könnt Ihr mir nach dem Essen ein paar Fragen beantworten. Es würde mich interessieren, was Ihr über Reda Abu Adil wißt.«

Friedlander Bei breitete die Arme aus. »Ich denke nicht, daß ich mehr über ihn weiß als du.«

Hatte Papa etwa nicht Hajjar in den Schwitzkasten genommen, damit er eine offizielle Ermittlung einleitete? Warum spielte er jetzt den Dummen? Oder stellte er mich nur wieder mal auf die Probe? Wie oft wollte er mich denn noch auf die Probe stellen?

Oder vielleicht — und damit wurde es *wirklich* interessant — hatte Hajjars Neugierde über Abu Adil gar nichts mit Papa zu tun. Vielleicht wurde Hajjar nicht nur vom Meistbietenden bezahlt, sondern auch von all den anderen am Markt ...

Ich konnte mich gut an die Zeit erinnern, als ich noch ein heißblütiger Fünfzehnjähriger war. Ich hatte meiner Freundin, Nafissa, versprochen, daß ich kein anderes Mädchen auch nur ansehen würde. Und dasselbe Versprechen hatte ich Fayza gemacht, die einen größeren Busen hatte. Und Hanuna, deren Vater in der Brauerei arbeitete. Alles klappte hervorragend, bis Nafissa die Sache mit Hanuna herausfand und Fayzas Vater die Sache mit den anderen beiden. Die Mädchen hätten mir die Eier abgeschnitten und die Augen ausgekratzt. Statt dessen schlüpfte ich aus Algier hinaus, während der Feind schlief. So begann die Odyssee, die mich schließlich in diese Stadt geführt hatte.

Das ist eine uralte Geschichte, die hier nichts zu suchen hat. Ich wollte damit nur andeuten, wieviel Ärger Hajjar sich einhandelte, wenn Friedlander Bei und Reda Abu Adil ihm bei seinem doppelten Spiel auf die Schliche kamen.

»Ist Abu Adil nicht Euer Hauptkonkurrent?«

»Dieser Herr denkt vielleicht, daß wir Konkurrenten sind. Ich bin da anderer Meinung. Allah gewährt Abu Adil das Recht, seinen Messingplunder dort zu verkaufen, wo ich meinen Messingplunder verkaufe. Wenn ein Kunde lieber bei Abu Adil kauft, haben beide meinen Segen. Allah sorgt für meinen Lebensunterhalt, und nichts, was in Abu Adils Macht steht, wird mir nützen oder schaden können.«

Ich dachte an die Unsummen Geldes, die durch Friedlander Beis Haus liefen. Einiges davon landete in dick gefüllten Umschlägen auf meinem Schreibtisch. Ich war mir ziemlich sicher, daß nichts davon aus dem Handel mit Messingplunder stammte. Aber es war ein netter Euphemismus. Ich beließ es dabei.

»Nach Kommissar Hajjar denkt Ihr, daß Abu Adil Euch kaltstellen will.«

»Nur der Herrscher über alle Völker wird das tun, mein Sohn.« Papa lächelte mir herzlich zu. »Aber deine

Anteilnahme freut mich. Um Abu Adil brauchst du dich nicht zu sorgen.«

»Ich kann meinen Job bei den Bullen dazu nutzen, ein Auge auf ihn zu haben.«

Er erhob sich und fuhr mit einer Hand durch sein weißes Haar. »Wenn du willst. Es wird dich beruhigen.«

Kmuzu zog meinen Stuhl zurück, und ich erhob mich ebenfalls. »Mein Onkel«, verabschiedete ich mich, »ich bitte Euch, mich zu entschuldigen. Möge Eure Tafel stets überquellen. Ich wünsche Euch eine gesegnete Mahlzeit.«

Friedlander Bei trat auf mich zu und küßte mich auf beide Wangen. »Allah beschütze dich, mein Liebling«, sagte er, »ich bin sehr zufrieden mit dir.«

Als ich das Speisezimmer verließ, drehte ich mich noch mal kurz um und sah, wie Papa wieder auf seinem Stuhl saß. Er sah grimmig drein, und der Sprechende Fels stand über ihn gebeugt, um zu verstehen, was der alte Herr sagte. Ich fragte mich, was Friedlander Bei seinem Sklaven anvertraute, aber vor mir noch immer geheimhielt.

»Sie sind mit Ihrem Umzug noch nicht fertig?« fragte ich Kmuzu auf dem Weg zu meinem Appartement.

»Ich werde die Matratze noch holen, *yaa Sidi.* Das reicht für heute.«

»Gut. Ich habe Arbeit für Sie am Terminal.«

»Der Bericht über Abu Adil?«

Ich sah ihn streng an. »Ja, richtig.«

»Möglicherweise kann ich Euch zu einem klareren Bild von dem Mann und seinen Motiven verhelfen.«

»Woher kommt es, daß Sie soviel über ihn wissen, Kmuzu?«

»Als ich in die Stadt kam, arbeitete ich zuerst als Leibwächter für eine der Frauen Abu Adils.«

Eine außerordentlich interessante Information. Man stelle sich vor: Ich beginne eine Ermittlung über eine völlig fremde Person, und dann stellt sich heraus, daß mein brandneuer Sklave früher für genau diesen Mann gearbeitet hat. Das konnte kein Zufall sein, da war ich mir sicher. Eines Tages würde ich herausfinden, wie das alles zusammenpaßte. Ich hoffte nur, daß ich diesen Tag noch erleben würde.

Vor der Tür zu meiner Suite blieb ich stehen. »Holen Sie Ihr Bettzeug und Ihre Sachen«, sagte ich zu Kmuzu. »Ich werde die Datei über Abu Adil durcharbeiten. Machen Sie sich keine Gedanken, daß Sie mich stören könnten. Um mich von der Arbeit abzulenken, braucht man schon eine Sprengladung.«

»Dankeschön, *yaa Sidi*. Ich werde so leise wie möglich sein.«

Ich drehte am Farbschloß der Tür. Kmuzu verbeugte sich kurz und verschwand in Richtung Dienstbotentrakt. Als er um die Ecke gebogen war, lief ich in die andere Richtung. Ich lief hinunter in die Garage zu meinem Auto. Es kam mir merkwürdig vor, vor meinem eigenen Sklaven wegzulaufen. Doch ich wollte einfach nicht, daß er mir den ganzen Abend an den Fersen klebte.

Ich fuhr durch das Christenviertel und dann durch den östlichen Budayin, eine Luxuseinkaufsgegend für gehobene Kreise. Ich stellte das Auto am Boulevard il-Jameel ab, nicht weit weg von Bills üblichem Standplatz. Bevor ich ausstieg, nahm ich mein Pillenschächtelchen. Es kam mir wie eine Ewigkeit vor, seit ich mir das letztemal eine Dosis Freudenspender genehmigt hatte. Ich hatte einen üppigen Vorrat. Das brachten mein höheres Einkommen und die vielen neuen Kontakte, die ich Papa zu verdanken hatte, mit sich. Ich entschied mich für ein paar blaue Triphets. Vor lauter Eile würgte ich sie an Ort und Stelle hinunter, ohne einen Schluck Wasser. Bald würde ich vor Energie vibrieren und mich unbezwingbar fühlen. Diese Hilfe konnte ich gut gebrauchen, denn ich hatte einen unerfreulichen Auftritt vor mir.

Ich erwog auch kurz, mir ein Moddy reinzuschieben,

entschied mich dann aber im letzten Augenblick dagegen. Ich mußte mit Chiri sprechen, und ich hatte soviel Respekt vor ihr, ihr mit meinem eigenen Kopf gegenüberzutreten. Nach unserem Treffen sah das möglicherweise anders aus. Vielleicht hatte ich dann das Gefühl, nicht mehr als derselbe heimzugehen, als der ich gekommen war.

Chiris Club war diesen Abend voll. Die Luft stand im Raum, warm und von süßem Parfüm geschwängert und dem Geruch nach Schweiß und verschüttetem Bier. Die Geschlechtsumwandlungen und die Debs, die die Operation noch vor sich hatten, plauderten aufgesetzt fröhlich mit den Kunden. Ihr Gelächter übertönte die schrille Musik, wenn sie noch einen Champagnercocktail bestellten. Grelles blaues und rotes Neonlicht fiel schräg auf die Theke und leuchtend helle Strahlen aus einer sich drehenden, verspiegelten Kugel tauchten die Wände und die Decke in glitzerndes Licht. In einer Ecke war ein Hologramm von Honey Pílar zu sehen, wie sie sich nackt und ganz allein auf einem hellen Nerzmantel räkelte, der auf einem romantischen, palmengesäumten Sandstrand ausgebreitet war. Eine Anzeige für ihr neues Sexmoddy, *Glühendes Verlangen.* Einen Augenblick konnte ich den Blick nicht davon wenden. Ich war wie hypnotisiert.

»Audran«, drang Chirigas heisere Stimme an mein Ohr. Sie schien sich nicht darüber zu freuen, mich zu sehen. »Mr. Boss.«

»Hör mal, Chiri, laß dir ...«

»Lily«, rief sie eine der Umwandlungen, »bring dem neuen Besitzer etwas zu trinken. Gin und Bingara mit einem Schuß von Roses Limonensaft. Der *Tende* ist mein Privateigentum, Audran. Der gehört nicht zum Club, den nehme ich mit.«

Sie machte es mir nicht leicht. Ich konnte mir nur vorstellen, wie sie sich fühlte. »Warte einen Augenblick, Chiri. Ich hatte nichts damit zu tun ...«

»Hier sind die Schlüssel. Der ist für die Registrierkasse. Das Geld darin ist dein Geld. Die Mädchen sind deine Mädchen, der Ärger ist ab jetzt ebenfalls dein Ärger. Wenn du Probleme hast, kannst du damit zu Papa gehen.«

Sie schnappte sich ihre Flasche *Tende* unter der Theke. »*Kwa heri,* Arschloch«, fauchte sie mich an. Darauf stürmte sie aus dem Club.

Mit einemmal wurde es ganz ruhig. Wie immer das Lied hieß, das vorher gespielt worden war, nun war es zu Ende, und niemand machte sich die Mühe, ein neues aufzulegen. Ein Deb namens Kandy war auf der Bühne. Sie stand einfach oben und starrte mich an, als ob ich jeden Augenblick zu geifern oder zu kreischen anfangen würde. Um mich herum standen die Leute von ihrem Hocker auf und wichen zurück. In ihren Gesichtern sah ich Feindseligkeit und Verachtung.

Friedlander Bei wollte meine Verbindungen zum Budayin kappen. Aus mir einen Bullen zu machen, war kein schlechter Anfang gewesen, doch ein paar treue Freunde waren mir geblieben. Chiri zum Verkauf ihres Clubs zu zwingen war ein weiterer, brillanter Streich gewesen. Bald würde ich so einsam und ohne Freunde sein wie Papa selbst. Nur daß mich, anders als ihn, weder Reichtum noch Macht trösten würden.

»Also paßt mal auf«, ergriff ich das Wort, »das ist ein Mißverständnis. Ich werde das mit Chiri regeln. Würdest du bitte den Laden mal übernehmen, Indihar? Ich bin gleich zurück.«

Indihar warf mir einen Blick voller Verachtung zu. Sie sagte kein Wort. Hier hielt ich es keine Minute länger aus. Ich nahm die Schlüssel, die Chiri auf der Theke hatte liegen lassen, und ging nach draußen. Sie war nirgends auf der Promenade zu sehen. Vielleicht war sie direkt nach Hause gegangen, wahrscheinlich war sie in einem anderen Club.

Ich ging ins Fée Blanche, das Café des alten Gargotier in der Neunten Straße. Saied, Mahmoud, Jacques und ich hingen da oft rum. Wir saßen abends gern im Patio und spielten Karten. Dort bekam man alles mit, was so lief.

Sie waren alle da, prima. Jacques war der Vorzeigechrist in unserer Gruppe. Er erzählte gern, daß er zu dreiviertel Europäer war. Jacques war streng heterosexuell und bildete sich eine Menge darauf ein. Niemand konnte ihn besonders ausstehen. Mahmoud war eine Geschlechtsumwandlung. Früher hatte er als schmalhüftige, rehäugige Tänzerin in den Clubs an der Promenade gearbeitet. Jetzt war er untersetzt und fies, wie einer dieser bösen *Dschinnen,* an denen man vorbeikommen muß, um die verzauberte Prinzessin zu retten. Ich habe gehört, daß er neuerdings für Friedlander Bei die organisierte Prostitution im Budayin unter sich hatte. Saied der Halb-Hadschi sah mich über den Rand seines Whiskeyglases an. Johnny Walker, den trank er meistens. Er hatte sein Macho-Moddy eingesteckt und suchte nur nach einem Grund, mir die Knochen brechen zu können.

»Was treibt ihr so?« begrüßte ich sie.

»Du bist das Letzte, Audran«, sagte Jacques mit sanfter Stimme. »Das Allerletzte.«

»Dankeschön. Aber ich kann nicht lange bleiben.« Ich nahm auf dem leeren Stuhl Platz. Monsieur Gargotier kam herüber, um nachzusehen, ob ich heute abend Geld ausgebe. Sein Gesichtsausdruck war absolut neutral. Es war offensichtlich, daß auch er mich jetzt von Grund auf verabscheute.

»Hat jemand Chiri in den letzten paar Minuten vorbeilaufen sehen?« fragte ich. Monsieur Gargotier räusperte sich. Ich ignorierte ihn, und er verschwand wieder.

»Willst du ihr noch einen Tritt verpassen?« fragte Mahmoud. »Denkst du, sie hat ein paar Büroklammern mitgenommen, die dir gehören? Laß sie in Frieden, Audran.«

Mir reichte es. Ich stand auf, und mir gegenüber stand

Saied auf. Er ging schnell zwei Schritte auf mich zu, packte mich am Mantelkragen und holte mit der anderen Faust aus. Bevor er zuschlagen konnte, klopfte ich ihn auf die Nase. Er blutete leicht. Das hatte ihn verblüfft, aber nun zuckte sein Mund vor Wut. Ich packte das Moddy in seinem corymbischen Implantat und riß es heraus. Er verdrehte die Augen. Er mußte die Orientierung für einen Augenblick völlig verloren haben. »Laßt mich in Ruhe, verflucht noch mal!« sagte ich und stieß ihn auf seinen Stuhl zurück. »Ihr alle!« Das Moddy warf ich dem Halb-Hadschi in den Schoß.

Kochend vor Wut lief ich die Promenade hinunter. Ich hatte keine Ahnung, was ich nun tun sollte. Chiris Club — jetzt mein Club — war rammelvoll, und ich konnte mich nicht darauf verlassen, daß Indihar die Sache im Griff hatte. Ich beschloß, zurückzulaufen und mich um den Laden zu kümmern. Ich war noch nicht weit gekommen, als Saied mich einholte und mir die Hand auf die Schulter legte. »Du machst dich wirklich unbeliebt, Maghrebiner«, sagte er.

»Es ist nicht allein meine Schuld.«

Er schüttelte den Kopf. »Du tust nichts dagegen. Du bist verantwortlich dafür.«

»Dankeschön«, sagte ich und lief weiter.

Er nahm meine rechte Hand und legte sein Arschloch-Moddy hinein. »Nimm das, du wirst es brauchen können.«

Ich runzelte die Stirn. »Für die Probleme, die ich habe, braucht man einen klaren Kopf, Saied. Ich muß über diese ganzen moralischen Fragen nachdenken, nicht nur über Chiri und ihren Club. Über andere Dinge.«

Der Halb-Hadschi brummte. »Ich verstehe dich nicht, Marîd. Du hörst dich an wie ein müder alter Knochen. Du bist genauso schlimm wie Jacques. Würdest du deine Moddys sorgfältig genug aussuchen, müßtest du dir nicht über moralische Fragen den Kopf zerbrechen. Ich mache das nie, Gott ist mein Zeuge.«

Das reichte mir. »Ein andermal, Saied.«

»Ja, du hast recht.« Er machte kehrt und lief ins Fée Blanche zurück.

Ich ging zu Chiris Club, warf alle hinaus und machte den Schuppen dicht. Darauf fuhr ich zurück zu Friedlander Bei. Ich schleppte mich die Treppe zu meinem Appartement hinauf, froh darüber, daß dieser lange Tag voller Überraschungen endlich vorüber war. Als ich mich gerade fürs Bett fertig machen wollte, erschien Kmuzu lautlos in der Tür. »Ihr solltet mich nicht täuschen, *yaa Sidi.*«

»Sind Sie verletzt, Kmuzu?«

»Meine Aufgabe ist es, Euch zu helfen. Es tut mir leid, daß Ihr meinen Schutz zurückweist. Aber die Zeit wird kommen, wo Ihr darüber froh sein werdet.«

»Das stimmt wahrscheinlich. Aber könnten Sie mich bis dahin allein lassen?«

Er zuckte die Achseln. »Jemand möchte Euch sehen, *yaa Sidi.*«

Ich blinzelte kurz. »Wer?«

»Eine Frau.«

Mir fehlte die Kraft, um mich jetzt mit Umm Saad auseinanderzusetzen. Aber andererseits, es könnte auch Chiri sein.

»Soll ich sie hereinführen?«

»Ja! Was, zum Teufel ...« Ich war noch angezogen, doch ich war bereits sehr müde. Ich nahm mir fest vor, das Gespräch sehr kurz zu halten.

»Marîd?«

Ich blickte hoch. In einem zerlumpten braunen Mantel und mit einem zerbeulten Plastikkoffer in der Hand stand Angel Monroe im Türrahmen, Mama.

»Dachte, ich verbringe ein paar Tage bei dir in der Stadt«, sagte sie. Sie grinste betrunken. »Hey, freust du dich nicht, mich zu sehen?«

5. Kapitel

Als mich mein anbetungswürdiges Add-on am Montagmorgen weckte, blieb ich noch etwas im Bett liegen und dachte nach. Ich war bereit zuzugeben, daß ich am Abend zuvor möglicherweise ein paar Fehler gemacht hatte. Ich hatte keine Ahnung, wie ich die Geschichte mit Chiri hätte bereinigen können, aber ich hätte es versuchen müssen. Soviel war ich ihr und unserer Freundschaft schuldig. Es hatte mich ebensowenig gefreut, so spät am Abend meine Mutter in der Tür vorzufinden. Dieses Problem hatte ich mit fünfzig Kiam gelöst. Die drückte ich Kmuzu in die Hand, und dann gab ich ihm den Auftrag, für sie ein Hotelzimmer zu finden. Beim Frühstück bekam ich von Friedlander Bei eine konstruktive Kritik zu dieser Entscheidung zu hören.

Er war wütend. Seine Stimme hatte diesen rauhen, heiseren Unterton. Er bemühte sich also aufs Äußerste, mich nicht anzubrüllen. Er legte mir die Hände auf die Schultern, und ich konnte fühlen, wie er vor Erregung zitterte.

Sein Atem roch nach Minze, als er den ehrwürdigen Koran zitierte. »Wenn dein Vater oder deine Mutter oder beide Elternteile das Greisenalter erreichen, sei nicht geizig und weise sie nicht zurück, sondern gib ihnen stets ein gutes Wort. Wende dich ihnen zu, und zeige deine Dankbarkeit, und flehe zu Gott: Erbarme dich ihrer, wie sie sich meiner erbarmt haben als Kind.«

Ich war erschüttert. Von Friedlander Beis Zorn getroffen zu werden, war wie ein Vorgeschmack des Jüngsten Gerichts. Er würde selbstverständlich sagen, dieser Vergleich sei gotteslästerlich, aber er stand ja auch nie im Brennpunkt seiner Wut.

Ich fing an zu stottern. »Ihr sprecht von Angel Monroe.« Gott, war das eine schlappe Entgegnung. Doch Papa hatte mich mit seiner Tirade überrumpelt. Ich konnte noch immer nicht klar denken.

»Ich spreche über deine Mutter. Sie kam in ihrer Not zu dir, und du hast sie weggeschickt.«

»Ich sorgte so gut für sie, wie ich konnte.« Woher Papa von der Sache überhaupt erfahren hatte.

»Man schickt seine Mutter nicht zu Fremden! Nun mußt du Allah um Vergebung bitten.«

Allmählich fühlte ich mich besser. Wieder einmal sagte er ›Allah‹, meinte damit aber ›Friedlander Bei‹. Ich hatte gegen seinen ganz persönlichen Ehrencodex verstoßen. Aber wenn ich das Richtige sagte und tat, war alles wieder in Ordnung. »O Scheich«, fing ich an und setzte meine Worte sorgfältig, »ich weiß, wie Ihr über Frauen in diesem Haus empfindet. Daher zögerte ich, sie einzuladen, die Nacht unter Eurem Dach zu verbringen. Und es war bereits zu spät, um Eure Meinung dazu einzuholen. Ich wog die Bedürftigkeit meiner Mutter gegen Eure Gepflogenheiten und handelte im Glauben, das Richtige zu tun.« Na ja, stimmte fast.

Er durchbohrte mich beinahe mit seinen Augen, aber ich konnte sehen, daß die schlimmste Wut verraucht war. »Was du getan hast, ist eine weitaus größere Beleidigung, als wenn deine Mutter als Gast unter meinem Dach geblieben wäre.«

»Ich verstehe, o Scheich, und bitte Euch um Verzeihung. Ich wollte Euch nicht verletzen oder gegen die Lehren des Propheten verstoßen.«

»Möge Allahs Segen auf ihm ruhen und der Frieden mit ihm sein«, antwortet Papa automatisch. Er schüttelte jammervoll den Kopf, aber mit jeder Sekunde, die verstrich, erhellte sich seine Miene. »Du bist noch jung, mein Sohn. Du wirst noch mehr falsche Entscheidungen treffen. Um ein aufrechter Mann und ein anteilnehmender Führer zu werden, mußt du dir an mir ein Beispiel nehmen. Wenn du über eine Angelegenheit im unklaren bist, fürchte dich nicht, meinen Rat einzuholen, ohne Rücksicht auf Ort und Stunde.«

»Ja, o Scheich«, sagte ich ruhig. Der Sturm war vorüber.

»Jetzt mußt du deine Mutter suchen und hierher bringen. Heiße sie in einem geeigneten Appartement willkommen. Wir haben genügend geeignete Räume, und dieses Haus ist deines wie meines.«

Nach seinem Ton zu urteilen war unsere Unterredung beendet — für mich wahrlich ein Grund aufzuatmen. Ich war mir dabei vorgekommen, als hätte ich zwischen den Minaretten der Shimaal-Moschee auf einem Seil wandeln müssen. »Ihr seid der Vater der Güte, o Scheich«, antwortete ich.

»Möge Allah dich beschützen, mein Neffe.«

Ich ging zurück in meine Suite, Kmuzu wie üblich an meiner Seite. Das Frühstück hatte ich ganz vergessen. »Sagen Sie mal«, wandte ich mich an ihn, als sei mir gerade ein Gedanke gekommen, »es waren nicht zufällig Sie, der Friedlander Bei über letzte Nacht informierte?«

»*Yaa Sidi*«, gab er mit einem völlig leeren Gesichtsausdruck zur Antwort. »Der Herr des Hauses will, daß ich ihm von diesen Dingen berichte.«

Ich kaute gedankenverloren an meiner Unterlippe. Mit Kmuzu zu sprechen war wie die Befragung eines mythischen Orakels: Ich mußte meine Fragen absolut präzise formulieren, sonst erhielt ich nur unsinnige Antworten. »Kmuzu, Sie sind doch mein Sklave, nicht wahr?«

»Ja.«

»Sie gehorchen mir?«

»Ich gehorche Euch und dem Herrn des Hauses, *yaa Sidi.*«

»Doch nicht unbedingt in dieser Reihenfolge.«

»Nicht unbedingt«, gab er zu.

»Nun gebe ich Ihnen einen ganz einfachen Befehl. Sie müssen darüber keine Rücksprache mit Papa halten, weil die Anregung dazu von ihm kam. Ich möchte, daß Sie irgendwo im Haus ein leeres Appartement suchen, am besten so weit weg wie möglich von diesem hier, und meine Mutter dort unterbringen. Ich möchte, daß Sie sich den ganzen Tag um ihre Belange kümmern. Sobald ich heimkomme, möchte ich mit ihr über ihre Zukunftspläne sprechen. Achten Sie also bitte darauf, daß Sie weder an Drogen noch Alkohol kommt.«

Kmuzu nickte. »Diese Dinge kann sie in diesem Haus nicht bekommen, *yaa Sidi.*«

Ich hatte keine Probleme, meine Pillen hereinzuschmuggeln, und ich war sicher, daß auch Angel Monroe ihren Notvorrat gut versteckt hatte. »Helfen Sie ihr beim Auspacken, und achten Sie dabei auf entsprechende Rauschmittel.«

Kmuzu sah mich ernst an. »Ihr legt strengere Maßstäbe an sie an als bei Euch selbst.«

»Kann sein«, sagte ich verärgert. »Doch ist das nicht Ihre Sache.«

»Vergebt mir, *yaa Sidi.*«

»Vergessen Sie es. Ich fahre den Wagen heute selbst.«

Auch das mißfiel Kmuzu. »Wenn Ihr den Wagen nehmt, wie soll ich dann Eure Mutter vom Hotel abholen?«

Ich lächelte halbherzig. »Limousine, Ochsenwagen, angeheuerte Kamelkarawane, mir ist das egal. Sie sind der Sklave, das ist Ihre Angelegenheit. Bis heute abend.« Auf meinem Schreibtisch lag ein neuer Umschlag voll Geld. Einer von Friedlander Beis kleinen Helfern war in mein Appartement gekommen, während ich unten gewesen war. Ich nahm den Umschlag an mich, packte meine Aktentasche und machte mich aus dem Staub, bevor Kmuzu ein neuer Einwand einfiel.

In meiner Aktentasche steckte immer noch die Zellspeicherdatei über Abu Adil. Ich hätte sie mir schon tags zuvor anschauen sollen, war aber einfach nicht dazu gekommen. Hajjar und Shaknahyi würden mich sicher anmeckern, aber das war mir egal. Was konnten sie schon machen, mich feuern?

Zuerst fuhr ich in den Budayin. Ich stellte den Wagen am Boulevard ab und ging zu Fuß zu Lailas Modladen in der Vierten Straße. Eingezwängt zwischen einer düsteren Spielhalle und einer lauten Bar, die hauptsächlich von geschlechtsumgewandelten Teenagern aufgesucht wurde, war er nicht besonders groß, aber er hatte Charakter. Die Moddys und Daddys in Lailas Laden war von einer dicken Staubschicht bedeckt. Generationen von winzigen Insekten hatte zwischen ihren Waren das Schicksal ereilt. Es war nicht hübsch hier, doch was sie anzubieten hatte, war fast immer sein Geld wert. Wenn man nicht gerade beschädigte, wertlose oder gar gefährliche Waren bekam. Daher der Adrenalinanstieg, bevor man sich einen von Lailas antiken Staubfängern einschob.

Sie hatte immer — *immer* — etwas einstecken. Und sie sprach immer in demselben hohen, beinahe winselnden Singsang. Sie säuselte Hallo, und sie säuselte Auf Wiedersehen, sie säuselte vor Freude, und sie säuselte vor Schmerz. Wenn sie betete, säuselte sie zu Allah. Ihre Haut war so schwarz und ausgetrocknet wie eine Rosine, und ihr graues, widerspenstiges Haar war meist zerzaust. Laila gehörte nicht zu den Leuten, mit denen ich gerne zusammen war. An diesem Morgen trug sie natürlich ein Moddy, aber mir war noch nicht klar, welches. Manchmal war sie eine bekannte euramerikanische Film- oder Holoschauspielerin oder eine Figur aus einem längst vergessenen Roman, oder sogar Honey Pílar. Wer auch immer sie gerade war, sie winselte ununterbrochen. Darauf konnte man sich verlassen.

»Wie geht's, Laila?« begrüßte ich sie.

Sie starrte mich an und schenkte mir ein zögerndes,

entzücktes Lächeln. Das war genau der Ausdruck vollkommener sexueller Befriedigung oder eines Sonnenrausches. »Marîd«, flötete sie. Noch immer ein Säuseln, aber ein heiteres Säuseln.

»Ich muß heute auf Streife, und da dachte ich, du hättest vielleicht ...«

»Marîd, heute morgen kam ein junges Mädchen vorbei und sagte: ›Mutter, die Narzissen haben die Augen geöffnet, und die Wangen der Rosen sind rot erblüht! Warum kommst du nicht mit hinaus und siehst, wie wundervoll die Natur die Erde schmückte!‹«

»Laila, kannst du nur eine Minute ...«

»Und ich sagte zu ihr: ›Tochter, woran dein Auge sich erfreut, wird in einer Stunde dahingegangen sein und was bleibt dir dann? Komme statt dessen herein und habe Anteil an der weitaus größeren Schönheit Allahs, der den Frühling erschuf.‹« Laila beendete ihre kleine Predigt und sah mich erwartungsvoll an, als müßte ich jeden Moment Beifall klatschen oder erleuchtet auf die Knie sinken.

An religiöse Ekstase hatte ich nicht gedacht. Sex, Drogen und religiöse Ekstase. Das waren die Schlager in Lailas Laden, und sie probierte sie alle persönlich aus. Jedes Moddy hatte ihr persönliches Gütesiegel.

»Kann ich jetzt sprechen? Laila?«

Sie starrte mich leicht schwankend an. Langsam langte sie mit einem dürren Arm nach oben und holte das Moddy raus. Sie blinzelte ein paarmal, und ihr sanftes Lächeln verschwand. »Kann ich dir was holen, Marîd?« sagte sie mit ihrer schrillen Stimme.

Laila gab es schon so lange, daß das Gerücht umging, sie hätte als Kind miterlebt, wie die Imams den Grundstein für den Budayin legten. Aber mit ihren Moddys kannte sie sich aus. Sie wußte mehr über alte Moddys, die schon lange nicht mehr hergestellt wurden, als sonst jemand. Laila muß eines der ersten experimentellen Implantate gehabt haben, denn ihr Gehirn arbeitete nie mehr richtig. Und so, wie sie damit Schindluder trieb, hätte sie sich die letzten grauen Zellen schon vor Jahren durchbrennen müssen. Sie hielt zerebrale Torturen aus, die aus jedem anderen einen sabbernden Zombie gemacht hätten. Wahrscheinlich war Lailas Gehirn von einer dicken, schützenden Hornhaut umgeben, die nichts durchließ. Überhaupt nichts.

Ich fing noch mal an. »Ich gehe heute auf Streife, und da dachte ich, ob du wohl ein Bullenmoddy hast.«

»Klar, ich habe alles.« Sie humpelte zu einer Blechbüchse ganz hinten in ihrem Laden und wühlte kurz darin herum. Auf der Büchse stand ›Preußen/Polen/Pommerland‹. Das sagte nichts aus über die Moddys, die da tatsächlich drin waren. Laila kaufte die Verteiler und Etiketten von einem anderen Geschäft, das gerade dicht machte.

Ein paar Sekunden später richtete sie sich auf und hielt zwei eingeschweißte Moddys in der Hand. »Das ist es, was du wolltest.«

Das eine war ein hellblaues Vollkommener-Gesetzeshüter-Moddy, das ich schon bei anderen Jung-Bullen gesehen hatte. Es war eine ordentliche, in einer prozeduralen Programmiersprache geschriebene Arbeit, die jede denkbar mögliche Situation abdeckte. Mit dem Gesetzeshüter und dem Fiesling-Moddy des Halb-Hadschis war ich gut eingedeckt. »Was ist das andere für eins?« fragte ich.

»Ein Geschenk für dich zum halben Preis. Das Dunkle Licht. Nur diese Version hier heißt Weiser Ratgeber. Das habe ich getragen, als du hereinkamst.«

Das fand ich interessant. Das Dunkle Licht kam aus Nippon und war vor etwa fünfzig oder sechzig Jahren sehr populär gewesen. Man nahm in einem bequemen Sessel Platz, und das Dunkle Licht versetzte einen sofort in Trance. Dann träumte man einen luziden, therapeutischen Traum. Je nachdem, wie das Dunkle Licht die aktuelle Seelenlage einschätzte, enthielt dieser eine Warnung, einen Rat oder ein mystisches Rätsel, an dem das Bewußtsein was zu knabbern hatte.

Sein Preis beschränkte die Verbreitung des Moddys auf die Vermögenden. Seine fernöstliche Bilderwelt — mit dem Dunklen Licht erlebte man sich gewöhnlich als hochmütigen Kaiser Nippons, dem es an Weisheit mangelt, oder als im Schnee bettelnden alten Zenmönch — begrenzten seine Verbreitung weiter. Seit der Persönlichkeitsmodul-Markt so zunahm, erlebte die Dunkle-Licht-Idee eine neue Blüte. Und jetzt gab es anscheinend eine arabische Version namens Weiser Ratgeber.

Ich kaufte diese Moddys, schließlich glaubte ich auf keine Hilfe verzichten zu können, sei es die eines Freundes oder die einer Phantasiegestalt. Für jemanden, der mal die Vorstellung verabscheut hatte, sich das Gehirn tunen zu lassen, bekam ich eine ganz nette Sammlung von den Persönlichkeiten anderer Leute zusammen.

Laila steckte sich wieder den Weisen Ratgeber rein. Sie lächelte wieder dieses in sich ruhende Lächeln. Es war natürlich zahnlos und jagte mir einen Schauer über den Rücken. »Gehe hin in Frieden«, säuselte sie.

»Der Friede sei mit dir.« Ich schaute, daß ich aus ihrem Laden hinauskam und lief die Promenade hinunter. Ich ging durch das Tor zu meinem abgestellten Wagen. Von hier war es nicht weit zur Polizeiwache. Wieder an meinem Schreibtisch im zweiten Stock, öffnete ich die Aktentasche. Die zwei Neuerwerbungen, den Vollkommenen Gesetzeshüter und den Weisen Ratgeber, steckte ich zu den anderen. Ich nahm die grüne, legierte Kobaltplatte und legte sie in das Laufwerk ein, zögerte dann aber. Mir war absolut nicht danach, jetzt über Abu Adil zu lesen. Statt dessen nahm ich den Weisen Ratgeber, packte ihn aus und steckte ihn mir rein.

Audran wurde kurz schwindlig. Dann merkte er, daß er es sich gerade auf einer Couch bequem machte und ein Glas Limonenscherbett trank. Ihm gegenüber auf einer anderen

Couch saß ein gutaussehender Mann in mittleren Jahren. Entsetzt erkannte Audran, daß dies der Prophet Gottes war. Schnell riß er das Moddy heraus.

Da saß ich an meinem Schreibtisch und hielt den Weisen Ratgeber in zitternden Händen. Das hatte ich nicht erwartet. Dieses Erlebnis wühlte mich zutiefst auf. Die Vision war absolut realistisch gewesen — und nicht etwa wie ein Traum oder eine Halluzination. Ich hatte nicht das Gefühl, als hätte ich mir das alles nur vorgestellt, sondern als wäre ich wirklich mit dem Propheten Mohammed, möge der Segen Allahs auf ihm ruhen und der Friede mit ihm sein, im selben Raum gewesen.

Es dürfte ja mittlerweile klar sein, daß ich nicht gerade schrecklich religiös bin. Ich kenne den Koran und habe großen Respekt vor seinen Geboten und seiner Tradition, aber ich fürchte, ich bin einfach zu bequem, danach zu leben. Deshalb wird meine Seele wohl in Ewigkeit verdammt, und in der Hölle habe ich dann genug Zeit, über meinen Müßiggang nachzudenken. Trotzdem schockierte mich die Kaltschnäuzigkeit der Menschen, die dieses Moddy fabrizierten, den Propheten einfach so darzustellen. Sogar in religiösen Texten gelten bildliche Darstellungen als gotteslästerlich. Was würde ein islamisches Gericht zu einer solchen Erfahrung sagen, wie ich sie soeben gemacht hatte?

Es gab noch einen weiteren Grund, warum ich so schockiert war. Kurz bevor ich das Moddy rausgenommen hatte, hatte ich das ganz entschiedene Gefühl, der Prophet habe mir etwas äußerst Wichtiges mitzuteilen.

Ich wollte das Moddy gerade wieder in die Aktentasche stecken, als mir ein Geistesblitz kam: Die Hersteller hatten den Propheten gar nicht bildlich dargestellt. Die Visionen des Weisen Ratgebers oder des Dunklen Lichts waren keine von einem zynischen Softwarehacker vorprogrammierten Vignetten. Das Moddy war psychoaktiv. Es analysierte meinen Gefühls- und Geisteszustand und ermöglichte es dann *mir*, diese Illusion zu schaffen.

So betrachtet, beschloß ich, handelte es sich dabei um keine profane Nachäffung religiöser Erfahrungen. Es ging dabei vielmehr um das Offenlegen meiner verborgenen Gefühle. Ich merkte, daß ich soeben eine absolute Meisterleistung im Rationalisieren vollbracht hatte, aber ich fühlte mich wesentlich besser damit. Ich steckte mir das Moddy wieder rein.

Audran wurde kurz schwindlig. Dann merkte er, daß er es sich gerade auf einer Couch bequem machte und ein Glas Limonenscherbett trank. Ihm gegenüber auf einer anderen Couch saß ein gutaussehender Mann in mittleren Jahren. Entsetzt erkannte Audran, daß dies der Prophet Gottes war.

»Salam aleikum«, *sagte der Prophet.*

»Wa alaykum as-salaam, yaa Hazrat«, *antwortete Audran. Es kam ihm merkwürdig vor, daß er sich in der Gegenwart des Propheten so wohl fühlte.*

»Du mußt wissen«, sagte der Prophet, »es gibt eine Quelle der Freude, die dich den Tod vergessen läßt, die dich in Einklang bringt mit dem Willen Allahs.«

»Ich verstehe nicht ganz, was Ihr meint«, entgegnete Audran.

Der Prophet Mohammed lächelte. »Du hast bestimmt gehört, daß mein Leben voller Widrigkeiten und voller Gefahren war.«

»Die Menschen versuchten andauernd, Euch wegen Eurer Lehren zu töten, o Apostel des Herrn. Ihr kämpftet viele Schlachten.«

»Ja. Aber weißt du, was die größte Gefahr war, der ich je gegenüberstand?«

Audran dachte einen Augenblick erstaunt nach. »Ihr habt Euren Vater vor Eurer Geburt verloren.«

»So wie du deinen verloren hast.«

»Ihr habt als Kind Eure Mutter verloren.«

»So wie du ohne Mutter warst.«

»Ihr seid besitzlos in die Welt hinausgegangen.«

Der Prophet nickte. »Auch dies blieb mir nicht erspart. Nein, nichts davon war es, was mir als größte Gefahr erschien. Noch waren es die Anstrengungen meiner Gegner, mich auszuhungern, mich mit Felsbrocken zu erschlagen, mich in meinem Zelt zu verbrennen oder mein Essen zu vergiften.«

»Was war dann, yaa Hazrat*«, begehrte Audran zu wissen, »die größte Gefahr in Eurem Leben?«*

»Am Anfang meiner Zeit als Prediger wollten die Leute in Mekka mir nicht Gehör schenken. Ich wandte mich an den Sardar von Tayef und bat ihn um Erlaubnis, dort zu predigen. Der Sardar gewährte mir die Erlaubnis, doch hinter meinem Rücken plante er, mich von gedungenen Meuchelmördern töten zu lassen. Ich wurde schwer verletzt und lag bewußtlos am Boden. Ein Freund trug mich vor die Mauern der Stadt und legte mich unter einen schattigen Baum. Darauf ging er zurück nach Tayef und bat um etwas Wasser für mich, aber niemand wollte ihm auch nur ein Tropfen geben.«

»Ihr schwebtet in Todesgefahr?«

Der Prophet Mohammed hob eine Hand. »Möglicherweise, aber schwebt der Mensch nicht immer in Todesgefahr? Als ich das Bewußtsein wiedererlangte, erhob ich das Antlitz zum Himmel und betete: ›O Herr voller Gnade, du hast mich gelehrt, deine Botschaft zu den Menschen zu tragen, aber sie wollen mir nicht zuhören. Vielleicht liegt es an meiner Unvollkommenheit, daß sie deiner Gnade nicht teilhaftig werden. O Herr, schenke mir den Mut, es wieder und wieder zu versuchen?‹

Dann bemerkte ich über den Dächern von Tayef den Erzengel Gabriel. Er wartete auf einen Fingerzeig von mir, um den Ort dem Erdboden gleichzumachen. Voller Schrecken rief ich aus: ›Nein, dies ist nicht der Weg! Allah hat mich ausgewählt, damit ich der Menschheit seinen Segen bringe, und nicht, um sie zu züchtigen. Laß sie leben! Wenn sie meine Botschaft nicht annehmen, vielleicht werden es ihre Söhne oder die Söhne ihrer Söhne tun.‹

Dieser schreckliche Augenblick, in dem ich mit dem Heben eines Fingers ganz Tayef samt seinen Bewohnern hätte vernichten können, war die größte Gefahr meines Lebens.«

Audran senkte den Kopf. »Wahrlich, Allah ist am größten.« Er langte hoch und nahm das Moddy raus.

Tschja. Der Weise Ratgeber hatte die Impulse unter meiner Schädeldecke durchforstet und danach eine Vision maßgeschneidert, die dem gegenwärtigen Aufruhr gerecht wurde und zugleich Lösungen anbot. Aber was versuchte der Weise Ratgeber mir zu sagen? Ich war einfach zu abgestumpft und phantasielos, um diese Vision zu verstehen. Ich dachte, daß sie mir vielleicht nahelegen wollte, zu Friedlander Bei zu gehen und zu sagen: »Es steht in meiner Macht, Euch zu zerstören, doch ich erbarme mich Euer und nehme Abstand davon.« Worauf Papa mich, von Schuldgefühlen übermannt, von allen Verpflichtungen befreien würde.

Ich merkte, daß es nicht ganz so einfach gemeint sein konnte. Zumal es gar nicht in meiner Macht stand, ihn zu zerstören. Vor unbedeutenderen Kreaturen, wie ich eine war, wurde Friedlander Bei durch Baraka geschützt, das schon beinahe magisch zu nennende Charisma, das bestimmte große Menschen auszeichnet. Da würde es schon einen anderen und besseren als mich brauchen, um gegen ihn einen Finger zu erheben — oder auch nur in sein Schlafzimmer zu schleichen und ihm, während er schlief, Gift ins Ohr zu träufeln.

Okay, ich hatte also die Lektion nicht verstanden, aber darüber wollte ich mir nicht lange den Kopf zerbrechen. Wenn mir das nächstemal ein Imam oder ein Heiliger über den Weg lief, würde ich ihn bitten, mir die Vision zu erklären. Bis dahin gab es wichtigeres zu erledigen. Ich steckte das Moddy zurück in die Aktentasche.

Dann lud ich die Datei über Abu Adil und überflog sie kurz. Sie war genauso langweilig, wie ich befürchtet hatte. Abu Adil war in sehr jungen Jahren in die Stadt gekommen. Das war vor mehr als anderthalb Jahrhunderten gewesen. Seine Eltern waren nach den Greueln des Samstagkrieges monatelang unterwegs gewesen. Als Junge half Abu Adil seinem Vater, der Limonade und Scherbett im Souk der Gerber verkaufte. Er spielte in den engen und verworrenen Gassen der *Medîna,* dem alten Teil der Stadt. Nach dem Tod seines Vaters brachte Abu Adil sich und seine Mutter mit Betteln durch. Dank seines starken Willens und seiner inneren Kraft gelang es ihm, Armut und Elend zu überwinden und ein in der *Medîna* angesehener und einflußreicher Mann zu werden. Über diesen bemerkenswerten Aufstieg enthielt der Bericht keine Einzelheiten. Aber wenn Abu Adil ein ernster Rivale Friedlander Beis war, mußte er zweifelsohne stattgefunden haben. Er lebte in einem Haus am westlichen Stadtrand, in der Nähe des Tores des Sonnenuntergangs. Wenn man den Berichten Glauben schenken durfte, stand sein Sitz dem Palast Friedlander Beis in nichts nach und lag inmitten düsterer Slums. Abu Adil wußte eine ganze Armee von Freunden und Geschäftspartnern in den Bruchbuden der *Medîna* hinter sich, genau wie Friedlander Bei im Budayin.

Soviel hatte ich erfahren, als Inspektor Shaknahyi den Kopf in mein Büroabteil steckte. »Es ist Zeit, sich auf die Socken zu machen«, sagte er.

Es machte mir nicht das Geringste aus, mich von meinem Terminal loszureißen. Ich fragte mich nur, warum Kommissar Hajjar so einen Zinnober wegen Reda Abu Adil veranstaltete. Ich hatte in der Datei nichts gefunden, das dagegen sprach, daß er etwas anderes war als Friedlander Bei: ein reicher, mächtiger Mann, dessen Geschäfte manchmal eine graue oder gar schwarze Tönung annahmen. Falls er wie Papa war — und was ich gesehen hatte, sprach ganz dafür — war er wenig daran interessiert, kleinen Leuten ins Gehege zu kommen. Friedlander Bei war kein kriminelles Superhirn, und daß Abu Adil eins war, bezweifelte ich. Menschen wie ihn konnte man nur aufschrecken, wenn man in ihr Gebiet eindrang oder ihre Freunde oder ihre Familie bedrohte.

Ich folgte Shaknahyi in die Garage hinunter. »Das ist meines«, sagte er und deutete auf einen Streifenwagen, der soeben von der vorherigen Streife zurückkam. Er begrüßte die zwei erschöpft und müde wirkenden Polizisten, die ausstiegen, und schlüpfte hinter das Lenkrad. »Na?« forderte er mich auf, mich neben ihn zu setzen.

Damit eilte es mir ganz und gar nicht. Erstens würde ich ohnehin für die Dauer der Streife mit Shaknahyi in der Bullenkiste zusammengepfercht sein, eine Vorstellung, die mich nicht im geringsten reizte. Zweitens hätte ich es vorgezogen, sicher wie in Abrahams Schoß oben zu sitzen und langweilige Dateien zu sortieren, statt diesem kampferprobten Veteranen hinaus auf die Straße zu folgen, wo hinter jeder Ecke ein Hinterhalt sein konnte. Schließlich jedoch kletterte ich auf den Vordersitz. Manche Dinge lassen sich eben nicht länger hinausschieben.

»Was tragen Sie?« fragte er, ohne den Blick von der Straße zu wenden. In seiner rechten Backe steckte ein riesiger Kaugummi.

»Meinen Sie das?« Ich hielt das Vollkommener-Gesetzeshüter-Moddy hoch, das ich noch nicht eingeschoben hatte.

Er warf mir einen Blick zu und murmelte etwas Unverständliches. »Ich möchte wissen, was Sie dabei haben, um mich vor den bösen Buben zu schützen«, sagte er und sah mich noch mal an.

Unter meinem Sakko trug ich meine Schockpistole. Ich zog sie aus dem Halfter und zeigte sie ihm. »Die habe ich letztes Jahr von Kommissar Okking bekommen.«

Shaknahyi kaute ein paar Sekunden lang den Kaugummi durch. »Der Kommissar hat sich mir gegenüber immer anständig verhalten.« Wieder sah er mich aus den Augenwinkeln an.

»Ja, sicher«, sagte ich. Mehr fiel mir dazu nicht ein. Ich war verantwortlich gewesen für Okkings Tod, und ich wußte, daß Shaknahyi das wußte. Auch damit mußte ich fertig werden, wenn wir zusammen etwas erreichen wollten. Weder er noch ich sprachen für eine Weile.

»Die Waffe, die Sie dabei haben, taugt höchstens dazu, ein paar Mäuse und Vögel unschädlich zu machen. Schauen Sie mal auf den Boden.«

Ich langte unter den Sitz und fand eine kleine Waffensammlung. Darunter war ein großkalibriges Gewehr, eine Schockpistole und eine Nadelpistole, die aussah, als könne man damit einem ausgewachsenen Rhinozeros das Fleisch in Streifen von den Knochen lösen. »Was davon schlagen Sie vor?« fragte ich.

»Möchten Sie in Blut baden?«

»Davon hatte ich letztes Jahr genug.«

»Dann vergessen Sie die Nadelpistole, obwohl es eine erstklassige Seitenwaffe ist. Sie feuert abwechselnd drei sedatierende Garben, drei mit einem Nervengift versehene und drei Feuergarben. Die großkalibrige Kanone ist vielleicht auch zu brutal für Sie. Sie ist viermal so schlagkräftig wie Ihre Spatzenbüchse. Die bringt jeden zu Fall, auf den Sie schießen, und wenn er einen halben Kilometer weg ist. Und bis zu dreißig Metern Entfernung bringt sie den Kerl um. Vielleicht sollten Sie die Schockpistole wählen.«

Ich stopfte die Nadelpistole und die großkalibrige Pistole wieder unter den Sitz und sah mir die Schockpistole näher an. »Was stellt das Ding hier an?«

Shaknahyi zuckte die Achseln. »Wenn Sie damit jemand zwei-, dreimal am Kopf treffen, ist er für den Rest seines Lebens ein Krüppel. Der Kopf ist aber schwer zu treffen. Wenn Sie ihn in der Brust treffen, setzt das Herz aus. An jeder anderen Stelle werden die Muskeln gelähmt. Eine halbe Stunde lang geht dann nichts mehr. Und genau das wollen Sie.«

Ich nickte und steckte die Schockpistole in die Manteltasche. »Sie denken nicht, daß ich ...« Mein Telefon machte sich bemerkbar, und ich zog es aus dem Gürtel.

Ich nahm an, daß sich hier eines meiner anderen Probleme meldete. »Hallo?« sagte ich.

»Marîd? Hier ist Indihar.«

Es sah ganz so aus, als wären die guten Nachrichten völlig außer Mode gekommen. Ich schloß die Augen. »Ja, wie geht es dir? Gibt's was Neues?«

»Weißt du eigentlich, wieviel Uhr es ist? Du bist jetzt Besitzer eines Clubs, Maghrebi. Du trägst die Verantwortung für die Mädchen von der Tagschicht. Willst du nicht mal hier vorbeischauen und aufsperren?«

An den Club hatte ich überhaupt nicht mehr gedacht. Darüber wollte ich mir zuletzt den Kopf zerbrechen, aber Indihar hatte recht mit meiner Verantwortung. »Ich komme so schnell wie möglich. Sind alle da?«

»Ich bin da, Pualani ist da, Janelle hat aufgehört. Ich habe keine Ahnung, wo Kandy ist. Und Yasmin ist da und will einen Job.«

Jetzt auch noch Yasmin. Um Gottes willen! »Bin in ein paar Minuten da.«

»*Inshallah*, Marîd.«

»Ja.« Ich steckte das Telefon zurück in den Gürtel.

»Wo müssen Sie jetzt hin? Wir haben überhaupt keine Zeit für persönliche Angelegenheiten.«

Ich versuchte die Sache zu erklären. »Friedlander Bei wollte mir einen Gefallen tun und kaufte einen Club für mich im Budayin. Ich habe nicht die geringste Ahnung, wie man einen Club führt. Bis zu diesem Augenblick habe ich überhaupt nicht mehr daran gedacht. Wir müssen mal kurz vorbeifahren, ich muß aufsperren.«

Shaknahyi lachte. »Hüte dich vor zweihundert Jahre alten Obermuftis, die Geschenke bringen. Wo ist dieser Club?«

»An der Promenade. Chiris Club. Wissen Sie, welchen ich meine?«

Er wandte sich um und sah mich kurz an, ohne ein Wort zu sagen. Dann kehrte er um und fuhr Richtung Budayin. »Ja, ich weiß, welchen Sie meinen.«

Es mag Leute geben, die es für das Wahnsinnigste überhaupt halten, in einem Polizeiauto durch das Osttor zu brummen und die Promenade hinaufzurasen, wo normalerweise überhaupt kein Autoverkehr zugelassen ist. Ich fand das ganz und gar nicht und machte mich so klein, wie ich konnte, in der Hoffnung, niemand würde mich sehen. Mein ganzes Leben lang hatte ich die Bullen gehaßt, und jetzt war ich selbst einer. Meine alten Freunde behandelten mich schon so, wie ich früher mit Hajjar und den anderen Bullen im Budayin umgegangen war. Ich war dankbar, daß Shaknahyi schlau genug war, auf die Sirene zu verzichten.

Shaknahyi hielt direkt vor Chirigas Club an. Indihar, Pualini und Yasmin standen auf dem Trottoir. Es tat mir leid, daß Yasmin ihr langes, wunderschönes schwarzes Haar, das ich immer so geliebt hatte, nun kurzgeschnitten trug. Vielleicht hatte sie geglaubt, etwas ändern zu müssen, nachdem wir Schluß gemacht hatten. Ich atmete tief ein, öffnete die Tür und stieg aus. »Hallo, wie geht's?« begrüßte ich die drei.

Indihar warf mir einen düsteren Blick zu. »Für eine Stunde können wir das Trinkgeld bereits abschreiben.«

»Führst du jetzt diesen Club oder nicht, Marîd?« fragte Pualini. »Ich kann jederzeit bei Jo-Mama anfangen.«

»Frenchy nimmt mich sofort wieder, das geht schneller als in Marrakesch«, sagte Yasmin. Sie klang kalt und abweisend. Daß ich in einer Bullenkarre durch die Gegend fuhr, schadete meinem Ansehen in ihren Augen nur noch mehr.

»Macht euch keine unnötigen Sorgen«, versuchte ich sie zu beruhigen. »Ich hatte nur heute morgen soviel um die Ohren. Indihar, würdest du für mich die Clubleitung übernehmen? Du hast mehr Ahnung davon als ich.«

Sie starrte mich ein paar Sekunden lang unverwandt an. »Nur, wenn du mir feste Arbeitszeiten zugestehst. Ich habe keine Lust, am Morgen hier aufzukreuzen, wenn ich die ganze Nachtschicht mitgemacht habe. Bei Chiri war das ständig so.«

»Geht in Ordnung. Wenn euch sonst noch was einfällt, sagt mir Bescheid.«

»Du mußt mir das bezahlen, was marktüblich ist. Und ich gehe nur auf die Bühne und tanze, wenn mir danach ist.«

Ich runzelte die Stirn, aber sie hatte mich in der Hand. »Das geht auch in Ordnung. Und wer soll den Club nachts führen?«

Indihar zuckte die Achseln. »Ich traue keiner von diesen Nutten hier. Frag doch mal Chiri. Stell sie wieder ein.«

»*Chiri* einstellen? In ihrem eigenen Club?«

»Es ist nicht mehr ihr Club«, erklärte Yasmin.

Ich stimmte ihr zu. »Aber glaubt ihr, das macht sie?«

Indihar lachte. »Sie wird dreimal soviel verlangen, wie auf der Promenade üblich ist. Sie wird es dir so schwer wie möglich machen. Und sie wird dir die Registrierkasse ausräumen, wenn du ihr auch nur die geringste Gelegenheit dazu gibst. Aber trotzdem bist du mit ihr besser dran. Niemand kann wie Chiri Geld machen. Ohne sie kannst du in sechs Monaten den Schuppen hier an einen Lumpensammler vermieten.«

»Du hast ihre Gefühle ganz schön verletzt, Marîd«, mischte sich Pualini ein.

»Ich weiß, aber das war nicht meine Schuld. Friedlander Bei hat die Sache durchgezogen, ohne mich überhaupt zu fragen. Der Club fiel mir sozusagen als Überraschung in den Schoß.«

»Davon hat Chiri keine Ahnung«, sagte Yasmin.

Hinter mir wurde eine Autotür zugeknallt. Ich drehte mich um und sah Shaknahyi auf mich zukommen. Er grinste über das ganze Gesicht. Das fehlte mir gerade noch, daß er sich auch noch in die Sache einmischte. Es machte ihm sichtlich Spaß.

Indihar und den anderen war ich zutiefst zuwider,

weil ich ein Bulle geworden war. Und den Bullen war ich zuwider, weil ich für sie noch immer zu den Ganoven gehörte. Die Araber haben dafür ein Sprichwort: »Wenn du die Kleider ausziehst, frierst du.« Man soll sich also nicht von den Leuten trennen, die einen unterstützen. Aber wenn sich die eigenen Freunde gegen einen zusammenrotten und einem die Kleider vom Leib reißen, hilft einem dieses Sprichwort nicht weiter.

Shaknahyi sprach mich nicht an. Er ging zu Indihar, beugte sich zu ihr hinunter und flüsterte ihr ins Ohr. Okay, eine Menge Mädchen auf der Promenade stehen auf Bullen. Ich habe das nie so recht verstanden. Und einigen Bullen paßt das ganz gut in den Kram. Was mich überraschte, war, daß Indihar zu diesen Mädchen gehörte. Und daß Shaknahyi einer von diesen Bullen war.

Die Idee, daß das ein weiterer dieser merkwürdigen Zufälle war, kam mir nicht. Mein neuer Partner hatte halt zufällig etwas mit der neuen Managerin des Clubs laufen, den mir Friedlander Bei gerade geschenkt hatte.

»Sind Sie hier fertig, Audran?« fragte Shaknahyi.

»Ja, muß nur noch im Verlauf des Tages mit Chiriga reden.«

»Indihar ist in Ordnung«, sagte Yasmin. »Aber Chiri wird es dir schwermachen.«

Ich nickte. »Sie hat ja wohl das Recht dazu. Aber trotzdem freue ich mich nicht gerade darauf.«

»Steigen wir wieder ein«, drängte Shaknahyi.

»Um uns brauchst du dir keine Sorgen machen«, sagte Pualini. »Wir kennen unseren Job. Paß du nur mal bei Chiri auf!«

»Achte auf die Mitte«, frotzelte Indihar. »Wenn du weißt, was ich meine.«

Ich winkte und schaute, daß ich ins Polizeiauto kam. Shaknahyi küßte Indihar leicht auf die Wange und folgte mir dann. Er klemmte sich hinter das Lenkrad. »Fertig für die Arbeit?« fragte er. Der Wagen stand noch immer neben dem Bordstein.

»Wie lang kennen Sie Indihar schon? Ich habe Sie nie in Chiris Club gesehen.«

Er sah mich mit großen, unschuldigen Augen an. »Ich kenne sie schon lange.«

»Gut«, antwortete ich und beließ es dabei. Es hatte nicht so geklungen, als ob er darüber sprechen wollte.

Ein Alarmsignal ertönte und die Synthesizerstimme des Computers im Armaturenbrett ertönte: »Dienstmarke 374, bitte sofort gegen Bombendrohung und Geiselnahme einschreiten. Café de la Fée Blanche. Neunte Straße Nord.«

»Das ist bei Gargotier«, sagte Shaknahyi. »Wir kümmern uns darum.« Die Synthesizerstimme verstummte.

Und Hajjar hatte mir versprochen, um sowas müßte ich mich nicht kümmern. *»Bismillah ar-Rahman ar-Raheem«*, murmelte ich. Im Namen Allahs, des gnädigen Erbarmers.

Als wir jetzt die Promenade hinauffuhren, ließ Shaknahyi die Sirene heulen.

6. Kapitel

Eine Menschenmenge stand vor dem niedrigen Geländer, das den Patio des Café de la Fée Blanche zur Promenade hin abgrenzte. Ein alter Mann hockte an einem der weiß gestrichenen Eisentische und trank aus einem Plastikbecher. Er schien von dem Drama, das sich in der Bar abspielte, keine Notiz zu nehmen. »Bringen Sie ihn hier weg«, fauchte mich Shaknahyi an. »Und bringen Sie die anderen Leute hier auch weg. Ich weiß nicht, was da drin vorgeht, aber wir müssen den Kerl so behandeln, als ob er eine echte Bombe hätte. Und wenn Sie alle hier weggescheucht haben, setzen Sie sich wieder ins Auto.«

»Aber ...«

»Ich möchte mir um Sie nicht auch noch Gedanken machen müssen.« Er lief zum Hintereingang des Cafés.

Ich zögerte. Ich wußte, daß jeden Moment weitere Streifenwagen eintreffen mußten. Also beschloß ich, daß sie sich um die Schaulustigen kümmern sollten. Im Augenblick stand Wichtigeres an. Ich hatte noch immer den Vollkommenen Gesetzeshüter. Ich riß die Verpakkung mit den Zähnen auf und steckte mir das Moddy rein.

Audran saß an einem Tisch im schummrig beleuchteten San Salerio in Florenz. Ein Quartett spielte getragene Musik von Schubert. Ihm gegenüber saß eine schöne Blonde namens Costanzia. Sie setzte die Tasse an die Lippen, und über den Tassenrand musterten ihn ihre kobaltblauen Augen. Ihr dezentes, faszinierendes Parfüm erinnerte Audran an romantische Abende und zärtliche Versprechen.

»Das muß der beste Kaffee der Toskana sein«, flüsterte sie. Ihre Stimme klang bezaubernd. Sie lächelte ihn an.

»Wir sind nicht hier, um Kaffee zu trinken, mein Schatz«, sagte er. »Wir sind hier, um uns die neueste Mode anzusehen.«

Sie winkte ab. »Dafür ist noch genug Zeit. Jetzt wollen wir erst mal entspannen.«

Audran lächelte und griff nach der Tasse aus feinstem Porzellan. Der Kaffee hatte die herrliche Farbe polierten Mahagonis und duftete himmlisch. Der erste Schluck überwältigte Audran schier. Als sich das Aroma des Kaffees in seinem Mund entfaltete, erkannte er, daß Costanzia recht gehabt hatte. Noch nie zuvor hatte ihm eine Tasse Kaffee solches Behagen bereitet.

»Diesen Kaffee werde ich nie vergessen«, sagte er.

»Laß uns doch nächstes Jahr wieder hierherkommen«, schlug Costanzia vor.

Audran lachte nachsichtig. »Um den neuesten Schick von San Saberio zu sehen?«

Costanzia hob die Tasse und lächelte. »Um den Kaffee zu genießen.«

Auf die Anzeige folgte völlige Dunkelheit. Audran konnte nichts sehen. Er fragte sich kurz, wer Costanzia war, schlug sie sich aber rasch aus dem Kopf. Gerade als er anfing, in Panik zu geraten, löste sich die Dunkelheit langsam auf. Ihm wurde kurz schwindlig, und dann war ihm, als wache er aus einem Traum auf. Er hatte einen absolut klaren Kopf und wußte, daß er einen Job zu erledigen hatte. Er war vernünftig und Herr über seine Gefühle. Er war der Vollkommene Gesetzeshüter.

Er konnte weder sehen noch hören, was drinnen vorging. Er nahm an, daß Shaknahyi leise durch das Hinterzimmer kam. Es lag nun an Audran, seinen Partner nach Kräften zu unterstützen. Er sprang über das Eisengeländer in den Patio.

Der alte Mann am Tisch blickte auf. »Sie wollen zweifelsohne meine Manuskripte lesen«, sprach er Audran an.

Audran erkannte Ernst Weinraub, einen Exilanten aus ei-

nem zentraleuropäischen Land. Weinraub hielt sich selbst für einen Schriftsteller, aber Audran hatte nie gesehen, daß er mit einem Manuskript beschäftigt war — höchstens mit einem Glas Anisette oder Bourbon. »Sir«, antwortete er, »Sie sind hier in Gefahr. Ich muß Sie darum bitten, auf die Promenade hinauszugehen. Verlassen Sie bitte das Café, Ihrer eigenen Sicherheit zuliebe.«

»Es ist noch nicht Mitternacht«, beschwerte sich Weinraub. »Lassen Sie mich noch das Glas austrinken.«

Audran hatte nicht die Zeit, sich lange mit dem alten Trunkenbold abzugeben. Er verließ den Patio und marschierte entschlossenen Schrittes in die Bar.

Was er hier sah, wirkte nicht besonders bedrohlich. Monsieur Gargotier stand hinter der Theke, unter dem riesigen Spiegel mit dem Sprung. Seine Tochter, Maddie, saß an einem Tisch an der hinteren Wand. An der westlichen Wand, unter Gargotiers Sammlung verblichener Fotos von der Marskolonie, saß ein junger Mann, die Hände auf einer kleinen Schachtel. Er riß den Kopf herum und fixierte Audran. »Mach, daß du hier rauskommst!« brüllte er. »Oder die Hütte hier fliegt in die Luft!«

»Ich bin mir sicher, er meint, was er sagt«, warf Gargotier ein. Er schien am Ende seiner Nerven zu sein.

»Da kannst du deinen Arsch drauf wetten, daß ich es so meine!« stieß der junge Mann hervor.

Ein Polizist mußte gefährliche Situationen schnell einschätzen und Entscheidungea treffen können. Der Vollkommene Gesetzeshüter schlug vor — da es sich um einen offensichtlich psychisch Kranken handelte —, daß Audran zuerst herausfinden sollte, warum die betreffende Person so aufgeregt war, um sie dann zu beruhigen. Der Vollkommene Gesetzeshüter empfahl, sich über die betreffende Person weder lustig zu machen, noch Ärger oder Wut zu erkennen zu geben oder sie ihre Drohung wahrmachen zu lassen. Audran hob die Hände und sagte mit ruhiger Stimmer: »Ich werde Sie nicht bedrohen.«

Der junge Mann lachte bloß. Er hatte langes, ungepflegtes Haar und einen unregelmäßig gewachsenen Bart. Gekleidet war er mit einer ausgewaschenen Blue Jeans und einem karierten Hemd, von dem die Ärmel abgerissen waren. Er sah ein bißchen so aus wie Audran, bevor sich Friedlander Bei seiner angenommen hatte.

»Haben Sie etwas dagegen, wenn ich mich zu Ihnen setze und mit Ihnen rede?« fragte Audran.

»Ich kann das hier jede Minute losgehen lassen. Wenn du den Nerv hast, setz dich her. Aber laß die Hände ruhig auf dem Tisch liegen.«

»Sicher.« Audran rückte sich einen Stuhl zurecht und setzte sich. Er saß mit dem Rücken zum Barkeeper, aber aus dem Augenwinkel konnte er Maddie Gargotier sehen. Sie weinte leise vor sich hin.

»Du wirst mich nicht davon abbringen«, sagte der junge Mann.

Audran zuckte die Achseln.

»Ich möchte nur herausfinden, um was es hier überhaupt geht. Wie heißen Sie?«

»Was, zum Teufel, hat das damit zu tun?«

»Ich heiße Marîd. Ich wurde in Mauretanien geboren.«

»Kannst mich Al-Muntaqim nennen.« Das Bürschchen mit der Bombe hatte sich einen von den neunundneunzig wundervollen Namen Gottes angeeignet. Er bedeutete soviel wie ›Der Rächer‹.

»Leben Sie schon immer in der Stadt?« fragte Audran.

»Verflucht, nein«

»So nennen die Einheimischen Kairo, nicht wahr?« fragte Audran.

Al-Muntaqim sprang wütend auf. Er zeigte mit dem Finger auf Gargotier hinter der Theke und brüllte: »Siehst du? Siehst du, was ich meine? Genau darüber habe ich gesprochen. Damit mache ich jetzt ein für allemal Schluß!« Er packte die kleine Schachtel und riß sie auf.

Audran spürte einen heftigen Schmerz. Es war, als zerre und reiße jemand an seinen Gelenken, bis alle Knochen herausgedreht waren. Jede einzelne Muskelfaser schien gerissen, und seine Haut fühlte sich an, als sei sie mit Sandpapier bear-

beitet worden. Die Agonie dauerte ein paar Sekunden, dann verlor Audran das Bewußtsein.

»Alles in Ordnung?«

Nein, nichts war in Ordnung. Außen fühlte sich meine Haut glühend heiß an, als hätte ich tagelang unter der Wüstensonne gebraten. Innen fühlte ich, wie meine Muskeln zitterten. In den Armen, Beinen, am Körper und im Gesicht quälten mich unzählige Krämpfe. Mein Kopf drohte vor Schmerzen zu zerspringen und im Mund hatte ich einen scheußlichen, säuerlichen Geschmack. Ich hatte Schwierigkeiten, etwas zu erkennen. Es war, als hätte mir jemand klebriges Zeug über die Augen geschmiert.

Ich konzentrierte die ganze Kraft darauf, zu erkennen, wer da mit mir redete. Ich konnte die Stimme kaum hören, so laut dröhnte es in meinen Ohren. Es stellte sich heraus, daß es Shaknahyi war. Ein Zeichen dafür, daß ich noch am Leben war. Einen schrecklichen Augenblick lang hatte ich schon geglaubt, ich sei möglicherweise schon im grünen Zimmer Allahs oder sonstwo. Nicht daß es in diesem Moment so toll gewesen wäre, am Leben zu sein. »Was ...«, krächzte ich. Mein Hals war so trocken, daß ich kaum ein Wort herausbrachte.

»Hier.« Shaknahyi reichte mir ein Glas Wasser. Ich merkte, daß ich flach mit dem Rücken auf dem Boden lag und daß Shaknahyi und Monsieur Gargotier sich über mich beugten und den Kopf schüttelten.

Ich nahm das Glas und trank es dankbar aus. Dann versuchte ich noch mal zu sprechen. »Was ist passiert?«

»Sie haben Mist gebaut«, sagte Shaknahyi.

»Stimmt«, antwortete ich.

Shaknahyi verzog die Mundwinkel zur Andeutung eines Lächelns. Er reichte mir die Hand. »Kommen Sie hoch?«

Ich kam auf die Beine und setzte mich, noch immer ziemlich wacklig, auf den nächsten Stuhl. »Gin und Bingara«, sagte ich zu Gargotier. »Mit einem Schuß von Roses Limonensaft.«

Der Barkeeper zog eine Grimasse, aber er mixte mir den Drink. Ich zog mein Pillenschächtelchen heraus und angelte mir acht oder neun Sonnein-Tabletten.

»Ich habe von Ihnen und Ihren Drogen gehört«, sagte Shaknahyi.

»Stimmt alles«, entgegnete ich. Als Gargotier mir meinen Drink brachte, schluckte ich die Dinger. Ich konnte es nicht erwarten, daß sie mich wieder auf die Beine brachten. In ein paar Minuten würde wieder alles in Ordnung sein.

»Sie hätten uns alle umbringen können mit diesem Wahnsinn, den Kerl zum Aufgeben zu überreden.« Mir ging es bereits schlecht genug, ich hatte nicht die geringste Lust, mir jetzt auch noch Shaknahyis kleine Standpauke anzuhören. Er fuhr nichtsdestoweniger damit fort. »Was hatten Sie überhaupt vor, verflucht noch mal? Einen Rapport herstellen oder was? So gehen wir nicht vor, wenn Menschenleben bedroht sind.«

»Ja?« fragte ich. »Was machen Sie denn?«

Er breitete die Arme aus, als ob die Antwort darauf jedem klar sein müßte. »Man kommt von hinten, so daß er einen nicht sehen kann. Und dann stellt man das Arschloch kalt.«

»Haben Sie mich kaltgestellt, bevor oder nachdem Sie Al-Muntaqim kaltgestellt haben?«

»Nannte er sich so? Zum Teufel, Audran, Sie müssen bei diesen Schockpistolen schon mit einem kleinen Streueffekt rechnen. Es tut mir wirklich leid, daß ich Sie auch umlegen mußte, aber es entstanden keine bleibenden Schäden, *inshallah*. Er sprang mit dieser Schachtel auf, und da konnte ich nicht warten, bis Sie aus der Schußlinie waren. Ich mußte nehmen, was ich kriegte.«

»Geht schon in Ordnung«, sagte ich. »Wo ist der Rächer jetzt?«

»Die Männer in den weißen Kitteln haben ihn abgeholt, während Sie schliefen. Brachten ihn ins Krankenhaus, auf die geschlossene Abteilung.«

Das machte mich etwas wütend. »Der verrückte Bombenleger kommt in ein sauberes Bett im Krankenhaus, und ich kann hier auf dem dreckigen Boden in einer heruntergekommenen Kneipe liegen bleiben?«

Shaknahyi zuckte die Achseln. »Er befindet sich in einem weitaus schlimmeren Zustand als Sie. Sie gerieten nur in den Randbereich der Ladung. Er kriegte sie voll ab.«

Das hörte sich an, als ob Al-Muntaqim sich eine Weile ziemlich beschissen fühlen würde. Was mich wiederum nicht störte.

»Hat keinen Sinn, mit einem Irren über Moral zu debattieren«, fuhr Shaknahyi fort. »Man muß reingehen und den Typen bei der ersten sich bietenden Gelegenheiten kaltstellen.« Er machte mit dem rechten Zeigefinger eine Bewegung, als wolle er einen Abzug drücken.

»Der Vollkommene Gesetzeshüter erzählte mir etwas anderes«, sagte ich. »Ach ja, haben Sie mir eigentlich das Moddy rausgenommen? Was haben Sie damit gemacht?«

»Ja«, antwortet Shaknahyi, »hier ist es.« Er zog das Moddy aus der Hemdtasche und warf es neben mich auf den Boden. Dann stieg er mit seinem schweren schwarzen Stiefel auf das Plastikmodul und zertrat es. Bunte Schaltungsbauteile schlitterten über den Boden. »Wenn Sie wieder so ein Ding einschieben, mache ich dasselbe mit Ihrem Gesicht. Und was von Ihnen übrigbleibt, werfe ich dann aus meinem Streifenwagen.«

So viel zu Marîd Audran, dem Bilderbuchbullen.

Ich erhob mich — es ging mir um einiges besser — und folgte Shaknahyi aus der schummrigen Bar. Monsieur Gargotier und seine Tochter Maddie begleiteten uns. Der Wirt versuchte, uns zu danken, aber Shaknahyi hob die Hand und sagte bescheiden: »Nichts zu danken, wir haben nur unsere Pflicht getan.«

»Schauen Sie mal vorbei und trinken Sie was auf Kosten des Hauses«, verabschiedete sich Gargotier dankbar.

»Das machen wir vielleicht.« Shaknahyi wandte sich mir zu. »Fahren wir!« Wir gingen durch den Patio auf die Promenade. Der alte Weinraub saß noch immer unter seinem Cinzano-Sonnenschirm. An ihm war augenscheinlich alles vorbeigegangen.

Auf dem Weg zum Auto sagte ich: »Ich bin froh, daß ich wieder wo willkommen bin.«

Shaknahyi sah mich an. »Sich auf einen Drink einladen zu lassen verstößt gegen das Gesetz.«

»Ich wußte gar nicht, daß es sowas wie *Gesetz* im Budayin überhaupt gibt.« Shaknahyi grinste. Das Eis zwischen uns schien langsam zu tauen.

Als ich ins Auto steigen wollte, ertönte von einer Moschee außerhalb des Viertels der Ruf des Muezzins. Ich sah, wie Shaknahyi vom Rücksitz des Streifenwagens einen Gebetsteppich holte. Er breitete ihn auf dem Trottoir aus und betete ein paar Minuten. Irgendwie fühlte ich mich nicht wohl dabei. Als er fertig war, rollte er den Teppich zusammen und legte ihn hinten in den Wagen. Dabei sah er mich merkwürdig an, so als billige er mein Verhalten nicht. Wir stiegen beide in den Streifenwagen. Eine Weile sprachen wir kein Wort.

Shaknahyi fuhr die Promenade zurück und raus aus dem Budayin. Merkwürdigerweise machte es mir nichts mehr aus, von meinen alten Freunden im Polizeiauto gesehen zu werden. Erstens reichte es mir, wie sie mich behandelten. Zweitens hatte ich ein ganz neues Selbstgefühl, jetzt, da ich mich in vorderster Linie bewährt hatte. Nach der Erfahrung im Fée Blanche dachte ich anders. Jetzt erkannte ich, welche Gefahren die Bullen Tag für Tag auf sich nehmen.

Shaknahyi überraschte mich. »Möchten Sie wo haltmachen und zu Mittag essen?«

»Klingt gut.« Ich fühlte mich noch immer etwas

schwach auf den Beinen, und durch die Sunnys war ich etwas angeschickert. Daher war ich nur allzu bereit.

»Es gibt da ein Lokal in der Nähe der Polizeiwache, wo ich öfters hingehe.« Er schaltete die Sirene ein, und wir machten es in kürzester Zeit durch den Verkehr. Kurz vor der Frittenbude schaltete er die Tröte aus und stellte den Wagen ab. An einer Stelle, an der Parken striktestens untersagt war. »Die Polizei kann sich's erlauben«, sagte er grinsend. »Da gibt's wenig Konkurrenten.«

Wir gingen hinein, und ich war angenehm überrascht. Der Imbiß wurde von einem jungen Mauretanier namens Meloul betrieben, und es gab ausschließlich maghrebinisches Essen. Mich hierherzubringen machte einiges wett, was er mir bisher angetan hatte. Shaknahyi erschien mir mit einemmal gar nicht mehr so übel.

»Nehmen wir den Tisch da«, sagte er und wählte einen weit von der Tür entfernten Tisch an der Wand, von dem aus er die anderen Kunden und die Straße im Auge behalten konnte.

»Danke«, sagte ich. »Ich bekomme nicht oft was von zu Hause zu essen.«

»Meloul«, rief er. »Hier habe ich einen von deinen Cousins mitgebracht.«

Der Besitzer kam herüber. Er trug eine spiegelblank polierte Karaffe und eine Schale. Shaknahyi wusch sich sorgfältig die Hände und trocknete sie sich an dem sauberen weißen Handtuch. Meloul lächelte mir zu. Er war ungefähr so alt wie ich, aber größer und dunkler. »Ich bin Berber«, sagte er. »Bist du auch Berber? Kommst du aus Oran?«

»Ich habe etwas Berberblut«, sagte ich. »Ich wurde in Sidi-bel-Abbès geboren, aber ich wuchs in Algier auf.«

Er kam auf mich zu, und ich erhob mich. Wir küßten uns auf die Wange. »Ich habe in Oran gelebt«, sagte er. »Jetzt ich lebe in dieser schönen Stadt. Setz dich, mache es dir bequem. Ich bringe gutes Essen für dich und für dich, Jirji.«

»Ihr zwei habt eine Menge gemeinsam«, sagte Shaknahyi.

Ich nickte. »Hören Sie zu, Inspektor Shaknahyi, ich möchte Ihnen ...«

»Nenne mich Jirji. Du hast dir dieses verfluchte Moddy reingehauen und bist mir in das Café nachgelaufen. Das war dumm, aber mutig. Jetzt gehörst du zu uns, gewissermaßen.«

Das tat mir sehr gut. »Ja, gut, Jirji, ich möchte dich etwas fragen. Würdest du sagen, daß du sehr religiös bist?«

Er runzelte die Stirn. »Ich halte mich an die Riten, aber ich laufe nicht hinaus auf die Straße und bringe ungläubige Touristen um, wenn sie sich weigern, zum Islam überzutreten.«

»Okay, vielleicht kannst du mir dann sagen, was dieser Traum bedeutet.«

Er lachte. »Was für ein Traum? Du und Brigitte Stahlhelm im *Tunnel der Liebe?*«

Ich schüttelte den Kopf. »Nein, nicht sowas. Ich träumte, daß ich den Heiligen Propheten treffe. Er wollte mir etwas sagen, aber ich konnte es nicht verstehen.« Ich schilderte den letzten Teil der Vision, die der Weise Ratgeber für mich geschaffen hatte.

Shaknahyi zog die Augenbrauen in die Höhe, aber schwieg eine Weile. Während er nachdachte, spielte er mit den Enden seines Schnurrbartes. »Scheint mir über die einfachen Tugenden zu gehen«, sagte er schließlich. »Du sollst dich an die Demut erinnern, so wie sich der Prophet Mohammed, möge der Segen Allahs auf ihm ruhen und der Friede mit ihm sein, sich daran erinnerte. Jetzt ist nicht die Zeit für dich, große Pläne zu schmieden. Später vielleicht, wenn Allah es will. Ergibt das für dich einen Sinn?«

Ich zitterte richtig, als er das sagte. Ich wußte, daß er

recht hatte. Mein Unbewußtes oder mein Instinkt hielt es für unnötig, daß ich mir über meine Mutter, Umm Saad und Abu Adil den Kopf zerbrach. Es schlug vor, die Dinge ganz ruhig anzugehen, eins nach dem anderen. Am Schluß würde alles zusammenpassen. »Danke, Jirji«, sagte ich.

Er zuckte die Achseln. »Nichts zu danken.«

»Ich bringe euch gutes Essen«, rief Meloul munter und stellte eine Platte zwischen Shaknahyi und mich. Der Berg Couscous darauf duftete nach Zimt und Safran. Da merkte ich erst, wie hungrig ich war. In der Mitte des Couscousberges befand sich eine kleine Vertiefung, die Meloul mit Hühnchenhappen und in Butter gebräunten Honigzwiebeln gefüllt hatte. Dann brachte er noch einen Teller mit Brot und zwei Tassen starken Kaffee. Ich mußte richtiggehend an mich halten, nicht sofort darüber herzufallen.

»Es sieht großartig aus, Meloul«, sagte Shaknahyi.

»Möge es euch munden.« Meloul wischte sich die Hände in einem sauberen Handtuch ab, verneigte sich und ließ uns mit unserem Essen allein.

»Im Namen Allahs, des gnädigen Erbarmers«, murmelte Shaknahyi.

Ich tat es ihm gleich, und dann erlaubte ich mir, mir einen Happen von dem Hühnchen und etwas Couscous zu Gemüte zu führen. Es schmeckte noch besser, als es aussah.

Als wir fertig waren, verlangte Shaknahyi die Rechnung. Meloul kam, noch immer lächelnd, an unseren Tisch. »Nichts zu bezahlen. Meine Landsleute essen umsonst. Polizisten essen umsonst.«

»Das ist nett von dir, Meloul«, sagte ich, »aber wir dürfen keine Einladungen annehmen ...«

Shaknahyi trank seine Tasse aus und setzte sie ab. »Ist schon in Ordnung, Marîd«, sagte er, »das ist etwas anderes. Meloul, möge deine Tafel stets überquellen.«

Meloul legte die Hand auf Shaknahyis Schulter. »Möge Gott dir ein langes Leben schenken«, sagte er. Er hatte keinen Fîq an uns verdient, aber er wirkte zufrieden.

Shaknahyi und ich verließen den Imbiß rund und glücklich. Es wäre eine wahre Schande gewesen, uns den restlichen Nachmittag mit Polizeiarbeit zu verderben.

Ein paar Meter neben Melouls Restaurant saß eine alte Frau auf dem Trottoir. Sie trug einen langen schwarzen Mantel und einen schwarzen Schal. Ihr sonnengegerbtes Gesicht war über und über mit Runzeln bedeckt, und eines ihrer tiefliegenden Augen leuchtete milchig weiß. Neben dem rechten Ohr hatte sie einen großen schwarzen Tumor. Ich ging hin zu ihr. »Möge der Frieden mit dir sein«, sprach ich sie an.

»Und mit Euch, o Scheich«, erwiderte sie. Ihre Stimme kam über ein heiseres Flüstern nicht hinaus.

Mir fiel ein, daß ich noch den Umschlag mit dem Geld bei mir trug. Ich zog ihn heraus, machte ihn auf und zählte hundert Kiam ab. Das Bündel war kaum schmaler geworden. »O Weib«, sagte ich, »nimm dies als Geschenk und Zeichen meiner Hochachtung.«

Sie nahm das Geld, verwundert über die vielen Geldscheine. Sie öffnete den Mund und schloß ihn wieder. Schließlich sagte sie: »Beim Leben meiner Kinder, Ihr seid großzügiger als Haatim, o Scheich! Möge Allah Euch Seine Wege erschließen.« Haatim ist für die Nomaden die personifizierte Großzügigkeit.

Ich begann mich unsicher zu fühlen. »Wir danken Gott jede Stunde«, antwortete ich und wandte mich ab.

Shaknahyi schwieg, bis wir beim Streifenwagen angekommen waren. »Machst du das öfters?« fragte er.

»Was?«

»Irgendwelchen Fremden hundert Kiam aufs Auge drücken.«

Ich zuckte die Achseln. »Ist Almosengeben nicht eine der fünf Säulen des Islams?«

»Ja schon, aber um die anderen vier scherst du dich ja

auch nicht viel. Außerdem fällt es den meisten Leuten am schwersten, sich von ihrem Geld zu trennen.«

Ich wußte selbst nicht, warum ich es getan hatte. Vielleicht weil mir nicht ganz wohl dabei war, wie ich meine Mutter behandelt hatte. »Mir tat die alte Frau einfach leid«, antwortete ich.

»So geht es allen hier in der Stadt. Sie kümmern sich alle um sie. Das war Safiyya, die Frau mit dem Lamm. Sie ist eine verrückte Alte. Man sieht sie nie ohne ein kleines Lämmchen. Sie nimmt es überall hin mit. Sie läßt es aus dem Brunnen an der Shimaal-Moschee trinken.«

»Ich habe kein Lamm gesehen.«

Er lachte. »Nein, das letzte wurde vor ein paar Wochen von einem Shish-Kebab-Karren überfahren. Momentan hat sie ein unsichtbares Lamm. Es stand direkt neben ihr, aber nur Safiyya kann es sehen.«

»Aha.« Mit dem, was ich ihr gegeben hatte, konnte sie sich ein paar neue Lämmer kaufen. Mein kleiner Beitrag, um das Leiden auf der Welt zu lindern.

Wir mußten den Budayin umfahren. Obwohl die Promenade in die richtige Richtung führt, nutzte sie uns nichts. Denn sie endete als Sackgasse am Friedhof. Ich kannte eine Menge Leute da drin — Freunde und Bekannte, die gestorben sind und im Friedhof abgeliefert wurden. Und die, die zwar noch atmeten, aber so arm waren, daß sie in den Grabstätten Zuflucht gesucht hatten.

Shaknahyi fuhr in den Süden des Viertels. Diese Gegend war mir ganz fremd. Anfangs waren die Häuser noch angenehm groß und nicht allzu verwahrlost. Aber nach ein paar Kilometern fiel mir auf, daß alles immer schäbiger wurde. Die Häuser mit Gipsverzierungen an den flachen Dächern wichen häßlichen Mietskasernen und schließlich ausgebrannten Baulücken, auf denen sich furchtbare, aus Sperrholz und verrosteten Eisenteilen zusammengeschusterte Hütten breitmachten.

Wir fuhren weiter und sahen Männer, die in Gruppen an die Mauer gelehnt rumstanden oder auf dem nackten Boden kauerten und Schnaps tranken, wahrscheinlich *laqbi,* der aus Dattelpalmen gewonnen wurde. Die Frauen riefen sich einander aus den Fenstern zu. Die Luft stank nach verbranntem Holz und menschlichen Fäkalien. Zwischen den Abfällen, die überall rumlagen, spielten die Kinder. Sie trugen zerrissene lange Hemden. Vor vielen Jahren war ich in Algier auch so ein Balg gewesen, und vielleicht berührte mich deshalb ihr Anblick so sehr.

Shaknahyi muß meinen Gesichtsausdruck gesehen haben. »Es gibt schlimmere Gegenden als Hâmidiyya«, sagte er. »Und ein Bulle muß bereit sein, überall hinzugehen und mit jedermann umzugehen.«

»Ich dachte nur nach«, sagte ich zögernd. »Das hier ist Abu Adils Gebiet. Es sieht nicht so aus, als ob er besonders viel für seine Leute tut; warum halten sie zu ihm?«

Shaknahyi antwortete mir mit einer Frage. »Warum hältst du zu Friedlander Bei?«

Ein Grund war, daß Papa das Bestrafungszentrum in meinem Gehirn gleich mit hatte verdrahten lassen und es nun nach Belieben stimulieren konnte. Statt dessen sagte ich: »Es ist kein schlechtes Leben. Und ich habe wohl auch Angst vor ihm.«

»Dasselbe gilt für diese armen *Fellahîn.* Sie leben in Angst und Schrecken vor Abu Adil. Und er wirft ihnen gerade genug hin, um sie am Verhungern zu hindern. Ich frage mich, wie Leute wie Friedlander Bei und Abu Adil überhaupt soviel Macht bekommen konnten.«

Ich sah die Slums am Fenster vorbeifliegen. »Womit glaubst du, macht Papa sein Geld?« fragte ich.

Shaknahyi zuckte die Achseln. »Tausende von kleinen Ganoven arbeiten für ihn. Jeder von ihnen schiebt ihm einen Großteil von dem, was er sich ergaunert hat, rüber, um in Frieden leben zu können.«

Ich schüttelte den Kopf. »Das ist das, was man im Budayin tagtäglich vor Augen hat. Es schaut so aus, als ob das Verbrechen, das Laster und die Korruption Friedlander Beis Hauptgeschäft ausmachen. Ich lebe jetzt seit ein paar Monaten in seinem Haus und wurde eines besseren belehrt. Das Geld aus all diesen Verbrechen ist für Papa nur ein Taschengeld. Das macht vielleicht fünf Prozent seines jährlichen Einkommens aus. Er hat noch etwas viel Größeres laufen, und da steckt Abu Adil auch mit drin. Sie verkaufen Ordnung.«

»*Was* verkaufen sie?«

»Ordnung. Kontinuität. Regierungen.«

»Wie?«

»Schau mal, auf dieser Welt hat sich die Hälfte der Länder aufgespalten und wieder vereinigt, bis am Ende niemand mehr wußte, wem was gehört, wer wo wohnt und wer wem Steuern zahlen muß.«

»Du meinst, was im Augenblick gerade in Anatolien geschieht.«

»Richtig. Die Vorfahren dieser Leute in Anatolien lebten in einem Land, das sie einst Türkei nannten. Zuvor hieß es das Ottomanische Reich und davor wieder wurde es Anatolien genannt. Im Moment sieht es so aus, als ob Anatolien in Galatien, Lydien, Kappadokien, Nizäa und das Asiatische Byzanz zerbricht. Eine Demokratie, ein Emirat, eine Volksrepublik, eine faschistische Diktatur und eine konstitutionelle Monarchie. Es muß irgend jemand geben, der da den Überblick bewahrt und darauf achtet, daß die Akten auf dem laufenden bleiben.«

»Schon, aber das scheint mir ein schwerer Job zu sein.«

»Ja, aber wer immer ihn erledigt, hat in Wirklichkeit das Sagen. Er hat wirklich die Macht, denn die ganzen kleinen Staaten sind auf seine Hilfe angewiesen, wenn sie nicht zusammenkrachen wollen.«

»Auf eine verrückte Art ergibt das einen Sinn. Und du meinst, das ist Friedlander Beis wahres Gewerbe?«

»Es ist eine Dienstleistung. Eine wichtige Dienstleistung. Und er hat viele Möglichkeiten, von dieser Situation zu profitieren.«

»Ja, das stimmt«, sagte er mit einem bewundernden Unterton. Wir fuhren um eine Ecke, und vor uns erhob sich eine lange, hohe, dunkle Backsteinmauer. Hier residierte Reda Abu Adil. Sein Palast erschien mir genauso groß wie Papas Palast. Als wir vor dem bewachten Tor hielten, wirkte der Luxus des Haupthauses noch überwältigender im Kontrast zu der furchtbaren Nachbarschaft.

Shaknahyi wies uns vor der Wache aus. »Wir möchten Scheich Reda sprechen«, trug er unser Anliegen vor. Die Wache telefonierte kurz und ließ uns passieren.

»Vor hundert Jahren«, sagte Shaknahyi nachdenklich, »machten die Chefs der Verbrechersyndikate mit groß angelegten Strategien Geld. Sie hatten aus pragmatischen Gründen manchmal auch kleine, ganz legale Geschäfte laufen, um das Geld zu waschen.«

»Ja?«

»Schau, Reda Abu Adil und Friedlander Bei gehören als ›Berater‹ für ausländische Mächte zu den mächtigsten Männern der Welt. Das ist völlig legal. Ihre Verbindungen zur Unterwelt sind dagegen unbedeutend. Die illegalen Geschäfte dienen nur dazu, die alten Freunde und Geschäftspartner zu versorgen. Das Pferd wird jetzt von hinten aufgezäumt.«

»So sieht der Fortschritt aus«, sagte ich. Shaknahyi schüttelte nur den Kopf.

Wir stiegen aus dem Streifenwagen aus und standen in der warmen Nachmittagssonne. Das Gelände vor Abu Adils Residenz war sorgfältig angelegt und bepflanzt worden. Rosenduft lag in der Luft und der kräftige, angenehme Geruch von Zitronen. Links und rechts neben einem alten Steinbrunnen standen Vogelkäfige. Das Trillern erfüllte den Nachmittag mit melancholischem Frieden. Wir gingen den mit Keramikfliesen gepflasterten Weg zum Eingang des Haupthauses hoch, einer geometrisch aus Holz gearbeiteten Tür. Ein Diener hatte sie bereits geöffnet und wartete darauf, daß wir ihm unser Anliegen erklärten.

»Ich bin Inspektor Shaknahyi, und das hier ist Marîd Audran. Wir möchten Scheich Reda sprechen.«

Der Diener nickte, sprach aber kein Wort. Wir folgten ihm ins Haus, und er schloß das schwere Holzportal hinter uns. Durch die vergitterten Fenster über unseren Köpfen fiel das Sonnenlicht. In der Ferne konnte man jemand Klavier spielen hören. Es duftete nach gebratenem Lamm und frisch gebrühtem Kaffee. Von dem Elend, das nur einen Steinwurf entfernt war, war hier nichts zu merken. Dieser Besitz war eine kleine Welt für sich, und ich bin sicher, genau so hatte Abu Adil es geplant.

Wir wurden direkt zu Abu Adil geführt. So schnell konnte ich ja nicht einmal zu Friedlander Bei vordringen.

Reda Abu Adil war ein großer, schwerer alter Mann. Sein Alter konnte man — wie bei Papa — schwer schätzen. Ich wußte, daß er mindestens hundertfünfundzwanzig Jahre alt war. Es hätte mich nicht überrascht, wenn er genau so alt wie Friedlander Bei gewesen wäre. Er trug ein weißes Gewand und keinen Schmuck. Sein weißer Bart und sein dichtes weißes Haar, aus dem ein taubengraues Moddy mit zwei eingesteckten Daddys ragte, waren gepflegt. Ich kannte mich inzwischen gut genug aus, um zu erkennen, daß Abu Adil keine extra Buchse hatte wie ich, sondern daß seine Hardware in einem corymbischen Steckplatz saß.

Abu Adil lagerte auf einem Krankenhausbett, das hochgestellt war, so daß er bequem mit uns sprechen konnte. Er war mit einer teuren, handgestickten Decke zugedeckt. Darauf ruhten, links und rechts von seinem Körper, seine gichtigen Hände. Seine Augenlider waren etwas geschwollen, so als stünde er unter Drogen oder als wäre er soeben aus dem Schlaf gerissen worden. Während wir vor ihm standen, gähnte und grimassierte er häufig. Wir warteten darauf, daß er etwas sagte.

Was er nicht tat. Statt dessen ergriff ein junger Mann neben dem Krankenhausbett das Wort. »Scheich Reda heißt euch in seinem Heim willkommen. Mein Name ist Umar Abdul-Qawy. Ihr könnt Scheich Reda über mich ansprechen.«

Dieser Umar-Typ war etwa fünfzig Jahre alt. Er hatte helle, mißtrauische Augen und einen mürrischen Gesichtsausdruck, der sich nie zu ändern schien. Er sah ebenfalls wohlgenährt aus und trug ein eindrucksvolles, goldfarbenes Gewand und darüber einen metallblauen Kaftan. Sein Kopf war unbedeckt, doch wie bei seinem Herrn ragte ein Moddy aus dem schütteren Haar. Ich konnte ihn auf den ersten Blick nicht ausstehen.

Mir war absolut klar, daß er mein exaktes Gegenüber war. Umar Abdul-Qawy machte für Abu Adil das, was ich für Friedlander Bei erledigte. Auch wenn er, und da war ich mir sicher, schon länger im Geschäft war und das Imperium seines Herrn besser kannte als ich. »Wenn der Zeitpunkt ungeeignet ist, können wir gerne später wiederkommen«, sagte ich.

»Der Zeitpunkt ist ungeeignet«, sagte Umar. »Scheich Reda leidet an Krebs, er erduldet die Qualen des Endstadiums. Ihr seht, daß ein anderer Zeitpunkt nicht notwendigerweise besser wäre.«

»Wir werden für ihn beten«, erwiderte ich.

Die Andeutung eines Lächelns spielte über Abu Adils Lippen. »*Allah yisallimak*«, sagte Umar. »Gott segne euch. Was führte euch an diesem Nachmittag hierher?«

Das war unverzeihlich plump. In der mohammedanischen Welt erkundigt man sich nicht direkt nach dem Anliegen eines Besuchers. Außerdem verlangt der Brauch, daß die Gebote der Gastfreundschaft befolgt werden — und wenn ihnen nur dem Anschein nach Genüge getan wird. Ich hatte erwartet, Kaffee angeboten zu bekommen, wenn nicht gar, zum Essen eingeladen zu werden. Ich sah Shaknahyi an.

Es schien ihm nichts auszumachen. »Wie sehen die Geschäftsbeziehungen zwischen Scheich Reda und Friedlander Bei aus?«

Das brachte Umar anscheinend aus dem Konzept. »Warum? Es gibt keine«, sagte er und hob die Hände. Abu Adil stöhnte auf und kniff die Augen zusammen. Umar sah nicht mal in seine Richtung.

»Dann besteht also überhaupt kein Kontakt zwischen Scheich Reda und Friedlander Bei?« hakte Shaknahyi nach.

»Nicht der geringste. Friedlander Bei ist ein großer und einflußreicher Mann, aber dieser Teil der Stadt ist nicht sein Interessengebiet. Die beiden Scheichs haben noch nie über Geschäftliches gesprochen. Ihre Interessen berühren einander nicht.«

»Also steht Friedlander Bei den Plänen Scheich Redas nicht im Wege?«

»Seht euch meinen Herrn an. Welche Pläne soll er haben?« Abu Adil sah wirklich absolut hilflos aus in seinem Leiden. Ich fragte mich, was Kommissar Hajjar veranlaßt hatte, uns überhaupt hierher zu schicken.

»Wir mußten unseren Informationen nachgehen«, sagte Shaknahyi. »Wir möchten uns für die Störung entschuldigen.«

»Das ist kein Problem. Kamal wird euch zur Tür begleiten.« Umars Gesichtsausdruck war versteinert, doch Abu Adil versuchte zum Abschied die Hand zu heben. Sie fiel kraftlos auf die Decke.

Wir folgten dem Diener zum Hinterausgang. Als wir wieder allein waren, prustete Shaknahyi los. »Das war eine Vorstellung.«

»Was für eine Vorstellung? Habe ich etwas versäumt?«

»Wenn du die Datei durchgearbeitet hättest, wüßtest

du, daß Abu Adil nicht an Krebs erkrankt ist. Er hatte nie Krebs.«

»Dann ...«

Shaknahyi verzog den Mund voll Verachtung. »Hast du je von *Hölle auf Raten* gehört? Das sind ein paar Irre, die Underground-Moddys tragen. Moddys, die in irgendeinem Hinterzimmer hergestellt wurden, Aufnahmen von leidenden, gequälten Menschen.«

Ich war entsetzt. »Und Abu Adil macht sowas? Er trägt das Persönlichkeitsmodul eines Krebskranken, der im Sterben liegt?«

Shaknahyi nickte, öffnete die Autotür und stieg ein. »Er steht auf Schmerzen und Todespein. Man bekommt auf dem Schwarzmarkt jede Krankheit und sonstiges, was weh tut. Da draußen gibt es jede Menge verrückter Masochisten wie ihn.«

Ich stieg ebenfalls in den Streifenwagen. »Und ich dachte, die Mädchen und Debs würden die Moddys mißbrauchen. Aber das hier verleiht dem Wort Perversion eine ganz neue Dimension.«

Shaknahyi ließ den Wagen an und fuhr um den Brunnen herum zum Tor. »Eine neue Technik wird erfunden, und ganz egal, wie sehr den meisten Menschen damit geholfen wird, es gibt immer so einen verrückten Hurensohn, dem etwas Gemeines dazu einfällt.«

Als wir durch das Elendsviertel, die Heimat der treuen Gefolgsleuten Abu Adils, zur Polizeiwache fuhren, dachte ich darüber und über meine eigenen Modifikationen nach.

7. Kapitel

Während der nächsten Woche verbrachte ich ebensoviel Zeit im Streifenwagen wie vor meinem Computer im zweiten Stock der Polizeiwache. Meine erste Erfahrung im Polizeiwagen gab mir ein gutes Gefühl. Natürlich würde ich noch eine Menge von Shaknahyi lernen müssen. Wir kümmerten uns um Familienkräche und ermittelten bei Einbrüchen, aber gefährliche Zwischenfälle wie Al-Muntaqims unbeholfene Bombendrohung blieben aus.

Shaknahyi hatte mehrere Tage verstreichen lassen, und nun wollte er Reda Abu Adil einen weiteren Besuch abstatten. Er nahm an, daß Friedlander Bei Kommissar Hajjar beauftragt hatte, uns gegen Abu Adil ermitteln zu lassen. Doch Papa gab noch immer vor, an der ganzen Angelegenheit nicht interessiert zu sein. Unsere vorsichtigen Nachforschungen wären wesentlich erfolgreicher gewesen, wenn uns irgend jemand einfach gesagt hätte, was wir überhaupt aufdecken sollten.

Aber mir gingen noch andere Sachen im Kopf rum. Eines Morgens, ich hatte mich gerade angezogen, und Kmuzu brachte mir das Frühstück, lehnte ich mich zurück und dachte darüber nach, was ich an diesem Tag erreichen wollte.

»Kmuzu, würden Sie bitte meine Mutter wecken und sich danach erkundigen, ob sie mit mir sprechen möchte? Ich möchte sie etwas fragen, bevor ich auf die Polizeiwache gehe.«

»Selbstverständlich, *yaa Sidi.*« Er sah mich argwöhnisch an, als ob ich ihn aufs Kreuz legen wollte. »Möchtet Ihr sie sofort sehen?«

»Sobald sie ausgehbereit ist. *Falls* sie je ausgehbereit ist.« Ich fing Kmuzus mißbilligenden Blick auf und hielt den Mund.

Ich trank Kaffee, bis er zurückkehrte. »Umm Marîd würde sich freuen, Sie jetzt zu sehen«, verkündete er.

Das überraschte mich. »Sie stand nie gern vor Mittag auf.«

Vielleicht hatte sie eine neue Seite aufgeschlagen, und ich hatte nicht genau genug hingehört. Ich nahm meine Aktentasche und das Sakko. »Ich schaue schnell mal bei ihr vorbei. Sie brauchen nicht mitzukommen.« Ich hätte es wissen müssen. Kmuzu sagte kein Wort, aber er folgte mir in den anderen Flügel, wo Angel Monroe ihre eigene Suite hatte.

»Das hier ist privat«, sagte ich zu Kmuzu, als wir an ihrer Tür ankamen. »Warten Sie hier auf dem Gang, wenn Sie meinen.« Ich klopfte an die Tür und ging hinein.

Sie lag auf einem Divan. Gekleidet war sie sehr bescheiden, mit einem gerade geschnittenen, langärmeligen schwarzen Kleid, die Art, wie sie konservative mohammedanische Frauen tragen. Über dem Haar trug sie einen schwarzen Schal, und das Gesicht verbarg sie hinter einem schwarzen Schleier. Allerdings saß dieser auf einer Seite locker, so daß er über die Schulter hing. Sie rauchte ein Nargileh. Im Augenblick war starker Tabak in der Wasserpfeife, doch das hieß nicht, daß nicht zuvor Haschisch darin gewesen war — oder darin sein würde.

»Einen guten Morgen und Gesundheit wünsche ich dir, o Mutter.« Diese höfliche Begrüßung verdutzte sie.

»Einen strahlenden Morgen, o Scheich«, antwortete sie. Mit zusammengezogenen Augenbrauen musterte sie mich an der anderen Ecke des Zimmers. Sie wartete darauf, daß ich ihr den Grund meines Besuchs erklärte.

»Ist alles zu deiner Zufriedenheit hier?« erkundigte ich mich.

»Es ist in Ordnung.« Sie zog kräftig am Mundstück,

und das Nargileh blubberte. »Du hast dich ganz gut gemacht. Wie hast du es geschafft, in diesem Schoß des Luxus zu landen? Gehst du Papa zur Hand?« Sie warf mir einen verschwörerischen Blick zu.

»Nicht so, wie er anscheinend glaubt, o Mutter. Ich erledige für Friedlander Bei Verwaltungsaufgaben. Er trifft die geschäftlichen Entscheidungen, und ich führe sie aus. So ist das.«

»Und eine seiner geschäftlichen Entscheidungen war, aus dir einen Polizisten zu machen?«

»Genauso war es.«

Sie zuckte die Achseln. »Na ja, wenn du es sagst. Und warum hast du mich hier untergebracht? Hast du dir plötzlich um das Wohlergehen deiner alten Mutter Gedanken gemacht?«

»Das war Papas Idee.«

Sie lachte. »Du warst nie ein aufmerksames Kind, o Scheich.«

»Wenn ich mich recht erinnere, warst du auch nie eine aufopfernde Mutter. Deshalb wundere ich mich, warum du plötzlich hier aufgetaucht bist.«

Sie zog wieder an dem Nargileh. »Algier ist langweilig. Ich habe den größten Teil meines Lebens dort verbracht. Nachdem du mich dort besucht hast, war mir klar, daß ich abhauen mußte. Ich wollte hierher, die Stadt wieder sehen.«

»Und mich wieder sehen?«

Wieder zuckte sie die Achseln. »Ja, das auch.«

»Und Abu Adil? Du warst zuerst in seinem Palast, oder warst du etwa nie dort?« Das ist das, was wir Polizisten einen Schuß ins Blaue nennen. Manchmal bringen sie was, manchmal nicht.

»Mit dem Schweinehund habe ich nichts zu tun«, fauchte sie.

Shaknahyi wäre stolz auf mich gewesen. Ich hielt meine Gefühle unter Kontrolle und setzte ein Pokergesicht auf. »Was hat Abu Adil dir angetan?«

»Dieser verrückte Bastard. Laß nur, das geht dich nichts an.« Sie konzentrierte sich wieder auf ihre Wasserpfeife.

»In Ordnung«, sagte ich. »Ich respektiere deine Wünsche, o Mutter. Kann ich irgend etwas für dich tun, bevor ich wieder gehe?«

»Alles bestens. Du läufst hier rum und spielst den Beschützer der Unschuldigen. Hau ab und belästige ein armes Mädchen, das hart für ihr Geld arbeiten muß. Dabei kannst du dann an mich denken.«

Ich öffnete den Mund, um ihr herauszugeben, entschied mich aber dann anders. »Wenn du Hunger hast oder sonst etwas brauchst, frage einfach Yousseff oder Kmuzu. Möge dir heute Glück beschieden sein.«

»Möge dir heute Gutes widerfahren, o Scheich.« Immer wenn sie mich so nannte, triefte ihre Stimme vor Ironie.

Ich nickte und ging hinaus. Dabei machte ich die Tür leise hinter mir zu. Kmuzu stand noch am selben Platz, an dem ich ihn verlassen hatte. Er war so gottverdammt loyal, daß ich ihn beinahe hinter den Ohren gekrault hätte. Das nahm ich ihm nicht eine Minute lang ab.

»Es stünde Euch wohl an, den Herrn des Hauses zu begrüßen, bevor wir zur Polizeiwache fahren«, sagte er.

»Ich brauche Sie nicht, um auf meine Umgangsformen zu achten, Kmuzu.« Mit seiner Art ging er mir beträchtlich auf die Nerven. »Wollen Sie damit andeuten, daß ich meinen Pflichten nicht nachkomme?«

»Ich deute überhaupt nichts an, *yaa Sidi*. Ihr zieht die verkehrten Schlüsse.«

»Sicher.« Mit einem Sklaven kann man einfach nicht streiten.

Friedlander Bei befand sich bereits in seinem Arbeitszimmer. Er saß hinter seinem großen Schreibtisch und massierte sich mit einer Hand die Schläfen. Er trug ein hellgelbes Seidenkleid und darüber ein gestärktes weißes Hemd. Es war bis oben zugeknöpft, Krawatte hatte er keine umgebunden. Darüber trug er ein Fischgrät-Sakko, das sehr teuer aussah. So konnte nur ein alter und angesehener Scheich rumlaufen. Ich fand, es sah gut aus. »Habib«, sagte er. »Labib.«

Habib und Labib sind die Sprechenden Felsen. Man kann sie nur unterscheiden, wenn man einen ihrer Namen nennt. Dann besteht die Möglichkeit, daß einer von ihnen blinzelt. Wenn nicht, ist es auch egal. Um der Wahrheit die Ehre zu geben, ich könnte nicht beschwören, daß sie auf ihren Namen reagieren und blinzeln. Vielleicht tun sie's nur aus Spaß an der Freude.

Beide Sprechenden Felsen befanden sich im Arbeitszimmer. Sie standen links und rechts von einem Stuhl mit einer hohen Lehne. Auf dem Stuhl saß zu meiner Überraschung Umm Saads junger Sohn. Jeder der Felsen hatte eine Hand auf einer Schulter Saads und knetete und quetschte die Knochen des Jungen. Er wurde befragt. Ich hatte dieselbe Behandlung genossen und kann bezeugen, daß es kein Honiglecken ist.

Papa lächelte kurz, als ich ins Zimmer kam. Er grüßte mich nicht, sondern wandte den Blick wieder Saad zu. »Bevor du in die Stadt kamst«, sagte er leise, »wo habt Ihr, du und deine Mutter, gewohnt?«

»An vielen Orten«, antwortete Saad. In seiner Stimme schwang Furcht mit.

Papa rieb sich wieder die Stirn. Er starrte auf seinen Schreibtisch und gab den Sprechenden Felsen ein Zeichen. Die beiden Riesen packten fester zu. Aus Saads Gesicht wich das Blut, und er schnappte nach Luft.

»Bevor du in die Stadt kamst«, wiederholte Friedlander Bei ruhig, »wo habt Ihr, du und deine Mutter, gewohnt?«

»Zuletzt in Paris, o Scheich.« Saads Stimme war dünn und angespannt.

Die Antwort überraschte Papa. »Lebte deine Mutter gern bei den Franzmännern?«

»Ich nehme es an.«

Friedlander Bei spielte bewunderungswürdig den Gelangweilten. Er nahm einen silbernen Brieföffner und tändelte damit. »Habt ihr gut gelebt in Paris?«

»Ja, doch.« Habib und Labib bearbeiteten Saads Schlüsselbein. Sie forderten ihn auf, detaillierter zu antworten. »Wir hatten eine große Wohnung in der Rue de Paris, o Scheich. Meine Mutter ißt gerne gut, und sie liebt es, Parties zu geben. Die Monate in Paris waren schön. Es überraschte mich, als sie mir sagte, daß wir hierherkämen.«

»Und hast du gearbeitet, damit deine Mutter bei den Franzmännern essen gehen und ihre Kleider kaufen konnte?«

»Ich arbeitete nicht, o Scheich?«

Papa kniff die Augen zusammen. »Woher glaubst du, kam das Geld, um all das zu bezahlen?«

Saad zögerte. Ich hörte ihn stöhnen, als die Felsen stärker zupackten. »Sie sagte, es käme von ihrem Vater«, schrie er.

»Ihrem Vater?« sagte Friedlander Bei und ließ den Brieföffner fallen. Er blickte Saad direkt in die Augen.

»Sie sagte, es käme von Euch, o Scheich.«

Papa verzog das Gesicht und machte eine Handbewegung. Die Felsen wichen von dem Jungen zurück. Saad fiel nach vorne. Die Augen hatte er geschlossen, sein Gesicht war schweißnaß.

»Laß dir etwas sagen, o Weisester der Weisen«, sagte Papa. »Und denke daran, ich lüge nicht. Ich bin *nicht* der Vater deiner Mutter, und ich bin *nicht* dein Großvater. Wir sind nicht blutsverwandt. Und jetzt geh!«

Saad versuchte aufzustehen, aber er brach auf dem Stuhl zusammen. Er blickte finster und entschlossen und starrte Friedlander Bei an, als wolle er sich jede Einzelheit seines Gesichts einprägen. Der alte Mann hatte Umm Saad gerade eine Lügnerin genannt, und ich bin sicher, in diesem Augenblick gab sich der Junge gerade einer herzerweichenden Rachephantasie hin. Schließlich kam er auf die Füße und torkelte zur Tür. Ich hielt ihn auf.

»Da«, sagte ich. Ich zog mein Pillenschächtelchen heraus und gab ihm zwei Tabletten Sonnein. »In ein paar Minuten wird es dir viel besser gehen.«

Er nahm die Tabletten, blickte mich wütend an und warf die Sunnys auf den Boden. Darauf drehte er mir den Rücken zu und verließ Friedlander Beis Arbeitszimmer. Ich bückte mich und hob die Sonnein-Tabletten auf. Um auf ein hier gebräuchliches Sprichwort anzuspielen: eine weiße Pille für einen schwarzen Tag.

Nach der förmlichen Begrüßung forderte Papa mich auf, es mir bequem zu machen. Ich nahm auf dem Stuhl Platz, von dem sich Saad gerade erhoben hatte. Ich muß zugeben, daß mir ein leichter Schauder über den Rücken lief. »Warum war denn der Junge hier, o Scheich?« fragte ich.

»Er war auf meine Einladung hier. Er und seine Mutter sind erneut meine Gäste.«

Mir war anscheinend etwas entgangen. »Eure Großzügigkeit ist sprichwörtlich, o mein Onkel. Aber warum gestattet Ihr Umm Saad, Euren Frieden zu stören? Ich weiß, daß Ihre Gegenwart Euch nicht behagt.«

Papa lehnte sich zurück und seufzte. In diesem Augenblick war jedes einzelne Jahr seines langen Lebens zu erkennen. »Sie kam in Demut. Sie bat mich um Verzeihung. Sie brachte mir ein Geschenk.« Er deutete auf einen Teller voller Datteln, die mit Nußcreme gefüllt und in Zucker gewälzt waren. Er lächelte reumütig. »Ich weiß nicht, wie sie es erfahren hat, daß dies meine Leibspeise ist. Sie zeigte Respekt und suchte auf eine Art und Weise um meine Gastfreundschaft nach, daß ich sie nicht zurückweisen konnte.« Er hob die Hände, als ob dies alles erklären würde.

Friedlander Bei lebte nach den Traditionen der Ehre und Großzügigkeit, die heutzutage beinahe völlig verschwunden sind. Wenn es ihm beliebte, eine Viper in seinem Haus willkommen zu heißen, hatte ich dazu nichts zu sagen. »Dann haben sich Eure sie betreffenden Anweisungen geändert, o Scheich«, fragte ich nach.

Sein Gesichtsausdruck blieb unbewegt. Er blinzelte nicht mal. »O nein, das wollte ich damit nicht sagen. Bitte töte sie, sobald es dir passend erscheint. Aber es eilt damit nicht, mein Sohn. Allmählich, stelle ich fest, werde ich neugierig darauf, was Umm Saad erreichen will.«

»Ich werde die Angelegenheit bald zu einem Abschluß bringen«, versicherte ich. Er runzelte die Stirn. *»Inshallah«,* fügte ich schnell hinzu. »Glaubt Ihr, sie arbeitet für jemand? Für einen Feind?«

»Natürlich für Reda Abu Adil«, antwortet Papa so sachlich, als würde ihn das nicht im geringsten beunruhigen.

»Dann habt also Ihr den Auftrag gegeben, gegen Abu Adil zu ermitteln.«

Er hob eine fleischige Hand als Zeichen, daß das nicht stimmte. »Nein«, beharrte er, »damit hatte ich nichts zu tun. Sprich mit deinem Kommissar Hajjar darüber.«

Weil das viel bringen würde. »O Scheich, darf ich Euch eine weitere Frage stellen? Ich verstehe da etwas nicht, was Eure Beziehung zu Abu Adil angeht.«

Plötzlich wirkte er wieder gelangweilt. Das machte mich mißtrauisch. Beinahe automatisch blickte ich über die Schulter in der Erwartung, die Sprechenden Felsen könnten näher treten. »Ihr habt Euren Reichtum erworben, indem Ihr Dateien an Regierungen und Staatsoberhäupter verkauft, nicht wahr?«

»Das ist sehr vereinfacht dargestellt, mein Neffe.«

»Und Abu Adil ist im selben Geschäft tätig. Und doch sagt Ihr, es gäbe keine Konkurrenz zwischen Euch.«

»Viele Jahre, bevor du geboren wurdest, ja, bevor deine Mutter geboren wurde, trafen Abu Adil und ich eine Vereinbarung.« Papa schlug eine einfache Leinenausgabe des Korans auf und sah die Seite an. »Wir wollten eine Konkurrenz zwischen uns vermeiden, weil daraus eines Tages Gewalt entstehen und einer von uns beiden oder die, die uns nahe stehen, dabei zu Schaden kommen könnten. An diesem Tag, der nun schon lange zurückliegt, teilten wir die Welt zwischen uns auf. Von Marokko im Westen bis Indonesien im Osten, wo immer der Ruf des Muezzins die Gläubigen aus dem Schlaf weckt.«

»Wie Papst Alexander, der die Grenze zwischen Spanien und Portugal zog«, warf ich ein.

Das mißfiel Papa. »Seit dieser Zeit haben Reda Abu Adil und ich wenig miteinander zu tun, obwohl wir in derselben Stadt leben. Zwischen ihm und mir herrscht Frieden.«

Ja, so ist es. Aus irgendeinem Grund wollte er mir nicht helfen. »O Scheich«, sagte ich, »es ist an der Zeit für mich aufzubrechen. Ich bete zu Allah um Eure Gesundheit und Euer Wohlergehen.« Ich trat vor und küßte ihn auf die Wange.

»Ich werde mich nach deiner Gegenwart sehnen«, antwortete er. »Gehe hin in Frieden.«

Ich verließ Friedlander Beis Arbeitszimmer. Draußen auf dem Gang versuchte mir Kmuzu die Aktentasche abzunehmen. »Es gehört sich nicht, daß Ihr dies tragt, wenn ich hier bin, um Euch zu dienen«, sagte er.

»Sie wollen sie nur nach Drogen durchsuchen«, antwortete ich leicht verärgert. »Da sind keine drinnen. Ich habe sie in der Hosentasche, und wenn Sie sie wollen, müssen Sie mich erst kampfunfähig machen.«

»Das ist ja absurd, *yaa Sidi.*«

»Das finde ich nicht. Aber ich fahre ohnehin noch nicht ins Büro.«

»Es ist bereits spät.«

»Verflucht noch mal, das weiß ich selbst! Ich möchte nur kurz mit Umm Saad sprechen, jetzt, da sie wieder unter diesem Dach lebt. Hat sie dieselbe Suite?«

»Ja. Hier lang, *yaa Sidi.*«

Umm Saad wohnte wie meine Mutter im anderen

Flügel. Ich folgte Kmuzu durch die mit Teppichen belegten Gänge und holte dabei Saieds Moddy aus meiner Aktentasche, die harte, durchsetzungsfähige Persönlichkeit. Ich steckte es mir rein. Die Wirkung war erstaunlich. Und das genaue Gegenteil des Dummacher-Moddys, das mir der Halb-Hadschi immer gegeben hatte und das mir alle fünf Sinne vernebelt. Das hier, Saied nannte es Rex, schien meine Aufmerksamkeit und Aufnahmefähigkeit zu verstärken. Ich hatte ein Ziel, mehr noch, ich war entschlossen, dieses Ziel ohne Umschweife zu erreichen. Und alles niederzumachen, was sich mir in den Weg zu stellen drohte.

Kmuzu klopfte leicht an Umm Saads Tür. Lange Zeit passierte nichts, kein Geräusch drang aus der Suite. »Zur Seite«, sagte ich zu Kmuzu. Oder besser: knurrte ich ihn an. Ich trat an die Tür und pochte heftig. »Lassen Sie mich jetzt rein?« rief ich. »Oder soll ich mir selbst Eintritt verschaffen?«

Nun kam eine Reaktion. Der Junge riß die Tür auf und starrte mich an. »Meine Mutter ist nicht ...«

»Aus dem Weg, Junge!« sagte ich und schob ihn beiseite.

Umm Saad saß an einem Tisch und sah sich die Nachrichten im Holoset an. Sie blickte auf zu mir. »Willkommen, o Scheich«, begrüßte sie mich. Sie war nicht glücklich.

»Ja, gut so«, knurrte ich. Ich setzte mich in einen Sessel ihr gegenüber. Ich langte hinüber und schaltete das Holoset aus. »Seit wann kennen Sie meine Mutter?« fragte ich. Noch ein Schuß ins Blaue.

Umm Saad war verwirrt. »Ihre Mutter?«

»Auch unter dem Namen Angel Monroe bekannt. Sie bewohnt eine Suite im selben Gang.«

Umm Saad schüttelte gelassen den Kopf. »Ich habe sie nur ein- oder zweimal gesehen. Aber ich habe nie mit ihr gesprochen.«

»Sie müssen sie schon gekannt haben, bevor Sie hierher kamen.« Ich wollte einfach wissen, welche Kreise diese Verschwörung zieht.

»Tut mir leid«, antwortete sie. Sie lächelte mich mit großen, unschuldigen Augen an. Dieses Lächeln wirkte hier mehr fehl am Platze als bei einem Wüstenskorpion.

Okay, manchmal bringt einen ein Schuß ins Blaue nicht weiter. »Und Abu Adil?«

»Wer ist das?« Engelsgleiche Tugendhaftigkeit lag in ihrem Blick.

Langsam wuchs meine Wut. »Ich möchte ein paar klare Antworten. Muß ich dazu erst Ihr Kind vermöbeln?«

Sie wurde ernst. Eine neue Taktik. »Es tut mir leid, ich kenne diese Leute wirklich nicht. Sollte ich sie kennen? Hat Ihnen Friedlander Bei das gesagt?«

Ich nahm an, daß sie bei Abu Adil nicht die Wahrheit sagte. Ob sie bei der Frage nach meiner Mutter gelogen hatte, wußte ich nicht. Aber das ließ sich später überprüfen. Wenn ich meiner Mutter trauen durfte.

Ich spürte eine Hand auf meiner Schulter. »*Yaa Sidi?*« fragte Kmuzu. Er schien zu befürchten, daß ich Umm Saad den Kopf abreißen und ihn ihr auf einem Tablett servieren könnte.

»Gut«, sagte ich. Ich gefiel mir noch immer in meiner Rolle als Bösewicht. Ich erhob mich und sah finster auf sie herab. »Wenn Sie in diesem Haus bleiben wollen, müssen Sie kooperativer werden. Wir werden dieses Gespräch fortsetzen. Ich hoffe, bis dahin haben Sie sich ein paar bessere Antworten überlegt.«

»Ich freue mich darauf«, entgegnete Umm Saad und klimperte mit ihren falschen Wimpern. Dafür hätte ich ihr das Gesicht einschlagen können.

Statt dessen drehte ich mich um und verließ die Wohnung. Kmuzu eilte mir hinterher. »Ihr könnt das Persönlichkeitsmodul jetzt wieder rausnehmen, *yaa Sidi*«, bat er mich nervös.

»Zum Teufel damit, es gefällt mir. Ich glaube, ich lasse

es drin.« Die Gefühle, die es in mir weckte, sagten mir *tatsächlich* zu. Es schien für einen steten Fluß aggressiv machender Hormone in meinem Kreislauf zu sorgen. Jetzt verstand ich, warum Saied das Moddy permanent trug. Doch es war nicht gerade für die Polizeiwache geeignet. Außerdem hatte Shaknahyi gedroht, er würde jedes Moddy vernichten, mit dem er mich erwischte. Ich faßte hoch und holte es raus.

Der Unterschied war sofort spürbar. Mein Körper vibrierte noch von all dem Adrenalin, aber ich beruhigte mich ziemlich schnell. Ich steckte das Moddy wieder in die Aktentasche und grinste Kmuzu an. »Das war ganz schön hart, hm?«

Kmuzu sagte kein Wort, doch sein Blick sprach Bände. Ich war tief gesunken in seiner Wertschätzung.

Wir gingen nach draußen, und ich wartete, bis Kmuzu mit dem Auto kam. Als Kmuzu mich an der Polizeiwache aussteigen ließ, sagte ich ihm, er solle wieder nach Hause fahren und sich um Angel Monroe kümmern. »Und passen Sie auch auf Umm Saad und den Jungen auf«, sagte ich. »Friedlander Bei ist sich sicher, daß sie irgendwas mit Reda Abu Adil zu tun hat. Und sie geht ihre Sache recht raffiniert an. Vielleicht kannst du noch was lernen.«

»Meine Augen sind Ihre Augen, und meine Ohren sind Ihre Ohren, *yaa Sidi*.«

Wie üblich lungerten vor der Polizeiwache die ausgehungerten Kinder herum. Als sie meine westfälische Limousine um die Kurve kommen sahen, fingen sie alle an zu rufen und zu winken. »O Herr!« riefen sie. »Hab Mitleid!«

Ich griff nach einer Handvoll Münzen wie sonst auch, aber dann fiel mir die Frau mit dem Lamm ein, der ich die Woche zuvor geholfen hatte. Ich holte meine Brieftasche heraus und gab jedem der Kinder eine Fünf-Kiam-Note. »Möge Gottes Segen mit euch sein«, sagte ich. Es machte mich etwas verlegen, daß Kmuzu mich so genau beobachtete.

Die Jungen waren überrascht. Einer der älteren nahm mich am Arm und führte mich zur Seite. Er war etwa fünfzehn und auf seinem schmalen Gesicht wurde schon der erste Flaum sichtbar. »Meine Schwester würde gerne so einen großzügigen Mann kennenlernen«, sagte er.

»Aber ich bin nicht daran interessiert, deine Schwester kennenzulernen.«

Er grinste. Von seinen gelben Zähnen hatte er bereits drei bei einer Rauferei oder einem Unfall verloren. »Ich habe auch einen Bruder«, sagte er. Ich stöhnte und ging an ihm vorbei in die Wache. Die Jungen hinter mir jubelten mir nach. Ich stand bei ihnen hoch im Ansehen, zumindest bis morgen, dann mußte ich mir ihren Respekt von neuem erwerben.

Shaknahyi wartete auf mich beim Aufzug. »Wie geht's?« fragte er. Es war offenbar ganz egal, wie früh ich in die Arbeit ging, Shaknahyi war vor mir da.

»Okay«, sagte ich. In Wirklichkeit war ich noch immer müde, und außerdem war mir übel. Ich hätte ein paar Daddys einschieben können, und alles wäre in Ordnung gewesen. Aber bei Shaknahyi traute ich mich das nicht. Bei ihm verließ ich mich auf meine natürlichen Talente und hoffte, daß sie noch ausreichten.

Es war noch nicht allzu lange her, da war ich stolz auf mein unverdrahtetes Gehirn gewesen, das es in punkto Cleverness und Tempo mit jedem Moddy in der Stadt aufnehmen konnte. Jetzt verließ ich mich nur noch auf die Elektronik. Inzwischen hatte ich Angst, in einer Notsituation ohne sie dazustehen.

»In nächster Zeit müssen wir uns Abu Adil mal vornehmen, wenn er nichts einstecken hat«, sagte Shaknahyi. »Wir wollen keine schlafenden Hunde wecken, aber er wird ein paar harte Fragen beantworten müssen.«

»Welche Fragen?«

Shaknahyi zuckte die Achseln. »Die hörst du, wenn wir nächstesmal bei ihm vorbeischauen.« Aus irgendeinem Grund vertraute er mir genausowenig wie Papa.

Sergeant Catavina fand uns auf dem Gang. Ich wußte nicht viel über ihn, nur, daß er Hajjars rechte Hand war. Und das bedeutete, daß auf seine Korruptheit Verlaß war. Er war nicht besonders groß und schleppte über einen halben Zentner zuviel an Gewicht mit sich rum. Er hatte schwarzes Haar, den Scheitel zog eine Moddybuchse, in der stets mindestens ein Daddy steckte. Catavina kannte nämlich keine fünf arabischen Wörter. Es war mir ein absolutes Rätsel, warum er in die Stadt gekommen war. »Hab euch zwei gesucht«, sagte er. Seine Stimme war schrill, selbst wenn sie durch den Arabisch-Daddy gefiltert wurde.

»Um was geht's?« fragte ich.

Catavinas braune Raubtieraugen eilten zwischen Shaknahyi und mir hin und her. »Kam gerade was rein über einen Mord.« Er reichte Shaknahyi einen Zettel mit einer Adresse. »Schaut mal nach.«

»Im Budayin«, stellte Shaknahyi fest.

»Ja«, bestätigte der Sergeant.

»Hat wer die Stimme erkannt?«

»Warum soll jemand die Stimme erkennen?« wollte Catavina wissen.

Shaknahyi zuckte die Achseln. »Wir haben in den letzten Monaten zwei oder drei solcher Hinweise reingekriegt, das ist alles.«

Catavina sah mich an. »Er gehört zu den Typen, die überall Verschwörungen sehen«, sagte er und ging kopfschüttelnd weg.

Shaknahyi sah sich noch mal die Adresse an und steckte den Zettel in die Hemdtasche. »Hinterer Teil des Budayin, ein Steinwurf vom Friedhof.«

»Wenn es nicht einer von diesen Spaßvögeln war und es überhaupt eine Leiche *gibt*.«

»Es gibt eine.«

Ich folgte ihm in die Garage hinunter. Wir stiegen in unseren Streifenwagen und fuhren über den Boulevard il-Jameel und durch das Tor. An diesem Morgen waren viele Fußgänger unterwegs, deshalb schlich sich Shaknahyi nach Süden über die Erste Straße und dann nach Westen über eine der engen, mit Unrat übersäten Gassen, die zwischen den flachdächigen, gipsverzierten Häusern und den alten Backsteinmietskasernen hindurchführen.

Shaknahyi stellte den Wagen auf dem Trottoir ab. Wir stiegen aus und sahen uns erst mal das Gebäude an. Es war ein halb verfallenes hellgrünes, einstöckiges Haus. Der Eingang stank nach Urin und Erbrochenem. Die Holzläden vor den Fenstern waren, so wie es aussah, schon vor einiger Zeit demoliert worden. Wo immer wir hintraten, knirschten die Mörtelbrocken und Glassplitter. Das Haus hier stand allem Anschein nach schon seit vielen Monaten, wenn nicht Jahren, leer.

Es herrschte völlige Stille, die Totenstille eines Hauses, in dem der Strom abgestellt ist und sogar das leise Brummen der Motoren fehlt. Als wir uns in die Räume im ersten Stock vortasteten, glaubte ich, etwas Kleines und Wieselflinkes über das Gerümpel über unseren Köpfen huschen zu hören. Ich spürte, wie mein Herz schlug, und vermißte das Gefühl von Ruhe und Kompetenz des Vollkommenen Gesetzeshüters.

Shaknahyi und ich überprüften ein geräumiges Schlafzimmer, das einmal dem Eigentümer und seiner Ehefrau gehört hatte, und ein anderes Zimmer, das wohl ein Kinderzimmer gewesen war. Wir fanden nichts, nur die traurigen Überreste von Vandalismus. Eine Hausekke war bereits völlig zusammengekracht, danach hielt nichts mehr die zerstörerischen Einflüsse von draußen ab: das Wetter, das Ungeziefer und die Penner hatten das Kinderzimmer vollends verwüstet. Wenigstens sorgte das Mauerloch für die nötige Frischluftzufuhr und vertrieb so den Moder, der die anderen Räume verpestete.

Wir fanden die Leiche in dem nächsten Zimmer, dem Zimmer unten neben dem Eingang. Es war die Leiche einer jungen Frau, einer Geschlechtsumwandlung namens Blanca, die in Frenchy Benoits Club auftrat. Ich hatte sie flüchtig gekannt, wir hatten einander gegrüßt, und das war's. Sie lag auf dem Rücken, die Beine waren angewinkelt und nach einer Seite hin ausgerichtet. Die Arme waren nach oben gestreckt. Ihre großen, blauen Augen waren weit aufgerissen und starrten an meiner Schulter vorbei an die mit Wasserflecken übersäte Dekke. Ihr Gesicht war verzerrt, so als sei in diesem Zimmer etwas Schreckliches gewesen, das ihr zuerst furchtbare Angst eingejagt und sie anschließend umgebracht hatte.

»Das macht dir nichts aus, oder?« fragte Shaknahyi.

»Was meinst du?«

Er stieß mit dem Schuh gegen Blancas Hand. »Du mußt dich nicht übergeben oder sowas, stimmt's?«

»Ich habe schon Schlimmeres gesehen.«

»Wollte nur sichergehen, daß du dich nicht vollkotzt.« Er beugte sich zu Blanca runter. »Aus der Nase und den Ohren ist Blut ausgetreten. Der Mund ist verzerrt, die Finger verkrampft wie Klauen. Sie wurde aus nächster Nähe kaltgemacht, mit einer ordentlichen Schockpistole. Da wette ich. Schau sie dir an! Sie ist noch keine halbe Stunde tot.«

»Ja?«

Er hob ihren linken Arm und ließ ihn los. »Überhaupt nicht steif. Und die Haut ist noch rosa. Wenn du tot bist, setzt sich das Blut ab. Wegen der Schwerkraft. Der Leichenbeschauer kann dir das besser erklären.«

Irgend etwas kam mir merkwürdig vor. »Dann kam also der Anruf ...«

»Du kannst deine Kiams auf eine Miezekatze setzen, der Mörder hat selbst angerufen.« Er holte sein Radio raus und sein elektronisches Protokoll.

»Warum sollte ein Mörder sowas machen?« fragte ich.
Shaknahyi sah mich gedankenverloren an. »Woher, zum Teufel, soll ich das wissen?« antwortete er schließlich. Er rief Hajjar an und verlangte ein Team von der Mordkommission. Darauf machte er einen kurzen Eintrag im Protokoll. »Nichts berühren«, erklärte er mir, ohne aufzublicken.

Das brauchte er mir nicht zu sagen. »Sind wir hier fertig?«

»Sobald die Goldmarken aufkreuzen. Willst du hier weg?«

Darauf gab ich keine Antwort. Ich sah ihm zu, wie er sein Elektronikprotokoll einsteckte. Dann holte er ein Notizbuch mit einem braunen Vinyleinband raus, in das er weitere Notizen eintrug. »Wofür ist denn das?« wollte ich wissen.

»Das sind meine eigenen Notizen. Wie ich schon sagte, es hat in letzter Zeit mehrere solcher Fälle gegeben. Eine Leiche wird gefunden, und es schaut so aus, als ob der Mörder selbst uns einen Tip gegeben hätte.«

Bei meinem Augenlicht, dachte ich, wenn sich herausstellt, daß da ein Massenmörder am Werk ist, packe ich meine Sachen und verschwinde mir nichts dir nichts aus der Stadt. Ich sah zu Shaknahyi hinunter, der noch immer neben Blancas Leiche kniete.

»Du glaubst doch nicht, daß das ein Massenmörder ist?«

Er sah ein paar Sekunden durch mich hindurch. »Nein«, sagte er schließlich, »das ist wohl was Schlimmeres.«

□□□□□□□□□□□□□□□□□□□□

8. Kapitel

Ich konnte mich noch gut daran erinnern, wie gern mich Hajjars Vorgänger, Inspektor Okking, schikanierte. Und trotzdem, so schwierig es auch war, mit Okking auszukommen, seine Arbeit machte er gut. Er war ein gewiefter, wenn nicht ein brillanter Bulle, und er machte sich wirklich was aus den Opfern, die er im Verlauf seiner Arbeit sah. Hajjar war da anders. Für ihn war es Arbeit, sonst nichts.

Es überraschte mich nicht, daß Hajjar sich nicht als besonders nützlich erwies. Shaknahyi und ich sahen zu, wie er die Ermittlung anging. Er runzelte die Stirn und warf einen Blick auf Blanca. »Tot, hm?« sagte er.

Ich merkte, wie Shaknahyi stöhnte. »Es gibt ausreichend Anhaltspunkte dafür, Kommissar«, stieß er zwischen den Zähnen hervor.

»Irgendwelche Ideen, wer sie umgenietet haben könnte?«

Shaknahyi sah mich hilferingend an. »Könnte jeder gewesen sein«, sagte ich. »Trug wahrscheinlich das falsche Moddy beim falschen Kunden.«

Hajjar merkte auf. »Glauben Sie?«

»Schauen Sie mal«, sagte ich, »sie hat nichts einstekken.«

Der Kommissar kniff die Augen zusammen. »Na und?«

»Ein Moddy wie Blanca geht nirgendwo *ganz* ohne Moddy oder Daddy hin. Es ist verdächtig, das ist alles.«

Hajjar rieb sich über seinen dünnen Schnauzer. »Ich nehme an, darüber wissen sie Bescheid. Doch viel kann man damit nicht anfangen.«

»Die Jungs von der Spurensicherung leisten manchmal wahre Wunder«, mischte sich Shaknahyi ein. Er sagte es mit tiefem Ernst, zwinkerte mir dabei aber zu, um mir zu zeigen, wie wenig er von ihnen hielt.

»Ja, das stimmt«, sagte Hajjar.

»Ach ja, da wär noch was«, fuhr Shaknahyi fort. »Ich wollte Sie fragen, ob wir weiter gegen Abu Adil ermitteln sollen. Letzte Woche kamen wir nicht recht weit.«

»Sie möchten da noch mal hinausfahren? Zu seinem Haus?«

»Zu seinen majestätischen Besitzungen, meinen Sie«, warf ich ein.

Hajjar igorierte mich. »Ich wollte nicht, daß Sie den Kerl verfolgen. Er ist nicht unbedeutend in dieser Stadt.«

»Mhm«, sagte Shaknahyi. »Doch wir verfolgen ihn ohnehin nicht.«

»Warum möchten Sie ihn überhaupt noch mal behelligen?« Hajjar hatte die Frage an mich gerichtet, aber mir fiel nichts dazu ein.

»Ich werde das Gefühl nicht los, daß Abu Adil etwas mit diesen ungelösten Morden zu tun hat«, ergriff Shaknahyi das Wort.

»*Welchen* ungelösten Morden?« wollte Hajjar wissen.

Shaknahyi knirschte mit den Zähnen. »In den letzten Monaten hatten wir drei ungelöste Morde. Mit dem hier vier.« Er deutet auf Blancas Leiche, die bereits zugedeckt worden war. »Sie könnten zusammenhängen, und es könnte eine Verbindung zu Reda Abu Adil geben.«

»Das sind keine ungelösten Mordfälle, um Gottes willen«, wurde Hajjar wütend. »Das sind noch nicht abgeschlossene Dateien, das ist alles.«

»Offene Dateien«, wiederholte Shaknahyi. Ich merkte, wie sehr ihn das aufbrachte. »Benötigen Sie uns im Moment, Kommissar?«

»Ich denke nicht. Ihr beide könnt mit eurer Arbeit fortfahren.«

Wir ließen Hajjar und die Leute von der Mordkommission mit den sterblichen Überresten von Blanca und ihren Kleidern und dem Staub in den vermoderten Trümmern zurück. Draußen auf dem Trottoir packte mich Shaknahyi am Arm und hielt mich zurück, bevor ich noch in das Auto steigen konnte. »Was, zum Teufel, sollte die Geschichte mit dem Moddy?«

Ich lachte. »Bloß heiße Luft, aber Hajjar wird es nicht merken. Hat er wenigstens was zum Nachdenken.«

»Dem Kommissar tut es ganz gut, wenn er ab und zu was zum Denken bekommt. Sein Hirn kann etwas Übung gebrauchen.« Shaknahyi grinste.

Uns war beiden danach, den lieben Gott einen guten Mann sein zu lassen. Wolken waren aufgezogen, und ein heißer Wind blies uns Sand und Rauch ins Gesicht. In der Ferne donnerte es. Shaknahyi wollte zurück zur Polizeiwache, aber ich hatte noch was zu erledigen. Ich hakte das Telefon vom Gürtel und nannte Chiris Commcode. Es läutete acht- oder neunmal, bevor sie abhob. »Sprechen Sie«, meldete sie sich. Sie klang gereizt.

»Chiri? Hier ist Marîd.«

»Was willst denn *du* Arschloch?«

»Hör mal, du hast mir bisher keine Gelegenheit gegeben, dir alles zu erklären. Es ist nicht meine Schuld.«

»Das hast du schon gesagt.« Sie lachte höhnisch. »Die berühmten letzten Worte, Schatz: ›Es ist nicht meine Schuld.‹ Das hat auch mein Onkel gesagt, als er meine Mutter an so einen verdammten arabischen Sklavenhändler verkaufte.«

»Ich wußte nicht ...«

»Vergiß es, es stimmt nicht mal. Du wolltest eine Gelegenheit, mir alles zu erklären, also sprich!«

Nun war es also Zeit für den Auftritt, aber plötzlich fiel mir nichts ein, was ich hätte sagen können. »Es tut mir wirklich leid, Chiri.«

Sie lachte wieder. Es klang nicht freundlich.

Ich gab mir einen Ruck. »Eines Morgens wachte ich

auf, und Papa sagte: ›Da, jetzt gehört dir Chiris Club, ist das nicht herrlich?‹ Was sollte ich deiner Meinung nach darauf sagen?«

»Ich kenne dich, Schatz. Meiner Meinung nach sagst du *gar nichts* zu Papa. Er hatte es gar nicht nötig, dir die Eier abzuschneiden. Du hast sie ihm verkauft.«

Vielleicht habe ich schon erwähnt, daß Friedlander Bei dafür bezahlt hatte, mir das Schmerzzentrum im Gehirn verdrahten zu lassen, und daß er es stimulieren konnte, wann immer er wollte. Er hatte mich in der Hand. Aber Chiri verstand das nicht. Ich hätte ihr die Qualen beschreiben können, die Papa mit einem Tastendruck bereiten konnte. Das war ihr alles egal. Ihr ging es darum, daß ich sie hintergangen hatte.

»Chiri, wir sind alte Freunde. Versuche mich zu verstehen. Papa hat es sich in den Kopf gesetzt, deinen Club zu kaufen und ihn mir zu schenken. Ich hatte keine Ahnung davon. Ich wollte dieses Geschenk nicht annehmen. Ich versuchte, ihm zu erklären …«

»Da bin ich mir sicher. Du hast ihm bestimmt alles erklärt.«

Ich schloß die Augen und atmete tief ein. Ich glaube, das machte ihr großen Spaß. »Ich habe es ihm erklärt, wie man Papa etwas erklären kann.«

»Warum *meinen* Club, Marîd? Im Budayin wimmelt es nur so von miefigen Kneipen. Warum suchte er sich gerade meinen Club aus?«

Ich kannte die Antwort darauf: Weil Friedlander Bei auch die letzten Verbindungen zu meinem alten Leben kappen wollte. Daß er mich zum Bullen machte, hatte mich die meisten meiner Freunde gekostet. Daß er Chiriga zwang, ihren Club zu verkaufen, hatte sie gegen mich aufgebracht. Als nächstes würde Papa einen Weg finden, daß auch noch Saied der Halb-Hadschi mich haßte. »Das ist seine Art von Humor, Chiri«, sagte ich resigniert. »Papa will zeigen, daß immer mit ihm zu rechnen ist, daß ihm nichts entgeht, daß er in dem Moment den Blitz auf uns niederfahren lassen kann, wenn wir es am wenigsten erwarten.«

Sie ließ sich Zeit mit ihrer Antwort. »Und du hast auch keinen Mumm in den Knochen.«

Ich öffnete den Mund und schloß ihn wieder. Ich wußte nicht, worüber sie sprach. »Hmh?«

»Ich habe gesagt, daß du ein mieser *panya* bist und keinen Mumm hast.«

Sie wirft mir immer solche Swahili-Ausdrücke an den Kopf. »Was ist ein *panya,* Chiri?«

»Es ist wie eine große Ratte, nur dümmer und häßlicher. Du hast dich nicht getraut, mir unter die Augen zu treten, gib's zu. Du heulst mir lieber was am Telefon vor. So billig kommst du mir nicht weg. Du wirst mir das ins Gesicht sagen müssen. Punktum.«

Ich schloß die Augen und zog eine Grimasse. »Okay, Chiri, wann immer es dir paßt. Kannst du im Club vorbeischauen?«

»*Dem* Club? Meinst du etwa *meinen* Club? Den Club, der mir gehörte?«

»Ja, deinen Club.«

Sie knurrte. »Nicht um alles in der Welt, du verkommenes Arschgesicht! Dort setze ich den Fuß nicht über die Schwelle, bevor sich die Dinge so entwickelt haben, wie ich es will. Aber wir können uns woanders treffen. Ich bin in einer halben Stunde in Couranes Club. Das ist nicht im Budayin, Schatz, aber du wirst ihn schon finden. Schau vorbei, wenn du glaubst, du schaffst es.« Es knackste, und dann hörte ich nur noch den Netzton.

»Hat's dir ganz schön gegeben, hm?« frotzelte Shaknahyi. Er hatte jeden Augenblick des Gesprächs genossen. Ich konnte den Kerl leiden, aber manchmal war er eine Kanaille.

Ich steckte das Telefon zurück in den Gürtel. »Kennst du eine Kneipe, die einem gewissen Courane gehört?«

Er schnaubte verächtlich. »Dieser christliche Holzkopf tauchte vor ein paar Jahren in der Stadt auf.« Wir fuhren gerade durch Rasmiyya, eine Gegend östlich vom Budayin, in der ich noch nie gewesen war. »Hieß Courane. Sagte, daß er Dichter ist, nicht daß man jemals ein Gedicht von ihm zu sehen gekriegt hätte. Er schaffte es irgendwie und kam bei der europäischen Gemeinde groß raus. Dann eröffnete er eines Tages einen sogenannten Salon. Einfach eine ruhige, dunkle Bar, alles aus Rattan, Glas und hochglanzpoliertem Stahl. Unmengen von Töpfen mit Plastikpflanzen. Jetzt wird er nicht mehr auf den Parties rumgereicht, aber er macht noch immer auf melancholischen Exilanten.«

»Wie Weinraub in Gargotiers Patio.«

»Genau«, sagte Shaknahyi. »Nur hat Courane seine eigene Wasserstelle. Da drin hält er sich auf und stört niemanden. Das muß man ihm lassen. Triffst du dich dort mit Chiri?«

Ich sah ihn an und zuckte die Achseln. »Sie wollte es.«

Er grinste. »Willst du richtig schön auffallen?«

Ich seufzte. »Bitte nicht.« Dieser Jirji war ein Spaßvogel.

Zwanzig Minuten später waren wir in einer Mittelschichtgegend. Die Straßen waren breiter als im Budayin und die weißgekalkten Häuser hatten Gärten mit kleinen Büschen und blühenden Sträuchern. Große Dattelpalmen säumten das Trottoir wie eine Parade Betrunkener. Die Gegend wirkte verlassen, vielleicht nur, weil keine schreienden und sich balgenden Kinder zu sehen waren. Es war ein sehr ruhiges, gehobenes Viertel. Es war so friedlich, daß es mir geradezu unheimlich wurde.

»Couranes Club ist gleich da«, sagte Shaknahyi. Er bog ab in eine weniger begüterte, schmalere Straße, schon fast eine Gasse. An die eine Seite grenzten die Rückfronten derselben weißgekalkten Häuser. Im ersten Stock hatten sie kleine Balkone und hellerleuchtete Fenster, aus denen das Licht durch die dünnen Latten der hölzernen Läden auf die Straße fiel. Auf der anderen

Seite der Gasse befanden sich mit Brettern vernagelte Gebäude und ein paar Geschäfte: eine Gerberei, eine Bäckerei und ein Restaurant, das sich auf Bohnengerichte spezialisiert hatte, und ein Kiosk.

Und dann gab es noch Couranes Club, der in dieser Sparausgabe einer Avenue etwas fehl am Platze wirkte. Der Besitzer hatte ein paar Tische herausgestellt, aber niemand saß in den weiß gestrichenen Korbstühlen unter den Cinzano-Sonnenschirmen. Shaknahyi stellte den Motor ab, und wir stiegen aus. Ich nahm an, daß Chiri noch nicht da war oder daß sie drinnen auf mich wartete. Ich hatte Magendrücken.

»Inspektor Shaknahyi!« Ein Mann mittleren Alters kam auf uns zu und begrüßte uns lächelnd. Er war etwa so groß wie ich, vielleicht zehn Kilo schwerer. Sein braunes Haar hatte er streng nach hinten frisiert, so daß seine beginnende Stirnglatze deutlich sichtbar wurde. Er schüttelte Shaknahyi die Hand und wandte sich dann mir zu.

»Sandor«, sagte Shaknahyi, »das ist mein Partner, Marîd Audran.«

»Freut mich, Sie kennenzulernen«, sagte Courane.

»Möge Allah Ihren Ruhm vermehren«, erwiderte ich.

Courane blickte amüsiert drein. »Schön«, sagte er, »kann ich euch Burschen etwas zu trinken holen?«

Ich sah Shaknahyi an. »Sind wir im Dienst?«

»Nein«, antwortete er. Ich verlangte das Übliche, und Shaknahyi bestellte sich etwas Nichtalkoholisches. Wir folgten Courane in sein Etablissement. Es war genau so, wie ich es mir vorgestellt hatte: blitzender Chrom und Glastische, weiße Korbstühle, eine wunderschöne, alte Theke aus poliertem dunklen Holz, an der Decke Ventilatoren aus Chrom und, wie Shaknahyi erzählt hatte, Unmengen verstaubter Plastikpflanzen, die in den Ecken rumstanden oder in Körben von der Decke hingen.

Chiriga saß an einem der hinteren Tische. »Wie geht's, Jirji, Marîd?«

»Geht schon«, sagte ich. »Darf ich dich auf einen Drink einladen?«

»Da habe ich mein ganzes Leben noch nicht nein gesagt.« Sie hob ihr Glas. »Sandy?« Courane nickte und ging, um unsere Drinks zu holen.

Ich setzte mich zu Chiri. »Ich möchte sowieso mit dir drüber reden, ob du nicht wieder im Club arbeiten willst.« Die Frage fiel mir nicht gerade leicht.

»Yasmin hat was davon gesagt. Geht dir der Arsch ganz schön auf Grundeis bei dem Thema, hm?«

»Also hör zu, ich habe dir erzählt, wie das kam. Wie lange willst du noch so weitermachen?«

Chiri lächelte. »Weiß noch nicht. Es macht mir ziemlichen Spaß.«

Jetzt reichte es mir. Mehr als schuldig fühlen kann ich mich nicht. »Gut«, sagte ich. »Such dir einen anderen Job. Ich bin sicher, ein großer, starker Kaffer wie du findet schnell etwas.«

Das hatte Chiri getroffen. »Okay, Marîd«, sagte sie leise, »hören wir auf damit.« Sie öffnete ihre Handtasche, holte einen langen weißen Umschlag heraus und schob ihn mir zu.

»Was ist das?«

»Die gestrigen Einnahmen deines verfluchten Clubs. Als Chef mußt du zumindest reinschauen, wenn der Club geschlossen wird, weißt du, um das Geld aus der Kasse zu nehmen und die Mädels zu bezahlen. Oder ist dir das egal?«

»Es ist mir eigentlich egal«, sagte ich und warf einen flüchtigen Blick auf das Geld. In dem Umschlag war eine ganze Menge. »Deshalb möchte ich dich ja anstellen.«

»Wozu?«

Ich hob die Hände. »Du sollst auf die Mädchen aufpassen. Und du sollst den Kunden das Geld abmelken. Dafür bist du ja berühmt. Du sollst genau das tun, was du immer getan hast.«

Sie zog die Brauen zusammen. »Bisher bin ich jeden Abend mit dem ganzen Geld hier nach Hause gegangen.« Sie klopfte auf den Umschlag. »Jetzt soll ich mich mit ein paar Kiam hier und da zufriedengeben, wenn es dir gerade paßt. Das gefällt mir überhaupt nicht.«

Courane brachte unsere Drinks, und ich bezahlte. »Ich wollte dir einen Batzen mehr anbieten als das, was die Debs und Umwandlungen bekommen.«

»Das will ich auch hoffen.« Dabei nickte sie bekräftigend. »Da kannst du deinen Arsch drauf wetten, Schatz, wenn ich deinen Club für dich führen soll, kostet dich das eine Stange. Geschäft ist Geschäft, und eine Frau muß tun, was eine Frau tun muß. Ich will fünfzig Prozent.«

»Wie ein Partner?« Mit sowas hatte ich gerechnet. Chiris Mund öffnete sich langsam zu einem Lächeln, so daß diese langen, zugefeilten Eckzähne hervorblitzten. Sie war mir mehr als fünfzig Prozent wert. »Geht in Ordnung«, sagte ich.

Das verblüffte sie. Sie hatte nicht erwartet, daß ich so rasch nachgeben würde. »Hätte mehr verlangen sollen«, sagte sie spitz. »Und ich will nur tanzen, wenn mir danach ist.«

»Gut.«

»Und der Club läuft weiter unter meinem Namen.«

»In Ordnung.«

»Und ich habe freie Hand, wenn ich jemand einstellen oder feuern will. Ich will nicht Bodenshow-Fanya am Hals haben, weil sie dich dazu überredet, ihr einen Job zu geben. Die Kuh säuft so viel, daß sie die Kunden vollkotzt.«

»Du verlangst ganz schön viel, Chiri.«

Sie grinste ihr Raubtiergrinsen. »Irgendwann wird einem immer die Quittung präsentiert, stimmt's?«

Chiri nützte ihren Vorteil voll aus. »Okay, du kannst dir deine Mannschaft selbst aussuchen.«

Sie hielt kurz inne, um einen Schluck zu trinken.

»Ach, damit das klar ist«, fuhr sie fort, »die fünfzig Prozent sind von den *Nettoeinnahmen.*«

Chiri war phantastisch. »Ja, ja«, versicherte ich lachend. »Komm, fahren wir in den Budayin. Du kannst heute nachmittag anfangen.«

»War schon dort. Ich übertrug Indihar die Aufsicht.« Sie merkte, daß ihr Glas schon wieder leer war, hob es und gab Courane ein Zeichen. »Willst du ein Spiel mit mir spielen, Marîd?« Sie deutete mit dem Daumen nach hinten in die Bar, wo Courane eine Transpex aufgestellt hatte.

Bei diesem Spiel sitzen sich zwei Leute mit korymbischen Implantaten gegenüber und schließen sich an die CPU der Maschine an. Der erste Spieler denkt sich ein bizarres Szenario mit allen Details aus, und das wird dann für den zweiten Spieler eine absolute realistische Welt, in der er sich zurechtfinden muß. Abgerechnet wird nach Punkten oder danach, ob er — überlebt. Dann denkt sich der zweite Spieler eine Welt für den ersten aus.

Es ist ein großartiges Spiel, vor allem, wenn man es um Geld spielt. Anfangs hätte ich mir dabei fast eingeschissen, denn sobald man eingeklinkt ist, vergißt man, daß es nur ein Spiel ist. Es wirkt absolut echt. Die Spieler haben beinahe gottähnliche Macht übereinander. Couranes Modell sah schon älter aus, bei dieser Version konnte ein geschickter Techniker die Sicherheitsvorrichtungen mit Leichtigkeit ausschalten. Man hörte öfters von Leuten, die einen Herzanfall erlitten, als sie an eine manipulierte Transpex angeschlossen waren.

»Los, Audran«, sagte Shaknahyi, »laß sehen, was du drauf hast!«

»In Ordnung, Chiri«, sagte ich, »machen wir ein Spiel.«

Sie stand auf und ging nach hinten zu der Transpex-Kabine. Ich folgte ihr, und auch Courane und Shaknahyi kamen mit. »Willst du die anderen 50 Prozent von meinem Club drauf setzen?« fragte sie. Dabei blitzten ihre Augen über dem Rand des Cocktailglases.

»Das geht nicht. Papa hätte etwas dagegen.« Die Highscores der Maschine machten mich zuversichtlich. Die absolut höchste Punktzahl bei einer Transpex ist 1000. Ich hatte meist so knapp an die 900 Punkte. Hier lagen die Höchstwerte deutlich unter 800. Vielleicht lag es daran, daß Couranes Bar nicht besonders viele Halb-Irre wie mich anlockte. »Aber ich setze den Inhalt dieses Umschlags«, sagte ich.

Das klang gut in ihren Ohren. »Da kann ich mithalten«, antwortete sie. Ich bezweifelte nicht, daß Chiri auf eine ganze Menge Bares zurückgreifen konnte, wenn es notwendig war.

Courane brachte frische Drinks für uns alle. Shaknahyi zog einen Stuhl heran, um sich die Computermodelle der illusionären Welten anzusehen, die Chiri und ich uns gleich ausdenken würden. Ich steckte fünf Kiam in die Transpex. »Du kannst anfangen, wenn du willst«, sagte ich.

»Ja, es wird mir Spaß machen, dich ordentlich schwitzen zu lassen.« Sie nahm eins der Transpex-Moddys und steckte es sich in ihr Implantat. Dann drückte sie die Spieler-1-Taste. Ich nahm das andere Moddy, murmelte leise *»Bismillah«* und meldete mich als zweiter Spieler an.

Am Anfang gab es nur einen warmen, schimmernden Nebel, den irisierende Adern wie Perlmutt durchzogen. Ohne Orientierung schwebte Audran gleichsam in einer Wolke. Doch das machte ihm keine Angst. Es herrschte absolute Ruhe, nichts bewegte sich, nicht der leiseste Windhauch war zu spüren. Er nahm einen leichten Geruch wahr, den Geruch von frischer Seeluft. Dann ging es los.

Jetzt bewegte er sich in der Wolke. Er saß oder stand nicht mehr still, sondern glitt durch den Raum. Noch immer war Audran ruhig. Es behagte ihm. Der Nebel begann sich sehr zö-

gernd aufzulösen. Bestürzt erkannte Audran, daß er nicht schwebte, sondern in einem warmen, in der Sonne glitzernden Meer schwamm.

Unter ihm bewegten sich Algenranken, die an grellbunten Korallenhügeln wuchsen. Anemonen in den verschiedensten Farben und Formen streckten ihre Tentakeln nach ihm, aber er kreuzte so geschickt zwischen ihnen, daß sie ihm nichts anhaben konnten.

Audran konnte wenig sehen, doch dank seiner anderen Sinne nahm er wahr, was um ihn herum vorging. Der Geruch nach Meer war vielen Duftnuancen gewichen, die er nicht benennen konnte, die ihm aber schmerzlich vertraut waren. Geräusche drangen zu ihm durch, Zischen und Rauschen, das von einem dumpfen Widerhall begleitet war.

Er war ein Fisch. Er fühlte sich frei und stark. Und er war hungrig. Audran tauchte hinab zum Meeresboden, zu den sanften Hügeln und den stechenden Anemonen, wo Schwärme winziger Fische Schutz suchten. Er kreuzte zwischen ihnen auf und schnappte sich ein paar Mundvoll von den roten und gelben Dingern. Sein Hunger war gestillt. Zumindest jetzt. Eine Strömung trug den Geruch von Artgenossen an ihm vorbei, und er nahm ihre Spur auf.

Er schwamm lange, bis er merkte, daß er ihre Fährte verloren hatte. Audran hatte keine Ahnung, wieviel Zeit verstrichen war. Es spielte keine Rolle. Nichts spielte eine Rolle in diesem schillernden, sonnendurchfluteten Meer. Er jagte über ein grandioses Riff und versetzte die orangegestreiften Shrimps und die porzellanfarbenen Krebse in hellen Aufruhr.

Über ihm verdunkelte sich der Ozean. Ein Schatten legte sich auf ihn, Audran durchfuhr ein Schrecken. Er konnte nicht hochsehen, aber die Druckwellen um ihn deuteten darauf hin, daß da etwas Riesiges in der Nähe sein mußte. Audran erinnerte sich daran, daß er nicht allein war in diesem Ozean. Nun war es an ihm, zu fliehen. Er schoß über das Riff und sauste Haken schlagend nur ein paar Zentimeter über dem sandigen Meeresboden dahin.

Der alles zu verschlingen drohende Schatten blieb dicht

hinter ihm. Audran blickte sich nach einem Versteck um, aber es gab nichts. Kein gesunkenes Wrack, keine Felsen oder verborgene Höhlen. Er machte eine plötzliche Kehrtwendung und flitzte den Weg, den er gekommen war, zurück. Das Ding hinter ihm folgte ihm langsam und sicher.

Plötzlich stieß es auf ihn herab, eine gefräßige, wahnsinnige Mördermaschine, die nur aus toten, schwarzen Augen und blitzenden Stahlzähnen zu bestehen schien. Vom Meeresboden aufgescheucht, schoß Audran durch das Grün des Meeres hoch an die Oberfläche. Obwohl er wußte, daß es auch da keinen Schutz gab. Das riesige Untier sauste dicht hinter ihm nach. Audran durchbrach die Gischt, die kochenden Wellen, war in der furchterregend dünnen Luft und — flog. Er glitt über die weißen Wellenkämme, bis er schließlich erschöpft in das heimatliche Element, das ihn freudig willkommen hieß, zurückfiel.

Und hier wartete der Alp mit weitaufgerissenem Mund auf ihn, um ihn zu zerreißen. Die mit Dolchen bewehrten Kiefer schlossen sich langsam, gierig, und für Audran gab es nur noch Finsternis und das Wissen um den Schrecken, der da kommen würde.

»Gott«, murmelte ich, als ich aus der Transpex in mein eigenes Bewußtsein zurückkehrte.

»Das war ein Spiel«, sagte Shaknahyi.

»Wie war ich?« fragte Chiri aufgedreht.

»Ziemlich gut«, antwortete Courane. »623. Das Szenario versprach einiges, aber du hast ihn nie wirklich in Panik versetzt.«

»Ich habe mir die größte Mühe gegeben«, erwiderte sie. »Kann ich noch einen Drink haben?« Sie lächelte mich mit diesem seltsamen Lächeln an.

Ich holte mein Pillenschächtelchen raus und nahm acht Paxium mit einem Schluck Gin. Ich war vielleicht als Fisch nicht vor Angst gelähmt, aber jetzt flatterten mir ziemlich die Nerven. »Ich hätte auch gern noch einen Drink. Und ich gebe eine Runde aus.«

»Angeber«, sagte Shaknahyi.

Chiri und ich warteten, bis wir uns wieder etwas beruhigt hatten. Courane brachte ein Tablett mit Drinks, und ich sah zu, wie Chiri ihren mit zwei Zügen leerte. Sie wollte sich für all die Schrecken stärken, die ich mir für sie ausdenken würde. Sie würde es brauchen können.

Chiri drückte die Spieler-2-Taste und schloß langsam die Augen. Sie sah aus, als würde sie friedlich schlafen. Das würde gleich ein plötzliches Ende finden. Auf dem Holoschirm erschien derselbe undurchsichtige Nebel, durch den ich gewandert war, bis Chiri beschloß, daß es der Ozean war. Ich meldete mich als erster Spieler an.

Audran blickte auf den Ball aus Nebel hinunter wie Allah aus den höchsten Höhen des Himmels. Er konzentrierte sich darauf, eine ausgefeilte Illusion zu erschaffen und die Fortschritte, die er machte, erfüllten ihn mit Freude. Statt sie langsam Gestalt annehmen zu lassen, bombardierte Audran die Sinne mit Informationen. Die Frau in der Ferne dort unten wurde überwältigt von den reinen Farben in dieser Welt, von den klaren Tönen, den intensiven Aromen, Formen und Düften. Sie schrie auf, und ihre Stimme hallte in der kühlen, klaren Luft wider wie ein Glockenspiel.

Audran hatte keine Eile. Die Frau sollte seine Schöpfung in Ruhe erkunden. Er hatte nicht vor, hinter einem Baum hervorzuspringen und sie zu erschrecken. Die Zeit des Schreckens würde noch kommen.

Es dauerte nicht lange, und die Frau stützte sich auf und erhob sich. Unsicher blickte sie sich um. »Marîd?« rief sie. Wieder hatte ihre Stimme diesen unnatürlich scharfen Klang. Sie warf einen Blick hinter sich, auf die dunstig blauen Berge im Westen. Dann wandte sie sich nach Osten, zum sumpfigen Ufer eines Sees, in dem sich das unglaubliche Azur des Himmels spiegelte. Audran war es gleichgültig, welche Richtung sie wählte. Es würde den Ausgang der Geschichte nicht ändern.

Die Frau beschloß, die sumpfige Küste entlang nach Südosten zu gehen. Sie lief einige Stunden, lauschte dem Gesang der Vögel und atmete den betörenden Duft unbekannter Blüten, als die Sonne sich auf die Schatten der purpurfarbenen Hügel hinter ihr legte und langsam versank. Zurück blieb die in Dunkelheit gehüllte Illusion Audrans. Er hatte einen Vollmond vorgesehen, groß und silbern wie ein Tablett. Die Frau war müde, schließlich beschloß sie, sich in das wohlduftende Gras zu legen und zu schlafen.

Audran weckte sie am Morgen mit einem leichten Nieselregen. »Marîd?« rief sie wieder. Er antwortete nicht. »Wie lange soll ich hier bleiben?« Sie zitterte.

Die goldene Sonne kletterte höher und wärmte den Morgen. Doch nie wurde es bedrückend heiß. Kurz nach Mittag, als die Frau bereits halb um den See gelaufen war, kam sie an einen Pavillon aus karmesinroter und saphirblauer Seide. »Was, zum Teufel, soll das, Marîd?« schrie die Frau. »Wie lange soll das noch so gehen?«

Die Frau näherte sich angsterfüllt dem Pavillon. »Hallo?« rief sie.

Im nächsten Augenblick kam eine junge, weißgekleidete Frau aus dem Pavillon. Sie war barfuß und trug das lange, blonde Haar nachlässig über eine Schulter geworfen. Sie lächelte, in den Händen ein Holztablett. »Hungrig?« fragte sie freundlich.

»Ja«, antwortete die Frau.

»Ich heiße Maryam. Ich habe auf dich gewartet. Es tut mir leid, aber ich habe nur Brot und frische Milch.« Sie schenkte die Milch aus einem silbernen Krug in einen silbernen Becher.

»Danke.« Die Frau aß und trank gierig.

Maryam legte eine Hand an die Augenbrauen. »Gehst du zur Kirmes?«

Die Frau schüttelte den Kopf. »Ich habe nichts davon gehört.«

Maryam lachte. »Alle gehen zur Kirmes. Komm mit mir!«

Die Frau wartete, bis Maryam mit dem Tablett wieder im Pavillon verschwand. Sie kam bald wieder. »Wir sind jetzt fer-

tig«, rief sie fröhlich. »Wir können uns auf dem Weg näher kennenlernen.«

Sie gingen am See entlang, bis eine Ansammlung großer Zelte aus gestreiftem Segeltuch auftauchte. Sie waren mit Wimpeln und Flaggen geschmückt, die laut im Wind flatterten. Die Frau hörte Leute rufen und lachen und Äxte, die gegen Holz schlugen, und Metall, das auf Metall traf. Sie roch den Duft von frisch gebackenem Brot und Zimtfladen und von Lämmern, die an Spießen langsam über glühenden Kohlen gebraten wurden. Das Wasser lief ihr im Munde zusammen, sie konnte nicht anders, ihr wurde froh zumute.

»Ich habe kein Geld bei mir«, sagte sie.

»Geld?« fragte Maryam und lachte. »Was ist Geld?«

Den ganzen Nachmittag lief die Frau von Zelt zu Zelt und bewunderte, was da an Seltsamkeiten und wunderlichen Belustigungen angeboten wurde. Sie kostete von exotischen Speisen und fremdländischen Getränken. Ab und zu erinnerte sie sich an ihre Angst. Dann sah sie sich um und fragte sich, wann wohl die angenehme Fassade dieser Illusion verschwinden würde. »Marîd«, rief sie, »was machst du?«

»Wen rufst du?« fragte Maryam.

»Das weiß ich nicht genau«, antwortete die Frau.

Maryam lachte. »Schau mal, da drüben«, sagte sie und zog die Frau am Ärmel. Sie machte sie auf eine Bude aufmerksam, wo eine muskulöse Frau eine beklemmende Collage aus den Klauen, Zähnen und Augen von Eidechsen schuf.

Sie lauschten der seltsamen Musik, die Kinder auf Instrumenten aus den Knochen kleiner Tiere spielten. Und sie sahen alte Frauen, die ihr graues Haar zu Fäden sponnen, aus denen sie Tücher und Schals webten.

Eine der zahnlosen Alten grinste Maryam und die Frau an. »Nehmt«, sagte sie mit rauher Stimme.

»Vielen Dank, Großmutter«, antwortete Maryam. Sie wählte ein paar Taschentücher aus Menschenhaar.

Die Stunden verrannen, und die Sonne neigte sich zum Horizont. Der Mond erhob sich so voll wie am Abend zuvor. »Dauert das die ganze Nacht?« fragte die Frau.

»Die ganze Nacht und morgen«, sagte Maryam. »Immer.«

Die Frau zitterte.

Von diesem Augenblick an wuchs in ihr die Furcht und war nicht mehr abzuschütteln, daß sie an diesen Platz gelockt und ausgesetzt worden war. Sie erinnerte sich an nichts mehr aus der Zeit, bevor sie an dem See aufgewacht war, nur das Gefühl blieb, daß ihr übel mitgespielt worden war. Sie betete zu jemandem namens Marîd. Sie fragte sich, ob das Gott war.

»Marîd«, flüsterte sie zitternd vor Angst, »ich wünschte, es wäre schon vorbei.«

Aber Audran war noch nicht bereit, ein Ende zu machen. Er sah zu, wie die Frau und Maryam müde wurden und ein großes Zelt mit bequemen Kissen und Decken aus Satin und feinem Leinen fanden. Sie legten sich nieder und schliefen.

Am Morgen erwachte die Frau, bestürzt darüber, noch immer auf der ewigen Kirmes zu sein. Maryam besorgte ein üppiges Frühstück mit Wurst, frischem Brot, gegrillten Tomaten und heißem Tee. Maryams enthusiastische Freude war ungebrochen, und sie führte die Frau zu noch beklemmenderen Vergnügungen. Die Frau jedoch spürte, wie ihr eine wahnsinnige Angst zunehmend die Kehle zuschnürte und den Sinn für alles andere raubte.

»Seit zwei Tagen hältst du mich hier, Marîd«, bat sie. »Bitte töte mich und laß mich gehen.« Audran gab ihr kein Zeichen, keine Antwort.

Den dritten Tag verbrachten sie damit, von einer greulichen Zurschaustellung zur nächsten zu gehen: junge Mädchen, denen Rosen statt Brüsten gewachsen zu sein schienen; ein Kerzenmacher, dessen Kerzen in Gegenwart eines Ungläubigen kein Licht spendeten; ein Wettkampf zwischen einem Blinden und zwei wahnsinnigen Drachen; eine Familie, die ein maßstabsgetreues Modell der Kirmes aus Eisen schmiedete — ein Vorhaben, das sie seit Generationen beanspruchte und das vielleicht nie beendet werden konnte; ein Käfig voller Grillen, die darauf dressiert waren, die Schahada zu zirpen, das islamische Glaubensbekenntnis.

Der Nachmittag verstrich, und die Nacht zog erneut her-

auf. Überall steckten Männer Fackeln in eiserne, auf hohen Stangen angebrachte Leuchter. Noch immer führte Maryam die Frau von Zelt zu Zelt, doch die Frau konnte an den Zurschaustellungen kein Vergnügen mehr finden. Ihr schnürte die Angst vor einer nahenden Katastrophe die Kehle zu. Sie spürte den dringenden Wunsch zu fliehen. Aber sie wußte, sie würde nicht einmal den Weg aus dem unendlich erscheinenden Kirmesplatz finden.

*Und dann erscholl ein hohes, schrilles Signal. »Was bedeutet das?« fragte sie erstaunt. Ringsumher ergriffen die Leute die Flucht. »*Yallah*« schrie Maryam, das Gesicht angstverzerrt: »Lauf! Lauf um dein Leben!«*

»Was bedeutet das?« rief die Frau. »Sag mir, was das bedeutet!«

Maryam war zusammengebrochen und weinte. »Im Namen Allahs des gnädigen Erbarmers«, wiederholte sie unablässig. Die Frau brachte nichts Vernünftiges mehr aus ihr heraus.

Sie ließ sie liegen und schloß sich dem Strom der Menschen an, die in Panik zwischen den Zelten liefen. Und dann sah die Frau sie: zwei gigantische Riesen, unglaublich groß, Hunderte von Metern hoch, die alles unter ihren Füßen zermalmten, als sie näher und näher kamen. Die Frau legte die Hand auf die Brust, dann wich sie ein paar Schritte zurück.

Einer der Riesen drehte den Kopf langsam in ihre Richtung und sah sie an. Er war abgrundtief häßlich. Eine Augenhöhle war leer, und darüber hatte er eine riesige Narbe. Sein Mund war voll verfaulter, häßlicher Zähne. Er hob den Arm und deutete auf sie.

»Nein«, stieß sie heiser vor Angst hervor, »nicht mich!« Sie wollte weglaufen, aber sie konnte sich nicht bewegen. Der Riese beugte sich zu ihr herunter. Das Blut gefror ihr in den Adern. Er versuchte, sie mit seiner riesigen Hand zu pakken.

»Marîd!« kreischte die Frau. »Bitte!« Nichts geschah. Die Faust des Riesen schloß sich um sie.

Die Frau versuchte nach oben zu greifen und den Moddystecker herauszuziehen, aber sie konnte die Arme nicht bewe-

gen. So leicht entkam sie nicht. Die Frau brüllte, als sie erkannte, daß sie nicht einmal aussteigen konnte.

Der entstellte Riese hob sie hoch vor sein Auge. Sein Grinsen wurde immer breiter, und er lachte über ihre Todesangst. Der Frau wurde schlecht von seinem übelriechenden Atem. Sie versuchte erneut verzweifelt, die Arme zu heben, den Moddystecker herauszuziehen. Doch er hielt ihre Arme fest. Sie schrie und schrie, bis sie das Bewußtsein verlor.

Einen Augenblick lang konnte ich nichts sehen. Neben mir hörte ich Chiri keuchen. Ich war überrascht, daß sie so außer sich war. Schließlich war es ja nur ein Transpex-Spiel. Und sie spielte es nicht zum erstenmal. Sie wußte, was sie zu erwarten hatte.

»Du bist ein gemeines Arschloch, Marîd«, sagte sie schließlich.

»Hör mal, Chiri, ich habe ...«

Sie winkte ab. »Ich weiß, ich weiß. Du hast das Spiel und die Wette gewonnen. Ich bin nur noch etwas durcheinander, das ist alles. Ich kümmere mich schon um dein Geld heute abend.«

»Vergiß das Geld, Chiri, ich ...«

Das hätte ich nicht sagen sollen. »He, du Hurensohn, wenn ich eine Wette verliere, dann zahle ich auch! Wenn du das Geld nicht nimmst, stopfe ich es dir in den Rachen. Aber weiß Gott, du hast vielleicht eine perverse Phantasie.«

»Der letzte Teil«, sagte Courane, »wo sie die Arme nicht mehr heben konnte, um den Moddystecker rauszuziehen, das war wirklich hart.« Er meinte es bewundernd.

»Sadistisch war das«, warf Chiri fröstelnd ein. »Das war das letztemal, daß ich mich mit dir an eine Transpex hängte.«

»Ein paar zusätzliche Punkte, Chiri, deshalb. Ich wußte nicht, wie hoch mein Score ist. Es hätte ja sein können, daß es auf die Punkte angekommen wäre.«

»Du hast 941 Punkte erreicht«, sagte Shaknahyi. Er sah mich mit einem merkwürdigen Ausdruck an, so, als ob ihn mein Ergebnis beeindruckte und zugleich abstieße. »Wir müssen gehen.« Er stand auf und leerte sein Glas.

Ich stand ebenfalls auf. »Ist alles in Ordnung, Chiri?« Ich legte ihr die Hand auf die Schulter.

»Alles in Ordnung. Ich muß nur das Spiel noch verdauen. Es war wie ein Alptraum.« Sie atmete tief durch. »Ich muß zurück in den Club, damit Indihar nach Hause kann.«

»Willst du mitfahren?« fragte Shaknahyi.

»Danke, aber ich habe meine eigene Fahrgelegenheit.«

»Bis später dann«, verabschiedete ich mich.

»*Kwa heri,* du Bastard.« Wenigstens sagte sie es mit einem Lächeln. Ich dachte, daß vielleicht wieder alles in Ordnung ist zwischen uns. Ich war wirklich froh darüber.

Draußen schüttelte Shaknahyi den Kopf und grinste. »Sie hatte recht, weißt du. Das war ganz schön sadistisch. Als ob du sie völlig unnötig gefoltert hättest. Du bist ein gemeiner Hurensohn.«

»Vielleicht.«

»Und ich muß mit dir in der Stadt herumkutschieren.«

Ich war es leid, darüber zu reden. »Zeit zu gehen?« fragte ich.

»Fast. Fahren wir noch bei der Polizeiwache vorbei. Und dann kannst du ja mit zu mir zum Abendessen kommen. Oder hast du schon was vor? Denkst du, Friedlander Bei kann heute abend ohne dich auskommen?«

Ich bin nicht sehr gesellig, und wenn ich wo eingeladen bin, fühle ich mich immer besonders unwohl. Doch die Vorstellung, einen Abend ohne Papa und seinen Reigen der Überraschungen zu verbringen, war unglaublich verführerisch. »Klar«, stimmte ich zu.

»Ich rufe schnell meine Frau an und frage, ob es heute abend in Ordnung geht.«

»Ich wußte gar nicht, daß du verheiratet bist, Jirji.«

Er runzelte die Stirn und nannte seinen Commcode. Er sprach kurz mit seiner Frau, dann steckte er das Telefon wieder in den Gürtel. »Sie sagt, es paßt ihr. Jetzt saust sie rum und putzt und kocht. Sie dreht immer halb durch, wenn ich jemand mitbringe.«

»Wegen mir muß sie sich doch nicht abstrampeln.«

Shaknahyi schüttelte den Kopf. »Es ist nicht wegen dir. Sie kommt aus einer altmodischen Familie, und sie muß die ganze Zeit beweisen, daß sie eine perfekte mohammedanische Ehefrau ist.«

Wir hielten an der Wache, übergaben den Streifenwagen den Typen von der Nachtschicht und schauten kurz bei Hajjar vorbei. Danach meldeten wir uns ab und gingen nach draußen. »Normalerweise laufe ich nach Hause, wenn es nicht gerade schüttet«, erklärte Shaknahyi.

»Wie weit ist es denn?« fragte ich. Es war ein angenehmer Abend, aber ich hatte keine Lust auf einen längeren Spaziergang.

»Etwa fünf Kilometer.«

»Vergiß es! Ich rufe uns ein Taxi.« Am Boulevard il-Jameel, in der Nähe des Osttores, warten immer eine Reihe von Taxis. Ich hielt nach meinem Freund Bill Ausschau, konnte ihn aber nirgends sehen. Wir stiegen in ein anderes Taxi, und Shaknahyi gab dem Fahrer seine Adresse.

Es war ein Wohnblock in Haffe al-Khala, *Rand der Wildnis,* einem Stadtteil im äußersten Süden der Stadt. Shaknahyi und seine Familie lebten so nahe an der Wüste, daß die Sanddünen bis an die Gebäude reichten. In den Straßen hier gab es keine Bäume und Blumen. Alles war kahl und ruhig und tot, einer der freudlosesten Orte, den ich je gesehen hatte.

Shaknahyi schien meine Gedanken zu erraten. »Das

ist alles, was ich mir leisten kann«, sagte er bitter. »Aber drinnen sieht's besser aus.«

Ich folgte ihm in den Flur und dann hinauf in seine Wohnung im zweiten Stock. Kaum hatte er die Tür aufgesperrt, hingen schon zwei Kinder an seinen Beinen. Shaknahyi beugte sich lachend zu ihnen hinunter und tätschelte sie am Kopf. »Meine Söhne«, stellte er sie mir stolz vor. »Das ist der kleine Jirji, er ist acht, und das ist Hâkim, er ist vier. Zarah ist sechs. Wahrscheinlich ist sie ihrer Mutter in der Küche im Weg.«

Ich kann nicht besonders gut mit Kindern umgehen. Sie mögen ja für andere das Glück auf Erden bedeuten, aber ich habe nie verstanden, für was sie sie haben. Trotzdem kann ich höflich sein, wenn es sein muß. »Deine Söhne sind hübsche Burschen«, sagte ich. »Sie machen dir Ehre.«

»Es ist, wie es Allah gefällt.« Shaknahyi strahlte wie ein leibhaftiger Leuchtturm.

Er befreite sich von dem kleinen Jirji und von Hâkim und ließ mich zu meinem Entsetzen mit ihnen allein, um in der Küche nach dem Rechten zu sehen. Ich hatte ja nichts gegen diese Kinder, aber meine Einstellung zur Kindererziehung ist etwas extrem. Ich finde, man sollte ein Baby nach seiner Geburt ein paar Tage um sich haben, bis der Neuigkeitseffekt weg ist. Dann sollte man sie am besten in einen großen Karton packen, zusammen mit den besten Büchern des westlichen und östlichen Kulturkreises, und samt der Schachtel vergraben, bis sie achtzehn sind.

Mir war nicht ganz wohl, als der kleine Jirji und Hâkim merkten, daß ich allein auf der Couch saß. Hâkim torkelte auf mich zu, ein großes rotes Spielzeug in der rechten Hand und ein anderes im Mund. »Was mache ich nur?« fluchte ich leise.

»Wie kommt ihr miteinander zurecht?« Shaknahyi kam zurück; ich war gerettet. Er setzte sich neben mich in einen alten, abgewetzten Sessel.

»Großartig«, sagte ich und betete zu Allah. Das sah ganz so aus, als würde es ein langer Abend werden.

Ein sehr hübsches, ernstes Mädchen brachte einen Teller mit *Hummus.* Shaknahyi nahm ihn ihr ab und küßte sie auf beide Wangen. »Das ist Zahra, meine kleine Prinzessin«, sagte er. »Zahra, das ist Onkel Marîd.«

Onkel Marîd! So etwas Absurdes hatte ich mein ganzes Leben noch nicht gehört.

Zahra sah hoch, wurde feuerrot und lief zurück in die Küche, während ihr Vater lachte. Ich wirke immer so auf Frauen.

Shaknahyi deutete auf den Teller *Hummus.* »Bitte«, forderte er mich auf, »bediene dich!«

»Möge Allah deinen Wohlstand mehren, Jirji«, sagte ich.

»Möge Gott dir ein langes Leben schenken. Ich hole uns etwas Tee.« Er stand auf und ging wieder in die Küche.

Mir wäre es lieber gewesen, er hätte weniger Wind gemacht. Das machte mich nervös und setzte mich wieder der Übermacht der Kinder aus. Ich brach etwas Brot ab und tauchte es in den *Hummus.* Dabei ließ ich den kleinen Jirji und Hâkim nicht aus den Augen. Sie schienen friedlich miteinander zu spielen und sich nicht um mich zu kümmern, aber so leicht wollte ich es ihnen nicht machen.

Shaknahyi war ein paar Minuten später zurück. »Ich denke, du kennst meine Frau«, sagte er. Ich sah auf. Da stand er mit Indihar. Er hatte sein verdammtes Grinsen auf, aber sie sah aus, als wäre sie am liebsten im Boden versunken.

Ich erhob mich verwirrt. »Indihar, wie geht es dir?« begrüßte ich sie. Ich kam mir wie ein Idiot vor. »Ich wußte gar nicht, daß du verheiratet bist.«

»Niemand soll es wissen«, sagte sie. Sie warf ihrem Ehemann einen Blick zu, dann wandte sie sich wieder mir zu.

»Es ist schon in Ordnung, Liebling«, versuchte Shaknahyi sie zu beruhigen. »Marîd wird es niemand verraten, stimmt's?«

»Marîd ist ein ...«, fing Indihar an, doch dann fiel ihr ein, daß ich ihr Gast war. Sie senkte bescheiden den Blick. »Du erweist unserer Familie mit deinem Besuch eine Ehre, Marîd«, sagte sie.

Ich wußte nicht, was ich sagen sollte. Das war ein Riesenschock: Indihar eine wunderschöne Budayin-Tänzerin tagsüber und nachts eine ergebene mohammedanische Ehefrau. »Bitte, macht euch wegen mir keine Sorgen«, brachte ich schließlich heraus.

Indihar warf mir noch mal einen Blick zu, bevor sie Zarah aus dem Zimmer schickte. Ich hatte keine Ahnung, was in ihr vorging.

»Möchtest du Tee?« fragte Shaknahyi. »Nimm dir noch *Hummus*.«

Hâkim wagte sich endlich an mich heran. Er packte mein Bein und beschäftigte sich ausgiebig mit meiner Hose.

Das würde schlimmer werden, als ich befürchtet hatte.

□□□□□□□□□□□□□□□□□□□□□□

9. Kapitel

Das war Shaknahyis kleines Notizbuch, das er immer in der Hosentasche stecken hatte. Zum erstenmal hatte ich es gesehen, als wir wegen dem Mord an Blanca ermittelten. Jetzt konnte ich den Blick nicht von dem blutverschmierten braunen Vinyleinband reißen und dachte über Shaknahyis codierte Einträge nach. Ich würde wohl herausfinden müssen, was sie bedeuteten.

Das war eine Woche nach meinem Besuch in Jirjis und Indihars Wohnung. Der Tag hatte schlecht angefangen, und es war nicht besser geworden. Ich machte die Augen auf, um Kmuzu neben dem Bett stehen zu sehen. Er hielt ein Tablett mit einem Orangensaft, Toast und Kaffee. Wahrscheinlich wartete er darauf, daß sich mein Aufwach-Daddy bemerkbar machte. Er sah so übel aus, daß mir der arme Kerl beinahe leid tat. »Guten Morgen, *yaa Sidi*«, flüsterte er.

Ich fühlte mich ebenfalls beschissen. »Wo sind meine Kleider?«

Kmuzu stöhnte. »Ich weiß es nicht, *yaa Sidi*. Ich weiß nicht, wo Ihr sie gestern abend hingelegt habt.«

Ich wußte es ebensowenig. Ab dem Moment, in dem ich letzte Nacht zur Tür reinkam, bis ich die Augen aufschlug, ist alles in Dunkelheit gehüllt. Ich kroch nackt aus dem Bett, mein Kopf drohte zu zerspringen, mir war speiübel. »Hilf mir, meine Jeans zu suchen. Das Pillenschächtelchen steckt in der Hosentasche.«

»Deshalb verbietet der Herr den Alkohol«, erwiderte Kmuzu. Er hatte die Augen geschlossen und hielt noch immer das Tablett, aber er hielt es gefährlich schief. In ein paar Sekunden würde mein Bett über und über mit Kaffee und Orangensaft bekleckert sein. Aber das war mir jetzt egal.

Meine Sachen lagen nicht unter dem Bett, wo ich logischerweise zu suchen anfing. Sie waren nicht im Schrank, und sie waren nicht im Ankleidezimmer oder im Bad. Ich suchte sie auf dem Tisch in der Eßecke und in der Kochnische. Kein Erfolg. Schließlich fand ich meine Schuhe und mein Hemd zu einem Knäuel zusammengerollt im Bücherregal. Zwischen den Taschenbüchern von Lufty Gad, einem palästinensischen Kriminalschriftsteller aus der ersten Hälfte des einundzwanzigsten Jahrhunderts. Die Jeans lag sauber zusammengelegt unter einem dicken Stapel Computerausdrucken auf meinem Schreibtisch.

Ich zog die Hose gar nicht an. Ich schnappte mir nur das Pillenschächtelchen und lief zurück ins Schlafzimmer. Ich hatte vor, ein paar Opiate, vielleicht ein Dutzend Sonnein, mit dem Orangensaft zu schlucken.

Zu spät. Kmuzu stand wie gelähmt vor dem klebrigen, süßlichen Chaos, das er angerichtet hatte. Er sah mich an. »Ich mache das sauber«, sagte er und kämpfte mit seiner Übelkeit. »Sofort.« Er sah drein, als rechne er damit, den angenehmen Job im Haupthaus zu verlieren und mit den ungebildeten Tölpeln auf die staubigen Felder geschickt zu werden.

»Mach dir jetzt da drüber keine Gedanken, Kmuzu. Gib mir nur die Tasse ...«

Es klirrte leise, als Kaffeetasse und Untertasse in die Schräglage gerieten und über den Tablettrand rutschten. Ich warf einen Blick auf das Bett. Wenigstens sah man jetzt die Orangensaftflecken nicht mehr.

»*Yaa Sidi ...*«

»Ich hätte gerne ein Glas Wasser, Kmuzu. Sofort.«

Es war eine furchtbare Nacht gewesen. Ich hatte die glänzende Idee gehabt, nach der Arbeit noch in den Budayin zu gehen. »Ich war schon lange nicht mehr aus«, hatte ich Kmuzu erklärt, als er mich an der Polizeiwache abholen wollte.

»Der Herr des Hauses ist erfreut, daß Ihr Euch auf Eure Arbeit konzentriert.«

»Mag schon sein. Aber das heißt noch lange nicht, daß ich nicht ab und zu meine Freunde sehen kann.« Ich erklärte ihm den Weg zu Jo-Mamas griechischem Club.

»Wenn Ihr dies tut, werdet Ihr erst spät in der Nacht nach Hause kommen, *yaa Sidi.*«

»Ich weiß, daß es spät werden wird. Wäre es Ihnen lieber, ich würde am Morgen losziehen?«

»Sie müssen morgen früh auf der Polizeiwache sein.«

»Da ist noch lange hin«, erklärte ich ihm.

»Der Herr des Hauses ...«

»Hier nach links, Kmuzu. *Jetzt!*« Ich stritt mich nicht mehr länger mit ihm rum. Ich lotste ihn durch das Gassenwirrwarr der Stadt. Wir stellten den Wagen am Boulevard ab und liefen zu Fuß durch das Tor in den Budayin.

Jo-Mamas Club war in der Dritten Straße, direkt an der Nordmauer des Viertels. Rocky, die Aushilfsbardame, runzelte die Stirn, als ich mich vorne an die Theke setzte. Sie war untersetzt und stämmig und hatte ungebärdiges schwarzes Haar. Sie schien nicht froh darüber, mich zu sehen. »Willste meine Lizenz sehen, Bulle?« fuhr sie mich an.

»Laß den Scheiß, Rocky! Ich möchte einen Gin und Bingara.« Ich drehte mich um zu Kmuzu, der noch immer hinter mir stand. »Setz dich!« forderte ich ihn auf.

»Wer ist'n das?« fragte Rocky. »Dein Sklave oder was?«

Ich nickte. »Gib ihm dasselbe!«

Kmuzu hob die Hand. »Bitte nur ein Club Soda.« Rokky sah mich an, und ich schüttelte leicht den Kopf.

Jo-Mama kam aus ihrem Büro und grinste mich an. »Marîd, wie geht's? Hast dich ja schon eine Ewigkeit nicht mehr blicken lassen.«

»Hatte zu tun.« Rocky stellte einen Drink vor mich hin und denselben vor Kmuzu.

Jo-Mama klopfte ihm auf die Schulter. »Mußt wissen, dein Boss hier traut sich was«, sagte sie bewundernd.

»Ich habe davon gehört«, antwortete Kmuzu.

»Haben wir das nicht alle?« mischte sich Rocky ein. Dabei verzog sie den Mund leicht.

Kmuzu nippte an seinem Gin mit Bingara und schnitt eine Grimasse. »Dieser Club Soda schmeckt merkwürdig.«

»Das ist der Limonensaft«, sagte ich rasch.

»Ja, ich habe etwas Limonensaft reingetan für dich«, sagte Rocky.

»Oh«, erwiderte Kmuzu und nippte noch einmal.

Jo-Mama schnaubte verächtlich. Sie ist die korpulenteste Frau, die ich kenne — groß, kräftig und meist freundlich. Ihre Stimme ist laut und schroff, und sie vergißt nie, wer ihr Geld schuldet und wer sie beschissen hat. Wenn sie lacht, sieht man das Bier aus den Gläsern spritzen. Und wenn sie wütend wird, macht man, daß man wegkommt und gar nichts sieht. »Deine Freunde sitzen an einem Tisch hinten«, sagte sie.

»Wer?«

»Mahmoud und der Halb-Hadschi und dieser dreckige Christ.«

»Das *waren* meine Freunde«, antwortete ich. Jo-Mama zuckte die Achseln. Ich nahm meinen Drink und ging weiter nach hinten. Kmuzu folgte mir in die Höhle.

Mahmoud, Jacques, Saied und Saieds halbwüchsiger amerikanischer Liebhaber, Abdul-Hassan, saßen an einem Tisch neben der Bühne. Zuerst bemerkten sie mich nicht, weil sie die Tänzerin bewunderten. Ich kannte sie nicht, aber sie war eindeutig ein Mädchen. Ich rückte zwei Stühle an ihren Tisch, und wir setzten uns dazu.

»Wie geht's, Marîd?« fragte der Halb-Hadschi.

»Schau mal, wer da kommt«, sagte Mahmoud. »Bist du da; um die Lizenz zu überprüfen?«

»Den Blödsinn habe ich schon von Rocky gehört«, gab ich zurück.

Das störte Mahmoud nicht im geringsten. Obwohl er als Mädchen schlank und rank und hübsch genug gewesen war, um hier in Jo-Mamas Club aufzutreten, hatte er nach der Geschlechtsumwandlung an Gewicht und Muskelmasse zugelegt. Ich wäre nur ungern gegen ihn angetreten, um zu klären, wer von uns nun stärker ist.

»Warum schauen wir diesem Weib zu?« fragte Saied. Abdul-Hassan hatte für das Mädchen auf der Bühne nur Verachtung übrig. Der Halb-Hadschi hatte ihm einiges beigebracht.

»Sie ist gar nicht schlecht«, entgegnete Jacques. So kamen wir in den Genuß seines militant konventionellen Standpunkts. »Sie ist doch hübsch, findet ihr nicht?«

Saied spuckte auf den Boden. »Die Debs in der Promenade sind hübscher.«

»Die Debs in der Promenade sind zurechtoperiert«, hielt Jacques dagegen. »Das Mädchen ist natürlich.«

»Kugelfischgift ist auch natürlich, wenn's dir darum geht«, wandte Mahmoud ein. »Ich sehe mir lieber jemanden an, der Zeit und Mühe darauf verwandt hat, um gut auszusehen.«

»Jemanden, der ein Vermögen für Körpermodifikationen ausgegeben hat, willst du sagen.« Jacques ließ nicht locker.

»Wie heißt sie?« fragte ich.

Sie ignorierten meine Frage. »Hast du schon gehört, Blanca ist tot«, sagte Jacques zu Mahmoud.

»Wahrscheinlich prügelten sie die Bullen bei einer Razzia tot«, antwortete Mahmoud mit einem Blick auf mich.

Allmählich hatte ich genug. Ich erhob mich. »Wenn das nicht ... reicht, bestell dir noch ein Club Soda«, sagte ich zu Kmuzu.

Saied stand auf und kam auf mich zu. »Marîd«, flüsterte er, »achte nicht auf sie. Sie wollen dich bloß reizen.«

»Und das klappt«, sagte ich.

»Es wird ihnen bald zu langweilig. Dann ist alles wieder so wie früher.«

Ich trank mein Glas aus. »Klar«, sagte ich. Saieds Naivität überraschte mich. Abdul-Hassan warf mir einen heißen Blick zu und klimperte mit seinen dichten Wimpern. Welches Geschlecht er wohl als Erwachsener wählen würde?

Jo-Mama war wieder in ihrem Büro verschwunden. Und Rocky machte sich nicht die Mühe, auf Wiedersehen zu sagen. Kmuzu schob mich aus der Bar. »Na«, sagte ich, »gefällt es dir?«

Er sah mich an, ohne ein Wort zu sagen. Er wirkte nicht gerade zufrieden.

»Wir gehen bei Chiri vorbei«, eröffnete ich ihm. »Wenn mich da jemand schief ansieht, kann ich ihn wenigstens hinauswerfen. Schließlich gehört der Club mir.« Das hörte sich gut an in meinen Ohren.

Wir gingen nach Süden und dann die Promenade hinauf. Kmuzu blickte ernst und mißbilligend drein. Er war nicht der ideale Saufkumpan, aber er war loyal. Ich wußte, er würde mich nicht im Stich lassen, wenn ihm irgendein heißes Mädchen über den Weg lief.

»Warum bist du nicht lockerer?« fragte ich ihn.

»Es ist nicht meine Aufgabe, locker zu sein.«

»Du bist ein Sklave. Dein Job ist es, das zu tun, was ich dir sage. Schalte einen Gang runter.«

Die Begrüßung im Club war nett. »Da kommt er, Mädels«, rief Chiri, »der Boss.« Diesmal klang es gar nicht verbittert. Drei Geschlechtsumwandlungen und zwei Debs waren da. Die richtigen Mädchen arbeiteten in der Tagschicht mit Indihar.

Es war großartig, ein Zuhause zu haben. »Wie läuft's, Chiri?« fragte ich.

Sie verzog das Gesicht. »Nichts los«, sagte sie. »Kein Geld.«

»Das sagst du immer.« Ich ging nach hinten und setzte mich auf meinen alten Platz am Ende der Theke, an die Ecke vor die Bühne. Dort hatte ich die gesamte Theke im Überblick und sah jeden, der den Club betrat. Kmuzu setzte sich neben mich.

Chiri schmiß einen Untersetzer in meine Richtung. Ich klopfte auf den Tisch, wo Kmuzu saß, und Chiri nickte. »Wer ist der verflucht gutaussehende Kerl?« wollte sie wissen.

»Er heißt Kmuzu«, sagte ich. »Ein sehr stilles Wasser.«

Chiri grinste. »Da läßt sich was machen. Woher kommst du, Schatz?«

Er antwortete in irgendeiner afrikanischen Sprache, aber weder Chiri noch ich verstanden ein Wort. »Ich bin Sidi Marîds Sklave«, sagte er.

Chiri war entgeistert, beinahe sprachlos. »Sklave? Verzeih mir, Süßer, aber mit sowas prahlt man nicht. Du kannst nicht so tun, als ob das eine *Leistung* wäre, verstehst du?«

Kmuzu schüttelte den Kopf. »Das ist eine lange Geschichte.«

»Das mag sein«, sagte Chiri und sah mich fragend an.

»Wenn es eine Geschichte gibt, hat sie mir niemand erzählt«, erklärte ich.

»Papa hat ihn dir einfach geschenkt, hm? So wie den Club?« Ich nickte. Chiri stellte einen Gin mit Bingara auf meinen und einen zweiten auf Kmuzus Untersetzer. »Wenn ich du wäre, würde ich ab jetzt meine Weihnachtsgeschenke mit äußerster Vorsicht auspacken.«

Yasmin beobachtete mich eine halbe Stunde lang, bevor sie kam und Hallo sagte. Und dann nur, weil die anderen zwei Umwandlungen mich abknutschten und sich an mich drückten, um sich ja gut mit dem neuen Eigentümer zu stellen. Es klappte auch. »Du hast es ganz schön weit gebracht, Marîd.«

Ich zuckte die Achseln. »Ich komme mir noch immer vor wie derselbe einfache *Noraf*.«

»Du weißt, daß das nicht stimmt.«

»Na ja, das verdanke ich alles dir. Du hast mich dazu gedrängt, mir das Gehirn verdrahten zu lassen, das zu tun, was Papa wollte.«

Yasmin blickte weg. »Ja, mag sein.« Darauf wandte sie sich mir wieder zu. »Hör mal, Marîd, es tut mir leid, falls ...«

Ich nahm ihre Hand. »Sag nie wieder, daß dir etwas leid tut, Yasmin. Das liegt lange hinter uns.«

Sie lächelte. »Danke, Marîd.« Anschließend beugte sie sich zu mir und küßte mich auf die Wange. Dann lief sie die Theke hinunter, wo zwei dunkelhäutige Matrosen Platz genommen hatten.

Der Rest der Nacht verrann rasch. Ich schüttete einen Drink nach dem anderen hinunter und achtete darauf, daß Kmuzu dasselbe tat. Er glaubte noch immer, daß er Club Soda mit einem Schuß merkwürdigem Zitronensaft trinkt.

Im Verlauf des Abends wurde ich allmählich betrunken. Kmuzu muß wirklich hilflos gewesen sein. Ich erinnere mich daran, daß Chiri die Bar um drei Uhr morgens schloß. Sie leerte die Registrierkasse, zählte das Geld und gab es mir. Ich gab ihr die Hälfte zurück, so wie wir es abgemacht hatten. Darauf zahlte ich Yasmin und die anderen vier aus. Mir blieb noch immer ein dickes Bündel Noten.

Ich bekam noch einen äußerst enthusiastischen Gutenacht-Kuß von einer Umwandlung namens Lily. Und jemand namens Rani steckte mir einen Zettel mit einem Commcode zu. Ich glaube, Rani steckte auch Kmuzu einen Zettel zu, um sicherzugehen.

Danach weiß ich wirklich nichts mehr. Ich weiß nicht, wie Kmuzu und ich nach Hause kamen, aber das Auto ließen wir stehen. Ich glaube, Chiri rief uns ein Taxi. Als nächstes weiß ich nur, daß ich in meinem Bett aufwachte und Kmuzu den Orangensaft und den heißen Kaffee verschüttete.

»Wo bleibt das Wasser?« rief ich. Ich stolperte in der Suite umher, die Sunnys in der einen und die Schuhe in der anderen Hand.

»Hier, *yaa Sidi.*«

Ich nahm das Glas und schluckte die Tabletten. »Da sind noch ein paar für dich«, sagte ich.

Er sah mich entsetzt an. »Ich kann doch nicht ...«

»Die sind nicht zum Vergnügen, die sind *Medizin!*« Kmuzu überwand seine Aversion gegen Drogen und nahm eine Sonnein-Tablette.

Ich war noch weit davon entfernt, nüchtern zu sein, und die Sonnys halfen mir nicht recht weiter. Ich hatte zwar keine Schmerzen mehr, aber ich war noch immer trandösig. Ich zog mich rasch an, ohne recht darauf zu achten, was ich mir da überstreifte. Kmuzu bot mir nochmals ein Frühstück an, aber schon die Vorstellung drehte mir den Magen um. Zumindest diesmal drängte mich Kmuzu nicht zum Essen. Wahrscheinlich war er froh, nichts zubereiten zu müssen.

Verschlafen stolperten wir nach unten. Ich rief ein Taxi, und Kmuzu fuhr mit, um das Auto abzuholen. Im Taxi lehnte ich mich zurück, schloß die Augen und lauschte auf die merkwürdigen Geräusche in meinem Kopf. In meinen Ohren dröhnte es wie im Maschinenraum eines alten Schleppdampfers.

»Möge Euer Tag gesegnet sein«, sagte Kmuzu, als wir an der Polizeiwache ankamen.

»Du meinst, möge Allah es mir gewähren, den Mittag zu erleben«, antwortete ich. Ich stieg aus und kämpfte mich münzenwerfend durch meine jungen Fans.

Sergeant Catavina musterte mich feindselig, als ich mein Büroabteil betrat. »Sie sehen ja nicht gut aus«, begrüßte er mich.

»Ich fühle mich auch nicht gut.«

Catavina schnalzte mit der Zunge. »Wissen Sie, was ich mache, wenn ich einen kleinen Kater habe?«

»Sie kommen nicht in die Arbeit«, sagte ich und ließ

mich in den Plastikstuhl plumpsen. Mir war nicht nach einer Plauderei mit ihm zumute.

»Auch das funktioniert immer.« Er drehte sich um und verließ mein Büroabteil. Er schien mich nicht ausstehen zu können, und mir schien das nichts auszumachen.

Fünfzehn Minuten später kam Shaknahyi vorbei. Ich starrte noch immer auf mein Terminal, unfähig, mich mit dem Papierkram zu beschäftigen, der sich auf meinem Schreibtisch türmte. »Wie geht's?« erkundigte er sich. Er wartete nicht ab, bis ich antwortete. »Hajjar möchte, daß wir sofort zu ihm kommen.«

»Ich habe etwas anderes zu erledigen.«

»Ich sag's ihm. So, jetzt komm! Beweg deinen Hintern!«

Widerwillig folgte ich ihm den Gang entlang in Hajjars kleines Büro hinter den Glasscheiben. Wir standen vor seinem Schreibtisch, während er mit Papierschnipseln spielte. Ein paar Sekunden später blickte er hoch und musterte uns. Er gab sich große Mühe. Offensichtlich hatte er uns etwas Schwieriges zu sagen und wollte uns zu verstehen geben, daß es für ihn härter wäre als für uns. »Es fällt mir wirklich nicht leicht«, fing er an. Er sah tatsächlich mitgenommen aus.

»Dann lassen Sie es bleiben, Kommissar«, sagte ich. »Komm, Jirji, lassen wir ihn alleine.«

»Seien Sie ruhig, Audran«, sagte Hajjar. »Reda Abu Adil hat sich offiziell beschwert. Ich dachte, ich hätte klar gemacht, daß ihr ihn in Ruhe lassen sollt.« Wir hatten zwar Abu Adil keinen Besuch mehr abgestattet, aber wir hatten mit so vielen seiner miesen Untergebenen gesprochen, wie wir erwischen konnten.

»Okay«, antwortete Shaknahyi, »wir lassen ihn in Ruhe.«

»Die Ermittlung ist abgeschlossen. Wir haben alles an Informationen, was wir benötigen.«

»Okay«, wiederholte Shaknahyi.

»Versteht ihr beiden das? Laßt Abu Adil ab jetzt in Ruhe. Wir haben nichts gegen ihn in der Hand. Es besteht nicht der geringste Verdacht gegen ihn.«

»In Ordnung«, sagte Shaknahyi.

Hajjar sah mich an. »Alles klar«, erklärte ich.

Hajjar nickte. »Okay, dann habe ich noch etwas, das ihr überprüfen sollt.« Er reichte Shaknahyi ein blaues Blatt Papier.

Shaknahyi warf einen Blick darauf. »Das ist ja direkt nebenan.«

»Mhm«, stimmte Hajjar zu. »Es gingen einige Beschwerden aus der Nachbarschaft ein. Scheint so ein Babyhändler zu sein. Aber einer von der üblen Sorte. Wenn dieser On Cheung da ist, legt ihr ihm Handschellen an und bringt ihn hierher. Um Beweismaterial braucht ihr euch keine Sorgen zu machen. Wenn ihr nichts findet, kümmern wir uns später drum. Wenn er nicht da ist, durchsucht ihr den Laden und bringt mit, was euch unterkommt.«

»Weshalb sollen wir ihn verhaften?« fragte ich.

»Ihr braucht ihm gar nichts zu sagen. Das erfährt er früh genug bei der Verhandlung.«

Ich warf Shaknahyi einen Blick zu. Er zuckte die Achseln. So arbeitete die Polizei hier vor ein paar Jahren. Kommissar Hajjar hatte anscheinend Sehnsucht nach der guten alten Zeit bekommen.

Shaknahyi und ich verließen Hajjars Büro und liefen zum Aufzug. Er stopfte den blauen Zettel in die Tasche. »Das dauert nicht lange«, sagte er. »Dann gehen wir essen.« Bei dem Gedanken an Essen wurde mir schlecht. Ich merkte, daß ich höchstens halb wiederhergestellt war. Ich betete zu Allah, daß mein Zustand uns auf der Straße nicht in Schwierigkeiten brachte.

Wir fuhren etwa sechs Straßen weiter in eine Gegend mit alten, heruntergekommenen Mietskasernen aus rotem Backstein. Auf der Straße spielten Kinder Ball, wobei sie sich mit Gebrüll aufeinander stürzten. Als ich aus dem Polizeiauto ausstieg, rannten sie auf mich zu und riefen »*Yaa Sidi! Yaa Sidi!*« Ein paar von ihnen kannte ich. Sie gehörten zu der Gang, die morgens vor der Wache rumzulungern pflegte.

»Du wirst noch eine Berühmtheit in der Gegend«, amüsierte sich Shaknahyi.

Vor den Häusern saßen auf alten Küchenstühlen Männer, tranken Tee, unterhielten sich und sahen zu, was auf der Straße passierte. Sobald wir auftauchten, erstarb ihr Gespräch. Sie folgten uns mit zusammengekniffenen, haßerfüllten Augen. Ich konnte ihr leises Fluchen hören, als wir vorbeigingen.

Shaknahyi sah auf dem blauen Zettel nach und verglich die Adresse mit der Nummer eines der Häuser. »Das ist es«, sagte er. Im Erdgeschoß befand sich ein dunkler Laden, dessen Schaufenster von innen mit plattgedrückten Kartons verstellt war.

»Macht einen verlassenen Eindruck«, sagte ich.

Shaknahyi nickte und ging zurück zu den Männern, die uns noch immer nicht aus den Augen ließen. »Weiß hier jemand was über einen gewissen On Cheung?«

Die Männer sahen einander an, doch keiner sagte etwas.

»Der Schweinehund handelt mit Kindern, hat ihn jemand gesehen?«

Ich hätte nicht geglaubt, daß einer dieser unrasierten, hungrig aussehenden Männer uns helfen würde, aber schließlich stand einer von ihnen auf. »Ich spreche mit euch«, sagte er. Die anderen gifteten ihn an und spuckten vor ihm auf den Boden, als er Shaknahyi und mir folgte.

»Was weißt du über ihn?« fragte Shaknahyi.

»Dieser On Cheung tauchte vor ein paar Monaten auf«, antwortete der Mann. Er blickte sich nervös um. »Jeden Tag kommen Frauen hierher in den Laden. Sie bringen Kinder, gehen hinein. Dann kommen sie wieder heraus. Es dauert nicht lange. Aber ohne die Kinder.«

»Was macht er mit den Kindern?« fragte ich.

»Er bricht ihnen die Beine. Er schneidet ihnen die Hände ab oder reißt ihnen die Zunge aus, damit sie den Leuten leidtun, wenn sie betteln. Denn dazu verkauft er sie. Die älteren Mädchen verkauft er manchmal an Zuhälter.«

»On Cheung wäre bei Sonnenuntergang tot, wenn das Friedlander Bei erfahren würde«, sagte ich.

Shaknahyi sah mich an, als wäre ich ein Narr. Er wandte sich wieder unserem Informanten zu. »Wieviel zahlt er für ein Kind?«

»Keine Ahnung. Dreihundert, vielleicht vierhundert Kiam. Für Jungen mehr als für Mädchen. Manchmal kommen schwangere Frauen aus anderen Vierteln hierher. Die bleiben eine Woche oder einen Monat. Dann gehen sie nach Hause und erzählen ihrer Familie, daß das Baby gestorben ist.« Er zuckte die Achseln.

Shaknahyi versuchte, die Ladentür zu öffnen. Er rüttelte an ihr, aber sie ging nicht auf. Er zog seine Nadelpistole und schlug eine Glasscheibe über dem Schloß ein, faßte hinein und machte die Tür von innen auf. Ich folgte ihm in den dunklen, muffigen Laden.

Überall lag Müll, der Boden war bedeckt mit zerbrochenen Flaschen, Styroportellern, zerfledderten Zeitungen und Plastikhüllen. Ein strenger Geruch nach Desinfektionsmittel lag in der Luft. Das einzige Möbelstück war ein wackliger Tisch, der gegen die Wand gerückt war, eine Glühlampe hing von der Decke, in einer Ecke stand ein stumpf gewordenes Porzellanbecken mit einem Wasserhahn, der ständig tropfte. Offensichtlich hatte On Cheung einen Tip erhalten, daß sich die Polizei für ihn interessierte. Wir gingen in dem Zimmer herum, unter unseren Füßen knirschte Glas und Plastik. Sonst konnten wir nichts tun.

»Als Polizist verbringst du viel Zeit damit, frustriert zu sein«, sagte Shaknahyi.

Wir gingen wieder hinaus. Die Männer auf den Küchenstühlen schrien auf unseren Informanten ein. Keiner von ihnen hatte was mit On Cheung am Hut, aber ihr Freund hatte irgendeins von diesen gottverdammten ungeschriebenen Gesetzen verletzt. Dafür mußte er bluten.

Wir mischten uns nicht ein. Die ganze Sache ekelte mich an. Ich war froh, daß ich keinen Beweis für die Machenschaften On Cheungs gesehen hatte. »Was machen wir jetzt?« fragte ich.

»Wegen On Cheung? Wir schreiben einen Bericht. Vielleicht ist er in einen anderen Stadtteil gezogen, vielleicht hat er die Stadt verlassen. Vielleicht erwischt ihn mal einer und schneidet ihm die Arme und Beine ab. Dann kann er sich an die Straßenecke setzen und betteln. Mal sehen, wie ihm das gefällt.«

Eine Frau in einem langen schwarzen Mantel und einem grauen Schal kam über die Straße. Sie trug ein kleines Baby bei sich, das sie in eine rot-weiß-karierte *Keffiya* gewickelt hatte. »*Yaa Sidi?*« sprach sie mich an. Shaknahyi zog die Augenbrauen in die Höhe und ging weiter.

»Kann ich dir helfen, o meine Schwester?« fragte ich. Es war sehr ungewöhnlich für eine Frau, auf der Straße einen fremden Mann anzusprechen. Natürlich war ich für sie bloß ein Bulle.

»Die Kinder haben mir erzählt, daß Ihr ein gütiger Mann seid«, sagte sie. »Mein Vermieter verlangt mehr Geld, weil ich wieder ein Kind bekommen habe. Er sagt ...«

Ich seufzte. »Wieviel brauchst du?«

»Zweihundertfünfzig Kiam, *yaa Sidi.*«

Ich gab ihr fünfhundert von Chiris Einnahmen vom vorhergehenden Abend. Es war noch genug übrig.

»Es ist wahr, was man über Euch sagt, o Erhabener!« schluchzte sie.

»Du bringst mich in Verlegenheit. Zahl deine Miete und kaufe vom Rest etwas zum Essen für dich und deine Kinder.«

»Möge Allah Eure Kraft mehren, *yaa Sidi!*«

»Möge sein Segen auf dir ruhen, meine Schwester.«

Sie lief zurück über die Straße in ihr Haus. »Gibt dir ein warmes Gefühl, hm?« sagte Shaknahyi. Ich war mir nicht sicher, ob er sich über mich lustig machte.

»Ich bin froh, wenn ich etwas helfen kann«, sagte ich.

»Der Robin Hood der Slums.«

»Es gibt schlimmere Namen.«

»Wenn Indihar diese Seite von dir kennen würde, würde sie vielleicht keinen solchen Haß auf dich schieben.« Ich sah ihn mit weit aufgerissenen Augen an, aber er lachte nur.

Kaum saßen wir im Streifenwagen, meldete sich die Synthesizerstimme des Computers. »Dienstmarke 374, bitte sofort melden. Der entlaufene Mörder Paul Jawarski wurde in Melouls Restaurant in der Nûr-ad-Din-Straße eindeutig identifiziert. Er ist bewaffnet und zu allem entschlossen. Weitere Einheiten sind unterwegs.«

»Wir kümmern uns darum«, sagte Shaknahyi. Die Synthesizerstimme verstummte.

»Melouls Restaurant, da haben wir doch damals gegessen, oder?« fragte ich.

Shaknahyi nickte. »Wir versuchen, den Kerl da rauszuholen, bevor er aus Melouls Couscous-Topf ein Sieb macht.«

»Ein Sieb?« fragte ich.

Shaknahyi sah mich an und grinste. »Er steht auf altmodische Feuerwaffen. Er trägt eine 45er Automatik. Damit schießt er ein Loch in dich, durch das du eine Lammkeule werfen kannst.«

»Du kennst diesen Jawarski?«

Shaknahyi bog in die Nûr-ad-Din-Straße. »Wir Streifenbullen laufen seit Wochen mit seinem Foto rum. Behauptet, er habe sechsundzwanzig Leute umgelegt. Er ist der Boss der Flachkopfbande. Auf ihn sind zehntausend Kiam ausgesetzt.«

Offenkundig hätte ich darüber Bescheid wissen sollen. »Dir scheint das aber nicht viel auszumachen«, sagte ich.

Shaknahyi hob eine Hand. »Ich habe keine Ahnung, ob an dem Hinweis was dran ist, oder ob das nur wieder eine Falschmeldung ist. In der Gegend hier halten sich richtige und falsche Tips die Waage.«

Wir kamen als erste bei Melouls Restaurant an. Shaknahyi öffnete die Tür und stieg aus. Ich tat es ihm nach. »Was soll ich machen?« fragte ich ihn.

»Halte mir die Schaulustigen vom Leib. Falls ...«

Im Restaurant wurde geschossen. Diese Projektilwaffen machten einen ziemlichen Krach. Im Gegensatz zu dem lausigen Zischen und Sirren unserer Schockpistolen und großkalibrigen Kanonen. Ich ließ mich auf den Bürgersteig fallen und versuchte, meine Schockpistole aus der Tasche zu ziehen. Weitere Schüsse fielen, und ganz in der Nähe splitterte Glas. Wahrscheinlich die Windschutzscheibe.

Shaknahyi hatte sich ein wenig nach hinten verzogen, außer Reichweite des Feuers. Er zog seine Waffe.

»Jirji«, rief ich.

Er gab mir ein Zeichen, den Hintereingang zu übernehmen. Ich stand auf und machte ein paar Schritte, da hörte ich Jawarski aus dem Vordereingang kommen. Ich drehte mich um und sah, daß Shaknahyi ihm in die Nûr-ad-Din-Straße folgte und seine Nadelpistole auf ihn feuerte. Shaknahyi schoß viermal, dann drehte sich Jawarski um. Da standen die beiden nun vor mir, und alles, was ich denken konnte, war, wie groß und schwarz die Mündung von Jawarskis Kanone war. Sie schien direkt auf mein Herz zu zielen. Er feuerte ein paarmal, und das Blut gefror mir in den Adern, bis ich merkte, daß ich nicht getroffen worden war.

Jawarski lief ein paar Häuser weiter in einen Hof, Shaknahyi ihm nach. Der Flüchtige hatte wohl erkannt, daß er hier nicht zur nächsten Straße durchkam. Deshalb versuchte er, an Shaknahyi vorbeizukommen. Ich kam in dem Moment an, als sich die beiden in Holowesternmanier gegenüber standen. Jawarski leerte sein Magazin, machte kehrt und lief zu der Rückseite eines einstöckigen Hauses.

Wir verfolgten ihn durch den Hof. Shaknahyi lief die Treppe hinten hoch, stieß eine Tür auf und betrat das Haus. Mir blieb nichts anderes übrig, als es ihm gleichzutun. Ich öffnete die Hintertür und sah, wie Shaknahyi gerade seine Nadelpistole nachlud. Er lehnte an der Wand und schien den großen schwarzen Fleck gar nicht zu bemerken, der sich über seinem Hemd ausbreitete.

»Jirji, er hat dich getroffen«, sagte ich. Mein Mund war trocken, und mein Herz pochte.

»Ja.« Er atmete tief durch. »Komm schon!«

Mit langsamen Schritten bewegte er sich durch das Haus. Er ging durch die Vordertür und hielt draußen auf der Straße ein Auto an. »Zu weit, um einen Streifenwagen zu holen«, stieß er, nach Atem ringend, hervor. Er stieg in das Auto und sagte zum Fahrer: »Ich wurde angeschossen.«

Ich stieg neben ihm ein. »Fahren Sie uns ins Krankenhaus«, wies ich den mausgrauen, schmächtigen Mann hinter dem Lenkrad an.

Shaknahyi fluchte. »Vergiß es. Fahr ihm nach!« Er deutete auf Jawarski, der gerade von dem Haus, in dem er sich versteckt hatte, zum nächsten lief.

Jawarski sah uns und schoß auf uns. Die Kugel durchschlug das Autofenster, aber der glatzköpfige Fahrer ließ sich nicht beirren. Wir sahen, wie Jawarski von einem Haus zum nächsten flitzte. Zwischendurch feuerte er auf uns. Fünfmal noch traf er.

Schließlich erreichte er das letzte Haus in der Straße. Er rannte die Treppe hoch. Shaknahyi zielte und schoß. Jawarski stolperte in das Haus. »Komm!« keuchte Shaknahyi. »Ich glaube, ich habe ihn erwischt.« Er öffnete die Autotür und fiel auf die Straße. Ich sprang raus und half ihm auf die Beine. »Wo bleiben sie?« flüsterte er.

Ich sah mich um. Ein halbes Dutzend Polizisten in Uniform sausten die Treppe zu Jawarskis Versteck hinauf. Drei weitere Streifenwagen rasten die Straße herauf. »Sie sind direkt vor deinen Augen, Jirji«, sagte ich. Seine Haut begann sich plötzlich zu verfärben und nahm ein scheußliches Grau an.

Er lehnte sich gegen das kaputtgeschossene Auto und rang nach Atem. »Tut verdammt weh«, flüsterte er.

»Nur ruhig, Jirji. Wir bringen dich ins Krankenhaus.«

»Das war kein Zufall, der Anruf wegen On Cheung und anschließend die Sache mit Jawarski.«

»Was meinst du?«

Er hatte starke Schmerzen, aber er stieg nicht ins Auto. »Die Phönixdatei«, stieß er hervor. Er sah mir tief in die Augen, als ob er diese Information direkt in mein Hirn brennen könnte. »Hajjar hat etwas über die Phönixdatei ausgeplaudert. Habe seither alles notiert. Gefällt ihnen nicht. Paß auf, wer die Hand auf meine Sachen legt, Audran. Aber stell dich dumm, sonst geht's *dir auch* an die Knochen.«

»Was, zum Teufel, ist die Phönixdatei, Jirji?« Ich war halb verrückt vor Angst.

»Nimm das!« Er zog das Notizbuch mit dem braunen Vinyleinband aus der Tasche und gab es mir. Dann fielen ihm die Augen zu, und er sackte nach hinten über die Kühlerhaube. Ich warf dem Fahrer einen Blick zu. »Fahren Sie ihn schleunigst ins Krankenhaus!«

Der glatzköpfige Knirps starrte mich an. Dann blickte er auf Jirji. »Wäre es Ihnen möglich, darauf zu achten, daß kein Blut an die Sitze kommt?« fragte er.

Ich packte das kleine Arschloch am Hemdkragen, drückte ihn mit der Nase aufs Armaturenbrett und warf ihn aus seinem eigenen Wagen. Darauf hob ich Shaknahyi auf den Beifahrersitz und fuhr so schnell ins Krankenhaus, wie ich noch nie gefahren war.

Es änderte nichts. Es war zu spät.

10. Kapitel

Ein Vers Khayyám Rubâiyyats ging mir nicht aus dem Sinn. Etwas über Reue:

> Reue gelobte ich schon oft zuvor —
> Doch war ich bei Sinnen, wenn ich schwor?
> Der Vorsatz stets in Brüche geht
> Die Reue mir der Wind verweht.

»Chiri, bitte«, ich hielt ihr mein leeres Glas hin. Der Club war beinahe leer. Es war spät, und ich war sehr müde. Ich schloß die Augen und hörte der Musik zu. Kandy legte stets denselben kreischenden, dröhnenden Hispo-Rock auf, wenn sie tanzte. Es ging mir auf die Nerven, stets dieselben Songs zu hören.

»Warum gehst du nicht nach Hause?« fragte mich Chiri. »Ich kann auch alleine nach dem Rechten sehen. Was ist los, traust du mir mit dem Geld nicht?«

Ich machte die Augen auf. Sie hatte einen frischen Wodka Gimlet vor mich hingestellt. Eine abgrundtiefe Melancholie hatte mich erfaßt. Die Sorte, bei der Alkohol nichts ausrichtet. Man kann die ganze Nacht durchsaufen und hat noch immer keinen sitzen. Das Ganze führt nur zu einem ruinierten Magen und Schädelbrummen, aber der Kummer bleibt. »'s ist in Ordnung«, brummte ich. »Muß bleiben. Du kannst aber ruhig gehen und zusperren. Seit mindestens einer Stunde ist niemand mehr gekommen.«

»Wie du meinst, Boss.« Chiri musterte mich besorgt. Ich hatte ihr noch nicht von Shaknahyi erzählt. Ich hatte noch niemandem davon erzählt.

»Chiri, kennst du jemanden, der verschwiegen genug ist, um einem bei einer nicht ganz sauberen Sache zur Hand zu gehen?«

So etwas schockierte Chiri nicht. Das war mit ein Grund, warum ich Chiri gut leiden mochte. »Kannst du als Bulle so jemand nicht auftreiben? Hat Papa nicht genug Schläger im Stall?«

Ich schüttelte den Kopf. »Jemand mit Köpfchen, der weiß, was er tut. Der nicht zuviel Staub aufwirbelt.«

Chiri grinste. »Jemand wie du, bevor du das große Los gezogen hast. Wie wär's mit Morgan? Auf ihn kann man sich verlassen, und wahrscheinlich verrät er dich nicht gleich an den Erstbesten.«

»Ich weiß nicht.« Morgan war ein großer blonder Kerl, ein Amerikaner aus der Neuenglischen Föderation. Wir verkehrten nicht in den gleichen Kreisen, aber wenn Chiri ihn empfahl, war er wohl in Ordnung.

»Um was geht es?« fragte sie.

Ich rieb mir die Wange. Im Spiegel sah ich, daß mein roter Bart schon von grauen Haaren durchsetzt war. »Ich will, daß er jemand für mich aufspürt. Einen anderen Amerikaner.«

»Ach ja? Wie gemacht für Morgan.«

»Mhm«, knurrte ich. »Wenn sie sich gegenseitig wegputzen, wird niemand sie vermissen. Kannst du ihn heute abend noch erreichen?«

Sie sah mich fragend an. »Es ist zwei Uhr morgens.«

»Sag ihm, es sind hundert Kiam für ihn drin. Nur wenn er auftaucht und mit mir darüber spricht.«

»Er kommt«, sagte Chiri. Sie fischte ein Adreßbuch aus ihrer Handtasche und griff nach dem Telefon.

Ich schüttete den halben Wodka Gimlet hinunter und starrte auf die Tür. Jetzt wartete ich auf zwei Menschen.

»Zahlst du uns jetzt aus?« fragte Chiri kurz darauf.

Ich hatte den Blick nicht von der Tür gewandt, und dabei war mir völlig entgangen, daß die Musik aus war und die fünf Tänzerinnen sich angezogen hatten. Ich schüttelte den Kopf, um wieder etwas klarer zu werden, aber es brachte nicht viel. »Wie war's heute abend?« erkundigte ich mich.

»Wie immer«, antwortete Chiri. »Lausig.«

Ich teilte den Gewinn mit ihr und begann, die Tänzerinnen auszuzahlen. Chiri hatte aufgelistet, auf wie viele Drinks jedes Mädchen eingeladen worden war. Ich rechnete die Kommission aus und zählte sie zum Lohn dazu. »Und morgen braucht keine zu spät kommen«, erklärte ich.

»Ja, in Ordnung«, sagte Kandy, schnappte ihr Geld und verschwand durch die Tür. Lily, Rani und Jamila taten es ihr gleich.

»Ist alles in Ordnung mit dir, Marîd?« fragte Yasmin.

Ich warf ihr einen dankbaren Blick zu. »Mir geht's gut«, sagte ich. »Ich erzähle es dir ein andermal.«

»Gehen wir zusammen frühstücken?«

Das wäre wundervoll gewesen. Ich war seit Monaten nicht mehr mit Yasmin aus gewesen. Ich merkte, daß es sehr lange her war, daß ich überhaupt mit jemand aus war. Doch heute nacht hatte ich etwas anderes vor. »Verschieben wir das« antwortete ich. »Vielleicht morgen.«

»Klar, Marîd.« Sie drehte sich um und ging.

»Da *ist* was faul, hm?« sagte Chiri.

Ich schüttelte den Kopf. »Geh ruhig nach Hause, Chiri.«

»Und du willst einfach hier im Dunklen sitzen bleiben, so ganz allein?«

Ich winkte ab. Chiri zuckte die Achseln und ließ mich allein. Ich trank den Wodka Gimlet aus, ging hinter die Theke und mixte mir einen neuen. Etwa zwanzig Minuten später betrat der blonde Amerikaner die Bar. Er nickte mir zu und sagte etwas auf Englisch.

Ich schüttelte nur den Kopf. Ich legte meine Aktentasche auf die Theke, öffnete sie, holte einen Englisch-Daddy heraus und steckte ihn mir rein. Einen Augenblick später klinkte sich der Daddy ein, und es war, als hätte ich schon immer Englisch gesprochen. »Es tut mir leid, daß ich Sie so spät rausgeholt habe, Morgan.«

Er fuhr sich mit seiner Pranke durch das lange blonde Haar. »Hey Mann, was ist los?«

»Möchten Sie etwas zu trinken?«

»Sie können mir ein Bier zapfen, wenn's umsonst ist.«

»Bedienen Sie sich.«

Er beugte sich über die Theke und hielt ein sauberes Glas unter einen der Zapfhähne. »Chiri hat was von hundert Kiam gesagt, Mann.«

Ich holte das Geld raus. Beim Anblick des Notenbündels war ich entsetzt. Ich würde öfters zur Bank gehen müssen, oder Kmuzu mußte rund um die Uhr den Bodyguard spielen. Ich zählte fünf Zwanzig-Kiam-Scheine ab und schob sie Morgan rüber.

Er wischte sich mit dem Handrücken über den Mund und steckte das Geld ein. »Und jetzt kann ich wieder gehen, oder?« sagte er.

»Klar«, antwortete ich. »Außer Sie wollen erfahren, wie Sie sich noch tausend verdienen können.«

Er rückte seine Nickelbrille zurecht und grinste. Mir war nicht klar, ob er die Brille brauchte oder aus Affektiertheit trug. Falls er schlechte Augen hatte, hätte er sie sich billig operieren lassen können. »Das ist sowieso interessanter als der Kram, mit dem ich mich sonst beschäftige.«

»Gut. Ich möchte, daß Sie jemand finden.« Ich erzählte ihm alles über Paul Jawarski.

Als ich die Flachkopfbande erwähnte, nickte Morgan. »Das ist der Kerl, der den Bullen heute erschoß?« fragte er.

»Er entkam.«

»He Mann, früher oder später kriegen sie ihn, darauf können Sie wetten.«

Ich ließ mir nichts anmerken. »Ich möchte nichts von

früher oder später hören, okay? Ich möchte wissen, wo er sich aufhält, und ich möchte ihm ein paar Fragen stellen, bevor die Bullen ihn kriegen. Er hat sich irgendwo verkrochen, wahrscheinlich hat er eine Ladung mit der Nadelpistole abgekriegt.«

»Sie zahlen tausend Kiam, nur um mit dem Kerl quatschen zu können?«

Ich drückte den letzten Rest Zitronensaft in meinen Gimlet und nippte daran. »Mhm.«

»Sie möchten nicht, daß ich ihn zuvor etwas bearbeite?«

»Finden Sie ihn, bevor Hajjar ihn findet.«

»Aha, allmählich verstehe ich Sie, Mann. Sobald der Kommissar Jawarski zwischen die Finger kriegt, wird der Kerl nicht mehr in der Lage sein, Fragen zu beantworten.«

»Stimmt, und genau das soll nicht passieren.«

»Genau. Wieviel zahlen Sie mir im voraus?«

»Fünf jetzt, fünf später.« Ich blätterte ihm fünfhundert Kiam hin. »Morgen erfahre ich es?«

Er legte seine Pranke auf das Geld und grinste wie ein Raubtier. »Legen Sie sich hin und schlafen Sie etwas, Mann. Ich wecke Sie mit Jawarskis Adresse und seinem Commcode.«

Ich stand auf. »Trinken Sie aus, und dann verschwinden wir. Dieser Club macht mich völlig fertig.«

Morgan blickte sich in der dunklen Bar um. »Ist nicht dasselbe ohne die Mädchen und das Licht von den verspiegelten Kugeln, hm?« Er trank sein Bier auf einen Schluck aus und stellte das Glas auf die Theke.

Ich folgte ihm zum Vordereingang. »Suchen Sie Jawarski«, sagte ich.

»Das mache ich, Mann.« Er hob die Hand und ging die Promenade hinauf. Ich ging wieder hinein und setzte mich auf meinen Platz. Für mich war die Nacht noch nicht vorbei.

Ich trank noch ein paar Gimlets, bevor Indihar auftauchte. Ich wußte, daß sie kommen würde. Ich hatte auf sie gewartet.

Sie hatte einen unförmigen blauen Mantel übergeworfen und ihr Haar mit einem braun und golden gemusterten Schal bedeckt. Sie sah blaß und mitgenommen aus, ihr Mund war wie ein Strich. Doch ihre Augen waren nicht gerötet; sie hatte nicht geweint. Ich konnte mir nicht vorstellen, daß Indihar weint. »Ich möchte mit dir sprechen«, sagte sie ruhig und kontrolliert.

»Deshalb sitze ich hier«, entgegnete ich.

Sie drehte sich weg und starrte auf ihr Spiegelbild an der verspiegelten Wand hinter der Bühne. »Sergeant Catavina sagte, du warst heute morgen nicht in der besten Verfassung. Stimmt das?« Sie sah mich wieder an. Ihr Gesicht war absolut leer.

»Was? Daß ich mich nicht gut fühlte?«

»Daß du auf Drogen warst oder einen Kater hattest, als du mit meinem Mann auf Streife gingst.«

Ich seufzte. »Als ich an der Wache ankam, hatte ich einen Kater. Aber der legte mich nicht lahm.«

Sie ballte die Hände. Ich konnte deutlich sehen, wie sich ihre Kiefermuskulatur anspannte. »Glaubst du, daß du deshalb langsamer reagiert hast?«

»Nein, Indihar. Ich glaube nicht, daß sich das überhaupt auswirkte. Willst du mir die Schuld an der Sache geben? Geht es darum?«

Sie drehte langsam den Kopf und schaute mir direkt in die Augen. »Ja, ich will dir die Schuld daran geben. Du warst zu langsam. Du hast ihm keine Deckung gegeben. Wenn du für ihn da gewesen wärst, wäre mein Mann nicht tot.«

»Das kannst du nicht sagen, Indihar.« Ich hatte ein flaues Gefühl im Magen, denn ich hatte mich den ganzen Tag mit derselben Frage rumgeschlagen. Das Schuldgefühl tauchte auf, als ich Shaknahyi auf der Bahre im Krankenhaus liegen sah, ein blutverschmiertes Tuch über dem Gesicht.

»Mein Mann wäre noch am Leben, und meine Kinder hätten noch einen Vater. Jetzt haben sie keinen mehr, weißt du. Ich habe es ihnen noch nicht gesagt. Ich weiß nicht, *wie* ich es ihnen sagen soll. Ich weiß nicht, wie ich es mir selbst beibringen soll, wenn du die Wahrheit wissen willst. Vielleicht kapiere ich morgen, daß Jirji tot ist. Dann muß ich irgendwie den Tag ohne ihn hinter mich bringen, dann die Woche und den Rest meines Lebens.«

Mir wurde plötzlich übel, und ich schloß die Augen. Es war, als sei ich gar nicht wirklich da, als träumte ich das alles bloß. Doch als ich die Augen öffnete, sah Indihar mich noch immer an. Es war alles wirklich passiert, und sie und ich mußten diese schreckliche Szene zu Ende spielen. »Ich ...«

»Erzähl mir jetzt nur nicht, daß es dir leid tut, du Hurensohn«, sagte sie. Nicht mal die Tonlage wechselte sie. »Ich will von niemandem hören, daß es ihm leid tut.«

Ich saß einfach da und ließ sie reden. Sie konnte mir keine Anklage an den Kopf schleudern, die ich mir nicht schon längst selbst gemacht hatte. Wenn ich vielleicht letzte Nacht nicht soviel getrunken hätte, wenn ich vielleicht heute morgen nicht diese ganzen Sunnys genommen hätte ...

Schließlich starrte sie mich nur noch an. Die Verzweiflung stand ihr ins Gesicht geschrieben. Ihr Schweigen und daß sie überhaupt da war, war Ausdruck ihrer Verachtung. Sie wußte es, und ich wußte es, und das reichte. Dann drehte sie sich um und verließ den Club. Mit aufrechtem Gang und in perfekter Haltung.

Ich fühlte mich am Boden zerstört. Ich fand das Telefon, wo Chiri es abgestellt hatte, und rief zu Hause an. Es läutete dreimal, dann ging Kmuzu ran. »Holst du mich ab?« fragte ich leicht lallend.

»Seid Ihr in Chirigas Club?« fragte er.

»Ja. Und mach schnell, sonst bringe ich mich noch um.« Ich knallte das Telefon auf die Theke und mixte mir noch einen Drink.

Als er ankam, hatte ich ein kleines Geschenk für ihn. »Streck die Hand aus!« forderte ich ihn auf.

»Was ist, *yaa Sidi?*«

Ich leerte mein Pillenschächtelchen auf seiner Hand aus, ließ es wieder zuschnappen und steckte es in die Tasche zurück. »Schau, daß du das Zeug loswirst.«

Er verzog keine Miene, als er die Hand schloß. »Das ist klug von Euch«, sagte er.

»Das war schon lange fällig.« Ich kletterte vom Hokker und folgte ihm in die kühle Nacht hinaus. Nachdem ich die Tür zugesperrt hatte, ließ ich mich von ihm nach Hause kutschieren.

Ich duschte ausgiebig. Ich blieb so lange unter dem heißen Wasser, bis ich mich langsam zu entspannen begann. Ich trocknete mich ab und ging ins Schlafzimmer. Kmuzu hatte mir eine große Tasse heiße Schokolade hingestellt. Ich trank sie dankbar.

»Braucht Ihr noch etwas, *yaa Sidi?*« fragte er.

»Hör zu«, sagte ich, »ich gehe morgen nicht auf die Polizeiwache. Laß mich schlafen, ja? Ich möchte nicht gestört werden. Ich möchte nicht ans Telefon gerufen werden oder mich sonst um irgend etwas kümmern müssen.«

»Außer der Herr des Hauses verlangt Euch.«

Ich seufzte. »Darüber brauchen wir nicht zu reden. Ansonsten ...«

»Ich sorge dafür, daß Ihr nicht gestört werdet.«

Ich steckte den Aufwach-Daddy nicht eher, bevor ich ins Bett stieg. Die Nacht war grauenhaft. Immer wieder weckten mich schreckliche Alpträume, und erst am Morgen erlöste mich der Tiefschlaf. Kurz vor Mittag stand ich auf. Ich zog die alte Jeans an und das Hemd dazu. Beides trug ich selten in Friedlander Beis Villa.

»Möchtet Ihr frühstücken, *yaa Sidi?*« fragte Kmuzu.

»Nein, heute nehme ich mir frei.«

Er runzelte die Stirn. »Da ist etwas Geschäftliches, um das Ihr Euch kümmern müßt.«

»Später«, sagte ich. Ich ging an den Schreibtisch, auf dem ich am Abend zuvor meine Aktentasche abgelegt hatte, und holte den Weisen Ratgeber heraus. Ich hatte das Gefühl, in meinem jetzigen Zustand konnte ich etwas Instant-Therapie vertragen. Ich machte es mir in dem schwarzen Ledersessel bequem und steckte das Moddy ein.

Es war einmal in Mauretanien — es mag sich aber auch anders zugetragen haben —, da lebte ein Schelm, ein Spitzbube und Schlingel namens Marîn Audran. Eines Tages nun war Audran in seiner creméfarbenen westfälischen Limousine in wichtigen Geschäftsangelegenheiten unterwegs, als ihm ein anderes Auto hineinfuhr. Das andere Auto war alt und klapprig, und obwohl der andere Fahrer eindeutig die Schuld am Unfall trug, sprang er aus dem Schrotthaufen und schrie auf Audran ein. »Schau nur, was du aus meinem einzigartigen Fahrzeug gemacht hast!« rief der Fahrer, und siehe, es war Polizeikommissar Hajjar. Außerdem stiegen noch Reda Abu Adil, Hassan der Schiit und Paul Jawarski aus. Alle vier fielen über Audran her, beschimpften ihn und drohten ihm mit den Fäusten, obwohl er sich zur Wehr setzte und immer wieder erklärte, er hätte sich nichts zuschulden kommen lassen.

Jawarski stieß die Kühlerhaube von Hajjars Automobil herunter. »Nun ist es unbrauchbar, und daher ist es nur richtig, wenn du uns dafür dein Auto gibst.«

Die anderen waren in der Überzahl, und es war offensichtlich, daß sie sich nicht besonnen zeigen würden, also willigte Audran ein.

»Und willst du dich nicht dankbar dafür erweisen, daß wir dir den Weg der Ehre gewiesen haben?« fragte Hajjar.

»Hätten wir uns nachgiebig gezeigt«, sagte Hassan, »hätte deine Seele Schaden genommen.«

»Das mag sein«, antwortete Audran. »Wieviel wünscht ihr für diesen Dienst?«

Reda Abu Adil breitete die Arme aus, als spiele das keine Rolle. »Es ist nur eine Geste, eine symbolische Gabe zwischen muslimischen Brüdern. Hundert Kiam für jeden von uns werden reichen.« So gab Audran den Schlüssel für die cremefarbene westfälische Limousine an Kommissar Hajjar und zahlte jedem hundert Kiam.

Den ganzen Nachmittag verbrachte Audran damit, unter der sengenden Sonne Hajjars Schrottauto zurück in die Stadt zu schieben. Er stellte es mitten im Souk ab und suchte seinen Freund Saied den Halb-Hadschi auf. »Du mußt mir helfen, Hajjar, Abu Adil, Hassan und Jawarski eine Abreibung zu erteilen«, sagte er, und Saied willigte ein. Audran schnitt in den Boden des schrottreifen Autos ein Loch, und Saied legte sich daneben. Audran bedeckte ihn mit einem Tuch, so daß niemand ihn sehen konnte, und gab ihm einen kleinen Beutel mit Goldmünzen. Dann ließ Audran den Motor an und wartete.

Es dauerte nicht lange, und die vier Schurken kamen vorbei. Sie sahen Audran im Schatten des demolierten Autos sitzen und lachten. »Es fährt keinen Daumenbreit mehr!« frotzelte Jawarski. »Warum läßt du den Motor laufen?«

Audran blickte auf. »Ich habe meine Gründe«, sagte er und lächelte, als hüte er in seinem Herzen ein wunderbares Geheimnis.

»Welche Gründe«, wollte Abu Adil wissen. »Hat die sengende Sonne zuletzt doch dein Gehirn verbrannt?«

Audran stand auf und reckte sich. »Ich denke, ich sollte es euch sagen«, sagte er leichthin. »Schließlich verdanke ich mein Glück euch.«

»Glück?« fragte Hajjar voller Argwohn.

»Kommt nur«, sagte Audran, »und seht.« Er führte die vier Schurken zum Kofferraum, wo die Batterie untergebracht war. »Pißt in die Batterie!« forderte er sie auf.

»Du mußt verrückt geworden sein«, sagte Jawarski.

»Dann mache ich es eben selbst«, sagte Audran und ging ans Werk. Er erleichterte sich in die Batterie des Autowracks. »Jetzt müssen wir einen Augenblick warten. Da! Habt ihr es gehört?«

»Ich habe nichts gehört«, sagte Hassan.

»Hört.« Audran ließ sich nicht beirren. Und da klirrte es

leise klirr! klirr! unter dem Auto. »Seht nur nach«, befahl er ihnen.

Reda Abu Adil kniete sich auf den Boden, ungeachtet des Staubs und der Würdelosigkeit, und schaute unter das Auto. »Verflucht sei mein Glaube!« rief er. »Gold!« Er legte sich auf den Boden und faßte unter das Auto. Als er wieder hochkam, hielt er eine Handvoll Goldmünzen. Er zeigte sie fassungslos seinen Freunden.

»Hört«, sagte Audran. Und alle hörten sie das Klirren weiterer Goldmünzen, die auf den Boden fielen.

»Er pißt gelb in das Auto«, murmelte Hassan, »und gelbes Gold fällt unten heraus.«

»Möge Allah allzeit für dein Wohlergehen sorgen, wenn du mir nur mein Auto wiedergibst!« rief Kommissar Hajjar.

»Ich fürchte nein.«

»Nimm deine gottverdammte cremefarbene westfälische Limousine zurück, und es ist ein fairer Tausch«, sagte Jawarski.

»Ich fürchte nein.«

»Wir geben dir die hundert Kiam zurück«, sagte Abu Adil.

»Ich fürchte nein.«

Sie flehten und flehten, und Audran weigerte sich. Schließlich boten sie ihn an, ihm die Limousine zurückzugeben und zweitausend Kiam, von jedem fünfhundert, und er gab nach. »Aber kommt in einer Stunde zurück«, sagte er. »In der Batterie ist immer noch meine Pisse.« Sie willigten ein. Dann verschwanden Audran und Saied und teilten sich ihren Gewinn.

Ich gähnte, als ich den Weisen Ratgeber rausholte. Die Vision hatte mir gefallen mit Ausnahme Hassan des Schiiten, der tot war und meinethalben tot bleiben konnte. Ich dachte darüber nach, was die kleine Geschichte wohl bedeutete. Vielleicht, daß mein Unbewußtes hart an einer Lösung arbeitete, um meine Feinde auszutricksen. Das sagte mir zu. Ich wußte, daß mir rohe Kraft nichts nützen würde. Ich hatte keine.

Nach dieser Sitzung mit dem Weisen Ratgeber fühlte ich mich irgendwie verändert: entschlossener vielleicht, aber auch auf eine wunderbare Weise klar im Kopf und frei. Ich biß entschieden die Zähne zusammen und war mir sicher, daß mich nun niemand mehr aufhalten konnte. Shaknahyis Tod hatte mich verändert, ich war energischer. Ich hatte das Gefühl, als atme ich reinen Sauerstoff, strahlend und sauber und höchst explosiv.

»*Yaa Sidi*«, flüsterte Kmuzu.

»Was gibt's?«

»Der Herr des Hauses fühlt sich heute nicht wohl und wünscht, daß Ihr für ihn eine geschäftliche Angelegenheit erledigt.«

Ich gähnte erneut. »Ja, gut. Was für eine geschäftliche Angelegenheit?«

»Das weiß ich nicht.«

Über diesem Gefühl der Freiheit vergaß ich ganz, was wohl Friedlander Bei von meinem Aufzug hielt. Das war im Augenblick einfach nicht wichtig. Papa hatte mich in der Hand, und vielleicht war ich dagegen wehrlos, aber ich würde nicht mehr passiv sein. Das wollte ich ihn auch wissen lassen. Als ich ihm dann jedoch gegenübertrat, sah er so krank aus, daß ich das auf später verschob.

Er lag auf einem Berg Kissen in seinem Bett, über dem Schoß ein Tragetischchen. Es war über und über beladen mit Aktenordnern, Berichten, bunten Speicherplatten und einem winzigen Mikrocomputer: In der einen Hand hielt er eine Tasse aromatischen Tees und in der anderen eine von Umm Saads gefüllten Datteln. Umm Saad dachte wohl, sie konnte damit Papa für sich gewinnen oder wenigstens ihr letztes Gespräch aus seinem Gedächtnis streichen. Um ehrlich zu sein, Friedlander Beis Probleme mit Umm Saad erschienen mir im Augenblick beinahe trivial, doch ich erwähnte sie nicht.

»Ich bete für Eure Gesundheit«, sagte ich.

Papa blickte mich an und verzog das Gesicht. »Es ist nichts, mein Neffe. Mir ist nur schwindlig, und mein Magen befindet sich im Aufruhr.«

Ich beugte mich zu ihm und küßte ihn auf die Wange. Er flüsterte etwas, aber ich konnte ihn nicht verstehen.

Ich wartete darauf, daß er mir die geschäftliche Angelegenheit erläutert, um die ich mich kümmern sollte. »Yousseff sagte mir, unten im Wartezimmer sei eine laute, wütende Frau«, begann er. Er kniff die Augen zusammen und fuhr fort: »Sie nennt sich Tema Akwete. Sie versucht, geduldig zu sein, weil sie von weit her kommt, um einen Gefallen zu erbitten.«

»Was für einen Gefallen?«

Papa zuckte die Achseln. »Sie vertritt die neue Regierung der Republik Songhay.«

»Nie gehört.«

»Letzten Monat hieß das Land Glorreiches Königreich Segu. Zuvor war es das Magistrat Timbuktu und davor Mali. Und davor war es ein Teil von Französisch Westafrika.«

»Und diese Akwete ist eine Gesandte des neuen Regimes?«

Friedlander Bei nickte. Er wollte etwas sagen, schloß dann aber die Augen. Der Kopf fiel ihm nach hinten auf die Kissen. Er strich sich mit der Hand über die Stirn. »Vergib mir, mein Neffe«, sagte er. »Ich fühle mich nicht wohl.«

»Dann kümmert Euch nicht um diese Frau. Was ist ihr Problem?«

»Ihr Problem ist, daß es dem Segu-König überhaupt nicht gefiel, seinen Job zu verlieren. Bevor er aus dem Palast floh, plünderte er natürlich die Schatzkammer. Seine Anhänger löschten auch die wichtigsten Computerdaten. Die Republik Songhay begann ihre Geschäfte ohne die geringste Ahnung, wie viele Untertanen sie hat und wo genau ihre Grenzen liegen. Es gibt keine Grundlage für die Besteuerung, keine Liste der Regierungsangestellten oder eine Beschreibung ihrer Funktionen. Und keine zuverlässigen Informationen über die Armee. Songhay steht am Rande des Abgrunds.«

Ich verstand. »Also schickten sie jemand hierher. Sie möchten, daß Ihr die Ordnung wiederherstellt.«

»Ohne Steuereinkünfte kann die neue Regierung ihre Angestellten nicht bezahlen oder die Dienstleistungen aufrecht erhalten. Es sieht so aus, als würde dieses Songhay in Kürze von Generalstreiks lahmgelegt. Die Soldaten werden desertieren, und dann ist das Land auf die Gnade der benachbarten Länder angewiesen, falls diese besser organisiert sind.«

»Warum ist diese Frau dann auf *Euch* wütend?«

Papa breitete die Arme aus. »Songhays Probleme gehen mich nichts an. Ich habe dir bereits erklärt, daß Reda Abu Adil und ich die mohammedanische Welt unter uns aufteilten. Dieses Land fällt in seinen Bereich. Ich habe nichts zu tun mit den Staaten südlich der Sahara.«

»Akwete hätte sich also an Abu Adil wenden sollen.«

»Richtig. Yousseff versuchte ihr das zu verstehen zu geben, aber sie kreischte und schlug auf den Armen ein. Sie glaubt, wir wollen nur mehr Geld aus ihr und ihrer Regierung rausholen.« Papa stellte seine Teetasse ab und durchsuchte die Papiere, die über seine Decke verstreut waren. Er zog einen dicken Umschlag heraus und reichte ihn mir zitternd. »Das ist das Hintergrundmaterial und der Vertrag, den sie mir anbot. Erkläre ihr, daß sie es zu Abu Adil bringen soll.«

Ich atmete tief durch. Es klang nicht so, als ob die Verhandlungen mit Akwete das reinste Vergnügen sein würden. »Ich spreche mit ihr«, sagte ich.

Papa nickte geistesabwesend. Ein kleineres Problem war er losgeworden, nun beschäftigte er sich mit dem nächsten. Nach einer Weile verabschiedete ich mich murmelnd und verließ das Zimmer. Er merkte nicht einmal, daß ich ging.

Kmuzu wartete in dem Gang vor Papas Privaträumen auf mich. Ich erzählte ihm, worüber Friedlander Bei und ich gesprochen hatten. »Ich spreche mit dieser Frau, und dann fahren wir, du und ich, mit ihr zu Abu Adils Villa.«

»Ja, *yaa Sirdi,* aber es ist wohl besser, ich warte im Auto auf Euch. Reda Abu Adil hält mich zweifellos für einen Verräter.«

»Mhm. Weil du der Leibwächter seiner Frau warst und nun für mich arbeitest?«

»Weil er mich als Spion im Haus Friedlander Beis einschleusen wollte und ich ihn nicht mehr als meinen Herrn betrachte.«

Ich hatte von Anfang an gewußt, daß Kmuzu ein Spion war. Nur hatte ich ihn für Papas Spion gehalten, nicht für Abu Adils. »Du berichtest ihm nicht sofort alles?«

»Wem, *yaa Sidi?*«

»Abu Adil.«

Kmuzu lächelte leicht. »Ich versichere Euch, das ist nicht der Fall. Allerdings erstatte ich selbstverständlich dem Herrn des Hauses Bericht.«

»Na, dann ist es in Ordnung.« Wir waren die Treppe hinuntergegangen, und ich blieb außerhalb der Warteräume stehen. Die zwei Sprechenden Felsen standen links und rechts von der Tür. Die schauten Kmuzu finster an. Kmuzu schaute ebenso finster zurück. Ich ignorierte alle drei und ging durch die Tür.

Die schwarze Frau sprang auf, kaum daß ich über die Schwelle getreten war. »Ich verlange eine Erklärung!« rief sie. »Ich warne Sie, als eine ordentliche Botschafterin der Regierung der Republik von Songhay ...«

Mit einem strengen Blick brachte ich sie zum Schweigen. »Madame Akwete«, sagte ich, »Sie wurden absolut korrekt informiert, als man Ihnen erklärte, daß dies hier nicht der richtige Ort für Ihre Belange ist. Ich kann Ihnen jedoch in Ihrer Angelegenheit behilflich sein. Ich werde die in diesem Umschlag enthaltenen Informationen und den Vertrag darin an Scheich Reda Abu Adil weiterleiten, der an der Errichtung des Königreiches Segu beteiligt war. Er wird Ihnen in derselben Weise dienlich sein.«

»Und welche Bezahlung verlangen Sie als Mittelsmann?« fragte Akwete beißend.

»Wir verlangen keine Gegenleistung. Das ist eine Geste der Freundschaft, die unser Haus einer neuen islamischen Republik erweist.«

»Unser Staat ist noch jung, wir mißtrauen solchen Freundschaftsdiensten.«

»Das ist Ihr Privileg«, sagte ich achselzuckend. »Zweifelsohne war der Segu-König ebenso mißtrauisch.« Ich drehte mich um und verließ das Wartezimmer.

Kmuzu und ich gingen mit weitausholenden Schritten den Gang entlang Richtung der schweren Holztüren am Haupteingang. Ich konnte hinter uns Akwetes Schuhe auf den Fliesen klappern hören. »Warten Sie«, rief sie. Mir kam es so vor, als schwang da ein Ton von Entschuldigung in ihrer Stimme mit.

Ich blieb stehen und wandte mich zu ihr um. »Ja, Madame?«

»Dieser Scheich ... kann er uns helfen, wie Sie gesagt haben? Oder ist das ein ausgemachter Schwindel?«

Ich lächelte kühl. »Ich habe nicht den Eindruck, als ob Sie oder Ihr Land sich Zweifel erlauben könnten. Ihre Situation ist jetzt hoffnungslos, und sie kann durch Abu Adil nicht schlimmer werden. Sie haben nichts zu verlieren und alles zu gewinnen.«

»Wir sind nicht reich«, sagte Akwete. »Nicht nachdem König Olujimi unser Volk ausgesaugt und unseren bescheidenen Wohlstand geplündert hat. Wir haben etwas Gold ...«

Kmuzu hob eine Hand. Es war ungewöhnlich, daß er jemanden unterbrach. »Scheich Reda ist weniger an eurem Gold als an eurer Macht interessiert.«

»Macht?« fragte Akwete. »Was heißt das?«

»Er wird die Lage studieren, in der sich Ihr Land befindet«, erklärte Kmuzu, »und dann wird er bestimmte Informationen für sich reservieren.«

Ich hatte den Eindruck, die schwarze Frau schwankte

kurz. »Ich bestehe darauf, mit Ihnen zu kommen und diesen Mann mit eigenen Augen zu sehen. Das ist mein Recht.«

Kmuzu und ich sahen uns an. Wir wußten beide, wie naiv sie war, wenn sie glaubte, sie hätte in dieser Situation noch überhaupt irgendwelche Rechte. »In Ordnung«, sagte ich, »aber ich spreche zuerst mit Abu Adil.«

Das weckte ihren Argwohn. »Warum denn?«

»Weil ich es so sage.« Ich ging mit Kmuzu nach draußen und wartete in der Sonne, während er das Auto holte. Madame Akwete folgte mir kurz darauf nach. Die Wut blitzte ihr aus den Augen, aber sie sagte nichts.

Hinten in der Limousine öffnete ich die Aktentasche, holte Saieds Harter-Kerl-Moddy heraus und steckte es mir rein. Es erfüllte mich mit der illusionären Zuversicht, daß sich mir von jetzt an niemand mehr in den Weg stellen konnte, weder Abu Adil noch Hajjar, noch Kmuzu, noch Friedlander Bei.

Akwete saß, den Kopf zu Seite gedreht und die Hände im Schoß verkrampft, so weit wie möglich von mir entfernt. Ich sah mir noch einmal Shaknahyis Notizbuch mit dem braunen Vinyleinband an. Auf der ersten Seite hatte er in großen Buchstaben *Phönixdatei* geschrieben. Darunter waren mehrere Einträge:

Ishaq Abdul-Hadi Bouhatta — Elwau Chami (Herz, Lunge)
Andreja Svobik — Fatima Hamdan (Magen, Darm, Leber)
Abbas Karami — Nabil Abu Khalifeh (Nieren, Leber)
Blanca Mataro —

Shaknahyi war sicher gewesen, daß die vier Namen links irgendwie zusammengehörten. Aber, um mit Hajjar zu sprechen, es war eine ›offene Datei‹. Unter die Namen hatte Shaknahyi drei arabische Buchstaben geschrieben: Alif, Lâm, Mîm — die Entsprechungen zum Lateinischen A.L.M. Das A und L konnte den bestimmten Artikel bedeuten, und M könnte der erste Buchstabe eines Namens sein: jemand, der al-Mansour hieß oder al-Maghrebi. Oder waren die Buchstaben Shaknahyis Art abzukürzen und bedeuteten sie ein Deutscher (*almâni*) oder Diamant (*almâs*) oder sonstwas? Ich fragte mich, ob ich je herausfinden konnte, was die drei Buchstaben bedeuteten, ohne daß mir Shaknahyi seinen Code erklärte.

Ich schob einen Audio-Chip in das Holosystem des Autos und steckte das Notizbuch und Tema Akwetes Umschlag wieder in die Aktentasche. Während Umm Khaltoum, die große Dame des zwanzigsten Jahrhunderts, ihre Klagelieder sang, stellte ich mir vor, sie betrauere Jirji Shaknahyi, weinte um Indihar und die Kinder. Akwete starrte aus dem Fenster und ignorierte mich. Währenddessen chauffierte uns Kmuzu durch das enge Gassengewirr von Hâmidiyya, den Slums, die den Zugang zu Reda Abu Adils Villa bewachten.

Nach etwa einer Stunde Fahrt bogen wir zu seinem Besitz ab. Kmuzu blieb im Auto und tat so, als schlafe er. Als ich mit Shaknahyi hier gewesen war, hatten mich die luxuriösen Gartenanlagen und der großartige Besitz sehr beeindruckt. Heute bemerkte ich sie gar nicht. Ich pochte an das mit Schnitzereien verzierte Holzportal. Sofort erschien ein Diener, musterte mich unverschämt, sagte aber kein Wort.

»Wir haben Geschäftliches mit Scheich Reda zu besprechen«, sagte ich und stieß ihn zur Seite. »Ich komme von Friedlander Bei.«

Dank Saieds Moddy benahm ich mich grob, aber den Diener brachte das nicht aus der Fassung. Er schloß die Tür hinter Tema Akwete und lief vor mir einen hohen Gang entlang. Er erwartete, daß wir ihm folgten. Was wir taten. Vor einer verschlossenen Tür am Ende eines langen, engen Durchgangs blieb er stehen. Rosenduft lag in der Luft, der Duft, den ich mit Abu Adils Villa zu verbinden begann. Der Diener hatte noch immer kein

Wort gesagt. Er nahm sich die Zeit, um mich ein weiteres Mal unverschämt zu mustern, dann entfernte er sich.

»Sie warten hier«, sagte ich zu Akwete.

Sie wollte darüber zu streiten anfangen, besann sich dann aber eines Besseren. »Mir gefällt das gar nicht«, sagte sie.

»Schade.« Ich hatte keine Ahnung, was hinter der Tür war. Doch ich kam nicht weiter, wenn ich mit ihr im Gang stehen blieb. Ich drückte also die Klinke nach unten und ging hinein.

Weder Reda Abu Adil noch sein Sekretär, Umar Abdul-Qawy, hörten mich ins Arbeitszimmer kommen. Abu Adil lag in seinem Krankenhausbett wie das letztemal, als ich ihn gesehen hatte. Umar war über ihn gebeugt. Ich konnte nicht sehen, was er machte.

»Möge Allah Euch mit Gesundheit segnen«, knurrte ich.

Umar fuhr hoch und starrte mich an. »Wie sind Sie hier hereingekommen?« wollte er wissen.

»Ihr Diener brachte mich zur Tür.«

Umar nickte. »Kamal. Ich werde mit ihm sprechen müssen.« Er musterte mich genauer. »Es tut mir leid«, sagte er, »ich kann mich an Ihren Namen nicht erinnern.«

»Marîd Audran. Ich arbeite für Friedlander Bei.«

»Ach ja«, sagte Umar. Seine Miene begann sich aufzuhellen. »Letztesmal erschienen Sie hier als Polizist.«

»Ich bin eigentlich kein Polizist, ich kümmere mich nur um die Interessen Friedlander Beis bei der Polizei.«

Ein Lächeln spielte um Umars Mund. »Wie Sie meinen. Kümmern Sie sich auch heute darum?«

»Um seine Interessen und die Ihren.«

Abu Adil hob eine Hand und zupfte Umar am Ärmel. Umar beugte sich nieder, um das Flüstern des Greises besser zu verstehen, und richtete sich wieder auf. »Scheich Reda bittet Sie, es sich bequem zu machen«, sagte Umar. »Wir hätten entsprechende Erfrischungen vorbereitet, wenn wir gewußt hätten, daß Sie kommen.«

Ich sah mich nach einem Stuhl um und setzte mich. »Heute kam eine ganz aufgeregte Frau zu Friedlander Bei«, hub ich an. »Sie vertritt eine revolutionäre Regierung, die soeben das Glorreiche Königreich Segu der Herrschaft des Volkes übergeben hat.« Ich öffnete den Aktenkoffer, nahm den Umschlag der Republik Songhay heraus und reichte ihn Umar.

Umar schien sich zu amüsieren. »So schnell? Ich hatte wirklich gedacht, Olujimi würde sich länger halten. Wahrscheinlich gibt es keinen Grund, länger König zu bleiben, sobald man den gesamten Wohlstand eines Landes versilbert und auf eine ausländische Bank überwiesen hat.«

»Ich bin nicht gekommen, um darüber mit Ihnen zu reden.« Das Moddy des Halb-Hadschis machte es mir schwer, höflich zu Umar zu sein. »Laut dem Vertrag zwischen Friedlander Bei und Ihnen fällt dieses Land in Ihren Bereich. Die relevanten Informationen finden Sie in diesem Päckchen. Ich habe die Frau draußen auf dem Gang warten lassen, damit sie etwas Dampf ablassen kann. Mit ihr ist nicht gut Kirschen essen. Ich bin froh, daß Sie sich mit ihr rumärgern müssen, und nicht ich.«

Umar schüttelte den Kopf. »Sie versuchen immer, unser Leben für uns zu organisieren und in die Hand zu nehmen. Sie vergessen dabei, wieviel wir für sie und ihre Sache tun könnten, wenn wir in der richtigen Stimmung sind.«

Er spielte mit dem Umschlag, drehte und wendete ihn. Abu Adil röchelte schwach, aber ich hatte zuviel Elend erlebt, um einen alten *Hölle-auf-Raten*-Irren zu bemitleiden. Ich wendete mich wieder Umar zu. »Wäre es Ihnen möglich, die Lebensgeister Ihres Herrn etwas zu wecken«, sagte ich, »Madame Akwete will mit ihm sprechen. Sie scheint zu glauben, daß das Schicksal der mohammedanischen Welt allein auf ihren Schultern lastet.«

Umar verzog ironisch die Mundwinkel. »Die Republik Songhay«, erwiderte er und schüttelte dabei ungläubig den Kopf. »Morgen ist das wieder ein Königreich oder eine unterworfene Provinz oder eine faschistische Diktatur. Und niemand schert sich etwas.«

»Madame Akwete schert sich etwas.«

Das amüsierte ihn nur noch mehr. »Madame Akwete wird eine der ersten sein, die der neuen Säuberungswelle zum Opfer fallen. Aber wir haben genug über sie gesprochen. Wenden wir uns der Frage zu, wie wir uns Ihnen gegenüber für diesen Dienst dankbar erweisen können.«

Ich sah ihm in die Augen. »Ich habe dies nicht getan, um dafür bezahlt zu werden.«

»Natürlich nicht. Sie handelten gemäß dem Vertrag, den Ihr Arbeitgeber und mein Arbeitgeber schlossen. Nichtsdestoweniger empfiehlt es sich stets, sich seinen Freunden gegenüber dankbar zu zeigen. Schließlich spricht mehr dafür, daß einem jemand in der Zukunft einen Dienst erweisen wird, der einem schon einmal in der Vergangenehit einen Dienst erwiesen hat. Vielleicht kann ich Ihnen ebenfalls einen kleinen Gefallen erweisen.«

Das war der eigentlich Zweck meines Ausflugs in Abu Adils Teil der Stadt. Ich hob die Hände und versuchte, möglichst gleichgültig zu wirken. »Nein, dergleichen fällt mir gar nicht ein. Außer ...«

»Außer was, mein Freund?«

Ich tat so, als inspiziere ich die abgetreteten Absätze meiner Stiefel. »Außer Sie wären bereit, mir die Gründe zu nennen, aus denen Sie Umm Saad in unserem Haushalt unterbrachten.«

Umar versuchte ebenfalls einen möglichst gleichgültigen Eindruck zu machen. »Sie werden inzwischen gemerkt haben, daß Umm Saad eine sehr intelligente Frau ist, aber sie ist bei weitem nicht so klug, wie sie glaubt. Wir wollten nur, daß sie uns über Friedlander Beis Pläne auf dem laufenden hält. Es ging uns nicht darum, daß sie ihn direkt angreift oder seine Gastfreundschaft mißbraucht. Sie hat Ihren Herrn gegen sich aufgebracht. Deshalb ist sie für uns wertlos geworden. Sie können sich dieses Problems entledigen, wie Sie wünschen.«

»Es ist so, wie ich erwartet habe. Friedlander Bei macht nicht Sie oder Scheich Reda für ihr Verhalten verantwortlich.«

Umar hob eine Hand als Zeichen der Reue. »Allah gibt uns Werkzeuge, um sie nach unserem besten Wissen und Können zu nutzen. Manchmal bricht ein Werkzeug, und wir müssen es ausmustern.«

»Allah sei gepriesen«, sagte ich.

»Gepriesen sei Allah«, entgegnete Umar. Jetzt schienen wir hervorragend miteinander auszukommen.

»Da ist noch etwas«, sagte ich. »Der Polizist, mit dem ich letztesmal hier war, Inspektor Shaknahyi, wurde gestern erschossen.«

Umar lächelte zwar noch immer, doch nun runzelte er die Stirn. »Wir haben von dieser Neuigkeit bereits gehört. Unser Mitgefühl gilt seiner Witwe und den Kindern. Möge Allah ihnen Frieden schenken.«

»Ja. Auf jeden Fall hätte ich gerne den Mann, der ihn erschoß. Er heißt Paul Jawarski.«

Abu Adil wälzte sich ruhelos auf seinem Krankenhausbett. Der fette alte Mann stieß ein paar tiefe, unverständliche Laute hervor, aber Umar schenkte ihm keine Beachtung. »Sicher«, sagte er. »Wir freuen uns, Ihnen helfen zu können. Sollte einer unserer Geschäftspartner etwas über diesen Paul Jawarski wissen, werden Sie sofort informiert.«

Mir gefiel die Art und Weise nicht, wie Umar das sagte. Es war zu glatt, und er sah zu unglücklich dabei drein. Ich dankte ihm und stand auf, um zu gehen.

»Einen Augenblick, Scheich Marîd«, hielt er mich mit ruhiger Stimme zurück. Er erhob sich, faßte mich am Arm und führte mich zu einer anderen Tür. »Ich möchte noch unter vier Augen mit Ihnen sprechen. Hätten Sie etwas dagegen, kurz in die Bibliothek zu kommen?«

Mich fröstelte merkwürdig. Ich wußte, dies hier war die Einladung von Umar Abdul-Qawy, von Scheich Reda Abu Adils Sekretär. »Gut«, stimmte ich zu.

Er faßte nach oben und nahm das Moddy heraus, das er trug. Er hatte nicht mal einen Blick auf Abu Adil geworfen.

Umar hielt mir die Tür auf, und ich betrat die Bibliothek. Ich nahm an einem großen, ovalen Tisch aus dunkel glänzendem Holz Platz. Umar jedoch blieb stehen. Er ging vor einer hohen Wand voller Bücher auf und ab. Dabei warf er das Moddy, das er noch immer in der Hand hielt, gedankenverloren hoch und fing es wieder auf. »Ich glaube, ich verstehe Ihre Lage«, sagte er schließlich.

»Welche Lage?«

Er winkte irritiert ab. »Sie wissen, was ich meine. Wie lange noch werden Sie damit zufrieden sein, Friedlander Beis dressierter Hund zu sein, zu hecheln und für einen Verrückten zu apportieren, der nicht einmal kapiert, daß er schon tot ist?«

»Sprechen Sie von Papa oder von Scheich Reda?«

Umar blieb stehen und sah mich stirnrunzelnd an. »Ich spreche von beiden, und ich bin sicher, Sie verstehen sehr wohl, was ich meine.«

Ich sah Umar einen Augenblick lang an und lauschte dem Gezwitscher der Singvögel, die überall in Abu Adils Anwesen, in der Villa und in den Gärten, in Käfigen gehalten wurden. Es verlieh dem Nachmittag einen falschen Hauch von Harmonie und Hoffnung. Die Luft in der Bibliothek war schal und abgestanden. Ich kam mir selbst wie in einem Käfig vor. Vielleicht war es falsch gewesen, heute hierherzukommen. »Was wollen Sie damit sagen, Umar?«

»Ich will damit sagen, daß wir anfangen müssen, uns über die Zukunft Gedanken zu machen. Eines Tages, und bis dahin wird es nicht mehr lange dauern, werden die Imperien der alten Männer in unserer Hand sein. Zum Teufel, ich führe Scheich Redas Geschäfte schon jetzt für ihn. Er verbringt den ganzen Tag mit einem Moddy, das ... das ...«

»Ich weiß, mit was für einem Moddy.«

Umar nickte. »Okay. Das Moddy, das ich benutze, ist eine neue Aufnahme von ihm. Er gab es mir, weil er darauf steht, sich selbst zu bumsen. Oder ein möglichst genaues Faksimile von sich. Entsetzt Sie das?«

»Sie scherzen.« Ich hatte schon viel Schlimmeres gehört.

»Dann vergessen Sie es. Was er nicht merkt, ist, daß ich ihm mit diesem Moddy ebenbürtig bin, was die Führung der Geschäfte angeht. Ich *bin* Abu Adil, aber dazu habe ich noch meine eigenen Fähigkeiten. Er ist Scheich Reda, ein großer Mann. Aber mit seinem Moddy bin ich Scheich Reda und Umar Abdul-Qawy zusammen. Wozu brauche ich ihn?«

Ich fand das zum Kaputtlachen. »Wollen Sie damit vorschlagen, Abu Adil und Friedlander Bei zu eliminieren?«

Umar blickte sich nervös um. »Das schlage ich nicht vor«, antwortete er mit ruhiger Stimme. »Zu viele Menschen hängen von ihrem Urteil und ihrer Vision ab. Doch der Tag kann kommen, an dem die beiden alten Männer sich und ihrem Unternehmen im Weg stehen.«

»Wenn die Zeit gekommen ist, sie zur Seite zu stoßen, werden die richtigen Leute das wissen. Und zumindest Friedlander Bei wird es ihnen nicht übelnehmen.«

»Und wenn die Zeit bereits gekommen ist?« stieß Umar heiser hervor.

»Vielleicht sind Sie soweit, aber ich bin nicht bereit, Papas Geschäfte zu übernehmen.«

»Auch das ließe sich lösen«, beharrte Umar.

»Das mag sein.« Ich versuchte, meine Gefühle so gut wie möglich zu verbergen. Ich hatte keine Ahnung, ob unsere Unterredung nicht beobachtet und aufgezeichnet wurde. Gleichzeitig wollte ich Umar nicht gegen mich aufbringen. Inzwischen wußte ich, daß er ein sehr gefährlicher Mann war.

»Sie werden feststellen, daß ich recht habe«, sagte er und warf das Moddy noch ein paarmal in die Luft. Wieder runzelte er nachdenklich die Stirn. »Gehen Sie jetzt zurück zu Friedlander Bei, und denken Sie darüber nach, was ich gesagt habe. Wir werden bald wieder darüber sprechen. Wenn Sie meinen Enthusiasmus nicht teilen, werde ich mich möglicherweise gezwungen sehen, Sie zusammen mit unseren Herren zur Seite zu stoßen.« Ich wollte mich aus meinem Stuhl erheben. Er hob die Hand, um mich davon abzuhalten. »Das soll keine Drohung sein, mein Freund«, sagte er ruhig. »So sehe ich nun mal die Zukunft.«

»Nur Allah sieht die Zukunft.«

Er lachte zynisch. »Falls Sie diesem religiösen Gewäsch wirkliche Bedeutung zumessen, werde ich noch mehr Macht erlangen, als Scheich Reda je zu träumen wagte.« Er deutete auf eine andere Tür an der Südwand der Bibliothek. »Sie können hier hinausgehen. Ich muß nun zurück und die Angelegenheiten der Republik Songhay mit dieser Frau besprechen. Sie brauchen sich um sie keine Gedanken machen. Ich lasse Sie von meinem Fahrer ins Hotel zurückbringen.«

»Vielen Dank für Ihre Güte.«

»Möge Allah Ihnen Schutz gewähren auf allen Ihren Wegen und Ihnen Frieden schenken.«

Ich verließ die Bibliothek und nahm den Weg, den Umar mir beschrieben hatte. Unterwegs traf ich Kamal, den Diener, und er begleitete mich zum Ausgang. Wieder sagte er kein Wort. Ich ging die Stufen hinab zum Auto und warf dann einen Blick zurück. Kamal stand im Eingang und starrte mir nach, als vermute er gestohlenes Besteck bei mir.

Ich stieg in die Limousine ein. Kmuzu ließ den Motor

an, wendete und fuhr durch das Haupttor. Ich dachte darüber nach, was Umar gesagt hatte, was er mir angeboten hatte. Abu Adil war seit beinahe zweihundert Jahren an der Macht. In dieser Zeit hatte es bestimmt eine Reihe junger Männer auf dem Posten gegeben, den Umar im Augenblick innehatte. Gewiß war darunter der eine oder andere mit ehrgeizigen Plänen gewesen. Abu Adil war immer noch da, aber wo waren diese jungen Männer? Vielleicht hatte Umar diese Frage nicht bedacht. Vielleicht war Umar bei weitem nicht so schlau, wie er glaubte.

11. Kapitel

Jirji Shaknahyi war am Dienstag erschossen worden. Es dauerte bis zum Freitag darauf, bis ich wieder auf der Polizeiwache war. Natürlich war es Sabbat, und ich spielte kurz mit dem Gedanken, an der Moschee vorbeizulaufen. Aber das erschien mir scheinheilig. In meinen Augen war ich so ein Mistkerl, daß ich noch soviel in die Kirche laufen konnte — nichts würde mich in den Augen Allahs weiterbringen. Ich weiß, das ist nichts als eine windelweiche Rationalisierung. Schließlich sind es die Sünder, die des Gebets am meisten bedürfen, und nicht die Heiligen. Aber ich fühlte mich einfach zu schmutzig und schuldig, um das Haus Gottes zu betreten. Zudem hatte Shaknahyi ein Beispiel für wahren Glauben gegeben und ich ihn im Stich gelassen. Zuerst mußte ich mich vor meinen eigenen Augen reinwaschen, bevor ich vor Allahs Augen treten konnte.

Mein Leben ist wie ein Ozean, auf dem sich die Wogen des Wohlgefühls mit den widrigen Wellen abwechseln. Wie friedlich und harmonisch es auch gerade sein mag, ich weiß, bald wird um so mehr Unheil über mich hinwegbranden. Ich habe stets gerne erzählt, wie sehr ich es liebe, auf mich allein gestellt und selbstverantwortlich zu arbeiten. Ich wünschte, ich hätte es nur halb so ernst gemeint, wie ich tat.

Ich brauchte meine ganze innere Kraft und Zuversicht, um mit den Hemmnissen fertig zu werden. Niemand half mir, weder Kommissar Hajjar noch Friedlander Bei oder sonst jemand. Am Freitag morgen schien niemand in der Polizeiwache besonders daran interessiert zu sein, mit mir zu reden. Viele waren Teilzeitbeschäftigte, Christen, die am Sabbat für die religiösen Muslims einsprangen. Kommissar Hajjar war natürlich da. Denn unter seinen persönlichen Vorlieben rangierte Religion eher hinten, irgendwo zwischen Kieferoperationen und Steuern zahlen. Ich schlug sofort den Weg zu seinem quadratischen, eingeglasten Büro ein.

Er sah hoch, um zu sehen, wer da neben seinem Schreibtisch aufragte. »Was ist denn los, Audran?« keifte er. Er hatte mich drei Tage lang nicht gesehen, aber es klang, als hätte ich ihn die ganze Zeit ununterbrochen genervt.

»Wollte nur wissen, was für Pläne Sie für mich haben.«

Hajjar sah von seinem Terminal hoch. Er blickte mich an, verzog den Mund, als hätte er eine verfaulte Dattel gegessen, und sagte ruhig: »Sie nehmen sich zu wichtig. In meinen Plänen spielen Sie keine Rolle.«

»Ich wollte mich freiwillig für die Ermittlungen zu Jirji Shaknahyis Tod melden.«

Hajjar zog die Augenbrauen in die Höhe. »Welche Ermittlungen?« fragte er ungläubig. »Er wurde von Paul Jawarski erschossen. Das ist alles, was wir wissen müssen.«

Ich wartete, bis ich mich soweit im Griff hatte, daß ich nicht losbrüllte. »Haben wir Jawarski bereits in unserem Gewahrsam?«

»*Wir?*« wollte Hajjar wissen. »Wer ist *›wir‹*? Sie meinen, ob die Polizei Jawarksi bereits in Gewahrsam hat? Noch nicht. Aber machen Sie sich keine Sorgen, Audran, er entkommt uns nicht. Wir haben ihn schon eingekreist.«

»Wie wollen Sie ihn finden? Das hier ist eine riesige Stadt. Sie glauben doch wohl nicht, er sitzt ruhig in einem Zimmer und wartet, bis Sie mit einem Haftbefehl auftauchen? Wahrscheinlich ist er schon längst wieder in Amerika.«

»Gute Polizeiarbeit, damit finden wir ihn, Audran. Sie haben nie viel von guter Polizeiarbeit gehalten. Ich weiß, daß er die Stadt noch nicht verlassen hat. Er ist irgendwo da draußen, und wir ziehen das Netz immer enger. Es ist nur eine Frage der Zeit.«

Mir gefiel gar nicht, wie er das sagte. »Erzählen Sie das seiner Witwe. Ihre Zuversicht wird ihr das Herz wärmen.«

Hajjar erhob sich. Ich hatte ihn wütend gemacht. »Sie machen mir Vorwürfe, Audran?« fragte er und stieß mir mit dem Zeigefinger gegen die Brust. »Sie deuten an, daß ich unter Umständen die Ermittlungen nicht genug vorantreibe?«

»Das habe ich mit keinem Wort gesagt, Hajjar. Ich wollte nur herausfinden, wie Ihre Pläne aussehen.«

Er lächelte höhnisch. »Sie glauben also, ich habe nichts Besseres zu tun, als hier rumzusitzen und mir Gedanken zu machen, wie ich Ihre besonderen Talente am besten einsetze? Zum Teufel, Audran, wir sind die letzten Tage sehr gut ohne Sie zurechtgekommen. Aber ich nehme an, nachdem Sie nun mal da sind, müssen Sie auch etwas zu tun haben.« Er setzte sich wieder an seinen Schreibtisch und wühlte in einem Stapel Papier. »Ja, da haben wir was. Ich möchte, daß Sie mit den Ermittlungen fortfahren, mit denen Sie und Shaknahyi bereits angefangen haben.«

Das paßte mir überhaupt nicht. Ich wollte bei der Fahndung nach Jawarski mitarbeiten. »Ich dachte, wir sollten Abu Adil in Ruhe lassen.«

Hajjar kniff die Augen zusammen. »Ich habe nichts von Abu Adil gesagt. *Den* lassen Sie besser in Ruhe. Ich spreche von diesem Kotzbrocken, On Cheung. Dem Babyhändler. Kann es mir nicht leisten, daß diese Spur kalt wird.«

Ein kalter Schauer lief mir über den Rücken. »Um On Cheung kann sich jeder kümmern. Mich interessiert, daß Paul Jawarski endlich gefaßt wird.«

»Marîd Audran, ein Mann mit einem Auftrag, hm? Streichen Sie sich das aus dem Kopf. Wir legen keinen Wert drauf, daß Sie wie ein Berserker in der Stadt rumrennen und Ihre Wut abarbeiten. Außerdem haben Sie bisher noch nicht bewiesen, daß Sie wissen, was Sie tun. Deshalb weise ich Ihnen einen neuen Partner zu, der eine Menge Erfahrung hat. Das hier ist kein Freiwilligenverein für die Damen der besseren Gesellschaft, Audran. Sie machen, was ich Ihnen sage. Oder denken Sie, On Cheung das Handwerk zu legen, ist Ihre Zeit nicht wert?«

Ich biß die Zähne zusammen. Mir gefiel dieser Auftrag nicht, aber Hajjar hatte recht damit, daß er genauso wichtig war, wie Jawarski dingfest zu machen. »Was immer Sie sagen, Kommissar.«

Er grinste wieder. Am liebsten hätte ich ihm die Fresse poliert. »Sie gehen ab jetzt mit Sergeant Catavina auf Streife. Er wird Ihnen eine Menge beibringen müssen.«

Mir fiel das Herz in die Hose. Von all den Bullen hier war Catavina der letzte, mit dem ich zusammen sein wollte. Er schikanierte gerne und war stinkfaul. Ich wußte, wenn wir On Cheung jemals fassen sollten, würden wir das nicht Catavina zu verdanken haben.

Der Kommissar schien unschwer meine Gedanken zu erraten. »Paßt Ihnen das nicht, Audran?« fragte er.

»Wenn es mir nicht passen würde, würde das an Ihrer Entscheidung etwas ändern?«

»Nicht das geringste«, sagte Hajjar.

»Hätte mich gewundert.«

Hajjar wandte sich wieder seinem Terminal zu. »Melden Sie sich bei Catavina. Ich möchte möglichst bald gute Nachrichten hören. Wenn Sie diesen Kotzbrocken lahmlegen, sind Empfehlungen für Sie drin.«

»Ich mache mich sogleich an die Arbeit, Kommissar.« Hajjars Cleverness beeindruckte mich. Er hatte mich geschickt von Abu Adil und Jawarski wegmanövriert, indem er mir eine zeitintensive Ermittlung anhängte, gegen die ich jedoch absolut nichts einwenden konnte. Nun mußte ich es irgendwie schaffen, meinen offiziellen Auftrag und meine Ziele unter einen Hut zu bringen.

Hajjar beachtete mich nicht mehr. Deshalb verließ ich sein Büro und suchte Sergeant Catavina. Ich wäre lieber ohne ihn Streife gefahren, aber das war nun einmal nicht möglich.

Auch Catavina war nicht gerade begeistert darüber, mich als Partner zu bekommen. »Hajjar hat mir schon Bescheid gesagt«, sagte er. Wir gingen zur Garage hinunter, um Catavinas Streifenwagen zu holen. Catavina versuchte mir die Erfahrungen seiner jahrelangen Arbeit als Bulle in einem wirren Vortrag zu vermitteln. »Sie sind kein guter Bulle, Audran«, knurrte er. »Sie werden nie ein guter Bulle sein. Ich will nicht, daß Sie bei mir dieselbe Scheiße bauen wie bei Shaknahyi.«

»Was meinen Sie damit, Catavina?«

Er drehte sich um und sah mich mit großen Augen an. »Finden Sie's selber raus. Wenn Sie gewußt hätten, was Sie machen, wäre Shaknahyi noch am Leben, und ich müßte nicht Ihr Händchen halten. Gehen Sie mir aus dem Weg, und machen Sie, was ich Ihnen sage!«

Ich war fuchsteufelswild, aber ich sagte kein Wort. Ich hatte vor, ihm aus dem Weg zu gehen, in Ordnung. Wenn ich etwas erreichen wollte, würde ich Catavina abschütteln müssen.

Wir stiegen in den Streifenwagen, und eine Weile schwieg er. Das war mir nur recht. Ich dachte, daß er vielleicht in die Gegend fährt, in der On Cheung zuletzt gesehen worden war. Vielleicht ließe sich was erfahren, wenn man die Leute dort noch mal befragen würde. Auch wenn sie letztesmal nicht gerade kooperativ gewesen waren.

Doch das hatte er nicht vor. Er fuhr nach Westen, in die entgegengesetzte Richtung. Wir fuhren drei Kilometer durch enge Gassen. Schließlich hielt Catavina vor einem heruntergekommenen Appartementhaus, dem größten Gebäude in der Straße. Die Fenster im Erdgeschoß waren mit Sperrholz verschlagen und die Eingangstür war aus den Angeln gehoben. Innen und außen waren die Wände mit Namen und Slogans vollgesprüht. Der Gestank in der Eingangshalle war kaum auszuhalten; sie diente seit langem als Toilette. Auf dem Weg zu Aufzug knirschten Glassplitter unter unseren Stiefeln. Über allem lag eine dicke Schicht Staub und Schmutz.

»Was machen wir hier?« fragte ich.

»Abwarten«, antwortete Catavina. Er drückte auf den Knopf, um den Aufzug zu holen. Als er schließlich kam, zögerte ich einzusteigen. So wie das Haus aussah, war ich mir nicht sicher, ob die Kabel unser Gewicht aushalten würden. Der Aufzug fragte, in welches Stockwerk wir wollten, und Catavina nannte das achte. Wir sahen uns nicht an, als sich die Aufzugtüren schlossen. Schweigend fuhren wir nach oben, das einzige Geräusch war das Quietschen des Aufzugs.

Im achten Stock stiegen wir aus. Catavina ging in dem dunklen Gang voran zu Zimmer 814. Er holte einen Schlüssel aus der Tasche und sperrte auf.

»Was ist das?« fragte ich und folgte ihm in das schäbige Appartement.

»Das Polizeikasino«, sagte Catavina.

Das Appartement bestand aus einem großen Wohnzimmer, einer Kochnische und einem Bad. Es gab wenig Möbel — einen billigen Campingtisch und sechs Stühle im Wohnzimmer, dazu eine zerrissene schwarze Vinylcouch, ein kleines Holoset und Feldbetten. Auf zwei davon lagen Polizisten in Uniform und schliefen. Ich kannte sie vom Sehen, wußte aber nicht, wie sie hießen. Catavina ließ sich auf die Couch plumpsen und musterte mich. »Wollen Sie was trinken?« fragte er.

»Nein«, sagte ich.

»Dann bringen Sie mir einen Whiskey. In der Küche ist Eis.«

Ich ging in die Küche und fand eine große Auswahl an Hochprozentigem. Ich warf ein paar Eiswürfel ins Glas und goß japanischen Schnaps drauf. »Was machen wir«, rief ich, das Abteilungsmotto im Kopf. »Beschützen oder dienen?« Ich brachte Catavina den Drink.

»Sie dienen«, brummte er. »Ich beschütze.«

Ich setzte mich auf einen Klappstuhl und sah ihm zu, wie er den japanischen Schnaps auf einen Zug hinunterkippte. »Was beschützen Sie?« fragte ich.

Catavina lächelte verächtlich. »Ich beschütze meinen Arsch, wenn Sie's genau wissen wollen. Solange ich hier bin, schießt niemand auf mich, das ist sicher.«

Mein Blick schweifte zu den zwei schlafenden Polizisten. »Bleiben wir lange hier?«

»Bis zum Ende der Schicht.«

»Haben Sie etwas dagegen, wenn ich mir den Wagen nehme und in der Zwischenzeit etwas arbeite?«

Der Sergeant sah mich über den Rand seines Whiskeyglases an. »Warum, zum Teufel, das?«

Ich zuckte die Achseln. »Shaknahyi ließ mich nie ans Steuer.«

Catavina sah mich an, als sei ich verrückt. »Gut, aber fahren Sie es nicht zu Schrott.« Er holte die Autoschlüssel aus der Hosentasche und warf sie mir zu. »Und um fünf Uhr holen Sie mich hier wieder ab.«

»In Ordnung, Sergeant.« Als ich ging, starrte er das Holoset an, das nicht einmal eingeschaltet war. Ich fuhr mit dem Aufzug wieder runter in die verwahrloste Eingangshalle und fragte mich, was ich nun tun würde. Ich fühlte mich verpflichtet, eine Spur zu On Cheung zu suchen, aber mir ging Jirji Shaknahyi nicht aus dem Kopf.

Seine Beerdigung war am Tag zuvor gewesen. Ich hatte kurz vorgehabt, zu Hause zu bleiben. Zum einen, weil ich nicht wußte, ob ich es gefühlsmäßig verkraften würde, und zum anderen, weil ich mich noch immer mitschuldig an seinem Tod fühlte. Und dann wäre es mir falsch erschienen, an seinem Grab aufzutauchen. Ich wollte Indihar und die Kinder unter diesen Umständen nicht sehen. Trotzdem ging ich am Donnerstag morgen zu der kleinen Moschee in der Nähe der Polizeiwache, wo der Gedenkgottesdienst gehalten wurde.

In der Moschee waren nur Männer zugelassen. Ich zog die Schuhe aus und führte die rituellen Waschungen durch, dann betrat ich die Moschee und nahm möglichst weit hinten Platz. Es waren eine Menge Polizisten da. Ich hatte den Eindruck, sie musterten mich rachelüstern. Für sie war ich noch immer ein Außenseiter und in ihren Augen konnte genausogut ich den Abzug gedrückt haben.

Wir beteten, darauf folgte die Predigt eines älteren, graubärtigen Imams und ein Nachruf, in dem keine der abgestandenen Binsenweisheiten über Pflicht und Einsatz und Tapferkeit fehlte. Nichts davon hob mein Selbstwertgefühl. Ich bereute es zutiefst, daß ich mich dazu aufgerafft hatte, in die Moschee zu kommen.

Darauf erhoben wir uns alle und verließen die Moschee. Ein paar Vögel zwitscherten, und ein Hund bellte, sonst war es beinahe übernatürlich ruhig. Die Sonne brannte von einem hohen, wolkenlosen Himmel herab. Ein Windhauch spielte kurz mit den staubbedeckten Blättern an den Bäumen, aber die Luft war schier zu heiß zum Atmen. In den kopfsteingepflasterten Gassen stand der Geruch von sauer gewordener Milch. Es war einfach zu schwül, um die Sache in die Länge zu ziehen. Shaknahyi hatte bestimmt viele Freunde, aber jetzt wollten sie einfach auf den Friedhof und ihn unter die Erde bringen.

Indihar führte die Prozession von der Moschee zum Friedhof an. Sie trug ein schwarzes Kleid und war schwarz verschleiert. Das Haar hatte sie unter einem schwarzen Schal verborgen. Sie muß dem Ersticken nahe gewesen sein. Ihre drei Kinder gingen neben ihr. Sie wirkten durcheinander und angsterfüllt. Chiri hatte mir erzählt, daß Indihar sich ein Grab im Friedhof in Haffe al-Khala nicht leisten konnte, wo Shaknahyis Eltern beerdigt waren. Und von uns nahm sie nichts an. Shaknahyi fand also seine letzte Ruhe mehr oder weniger in einem Armengrab in dem Friedhof am westlichen Ende des Budayin. Ich folgte am Ende des Zuges, als Indihar den Boulevard il-Jameel überquerte und durch das Osttor ging. Die Leute aus dem Viertel und die Touristen blieben auf dem Trottoir stehen und sahen zu, als die Leichenprozession die Promenade hinaufzog. Viele weinten und murmelten Gebete. Ich weiß nicht, ob sie wußten, wer da beerdigt wurde. Wahrscheinlich spielte das für sie keine Rolle.

Shaknahyis Kollegen rissen sich darum, den Spanplattensarg durch die Straßen zu tragen. Es gab also nicht die üblichen sechs Sargträger, sondern es gab ein regelrechtes Handgemenge und Geschiebe von uniformierten Polizisten, die alle an die mickrige Kiste heranwollten. Diejenigen, die nicht nahe genug herankamen, um sie berühren zu können, schlugen sich mit den Fäusten gegen die Brust und brüllten Glaubensbekenntnisse. Muslimische Rosenkränze waren zu sehen und zu hören, und ich selbst merkte, wie ich darin einstimmte und Gebete murmelte, die mir als kleines Kind beigebracht worden waren. Nach einer Weile hatte auch mich diese merkwürdige Mischung aus Verzweiflung und Feierlichkeit erfaßt. Ich pries Allah dafür, daß er unserer hilflosen Seele soviel Ungerechtigkeit und Schrecken aufbürdete.

Im Friedhof hielt ich mich wieder etwas entfernt, als der ungeschmückte Sarg in die Grube hinabgelassen wurde. Ein paar von Shaknahyis engsten Freunden unter den Polizisten wechselten sich dabei ab, das Grab zuzuschaufeln. Die Trauernden murmelten weiter ihre Gebete, obwohl der Imam es abgelehnt hatte, der Beerdigung bis zum Schluß beizuwohnen. Indihar stand tapfer daneben. Sie hielt die Hände von Hâkim und Zahra, und der achtjährige Jirji hielt Hâkim bei der anderen

Hand. Ein paar offizielle Vertreter der Stadt traten auf Indihar zu und sagten etwas, worauf sie angespannt nickte. Dann gingen die Polizisten einzeln an ihr vorbei und sprachen ihr das Beileid aus. Dabei sackte Indihar zusammen. Ich wußte, daß sie jetzt weinte. Der kleine Jirji schaute die ganze Zeit mit völlig leerem Gesichtsausdruck über die zerfallenen Grabsteine hinweg.

Als die Beerdigung zu Ende war, gingen alle. Nur ich blieb. Die Polizei hatte in der Wache einen kleinen Imbiß vorbereitet, weil sich Indihar auch das nicht leisten konnte. Sie muß die Situation als sehr demütigend empfunden haben. Sie hatte nicht nur ihren Ehemann verloren, sondern mußte auch noch sehen, wie ihre Armut vor all ihren Freunden und Bekannten ausgebreitet wurde. Für viele Mohammedaner bereitet eine unwürdige Beerdigung den Hinterbliebenen genausoviel Kummer wie der Verlust des Angehörigen selbst.

Ich zog es vor, an dem Empfang auf der Polizeiwache nicht teilzunehmen. Ich blieb, durcheinander und bedrückt, zurück vor Jirjis Grab. Ich sagte ein paar Gebete und Stellen aus dem Koran auf. »Ich verspreche es, Jirji«, flüsterte ich, »daß Jawarski damit nicht durchkommt.« Ich machte mir nicht vor, daß Shaknahyi deshalb ruhiger da unten lag oder daß Indihars Kummer gelindert würde, oder der kleine Jirji, Hâkim und Zahra dadurch weniger Probleme hätten. Mir fiel nur sonst nichts ein. Schließlich wandte ich mich um und ging. Ich machte mir Vorwürfe, daß ich gezögert hatte, und betete darum, daß darunter niemals mehr jemand leiden sollte.

Ich dachte noch über das Begräbnis nach, als ich von Catavinas geheimem Unterschlupf zurück zur Polizeiwache fuhr. Es donnerte, und das wunderte mich, denn in der Stadt gibt es selten Gewitter. Ich sah durch die Windschutzscheibe hoch zum Himmel, aber keine Wolken waren zu sehen. Ein kalter Schauer lief mir den Rükken hinunter bei dem Gedanken, daß der Donnerschlag vielleicht ein Zeichen Gottes gewesen war, um mich zurechtzuweisen und mir Shaknahyis Beerdigung ins Gedächtnis einzubrennen. Zum erstenmal seit seinem Tod spürte ich eine Leere in mir.

Außerdem ging mir durch den Kopf, daß vielleicht meine Vorstellung von Rache nicht adäquat sei. Paul Jawarski zu finden und vor Gericht zu bringen, würde weder Shaknahyi wieder zum Leben erwecken noch mich aus dem Intrigennetz befreien, in das Jawarski, Reda Abu Adil, Friedlander Bei und Kommissar Hajjar verwickelt zu sein schienen. Plötzlich erkannte ich, daß ich aufhören mußte zu glauben, es gäbe für dieses Puzzle eine einfache Lösung. Von den einzelnen Spielern kannte keiner die ganze Geschichte, da war ich mir sicher. Ich mußte jeder einzelnen Spur nachgehen in der Hoffnung, daß am Schluß die Hinweise zusammenpassen würden. Wenn Shaknahyis Verdacht unbegründet war, und ich die falsche Spur verfolgte, würde ich nicht nur die Selbstachtung und die Achtung der anderen verlieren. Ich würde mit Sicherheit auch mit dem Leben bezahlen.

Ich parkte den Bullenwagen in der Garage und ging in mein Büroabteil im zweiten Stock der Wache. Hajjar verließ selten sein Glaskabuff, ich befürchtete also nicht, von ihm erwischt zu werden. Erwischt zu werden! Zum Teufel noch mal, ich wollte arbeiten!

Es war schon einige Wochen her, daß ich mein Terminal benutzt hatte. Ich nahm an meinem Schreibtisch Platz und legte eine neue legierte Kobaltzellspeicherplatte in den Computer ein. »Datei erstellen«, sagte ich.

»Dateiname?« fragte die neutrale Synthesizerstimme zurück.

»Phönixdatei.« Es gab nicht viele Fakten, die ich eingeben konnte. Zuerst las ich die Namen aus Shaknahyis Notizbuch. Dann schaute ich auf den Bildschirm. Vielleicht sollte ich jetzt Shaknahyis Ermittlungen fortsetzen.

Alle Arbeitsplatzterminals hier waren mit dem Polizeizentralcomputer verbunden. Leider hatte mir Kommissar Hajjar nie besonders getraut, so daß ich nur die normale Zugriffsberechtigung hatte. Ich konnte also nur die Informationen abrufen, die auch jeder normale Bürger erhielt, der vorne die Polizeiwache betrat und beim Informationsdienst fragte. Doch in all den Monaten, die ich bei den Bullen gearbeitet hatte, hatte ich aus den Schreibtischhengsten mit den höheren Zugriffsberechtigungen eine Menge Codes rausgeholt. Unter den Nichtuniformierten gab es einen regelrechten Handel mit geheimen Informationen. Das verstieß zwar gegen das Gesetz, aber nur so konnten wir unsere Arbeit tun.

»Suchen«, sagte ich.

»Die zu suchende Zeichenfolge eingeben«, hakte das Annamese-Terminal mit seinem merkwürdigen amerikanischem Akzent nach.

»Bouhatta.« Ishaq Abdul-Hadi Bouhatta war der erste Eintrag in Shaknahyis Notizbuch. Der Name eines Opfers, dessen Mörder noch nicht gefaßt war.

»Kennwort eingeben«, sagte der Computer.

Ich hatte eine Reihe Sicherheitscodes auf einen Zettel gekrakelt, den ich in einem technischen Handbuch versteckt hatte. Doch das oberste Kennwort hatte ich schon vor langer Zeit auswendig gelernt. Es bestand aus einer bunten Mischung von vierundzwanzig Zeichen, Buchstaben, Ziffern und arabischen Symbole. Diese mußte ich nun per Hand eingeben.

»Akzeptiert«, sagte das Terminal. »Suche läuft.«

Dreißig Sekunden später erschien die gesamte Datei über Bouhatta auf dem Bildschirm. Seinen Lebenslauf und die Einzelheiten seines Todes überflog ich nur — bis auf den Hinweis, daß er aus nächster Nähe mit einer Schockpistole erschossen wurde. Genauso wie Blanca. Ich wollte wissen, was mit seiner Leiche passiert war. Diese Information fand ich im Bericht des Leichenbeschauers, der letzten Seite der Datei. Es hatte keine Autopsie stattgefunden, dafür war Bouhattas Leiche an das Krankenhaus Abu Emir am Al-Islam-Platz gebracht worden.

»Erneut suchen?« wollte das Terminal wissen.

»Nein«, sagte ich. »Daten laden.«

»Datenbank?«

»Krankenhaus Abu Emir.«

Der Computer brauchte einen Augenblick und sagte dann: »Aktuelle Zugriffsberechtigung ausreichend.« Es dauerte ziemlich lange, bis die Verbindung zum Krankenhauscomputer hergestellt war.

Als das Hauptmenü auf dem Bildschirm erschien, forderte ich eine Suche nach Bouhattas Daten an. Nach kurzer Zeit hatte ich gefunden, was ich wissen wollte. Wie Shaknahyi vermutet hatte: Bouhatta wurden kurz nach seinem Tod Herz und Lungen entfernt, um sie Elwau Chami einzupflanzen. Ich nahm an, daß auch Shaknahyis Informationen zu den anderen ungelösten Morden stimmten.

Nun wollte ich noch einen Schritt weiter gehen. »Erneut suchen?« fragte das Terminal.

»Ja«, sagte ich.

»Die zu suchende Zeichenfolge eingeben.«

»Chami.« Ein paar Sekunden später tauchte eine Liste mit fünf Namen auf, von Chami, Ali Masoud bis Chami, Zayd.

»Auswahl treffen«, wurde ich aufgefordert.

»Chami, Elwau.« Die Datei erschien, und ich las sie sorgfältig durch. Über Chami gab es nichts Außergewöhnliches zu berichten. Er war nicht besonders arm und nicht besonders reich. Er war verheiratet und hatte sieben Kinder, fünf Söhne und zwei Töchter. Er lebte in einer Wohngegend der Mittelschicht, nordöstlich vom Budayin. In den medizinischen Berichten stand natürlich nichts über eventuelle Konflikte mit dem Gesetz, aber unter den vielen Formularen und Fakten war eine wichtige Information verborgen: Elwau Chami hatte einen kleinen Laden im Budayin, in der Elften Straße, nördlich von der Promenade. Diesen Laden kannte ich, Chami verkaufte im zur Straße gelegenen Teil billige Orientteppiche, und den hinteren Teil hatte er an ein altes pakistanisches Ehepaar vermietet, die den Touristen Messingwaren verkauften. Interessant daran war, daß das Gebäude Friedlander Bei gehörte. Chami arbeitete wahrscheinlich auch als Türsteher für den hochklassigen Spielsalon im oberen Stockwerk.

Dann ging ich dem Mordfall Blanca Mataro nach. Die Geschlechtsumwandlung, deren Leiche Jirji Shaknahyi und ich entdeckt hatten. Sie war in ein anderes Krankenhaus gebracht worden, wo ihr die dringend benötigten Nieren und die Leber entnommen wurde. Diese erhielt eine schwerkranke junge Frau, die Blanca nie getroffen hatte. Das war an sich nicht ungewöhnlich. Viele Menschen vermachten ihre Organe im Falle eines plötzlichen Todes einem Krankenhaus. Ich fand nur höchst merkwürdig, daß die Empfängerin zufällig eine Nichte Umar Abdul-Qawys war.

Ich verbrachte anderthalb Stunden damit, die Dateien nach den anderen Namen in Shaknahyis Notizbuch zu durchsuchen. Neben Chami hatten zwei der Mordopfer — Blanca und Andreja Svobik — enge Verbindungen zu Papa. Ich war stolz, daß ich bei zwei der übrigen vier Namen dasselbe für Reda Abu Adil nachweisen konnte. Ich hätte eine anständige Summe darauf gesetzt, daß das auch auf die übrigen zutraf, aber ich wollte es nicht weiter verfolgen. Die Sache würde nie vor Gericht kommen. Weder Abu Adil noch Friedlander Bei konnte man damit vor einen Richter zitieren.

Was hatte ich also herausgefunden? Erstens: Es hatte in den letzten paar Wochen mindestens vier ungelöste Morde in der Stadt gegeben. Zweitens: Alle vier Opfer waren auf dieselbe Art und Weise umgebracht worden, nämlich aus nächster Nähe mit einer Schockpistole. Drittens: Allen vier Opfern waren nach ihrem Tod Organe entnommen worden, da sie in der Organspenderdatei der Stadt standen. Viertens: Alle vier Opfer und alle vier Empfänger hatten direkte Verbindungen zu Abu Adil oder Papa.

Ich hatte genug Beweise gefunden, um Shaknahyis Vermutung zu untermauern. Aber mir war klar, Hajjar würde noch immer von der Hand weisen, daß diese Morde verknüpft sein könnten. Ich konnte darauf darlegen, daß die Mörder Schockpistolen verwendet hatten, um die inneren Organe nicht zu beschädigen. Aber Hajjar würde auch das nur mit einem Achselzucken zur Kenntnis nehmen. Höchstwahrscheinlich wußte Hajjar das alles längst und hatte mich deshalb mit dem On-Cheung-Auftrag abgespeist, statt mich gegen den Mörder Shaknahyis ermitteln zu lassen. Ich hatte eine Menge mächtiger Gegner. Nur gut, daß Gott auf meiner Seite war.

»Erneut suchen?« fragte mein Terminal.

Ich zögerte. Es gab noch einen Namen zu überprüfen. Aber ich wollte nichts Genaues erfahren. Shaknahyi hatte mich, nachdem er getroffen worden war, gebeten, herauszufinden, wer die Hand auf seine Sachen legte. Ich glaubte es bereits zu wissen, obwohl ich noch keinen Namen hatte. Ich war mir sicher, daß Teile von Jirji Shaknahyi in einem von Abu Adils oder Friedlander Beis Geschäftspartnern oder einem ihrer Freunde oder Verwandten weiterlebten. Mir reichte es, ich schaltete aus. Der Bildschirm vor mir war wieder schwarz, und ich dachte darüber nach, was nun als nächstes zu tun war.

Ich hatte Mühe, der Versuchung zu widerstehen, jemand in der Wache um ein paar Sunnys anzuhauen, als mein Telefon läutete. Ich meldete mich.

»*Marhaba.*« Es war Morgans schroffe Stimme.

Mehr Arabisch konnte er nicht. Ich beugte mich rüber, faßte nach dem Englisch-Daddy und steckte es mir rein.

»Wie geht's, Mann?« sagte er.

»Gut, gepriesen sei Gott. Was gibt's?«

»Wissen Sie noch, ich versprach, Ihnen bis Mittwoch das Versteck Jawarskis zu liefern?«

»Ja, ich habe mich schon gefragt, wann Sie wohl wieder mal was von sich hören lassen.«

»Scheint, ich war etwas zu optimistisch.« Da klang Reue durch.

»Ich dachte mir schon, daß Jawarski seine Spuren gut verwischt.«

»Dabei muß ihm wer geholfen haben, Mann.«

Ich setzte mich gerade hin. »Was wollen Sie damit sagen?«

Es dauerte etwas, bevor Morgan fortfuhr. »Shaknahyis Tod ist Stadtgespräch. Den meisten Leuten ist es egal, daß ein Bulle weggepustet wurde, aber ich habe noch keinen getroffen, der etwas gegen Shaknahyi selbst hatte. Und Jawarski ist völlig verrückt. Niemand würde den Finger für ihn heben.«

Ich schloß die Augen und massierte mir die Stirn. »Und warum haben Sie ihn dann noch nicht gefunden?«

»Darauf komme ich gleich. Es sieht also ganz danach aus, als ob die Bullen den Mistkerl verstecken.«

»Wo? Warum?« Chiri hatte Morgan empfohlen, weil man sich auf ihn verlassen könne. Doch diese Geschichte war etwas zu unglaubwürdig.

»Fragen Sie Ihren Kommissar Hajjar. Er und Jawarski verbrachten vor ein paar Wochen einen feuchtfröhlichen Abend in der ›Silbernen Palme‹.«

»Warum sollte Hajjar, ein hochrangiger Polizist, einen wahnsinnigen entlaufenen Mörder auf einen seiner eigenen Männer ansetzen?«

Es war direkt zu hören, wie Morgan die Achseln zuckte. »Sie glauben, Hajjar hat seine Finger in irgendwelchen finsteren Machenschaften, Mann?«

Ich lachte ironisch, und Morgan lachte ebenfalls. »Dabei ist das gar nicht komisch«, sagte ich. »Ich hatte die ganze Zeit schon das Gefühl, daß Hajjar nicht ganz sauber ist, aber daß er Jawarski die Anweisungen gibt? Trotzdem, es erklärt einiges.«

»Um was geht es denn überhaupt?«

»Es geht um etwas namens Phönixdatei. Ich weiß noch nicht, was das bedeutet. Versuchen Sie einfach, Jawarksi dingfest zu machen, okay? Haben Sie etwas über ihn herausgefunden?«

»Ja. Er saß in einer Gefängniszelle in Khartoum und wartete auf seine Hinrichtung. Jemand schmuggelte eine Waffe in seine Zelle. Eines Nachmittags spaziert Jawarski den Gang entlang und trifft zwei unbewaffnete Wachen. Er erschießt die beiden, geht in die Amtsräume und ballert wie verrückt in der Gegend rum, bis er die Schlüssel kriegt. Darauf sperrt er das große Haupttor auf und spaziert ganz ruhig hinaus. Vor dem Tor ist ein Haufen Leute wegen der Schüsse. Er bahnt sich seinen Weg und geht ein paar Häuser weiter, wo ein Wagen auf ihn wartet. Jawarski fährt auf Nimmerwiedersehen davon. Man hörte erst wieder von ihm, als er hier in der Stadt auftauchte.«

»Wann war das?«

»Er ist seit einem Monat hier, können auch sechs Wochen sein. Ein paar Raubüberfälle, noch ein paar Morde. Dann erkannte ihn jemand in Melouls Restaurant, und den Rest wissen Sie ja.«

»Es würde mich interessieren, ob ihn wirklich wer in der Kneipe erkannt hat. Shaknahyi glaubte, daß Hajjar uns in eine Falle laufen ließ, indem er Jawarski bei Meloul auftauchen ließ und Jirji und mich hinüberschickte, damit er uns fertigmachen konnte.«

»Könnte sein, Mann. Wir müssen Jawarski fragen, wenn wir ihn in der Tasche haben.«

»Ja, das stimmt«, knurrte ich. »Vielen Dank, Morgan. Und schnüffeln Sie weiter.«

»So ist es, Mann. Ich möchte mir den Rest des Geldes auch noch verdienen. Passen Sie auf sich auf.«

»Da können Sie drauf wetten«, sagte ich und steckte das Telefon zurück in den Gürtel.

Es war angenehm, mehr zu wissen als meine Feinde. Ich hatte den Vorteil, daß ich die Augen offenhielt. Ich hatte noch immer keine Ahnung, wo mich das hinführen würde, aber zumindest war mir das Ausmaß der Verschwörung klargeworden, die ich aufzudecken suchte. Ich würde mich hüten, irgend jemand völlig zu vertrauen.

Als die Schicht vorbei war, fuhr ich den Wagen zurück in das ›Polizeikasino‹ und holte den ziemlich betrunkenen Sergeant Catavina ab. Ich setzte ihn an der Polizeiwache ab, übergab das Auto der Nachtschicht und wartete auf Kmuzu. Der Arbeitstag war vorbei, aber ich mußte noch ziemlich viel erledigen, bevor ich zu Bett ging.

12. Kapitel

Fuad il-Manhous war nicht der Schlaueste. Man mußte Fuad nur ansehen und wußte: »Dieser Kerl ist ein *Narr.*« Er sah aus wie die Figur im Märchen, der ein Dschinn drei Wünsche gewährt, und die den ersten für einen Teller Bohnen verschwendet, den zweiten für einen Löffel und den dritten, um nach dem Essen den Teller und den Löffel wieder abzuspülen.

Er war groß, aber er sah so dünn und verhungert aus wie ein Flüchtling aus einem bengasischen Konzentrationslager. Mein Freund Jacques hat einmal mit dem Zeigefinger und dem Daumen Fuads Arm oberhalb des Ellbogens umfaßt. Und Fuad hatte riesige, geschwollene Gelenke, als litte er an einer schrecklichen Knochenkrankheit oder Vitaminmangel. Sein langes, schmutziges braunes Haar toupierte er hoch. Und dann trug er auch noch eine Brille, ein Ungetüm mit dicken Gläsern und einem Plastikgestell. Wahrscheinlich hatte Fuad nie genug Geld für neue Augen gehabt, nicht einmal für die billigen aus Guatemala mit den nachgebauten Nikon-Linsen. Er wirkte immer verwirrt und bedrückt, denn Fuad bekam nie ganz mit, was gespielt wurde.

›*Il manhous*‹ heißt soviel wie ›der Unglücksrabe‹, aber Fuad hatte nichts gegen seinen Spitznamen einzuwenden. Ganz im Gegenteil, er war froh, überhaupt zur Kenntnis genommen zu werden. Und die Narrenrolle spielte er besser als alle anderen, die ich kannte. Was das anging, war er geradezu genial.

Ich war mit Kmuzu in Chirigas Club, wir saßen an einem der hinteren Tische. Wir sprachen darüber, was meine Mutter in der letzten Zeit so getrieben hatte. Da kam Fuad il-Manhous mit einem Karton zu uns an den Tisch. »Indihar läßt mich tagsüber rein, Marîd«, sagte er mit seiner gereizt klingenden, näselnden Stimme.

»Das stört mich nicht«, entgegnete ich. Mir war völlig entfallen, was ich gerade sagen wollte. Ich sah auf zu ihm, und er grinste herab auf mich. Dabei schüttelte er den Karton. Irgend etwas darin schepperte. »Was ist in der Schachtel?« fragte ich.

Fuad faßte das als Einladung auf, sich zu uns zu setzen. Er holte vom Nebentisch einen Stuhl und schleifte ihn über den Boden, daß mir ein kalter Schauer über den Rücken lief. »Indihar hat gesagt, solange sich niemand beschwert, macht es ihr nichts aus.«

»*Was* macht ihr nichts aus?« wollte ich ungeduldig wissen. Ich hasse es, den Leuten alles aus der Nase ziehen zu müssen. »Was, zum Teufel, hast du da drin?«

Fuad fuhr sich mit seiner dürren, gichtigen Hand durch das fettige Haar und warf Kmuzu einen mißtrauischen Blick zu. Darauf beugte er sich über den Tisch, stellte den Karton ab und machte ihn auf. Es waren etwa ein Dutzend billige vergoldete Kettchen drin. Fuad rührte mit seinem langen, dünnen Zeigefinger darin herum. »Siehst du's?« sagte er.

»Mhm« antwortete ich. Ich sah hoch und fing Kmuzus Blick auf. Er trank gerade den letzten Schluck Eistee. Es tat mir leid, daß ich ihm damals den Rausch anhängte. Seither respektierte ich seine Gefühle. Er stellte das Glas sorgfältig auf dem Untersetzer ab. Er hatte seine Mimik völlig unter Kontrolle, doch ich erkannte sofort, daß er Fuad mißbilligte. Er mißbilligte alles, was er in Chiris Club sah.

»Wo hast du die her, Fuad?« fragte ich.

»Schau sie dir mal an.« Er grinste über das ganze Gesicht. Seine Zähne waren auch schlecht.

Ich angelte mir ein Kettchen und versuchte es mir genau anzusehen, aber es war zu dunkel im Club. Ich drehte das Preisschild um. Zweihundertfünfzig Kiam stand darauf. »Schon gut, Fuad«, zweifelte ich. »Die Touristen und die Leute aus der Stadt, die hier reinkommen, beschweren sich schon über die acht Kiam für den Drink. Ich glaube, da hast du einige Widerstände zu überwinden.«

»Na ja, soviel verlange ich ja nicht.«

»*Wieviel* verlangst du denn?«

Il-Manhous schloß die Augen, als konzentrierte er sich. Darauf sah er mich unterwürfig an und sagte: »Fünfzig Kiam?«

Ich sah noch einmal in die Schachtel und wühlte selbst darin herum. Dann schüttelte ich den Kopf.

»Okay«, Fuad gab nicht nach. »Zehn Kiam, aber *yaa latif!* Damit verdiene ich nichts daran.«

»Vielleicht kannst du sie für zehn verkaufen. Die Preisschilder stammen doch aus den besten Läden der Stadt.«

Fuad zog den Karton an sich. »Sie sind also mehr wert als zehn, hm?«

Ich lachte. »Siehst du«, sagte ich zu Kmuzu, »die Kettchen sind aus billigem Blech. Wahrscheinlich keine fünf Fîq wert. Fuad hier geht in eine exklusive Boutique und stiehlt ein paar Preisschilder, auf denen der Name des Edelschuppens steht und ein dreistelliger Preis. Dann knüpft er die Schilder an seinen Schund und dreht ihn betrunkenen Touristen an. Er denkt sich, daß sie nicht merken, was er ihnen da verkauft, besonders hier, wo es nicht so hell wie draußen ist.«

»Deshalb wollte ich dich fragen, ob es okay ist, wenn ich in der Nachtschicht auch reinkomme«, meldete sich Fuad wieder zu Wort. »Nachts ist es hier noch dunkler. Wäre wahrscheinlich besser.«

»Nein«, sagte ich. »Wenn Indihar nichts dagegen hast, daß du tagsüber die Touristen leimst, ist das ihre Sache. Aber ich will nicht, daß du das nachts machst, wenn ich hier bin.«

»Jenseits des Budayin, *yaa Sidi*«, sagte Kmuzu finster, »hacken sie ihm die Hände ab, wenn sie ihn dabei erwischen.«

Fuad sah zuerst ihn, dann mich mit weit aufgerissenen Augen an. »Du würdest sie das nicht tun lassen, oder, Marîd?«

Ich zuckte die Achseln. »›Einem Dieb und einer Diebin hackt die Hände ab, zur Strafe dessen, was sie begangen haben. Diese warnende Strafe ist von Allah, denn Allah ist allmächtig und allweise.‹ Das steht so im Koran. Kannst du nachlesen.«

Fuad drückte die Schachtel an die Brust. »Warte nur, bis du was von mir brauchst, Marîd!« rief er und stolperte zur Tür. Dabei warf er einen Stuhl um und stieß mit Pualani zusammen.

»Er wird darüber hinwegkommen«, sagte ich zu Kmuzu. »Morgen ist er wieder hier. Bis dahin hat er alles vergessen, was du gesagt hast.«

»Das ist schade«, entgegnete Kmuzu ernst. »Eines Tages gerät er mit seinen Kettchen an den Falschen. Er könnte es für den Rest seines Lebens bedauern.«

»Ja, aber so ist Fuad nun mal. Wie dem auch sei, ich muß noch vor dem Schichtwechsel mit Indihar reden. Macht es dir etwas aus, wenn ich dich eben kurz verlasse?«

»Überhaupt nicht, *yaa Sidi.*« Er schaute mich mit leerem Gesichtsausdruck an. Das verunsicherte mich jedesmal aufs neue.

»Ich bestelle dir noch einen Eistee«, sagte ich und ging an die Theke.

Indihar spülte die Gläser. Ich hatte ihr gesagt, daß sie erst wieder in die Arbeit kommen sollte, wenn sie sich besser fühlte. Aber sie meinte, sie würde lieber arbeiten, als zu Hause mit den Kindern rumzusitzen und Trübsal zu blasen. Sie mußte Geld verdienen, um den Babysitter zu bezahlen, und dann waren da noch eine Menge Ausgaben für die Beerdigung. Die Mädchen schlichen auf

Zehenspitzen um sie herum. Sie wußten nicht, wie sie mit ihr umgehen sollten. Das trug nicht gerade zu einer heiteren Atmosphäre im Club bei.

»Brauchst du etwas, Marîd?« fragte sie. Ihre Augen waren verweint. Sie wich meinem Blick aus und beugte sich wieder über das Spülbecken.

»Noch einen Eistee für Kmuzu, das ist alles.«

»In Ordnung.« Sie holte aus dem Kühlschrank unter der Theke einen Krug mit Eistee. Daraus schenkte sie ein Glas ein, ohne mich weiter zu beachten.

Ich sah die Theke hinunter. Drei neue Mädchen arbeiteten in der Tagschicht. Ich konnte mich nur an den Namen einer kleinen Blondine mit fleischigen Armen und Schenkeln erinnern. »Brandi«, rief ich, »bring das hier zu dem großen Kerl da hinten.«

»Du meinst den *kaffir?*« sagte sie und wandte sich mir zu. Sie hatte riesige Brustimplantate und ungebärdiges blondiertes Haar. Sie war an beiden Armen, über der rechten Brust, am linken Schulterblatt, an beiden Knöcheln und am Hintern tätowiert. Auch unter ihrem Tanga lugte eine Tätowierung hervor. Ich glaube, sie schämte sich dafür, weil sie dauernd einen zerschlissenen Schal trug, wenn sie mit einem Kunden an der Theke saß. Auf der Bühne hatte sie leuchtend rote Plateau-Schuhe an und lange weiße Strümpfe. »Soll ich ihn abkassieren?«

Ich schüttelte den Kopf. »Er ist mein Fahrer. Das geht auf Kosten des Hauses.«

Brandi nickte und verschwand mit dem Eistee. Ich blieb an der Theke und spielte mit einem Korkuntersetzer. »Indihar«, faßte ich mir endlich ein Herz.

Sie sah mich müde an. »Ich habe dir schon gesagt, ich will nicht mehr hören, daß es dir leid tut.«

Ich hob eine Hand. »Das wollte ich auch nicht sagen. Ich finde nur, du solltest dir jetzt etwas unter die Arme greifen lassen. Schon um der Kinder willen. Ich würde liebend gerne für ein Grab in dem Friedhof aufkommen, in dem deine Schwiegereltern beerdigt sind. Chiri würde dir nur zu gern das Geld für ...«

Aufgebracht atmete Indihar tief durch und wischte sich die Hände an einem Handtuch ab. »Das will ich auch nicht mehr hören. Jirji und ich liehen uns nie Geld aus, und ich fange damit jetzt nicht an.«

»Klar, aber das ist doch eine ganz andere Situation. Wieviel Rente zahlt dir die Polizei denn?«

Sie warf angewidert das Handtuch zur Seite. »Ein Drittel von Jirjis Lohn. Mehr nicht. Und dann führen sie noch einen Zirkus auf, daß ich mich noch etwas gedulden müsse. Sie erzählen mir, daß ich die nächsten sechs Monate noch so über die Runden kommen muß, weil es eine Verzögerung gibt. Wir hatten zuvor schon Schwierigkeiten, mit dem Bißchen klarzukommen. Ich habe keine Ahnung, wie das jetzt gehen soll. Ich glaube, ich muß mir eine billigere Wohnung nehmen.«

Mein erster Gedanke war, daß eine noch billigere Wohnung als das Apartment in Haffe al-Khala kaum ein geeigneter Platz sein konnte, um Kinder aufzuziehen. »Vielleicht. Aber schau, Indihar, du hast dir doch wirklich einen bezahlten Urlaub verdient. Warum läßt du mich dir nicht einfach den Lohn zwei oder drei Wochen im voraus zahlen. Dann kannst du zu Hause bei Zahra, Hâkim und dem kleinen Jirji bleiben. Oder du könntest dir in dieser Zeit nebenher was verdienen, vielleicht ...«

Brandi kam zurück an die Theke und ließ sich neben mir auf den Hocker plumpsen. »Das Arschloch gab mir nicht einmal Trinkgeld«, sagte sie verächtlich.

Ich sah sie an. Sie war wahrscheinlich nicht viel schlauer als Fuad. »Ich habe dir schon gesagt, Kmuzu hat hier alles frei. Ich will nicht, daß du ihm an die Börse gehst.«

»Wer ist er denn? Dein ganz spezieller Freund?« fragte Brandi spitz.

Ich warf Indihar einen Blick zu. »Ist es dir sehr wichtig, daß dieses Miststück hier arbeitet?«

Brandi hüpfte vom Hocker und rannte in die Garderobe. »In Ordnung, in Ordnung«, rief sie, »vergiß es!«

»Marîd«, flüsterte Indihar um Fassung ringend, »laß mich in Ruhe. Versuche nicht mehr, mir etwas zu leihen, zu schenken oder sonstwas zu drehen. Okay? Ich will, daß du mich soweit respektierst und mich meinen eigenen Weg finden läßt.«

Ich hatte ihr nichts mehr entgegenzusetzen. »Wie du willst.« Ich ging zurück an den Tisch zu Kmuzu. Ich hätte mir wirklich von ganzen Herzen gewünscht, Indihar hätte sich helfen lassen. Ich bewunderte sie über die Maßen. Sie war eine fabelhafte, intelligente Frau und sah dabei noch gut aus.

Ich trank noch ein paar Drinks und schlug die Zeit tot. Dann war es acht Uhr. Chiri und das Nachtteam kamen, ich sah Indihar zu, wie sie abrechnete und die Mädchen von der Tagschicht auszahlte, um dann ohne ein Wort zu sagen zu verschwinden. Ich ging an die Theke, um Chiri zu begrüßen. »Ich finde, Indihar gibt sich zu große Mühe, tapfer zu sein«, sagte ich zu ihr.

Sie saß auf dem Hocker hinter der Theke und ließ den Blick über die sieben oder acht Kunden schweifen. »Gestern erzählte sie mir von ihrem zwölften Geburtstag«, sagte Chiri abwesend. »Sie sagte, daß sie Jirji schon von Kindesbeinen an kannte. Sie sind beide im selben Dorf aufgewachsen. Sie konnte Jirji immer gut leiden, und als ihr ihre Eltern erzählten, daß sie sich mit Jirjis Eltern einig geworden wären, die zwei Kinder miteinander zu verheiraten, war Indihar glücklich.«

Chiri bückte sich und holte ihre Privatflasche *Tende* heraus. Sie schenkte sich ein halbes Glas voll und nippte daran. »Indihar wuchs traditionell auf«, fuhr sie fort. »Ihre Leute waren altmodisch und abergläubisch. Sie wuchs in Ägypten auf, wo es noch dieses Ammenmärchen gibt, daß Mädchen, die vom Wasser des Nils trinken, zu leidenschaftlich werden. Sie verlangen zuviel von ihren armen Ehemännern. Deshalb gibt es den

Brauch, die Mädchen vor der Hochzeit zu beschneiden.«

»Auf dem Land machen das noch viele Mohammedaner.«

Chiri nickte. »Die Hebamme beschnitt Indihar und streute Zwiebeln und Salz in die Wunde. Indihar mußte hinterher sieben Tage im Bett bleiben. Ihre Mutter brachte ihr Unmengen Hähnchenfleisch und Granatäpfel zu essen. Als sie wieder aufstehen durfte, schenkte ihr ihre Mutter ein neues Kleid, das sie für sie genäht hatte. Indihars Klitoris war darin eingenäht. Die beiden nahmen das Kleid und warfen es in den Fluß.«

Mir lief ein Schauer über den Rücken. »Warum erzählst du mir das alles?«

Chiri nahm noch einen Schluck *Tende.* »Damit du verstehst, was Jirji Indihar bedeutete. Sie erzählte mir, daß die Beschneidung äußerst schmerzhaft war, aber daß sie froh darüber war. Es bedeutete, daß sie endlich eine erwachsene Frau war und Jirji mit dem Segen ihrer Familie und ihrer Freunde heiraten konnte.«

»Ich glaube, das geht mich alles nichts an.«

»Weißt du, was dich nichts angeht? Ihr dauernd mit ihrer finanziellen Situation auf die Nerven zu gehen. Laß sie in Ruhe, Marîd. Du meinst es ja gut, und es war richtig, ihr nach Jirjis Tod deine Hilfe anzubieten. Aber Indihar hat gesagt, daß sie unser Geld nicht will, und es nervt sie nur, wenn du andauernd damit anfängst.«

Ich ließ den Kopf hängen. »Das habe ich anscheinend nicht gemerkt. In Ordnung, danke, daß du mir Bescheid gesagt hast.«

»Sie schafft das schon. Und wenn sie Probleme hat, wird sie uns das sicher sagen. Ach, könntest du bei Kmuzu ein Wort für mich einlegen? Mir gefällt der Kerl.«

Ich zog die Augenbrauen in die Höhe. »Willst du mich etwa eifersüchtig machen? Kmuzu? Er ist nicht gerade der gesellige Typ, mußt du wissen. Den verschlingst du ja am Stück.«

»Auf alle Fälle wär's einen Versuch wert«, sagte sie und lächelte, daß die zugefeilten Zähne nur so blitzten.

Wieder mal Zeit für einen Schuß ins Blaue. »Chiri«, probierte ich es, »was fällt dir zu den Buchstaben A.L.M. ein?«

Sie dachte kurz darüber nach. »Die *Allianz lesbischer Mütter*«, sagte sie. »Hanina, das Mädchen das bei Frenchy auftrat, bekam immer ihr Rundschreiben. Warum?«

Ich kaute an der Unterlippe. »Das kann es nicht sein. Wenn dir noch etwas anderes zu A.L.M. einfällt, sag mir Bescheid.«

»Okay, Schatz. Um was geht es denn? Eine Art Rätsel?«

»Ja, ein Rätsel.«

»Gut, ich denke darüber nach.« Sie nippte wieder an ihrem *Tende* und blickte über meinen Kopf hinweg in die Spiegel an der Wand gegenüber. »Mir kam da ein Gerücht zu Ohren, du hättest deine ganzen netten Pillen die Toilette runtergespült. Hätte nie gedacht, daß ich diesen Tag noch erleben würde. Müssen wir uns jetzt um einen neuen Pillen-Champion umsehen?«

»Sieht so aus. Ich habe mein Pillenschächtelchen kurz nach Jirjis Tod geleert.«

Chiris Miene wurde ernst. »Ah ja.«

Ein paar Sekunden wußte keiner von uns, was er sagen sollte. »Ich kann dir sagen«, brach ich das unangenehme Schweigen schließlich, »es fiel mir zwischendurch ziemlich schwer, aber ich lasse die Finger davon.«

»Weniger zu nehmen, ist eine Sache. Doch ganz aufzuhören erscheint mir etwas extrem. Wahrscheinlich ist es besser so, aber ich bin in allen Dingen eine Anhängerin des Mittelwegs. Und das gilt auch für die Abstinenz.«

Ich lächelte. »Ich weiß dein Interesse zu schätzen, doch ich weiß, was ich tue.«

Chiri schüttelte traurig den Kopf. »Ich hoffe es. Ich

hoffe, du machst dir nichts vor. Du hast wenig Erfahrung damit, nüchtern durchs Leben zu gehen. Das könnte Probleme geben.«

»Ich komme gut klar, Chiri.«

»Vielleicht solltest du morgen in Lailas Laden vorbeischauen. Sie hat diese Moddys, die dir das Gefühl geben, als hättest du eine Handvoll Pillen eingeschmissen. Sie hat die ganze Bandbreite vorrätig: Sunnys, Beautys, Triphets, RPM — wonach dir der Sinn steht. Du steckst dir das Moddy ein, und wenn du dein Hirn brauchst, holst du's wieder raus, und du bist stocknüchtern.«

»Ich weiß nicht recht. Hört sich irgendwie doof an.«

Chiri hob die Hände. »Das ist deine Sache.«

»Machst du mir einen Gin mit Bingara?« Ich hatte keine Lust mehr, über Drogen zu reden. Ich spürte schon wieder dieses Verlangen.

Ich sah Yasmin auf der Bühne zu, während Chiri meinen Drink zubereitete. Yasmin war noch immer die hübscheste XY-Chromosomensammlung, die ich kannte. Nachdem wir wieder auf freundlichem Fuß standen, hatte sie mir anvertraut, daß es ihr leid täte, sich ihr langes schwarzes Haar geschnitten zu haben. Sie ließ es wieder wachsen. Während sie sinnlich zu der Musik tanzte, warf sie mir immer wieder Blicke zu. Jedesmal, wenn sich unsere Augen trafen, lächelte sie. Ich lächelte zurück.

»Da ist er, Boss«, sagte Chiri und stellte den Drink auf den Korkuntersetzer vor mir.

»Dankeschön.« Ich nahm das Glas, warf Yasmin einen heißen Blick zu und ging zurück zu Kmuzu. »Stell dir vor«, sagte ich, »du hast eine heimliche Bewunderin. Wußtest du das?«

Kmuzu war perplex. »Was meint Ihr damit, *yaa Sidi?*«

Ich grinste. »Ich glaube, Chiriga würde gerne deinen Kreislauf durcheinanderbringen.«

»Das ist nicht möglich.« Er war ganz verstört.

»Magst du sie nicht? Sie ist wirklich ziemlich nett. Laß dich von dieser Kannibalennummer nicht verwirren.«

»Das ist es nicht, *yaa Sidi.* Ich habe nicht vor zu heiraten, solange ich Sklave bin.«

Ich lachte. »Das verträgt sich mit Chiris Plänen. Ich denke, sie will ebensowenig heiraten.«

»Ich habe Euch, als wir uns zum erstenmal sahen, gesagt, daß ich Christ bin.«

Chiri kam herüber und setzte sich zu uns, bevor ich darauf etwas sagen konnte. »Wie geht's, Kmuzu?« begrüßte sie ihn.

»Mir geht es gut, Fräulein Chiriga«, sagte er. Seine Stimme war nahe dem Gefrierpunkt.

»Es würde mich interessieren, ob du es schon mal mit jemand gemacht hast, der Honey Pílars neuestes Moddy trägt, *Glühendes Verlangen*. Das ist mein Lieblingsmoddy von ihr. Es macht mich so schwach, daß ich kaum aus dem Bett komme.«

»Fräulein Chiriga ...«

»Kannst mich Chiri nennen, Süßer.«

»... ich möchte, daß Sie damit aufhören, mir sexuelle Avancen zu machen.«

Chiri sah mich an und zog die Augenbrauen in die Höhe. »Mache ich sexuelle Avancen? Ich habe ihn nur gefragt, ob er es je ...«

»Habe ich richtig gehört, Honey Pílar hat sich wieder scheiden lassen?« fragte Rani, eine der Debs von der Nachtschicht, die zu uns an den Tisch herübergekommen war. Augenscheinlich bestellte kein Kunde Drinks oder ließ sich sonstwas abluchsen. Es mußte eine fade Nacht sein, wenn Kmuzu und ich die Hauptattraktion im Club waren.

Chiri war sichtlich verärgert. »Macht zu, daß jemand auf die gottverdammte Bühne kommt und tanzt!« schrie sie. Dann stand sie auf und ging wieder hinter die Theke. Lily, die hübsche belgische Geschlechtsumwandlung, zog die Jacke aus und legte ihre Musik auf.

»Ich glaube, ich habe jetzt genug von dieser ausgelassenen Lebensfreude«, gähnte ich. »Komm, Kmuzu! Gehn wir nach Hause!«

Yasmin kam her und legte mir die Hand auf den Arm. »Kommst du morgen vorbei?« fragte sie. »Ich muß mit dir über etwas Persönliches reden.«

»Willst du jetzt reden?«

Sie wich entsetzt meinem Blick aus. »Nein, ein andermal. Aber ich wollte dir das hier geben.« Sie hielt ihr elektronisches Taschen-*I-Ging* hoch. Sie schwor auf das *I Ging*, und sie war noch immer überzeugt davon, daß es all die schrecklichen Ereignisse, die vor ein paar Monaten geschehen waren, exakt vorausgesagt hatte. »Vielleicht brauchst du es noch einmal.«

»Das denke ich nicht. Warum behältst du es nicht?«

Sie legte es mir in die Hand und drückte sie zu. Anschließend küßte sie mich. Es war ein sanfter, langer Kuß auf den Mund. Ich war überrascht, daß ich dabei zitterte.

Ich verabschiedete mich von Chiri und den Debs und den Umwandlungen, und Kmuzu folgte mir hinaus in die warme, wilde Nacht auf der Promenade. Wir liefen zurück zum Tor, wo das Auto stand. Kmuzu erklärte mir den ganzen Weg nach Hause, daß er Chiri zu schamlos und viel zu aufdringlich fände.

»Und sexy findest du sie nicht?« fragte ich ihn.

»Um das geht es nicht, *yaa Sidi*«, sagte er. Ab da konzentrierte er sich ausschließlich auf das Fahren.

Nachdem wir in Friedlander Beis Villa angekommen waren, ging ich in meine Suite, um mich zu entspannen. Ich holte mir ein Notizbuch und legte mich auf das Bett. Ich wollte meine Gedanken sortieren. Da fiel mein Blick auf Yasmins elektronisches *I Ging*, und ich mußte leise lachen. Ohne besonderen Grund drückte ich auf den weißen Knopf mit dem H darauf. Schon flötete der kleine Computer seine eingängige Melodie. Eine blecherne Frauenstimme meldete sich: »Hexagramm sechs. Sung.

Der Streit. Der erste, der zweite und der sechste Platz sind bewegt.«

Ich hörte mir das Urteil an und den Kommentar, und dann drückte ich L für Linien. Es lief darauf hinaus, daß ich mich in einer schwierigen Situation befände und daß, wenn ich mein Ziel mit aller Gewalt zu erreichen versuchte, auf eine Menge Widerstand stoßen würde. Dazu brauchte ich keinen Taschencomputer.

Das Bild war ›Himmel und Wasser gehen einander entgegengesetzt‹, und mir wurde geraten, mich nicht zu weit vorzuwagen, denn damit würde ich meine Situation nur verschlechtern. Dieser Rat kam leider etwas spät. »Sorgliches Innehalten auf halbem Wege bringt Heil. Zu Ende führen bringt Unheil«, ermahnte mich die blecherne Frauenstimme. »Fördernd ist es, den großen Mann zu sehen. Nicht fördernd ist es, das große Wasser zu durchqueren.«

Das hätte ich nur zu gern getan. Alles über Abu Adil und Jawarski vergessen, Shaknahyi als schreckliche Tragödie abbuchen und Papa allein mit Umm Saad fertig werden lassen. Sollte er doch die Sprechenden Felsen damit beauftragen, die Natter zu erschlagen. Meiner Mutter könnte ich einen dicken Umschlag geben, dann Chirigas Club auf Wiedersehen sagen und nichts wie rein in den nächsten Bus und raus aus der Stadt.

Unglücklicherweise war all das nicht möglich. Ich schaute das Spielzeug-*I-Ging* wehmütig an. Dann fiel mir ein, daß ich durch die bewegten Linien ja noch ein zweites Hexagramm erhielt. Vielleicht kam ich dadurch weiter. Ich drückte W für Wandlung.

»Hexagramm siebzehn. Sui. Die Nachfolge. Inmitten des Sees ist der Donner.« — Was immer das hieß. Ich erfuhr, daß sich alles zum Besten wenden würde. Ich mußte nur in Harmonie mit den Menschen handeln, mit denen ich zu tun hatte. Ich brauchte nur meine Wünsche den Erfordernissen der Zeit anpassen.

»Okay«, sagte ich. »Das mache ich. Jetzt brauche ich

nur noch jemanden, der mir sagt, was die Erfordernisse der Zeit sind.«

»Solche Zukunftsvoraussagen sind eine Blasphemie«, machte sich Kmuzu bemerkbar. »Alle orthodoxen Religionen verbieten es.« Ich hatte ihn nicht ins Zimmer kommen hören.

»Das Konzept der Synchronizität ist nicht unlogisch«, erwiderte ich. Eigentlich dachte ich ziemlich genauso über das *I Ging* wie er, aber ich wollte ihn ein wenig aus der Reserve locken. Vielleicht würde er dann etwas weniger verkrampft werden.

»Ihr habt Umgang mit gefährlichen Menschen, *yaa Sidi.* Ihr müßt Euch von Eurem Verstand leiten lassen, nicht von so einem Spielzeug.«

Ich warf ihm Yasmins Schatz zu. »Du hast recht, Kmuzu. So etwas kann gefährlich werden, wenn es in die Hände eines solchen Idioten gerät.«

»Ich werde es morgen früh Fräulein Yasmin zurückgeben.«

»Gut.«

»Braucht Ihr heute abend noch etwas?«

»Nein, Kmuzu, ich mache mir nur ein paar Notizen, und dann schlafe ich.«

»Gute Nacht, *yaa Sidi.*«

»Gute Nacht, Kmuzu.« Er schloß die Schlafzimmertür hinter sich.

Ich stand auf und zog mich aus. Anschießend schlug ich die Bettdecke zurück und legte mich hin. Ich schrieb Namen in mein Notizbuch: Friedlander Bei, Reda Abu Adil und Umar Abdul-Qawy, Paul Jawarksi, Umm Saad, Kommissar Hajjar. Die Bösen. Dann schrieb ich die Guten auf: mich.

Mir fiel ein Sprichwort ein, das ich als Kind in Algier gehört hatte. »Es ist besser zu fliehen, wenn es nicht notwendig ist, als nicht zu fliehen, wenn es notwendig ist.« Ein Trip nach Shanghai oder Venedig schien die einzig vernünftige Reaktion in einer Situation wie dieser.

Ich schlief wohl mit dem Gedanken ein, eine Tasche voll Kleidung und Geld zu packen und hinauszulaufen in die von Blütendüften erfüllte Nacht. Ich träumte Bizarres über Chirigas Club. Kommissar Hajjar schien das Sagen zu haben. Ich suchte dort jemand, es konnte Yasmin sein oder auch Fayza, eine Jugendliebe von mir. Dann war da ein Streit mit meiner Mutter, ob ich eine Flasche Scherbett mitgebracht hätte. Und dann war ich in der Schule, hatte nichts an und war nicht auf eine wichtige Prüfung vorbereitet.

Jemand rüttelte mich und schrie. »Aufwachen, *yaa Sidi!*«

»Was ist los, Kmuzu?« fragte ich verwirrt. »Ist was passiert?«

»Das Haus brennt!« rief er. Er zog mich am Arm aus dem Bett.

»Ich sehe kein Feuer.« Doch ich konnte den Qualm riechen.

»Das ganze Stockwerk brennt. Wir haben nicht viel Zeit. Wir müssen hinaus.«

Inzwischen war ich völlig wach. Ich sah eine dicke Rauchschwade in dem hellen Mondlicht, das durch das Fenstergitter fiel. »Mit mir ist alles in Ordnung, Kmuzu«, beruhigte ich ihn. »Ich wecke Friedlander Bei auf. Glaubst du, daß das ganze Haus brennt oder nur dieser Flügel?«

»Ich weiß es nicht, *yaa Sidi.*«

»Dann laufe hinüber in den Ostflügel und wecke meine Mutter. Bring sie in Sicherheit.«

»Und Umm Saad ebenfalls.«

»Ja, stimmt.« Er rannte aus meinem Zimmer. Auf dem Weg zur Tür blieb ich stehen und suchte das Telefon auf dem Schreibtisch. Ich drückte die Notfallnummer, aber die Leitung war besetzt. Ich fluchte und versuchte es noch mal. Die Leitung war immer noch besetzt. Ich rief ununterbrochen an, Stunden schienen zu vergehen, bis sich schließlich eine Frauenstimme meldete. »Feuer«, rief ich. Inzwischen war ich völlig außer mir. »Der Besitz Friedlander Beis, in der Nähe des Christenviertels.«

»Dankeschön«, sagte die Frau. »Die Feuerwehr ist unterwegs.«

Man konnte kaum noch atmen, der Rauch verbrannte dabei meine Nase und den Hals. An der Tür hielt ich inne und lief zurück, um meine Jeans zu suchen. Ich weiß, man soll versuchen, so rasch wie möglich aus einem brennenden Haus rauszukommen, aber bisher hatte ich noch keine Flammen gesehen und daher auch nicht das Gefühl, wirklich in Gefahr zu sein. Es stellte sich heraus, daß ich mich täuschte. Als ich stehen blieb, um die Jeans anzuziehen, erlitt ich bereits Verbrennungen durch die heiße Asche in der Luft. Ich spürte zwar zu diesem Zeitpunkt nichts, doch ich zog mir Verbrennungen zweiten Grades am Kopf, Hals und den Schultern zu, den unbedeckten Stellen also. Das Haar war ziemlich versengt, aber der Bart schützte das Gesicht. Ich schwor mir, ihn nie mehr abzurasieren.

Die ersten Flammen entdeckte ich auf dem Gang draußen. Die Hitze war immens. Ich lief, die Arme über dem Kopf. So hoffte ich, mein Gesicht und die Augen zu schützen. Meine Fußsohlen waren bereits nach ein paar Metern verbrannt. Ich pochte an Papas Tür. Dabei hatte ich keine Hoffnung zu überleben. Ich dachte, ich würde hier bei dem sinnlosen Versuch sterben, einen alten Mann zu retten, der wahrscheinlich schon tot war. Irgendwo in meinem Bewußtsein flackerte die Erinnerung daran auf, wie Friedlander Bei mich gefragt hatte, ob ich meine Lungen noch mal für ihn mit Feuer füllen würde.

Keine Antwort kam. Ich pochte stärker. Am Rücken und an den Armen bildeten sich bereits Brandblasen, der Qualm würgte mich, und ich mußte husten. Ich ging einen Schritt zurück, hob den rechten Fuß und trat so hart gegen die Tür, wie ich konnte. Nichts geschah. Sie war abgesperrt, und in der Hitze hatte sich der Riegel wahrscheinlich ausgeweitet. Ich trat noch einmal dagegen, und jetzt zerbarst der Holzrahmen um das Schloß. Noch ein Tritt, und die Tür sprang auf, daß sie gegen die Wand knallte.

»O Scheich!« brüllte ich. Der Rauch war hier eher noch dichter. Der stechende Geruch von verbranntem Plastik brannte mir in der Nase, und mir war klar, daß ich Papa sofort rausschaffen mußte, bevor wir beide in den giftigen Rauchschwaden umkamen. Nun hatte ich noch weniger Hoffnung, Friedlander Bei lebend vorzufinden. Sein Schlafzimmer lag rechts hinten, die Tür war verschlossen. Ich trat sie ein, ohne auf den stechenden Schmerz zu achten, der mir durch das Fußgelenk und das Schienbein schoß. Später würde ich noch genug Zeit haben, um meine Wunden zu lecken — wenn ich dann noch lebte.

Papa war wach. Er lag in seinem Bett, auf dem Rükken, und klammerte sich an die Bettdecke. Ich rannte hin zu ihm, er ließ mich nicht aus den Augen. Er öffnete den Mund, um etwas zu sagen, aber er brachte nichts heraus. Er hob schwach eine Hand. Ich hatte keine Zeit, mich darum zu kümmern, was er mir mitteilen wollte. Ich riß einfach das Bettzeug zurück und nahm ihn in die Arme wie ein kleines Kind. Er war nicht groß, aber er hatte ganz schön an Gewicht zugelegt, seit seine sportliche Glanzzeit vorbei war. Es war egal, ich trug ihn aus dem Schlafzimmer hinaus mit der Kraft des Verzweifelten, auch wenn sie nicht lange reichen würde. »Feuer!« brüllte ich, als ich wieder über die Schwelle trat. »Feuer! Feuer!« Die Zimmer der Sprechenden Felsen lagen direkt neben Papas Räumen. Ich wagte es nicht, ihn abzulegen, um die Sprechenden Felsen zu wecken. Ich mußte mich durch die Flammen nach draußen durchkämpfen.

Kurz bevor ich das andere Ende des Gangs erreichte, tauchten die beiden Riesen hinter mir auf. Keiner sagte ein Wort. Sie waren beide so nackt wie an dem Tag ihrer Geburt, aber das schien sie nicht weiter zu stören. Einer nahm Friedlander Bei, der andere griff sich mich und trug mich den restlichen Weg, die Treppe hinab und hinaus in die saubere, frische Luft.

Der Felsen muß gemerkt haben, daß ich schwer verletzt und erschöpft war, daß ich kurz davor stand, zusammenzubrechen. Ich war ihm schrecklich dankbar, doch mir fehlte die Kraft, ihm zu danken. Ich schwor mir, den Felsen ein Geschenk zu machen, sobald ich dazu in der Lage war. Vielleicht sollte ich ihnen ein paar Ungläubige zum Foltern kaufen. Ich meine, was soll man Gog und Magog, die alles haben, denn sonst schenken?

Die Feuerwehrleute fingen bereits mit den Löscharbeiten an, als Kmuzu kam, um zu sehen, wie es mir ging. »Eurer Mutter fehlt nichts«, sagte er. »Im Ostflügel war kein Feuer.«

»Danke, Kmuzu«, sagte ich. Meine Nase war innen völlig verbrannt, der Hals schmerzte mich.

Einer der Feuerwehrleute wusch mich mit sterilem Wasser ab und wickelte mich in eine Decke. Darauf wusch er mich noch mal ab. »Da«, sagte er und gab mir ein Glas Wasser. »Das tut Ihrem Mund und Ihrem Hals gut. Sie werden ins Krankenhaus müssen.«

»Warum?« fragte ich. Ich hatte noch nicht gemerkt, wie schlimm ich verbrannt war.

»Ich werde Euch begleiten, *yaa Sidi*«, sagte Kmuzu.

»Papa?«

»Er braucht auch umgehend ärztliche Behandlung«, sagte Kmuzu.

»Dann gehen wir zusammen.«

Die Feuerwehrleute brachten mich zu einem Krankenwagen. Friedlander Bei lag schon auf einer Bahre darin. Kmuzu half mir beim Einsteigen. Er hielt mich fest, und ich lehnte mich an ihn. »Während Ihr Euch im Krankenhaus erholt«, sagte er leise, »werde ich versuchen, herauszufinden, wer das Feuer gelegt hat.«

Ich sah ihn an und versuchte, mich zu konzentrieren. Als ich blinzelte, merkte ich, daß meine Wimpern völlig versengt waren. »Du glaubst, es war Brandstiftung?« fragte ich ihn.

Der Sanitäter machte eine der hinteren Türen zu. »Ich kann es beweisen«, erwiderte Kmuzu. Der Sanitäter machte die andere Tür zu. Kurz darauf brausten Papa und ich mit heulender Sirene durch die engen Straßen. Papa lag regungslos auf seiner Bahre. Er sah zum Erbarmen zerbrechlich aus. Mir ging es selbst nicht gut. Das war wohl die Strafe, weil ich über Hexagramm sechs gelacht hatte.

13. Kapitel

Meine Mutter hatte mir Pistazien und frische Feigen gebracht, aber ich hatte noch immer Probleme mit dem Schlucken. »Dann probiere doch das hier«, sagte sie. »Ich habe dir auch einen Löffel mitgebracht.« Sie entfernte den Deckel von einer Plastikschüssel und stellte sie auf den Krankenhausnachttisch. Krampfhaft versuchte sie, alles richtig zu machen bei diesem Besuch.

Ich hatte Beruhigungsmittel bekommen, doch nicht die volle Dosis. Aber eine kleine Dosis Sonnein aus dem Tropf ist immer noch besser als ein Schlag aufs Auge mit einem Stock. Natürlich habe ich einen experimentellen Daddy zur Schmerzunterdrückung. Den hätte ich einstecken können, und schon wäre ich absolut klar im Kopf gewesen. Aber das wollte ich nicht. Den Ärzten und Schwestern hatte ich nichts davon gesagt, weil mir die Drogen lieber sind. In Krankenhäusern wird zu großer Wert auf Nüchternheit gelegt.

Ich hob den Kopf. »Was ist das?« fragte ich heiser. Ich beugte mich vor und nahm den Plastiklöffel.

»Vergorene Kamelmilch«, sagte meine Mutter. »Als Kind hast du das geliebt, wenn du krank warst.« Es kam mir vor, als klänge ihre Stimme ungewohnt weich.

Vergorene Kamelmilch läßt einen nicht gerade freudig aus dem Bett federn. Was ich auch nicht tat. Doch den Löffel nahm ich und tat so, als wäre ich ganz begeistert. Ich dachte mir, daß sie vielleicht zufrieden wäre, wenn ich etwas von dem Zeug esse, und wieder gehen würde. Dann hätte ich um noch etwas Sonnein gebeten und ein kleines Nickerchen gehalten. Das war das Schlimmste am Krankenhaus: daß man alle Besucher zufriedenstellen und sich ihre Krankengeschichten anhören mußte, die stets weitaus dramatischer waren als das eigene Wehwehchen.

»Hast du dir wirklich Sorgen gemacht wegen mir, Marîd?« wollte sie wissen.

»Klar«, sagte ich und ließ meinen Kopf wieder auf das Kissen sinken. »Deshalb habe ich Kmuzu geschickt.«

Sie lächelte wehmütig und schüttelte den Kopf. »Vielleicht wärst du glücklicher, wenn ich verbrannt wäre. Dann müßtest du dich wegen mir nicht mehr aufregen.«

»Mach dir doch da drüber keine Gedanken, Mama.«

»Okay, Schatz.« Sie sah mich lange schweigend an. »Wie geht's deinen Verbrennungen?«

Ich zuckte die Achseln, worauf ich mich vor Schmerzen aufbäumte. »Sie tun noch immer weh. Die Schwestern kommen und klatschen mir ein paarmal am Tag dieses weiße Zeug drauf.«

»Das ist bestimmt gut für dich. Laß sie tun, was sie wollen.«

»Ja, Mama.«

Wir verstummten wieder beide. »Da gibt es wohl noch ein paar Dinge, die ich dir sagen sollte«, unterbrach sie schließlich das merkwürdige Schweigen. »Ich war nicht ganz ehrlich mit dir.«

»Oh?« Das überraschte mich nicht, aber ich zog es vor, die sarkastischen Kommentare, die mir auf der Zunge lagen, zu schlucken, und sie ihre Geschichte erzählen zu lassen.

Sie hatte den Blick gesenkt und zerknitterte ein altes Leinentaschentuch im Schoß. »Ich weiß viel mehr über Friedlander Bei und Reda Abu Adil, als ich dir erzählt habe.«

»Ach.«

Sie sah hoch zu mir. »Ich kenne beide von früher. Aus der Zeit, bevor du geboren warst, als ich noch ein junges Mädchen war. Damals sah ich um einiges besser aus. Ich wollte raus aus Sidi-bel-Abbès, nach Kairo oder Jerusalem. Ich träumte von einer Karriere als Holoshowstar, wollte mich verdrahten lassen und Moddys machen, keine Sexmoddys wie Honey Pílar, sondern etwas mit Klasse, wofür man sich nicht zu schämen braucht.«

»Versprach dir Papa oder Abu Adil, dich zu einem Star zu machen?«

Sie sah wieder auf ihre Hände. »Ich kam hierher, in die Stadt. Ich kam ohne einen Fîq hier an und mußte eine Zeitlang hungern. Dann lernte ich jemand kennen, der sich um mich kümmerte und mich Abu Adil vorstellte.«

»Und was tat Abu Adil für dich?«

Sie sah wieder auf, doch nun rollten ihr Tränen über die Wangen. »Was glaubst du?« sagte sie bitter.

»Versprach er dir, dich zu heiraten?«

Sie schüttelte den Kopf.

»Schwängerte er dich?«

»Nein. Am Schluß lachte er mich nur aus und gab mir eine Karte für den Bus zurück nach Sidi-bel-Abbès.« Ihre Augen blitzten wütend. »Ich hasse ihn, Marîd.«

Ich nickte. Es tat mir inzwischen leid, daß sie mit dieser Beichte überhaupt angefangen hatte. »Du erzählst mir also hiermit nicht, daß Abu Adil mein Vater ist, stimmt's? Was ist mit Friedlander Bei?«

»Papa war immer gut zu mir, als ich zum erstenmal in die Stadt kam. Deshalb war ich ja, obwohl ich dir für deinen Besuch in Algier die Augen hätte auskratzen können, so froh, daß Papa sich um dich kümmerte.«

»Einige Leute hassen ihn, weißt du.«

Sie starrte mich an und zuckte die Achseln. »Ich ging schließlich zurück nach Sidi-bel-Abbès. Ein paar Jahre später traf ich dann deinen Vaer. Es war, als verging mein Leben wie im Flug. Du wurdest geboren und wurdest älter und gingst weg aus Algier. Noch mehr Jahre vergingen. Und dann, kurz nach deinem Besuch, bekam ich eine Nachricht von Abu Adil. Er sagte, er hätte an mich denken müssen und würde mich gern wieder sehen.«

Sie war ganz aufgewühlt und machte eine kurze Pause, um sich etwas zu beruhigen. »Ich glaubte ihm, ich weiß nicht, warum. Vielleicht dachte ich, das wäre meine zweite Chance, ich könnte diese ganzen Jahe zurückholen, die Fehler wieder gutmachen. Verflucht noch mal, ich habe wieder nur Scheiße gebaut.«

Ich schloß die Augen und rieb sie. Dann sah ich wieder den Schmerz im Gesicht meiner Mutter. »Was hast du getan?«

»Ich zog wieder zu Abu Adil. In diesen riesigen Palast mitten in den Slums. Da habe ich dann das alles über ihn erfahren, und über Umm Saad. Auf die mußt du aufpassen, Kleiner. Sie arbeitet für Abu Adil, und sie möchte Papa fertigmachen.«

»Ich weiß.«

Das verwirrte meine Mutter. »Woher weißt du das?«

Ich lächelte. »Abu Adils kleiner Bettgenosse hat es mir erzählt. Sie haben Umm Saad so gut wie abgeschrieben. Sie brauchen sie nicht mehr für ihre Pläne.«

»Und doch«, fuhr meine Mutter fort und hob zur Warnung einen Zeigefinger, »mußt du auf sie aufpassen. Sie hat noch ihre Eisen im Feuer.«

»Das nehme ich an.«

»Weißt du von Abu Adils Moddy? Das er von sich selbst hat machen lassen?«

»Mhm. Dieser Hurensohn Umar hat mir alles darüber erzählt. Da würde ich gern mal ein paar Minuten die Hand drauf haben.«

Sie kaute nachdenklich an der Unterlippe. »Vielleicht fällt mir dazu etwas ein.«

Genau, das ginge mir gerade noch ab. »So wichtig ist es nicht, Mama«, sagte ich.

Wieder fing sie an zu heulen. »Es tut mir leid, Marîd. Es tut mir so leid, was ich getan habe. Daß ich nicht die Mutter war, die du gebraucht hättest.«

Gott, mir ging es wirklich nicht so gut, daß ich mir auch noch ihre Gewissensbisse aufladen wollte. »Mir tut auch einiges leid, Mama«, sagte ich und stellte zu meiner Überraschung fest, daß ich das tatsächlich meinte. »Ich habe dir nie den Respekt gezeigt, den …«

»Ich habe nie Respekt verdient …«

Ich hob die Hände. »Warum hören wir nicht auf, bevor wir uns prügeln, wem es am meisten leid tut? Schließen wir Waffenstillstand oder sowas.«

»Vielleicht könnten wir noch mal von vorne anfangen?« Sie sagte das fast schüchtern.

Ich hatte da eine Menge Zweifel. Ich war mir nicht sicher, ob man einfach wieder neu anfangen kann, insbesondere nach allem, was zwischen uns passiert war. Aber ich dachte, ich sollte ihr eine Chance geben. »Mir soll's recht sein«, sagte ich. »Ich hänge nicht an der Vergangenheit.«

Sie lächelte verschmitzt. »Es gefällt mir, mit dir in Papas Haus zu wohnen, Kleiner. Dann brauche ich nicht mehr nach Algier zurück und … du weißt schon …«

Ich atmete tief durch. »Ich verspreche dir, Mama, daß dieses Leben für dich vorbei ist. Ich werde mich ab jetzt um dich kümmern.«

Sie stand auf und trat mit ausgestreckten Armen an mein Bett. Aber ich war noch nicht ganz bereit für den Austausch von Mutter-Sohn-Zärtlichkeiten. Es fällt mir nicht leicht, meine Gefühle auszudrücken, ich neigte immer eher zur Verschlossenheit. Doch ich ließ es zu, daß sie sich herabbeugte, mich auf die Wange küßte und mich umarmte. Ihr Gemurmel dabei konnte ich nicht verstehen. Ich tätschelte sie leicht auf den Rücken, mehr brachte ich nicht über mich. Darauf ging sie zurück zu ihrem Stuhl.

Sie seufzte. »Du hast mich glücklich gemacht, Marîd. Glücklicher, als es mir zusteht. Ich habe mir immer nur gewünscht, ein ganz normales Leben führen zu können.«

Zum Teufel damit, was kostete es mich schon? »Was möchtest du machen, Mama?«

Sie runzelte die Stirn. »Ich weiß nicht. Irgend etwas Sinnvolles. Etwas Echtes.«

Ich konnte mich der lächerlichen Vorstellung von Angel Monroe als Engel der Bedürftigen am Krankenbett nicht erwehren, riß mich dann aber schnell zusammen. »Abu Adil holte dich in die Stadt, um Papa auszuspionieren, stimmt's?«

»Ja, und ich war saublöd, als ich glaubte, ihm gehe es um mich.«

»Und wie war der Stand der Dinge, als du bei ihm ausgezogen bist? Hast du dich bereit erklärt, bei uns zu spionieren?«

Sie wirkte unsicher. »Ich habe ihm Bescheid gesagt, daß ich mich nicht benutzen lasse. Wenn ich jetzt voll Reue zurückginge, wäre ich mir nicht sicher, ob er mir das abkaufen würde. Aber vielleicht würde er mir doch glauben. Er hat ein großes Ego, mußt du wissen. Solche Männer sind stets überzeugt, daß die Frauen für sie durchs Feuer gehen. Wahrscheinlich würde er es mir abnehmen.« Sie lächelte spitzbübisch. »Ich war immer eine gute Schauspielerin. Khalid pflegte zu sagen, ich sei die beste.«

Khalid, fiel mir ein, war ihr Loddel gewesen. »Ich werde darüber nachdenken, Mama. Es behagt mir nicht, dich zu gefährden, aber ich hätte gerne eine Waffe gegen Abu Adil in der Hand, von der er nichts weiß.«

»Ich habe sowieso das Gefühl, in Papas Schuld zu stehen. Weil Abu Adil mich so benutzt hat und weil Papa soviel für mich getan hat, seit ich in seinem Haus lebe.«

Ich war nicht verrückt danach, daß meine Mutter weiter in die Sache hineingezogen wurde, aber mir war klar, daß sie eine wunderbare Nachrichtenquelle sein könnte. »Mama«, wechselte ich das Thema, »was fällt dir zu den Buchstaben A.L.M. ein?«

»A.L.M.? Weiß nicht. Eigentlich nichts. Die *Allianz*

Leichter Mädchen? Das ist eine Nuttengewerkschaft, aber ich weiß nicht mal, ob die hier in der Stadt eine Niederlassung hat.«

»Ist auch egal. Und was ist mit der Phönixdatei? Fällt dir dazu was ein?«

Sie zuckte leicht zusammen. »Nein«, zögerte sie. »Davon habe ich noch nie gehört.« Irgend etwas in ihrer Stimme überzeugte mich, daß sie nicht die Wahrheit sagte. Ich fragte mich, was sie wohl jetzt verheimlichte. Das lief dem Optimismus zuwider, der in der Unterhaltung zuvor aufgeblitzt war. Ich war erneut unsicher, wie weit ich ihr trauen konnte. Jetzt war nicht der Augenblick, die Sache zu verfolgen, aber nach meiner Entlassung aus dem Krankenhaus würde die Stunde der Wahrheit kommen.

»Mama«, gähnte ich, »ich werde allmählich müde.«

»Ja, Kleiner, ich gehe dann.« Sie stand auf und zupfte an meinem Bett herum. »Die vergorene Kamelmilch lasse ich dir da.«

»Toll, Mama.«

Sie beugte sich über mich und küßte mich wieder. »Morgen komme ich wieder. Jetzt gehe ich und schaue nach, wie's Papa geht.«

»Grüße ihn von mir und sage ihm, daß ich zu Allah um sein Wohlergehen bete.« Sie ging an die Tür, wandte sich um und winkte. Dann war sie weg.

Kaum fiel die Tür ins Schloß, durchzuckte mich ein Gedanke: Der einzige Mensch, der von meinem Besuch bei meiner Mutter in Algier wußte, war Saied der Halb-Hadschi. Er mußte Mama für Reda Abu Adil gesucht haben. Nur Saied konnte sie in die Stadt gebracht haben, um sie auf Papa und mich anzusetzen. Saied mußte für Abu Adil arbeiten. Er hatte mich verkauft.

Ich schwor mir, daß es noch eine Stunde der Wahrheit geben würde, eine Stunde, die der Halb-Hadschi nie vergessen würde.

Was immer hinter der Verschwörung steckte, was immer es mit der Phönixdatei auf sich hatte, für Abu Adil mußte es ungeheuer wichtig sein. In den letzten Monaten hatte er Saied, Kmuzu und Umm Saad auf uns angesetzt. Wer uns wohl noch alles unerkannt ausspionierte?

Am späten Nachmittag, kurz vor dem Mittagessen, besuchte mich Kmuzu. Er trug ein weißes Hemd, keine Krawatte, und einen schwarzen Anzug. Er sah aus, als wäre er von einem Beerdigungsinstitut geschickt worden. Er machte ein ernstes Gesicht, als hätte ihm die Schwester draußen soeben mitgeteilt, daß die Lage hoffnungslos sei. Vielleicht wuchsen meine verbrannten Haare nie mehr nach. Oder ich mußte bis zum Ende meiner Tage mit diesem widerlichen weißen Zeug auf der Haut leben.

»Wie geht es Euch, *yaa Sidi?*« erkundigte er sich.

»Ich leide am Post-Feuer-Streßsyndrom. Langsam merke ich, wie knapp ich davor stand, mich endgültig zu verabschieden. Wenn du mich nicht geweckt hättest ...«

»Das Feuer hätte Euch aufgeweckt, hättet Ihr nicht das Schlaf-Add-on eingesteckt gehabt.«

Daran hatte ich nicht gedacht. »Wahrscheinlich. Trotzdem, du hast mir das Leben gerettet.«

»Ihr habt dem Herrn des Hauses das Leben gerettet, *yaa Sidi*. Er sorgt für mich und schützt mich vor Reda Abu Adil. Wir sind quitt.«

»Trotzdem habe ich das Gefühl, in deiner Schuld zu stehen.« Wieviel war mir mein Leben wert? Konnte ich ihm etwas geben, das dem auch nur annähernd nahekam? »Hättest du gerne deine Freiheit?« fragte ich ihn?

Kmuzu zog die Brauen zusammen. »Ihr wißt, daß ich mir nichts sehnlicher wünsche als die Freiheit. Ihr wißt ebenso, daß dies in der Hand des Herrn des Hauses liegt. Nur er entscheidet darüber.« Ich zuckte die Achseln. »Ich habe einen gewissen Einfluß auf Papa. Ich sehe, was ich tun kann.«

»Ich wäre Euch sehr dankbar, *yaa Sidi*.« Kmuzu hatte

wieder sein neutrales Gesicht aufgesetzt, aber ich wußte, daß er nicht so unbeteiligt war, wie er tat.

Wir unterhielten uns noch ein paar Minuten lang, dann mußte er gehen. Er versicherte mir, für die Sicherheit meiner Mutter und unserer Diener sei ausreichend gesorgt, *inshallah.* Wir hatten zwei Dutzend bewaffnete Wachen. Gewiß, es war ihnen nicht gelungen, den Brandstifter davon abzuhalten, auf das Gelände zu kommen und den Westflügel in Schutt und Asche zu legen. Verschwörung, Spionage, Brandstiftung, versuchter Mord — es lag schon lange zurück, daß Papas Feinde ihr Mißfallen so augenfällig zum Ausdruck gebracht hatten.

Als Kmuzu gegangen war, begann ich mich schnell zu langweilen. Ich schaltete das Holoset ein, das gegenüber fest installiert war. Es war kein besonders gutes Gerät, und die Projektionskoordinaten lagen ziemlich daneben. Die vertikale Variable mußte unbedingt nachjustiert werden. Die Schauspieler in irgendeinem zentraleuropäischen Drama wateten bei ihrem Kampf bis zu den Knien in meiner Kommode. Die aufwendige Produktion war untertitelt, aber die Mühe hatte sich in meinem Fall nicht gelohnt. Der Text war — wie die Füße der Schauspieler — nicht zu sehen, sondern irgendwo zwischen meiner Unterwäsche. Bei Naheinstellungen sah ich den Betreffenden nur jeweils vom Haaransatz bis zur Nasenspitze.

Ich hätte nicht geglaubt, daß mich das stört. Zu Hause sah ich nie holo. Im Krankenhaus jedoch, wo Langeweile an der Tagesordnung war, schaltete ich das Holoset immer wieder ein. Ich klapperte hundert Kanäle aus der ganzen Welt ab und fand nichts, das ich mir ansehen wollte. Das kann an meinem halbbelämmerten Zustand oder meinen Konzentrationsschwierigkeiten gelegen haben; oder an den kleinen amputierten Figuren, die in der Kommode herumstaksten und in einem Dutzend verschiedener Sprachen quasselten.

Ich klinkte mich also aus der thüringischen Tragödie aus und sagte dem Holoset, er solle sich ausschalten. Dann stand ich auf und zog meinen Bademantel an. Das war etwas unangenehm wegen der Brandwunden und der weißen Salbe. Ich haßte, wie das an meinem Krankenhausnachthemd klebte. Ich schlüpfte in die grünen Papierschuhe, die in jedem Zimmer standen, und machte mich auf zur Tür.

In dem Moment kam ein Krankenpfleger mit einem Tablett herein, auf dem sich mein Mittagessen befand. Ich war ziemlich hungrig, und das Wasser lief mir im Mund zusammen, noch bevor ich wußte, was sich auf den Tellern befand. Ich beschloß, erst nach dem Essen zu gehen. »Was gibt es denn?« fragte ich.

Der Krankenpfleger stellte das Tablett auf meinem Nachttisch ab. »Sie bekommen schmackhafte Hühnerleber, gegrillt«, hub er an. Schon sein Ton verriet, daß es nichts war, auf das zu freuen sich lohnte.

»Ich esse später.« Ich verließ das Zimmer und ging langsam den Gang entlang. Ich nannte dem Aufzug meinen Namen, und ein paar Sekunden später konnte ich einsteigen. Ich wußte nicht, wie frei ich mich bewegen konnte.

Der Aufzug fragte mich nach dem gewünschten Stockwerk. Ich erkundigte mich nach Friedlander Beis Zimmernummer. »VIP-Suite eins«, erfuhr ich.

»In welchem Stockwerk ist das?«

»Zwanzig.« Das war das höchste Stockwerk. Das Krankenhaus war eins von den dreien in der Stadt, die eine VIP-Suite besaßen. Im selben Krankenhaus war vor weniger als einem Jahr mein Gehirn verdrahtet worden. Ich zog es vor, in einem Privatzimmer zu liegen, aber ich brauchte keine Suite. Mir war nicht nach Unterhaltung zumute.

»Möchten Sie in den zwanzigsten Stock?« fragte der Aufzug nach.

»Aber sicher.«

»Möchten Sie in den zwanzigsten Stock?«

»Ja.« Ein dummer Aufzug. Ich stand vornübergebeugt, während er sich langsam vom fünfzehnten zum zwanzigsten Stock kämpfte. Ich suchte nach einer Stellung, in der ich mich weniger klebrig und zugematscht fühlte, doch ich hatte kein Glück. Außerdem wurde mir schlecht von dem intensiven Pfefferminzgeruch der weißen Salbe.

Im zwanzigsten Stock stieg ich aus. Das erste, was ich sah, war eine fleischige, stiernackige Frau. Sie trug eine weiße Tracht und saß in der Mitte einer runden Pflegerstation. Auch ein muskulöser Mann war noch da. Er trug eine Wachmannausrüstung euramerikanischen Zuschnitts. In einem Gürtel an der Hüfte steckte eine riesige großkalibrige Kanone. Er sah mich an, als überlege er, ob er mich am Leben lassen solle oder nicht.

»Sie sind hier Patient«, sagte die Schwester. Na, zumindest war sie so schlau wie der Aufzug.

»Zimmer 1540«, sagte ich.

»Das hier ist der zwanzigste Stock, was suchen Sie hier?«

»Ich möchte Friedlander Bei besuchen.«

»Einen Augenblick.« Sie runzelte die Stirn und befragte ihr Computerterminal. Ihrem Ton nach zu urteilen, hielt sie es für undenkbar, jemanden, der so schmuddlig aussah wie ich, auf ihrer Liste zugelassener Besucher zu finden. »Ihr Name?«

»Marîd Audran.«

»Da sind Sie ja.« Sie sah hoch zu mir. Ich hatte gehofft, sie würde sich zu etwas respektvolleren Umgangsformen hinreißen lassen, wenn sie meinen Namen auf der Liste fand. »Zain, führen Sie Herrn Audran in die Suite eins«, wies sie den Wachmann an.

Zain nickte. »Hier lang, mein Herr«, forderte er mich auf. Ich folgte ihm einen mit dicken Teppichen belegten Gang entlang. Vor der Tür zu Suite eins blieben wir stehen.

Es überraschte mich nicht, einen Sprechenden Fels auf dem Posten zu finden. »Habib?« fragte ich und glaubte, ein kurzes Zucken auf seinem Gesicht entdeckt zu haben. Ich ging an ihm vorbei, wobei ich halb damit rechnete, daß er mich mit seinem muskelbepackten Arm zurückhalten würde. Aber er ließ mich durch. Ich glaube, beide Sprechenden Felsen akzeptierten mich inzwischen als Friedlander Beis Vertrauten.

In der Suite war kein Licht an, die Jalousien waren zu. Überall standen Blumen, sie waren in Vasen gequetscht und wucherten aus wuchtigen Töpfen. Der süße Duft raubte einem beinahe den Atem. Wäre das mein Zimmer gewesen, hätte ich die Schwester beauftragt, mit einem Teil der Blumen andere Patienten zu beglücken.

Papa lag regungslos in seinem Bett. Er sah nicht gut aus. Ich wußte, daß er genauso über und über verbrannt war wie ich. Sein Gesicht und die Arme waren mit derselben weißen Salbe bedeckt. Er war ordentlich frisiert, aber seit ein paar Tagen nicht mehr rasiert worden. Wahrscheinlich war das zu schmerzhaft. Er war wach, aber die Augenlider fielen ihm ständig zu. Das Sonnein machte ihn fertig. Er vertrug es nicht so gut wie ich.

Nebenan war ein weiteres Zimmer. Darin saßen Youssef, Papas Butler, und Tariq, sein Kammerdiener, an einem Tisch und spielten Karten. Sie wollten aufstehen, aber ich gab ihnen ein Zeichen weiterzuspielen. Ich nahm auf einem Stuhl neben Papas Bett Platz. »Wie geht es Euch, o Scheich?« erkundigte ich mich.

Er schlug die Augen auf, doch es fiel ihm offensichtlich schwer, wach zu bleiben. »Man sorgt gut für mich, mein Neffe.«

Das hatte ich ihn zwar nicht gefragt, aber ich ließ es so stehen. »Ich bete jede Stunde für Eure Genesung.«

Er versuchte zu lächeln. »Es ist gut, daß du betest.« Er holte tief Luft. »Du hast dein Leben riskiert, um mich zu retten.«

Ich hob die Hände. »Ich tat, was ich tun mußte.«

»Und du hast meinetwegen Schmerzen erduldet und Verletzungen davongetragen.«

»Das ist ohne Bedeutung. Wichtig ist, daß Ihr am Leben seid.«

»Ich stehe sehr in deiner Schuld«, sagte der alte Mann müde.

Ich schüttelte den Kopf. »Es war der Wille Allahs. Ich habe als sein Diener gehandelt.«

Er runzelte die Stirn. Trotz des Sonneins hatte er noch Schmerzen. »Sobald es mir besser geht und wir wieder zu Hause sind, mußt du mir gestatten, einen Teil meiner Schuld mit einem Geschenk abzutragen.«

O nein, dachte ich, nicht schon wieder ein Geschenk von Papa. »Darf ich Euch in der Zwischenzeit dienen?« fragte ich.

»Sage mir: Wie brach das Feuer aus?«

»Es war plump gemacht, o Scheich. Gleich nach unserer Rettung fand Kmuzu Zündhölzer und angebrannte Lumpen, die mit einer leicht brennbaren Flüssigkeit getränkt waren.«

Papas Miene verdüsterte sich. Der blanke Haß stand ihm ins Gesicht geschrieben. »Das habe ich befürchtet. Hast du Hinweise? Wen verdächtigst du, o mein Neffe?«

»Ich weiß nicht mehr, aber ich werde der Angelegenheit meine volle Aufmerksamkeit widmen, sobald ich das Krankenhaus verlasse.«

Das schien ihn für den Augenblick zufriedenzustellen. »Du mußt mir etwas versprechen«, sagte er.

»Was wünscht Ihr, o Scheich?«

»Wenn du weißt, wer der der Brandstifter ist, muß er sterben. Wir dürfen unseren Feinden kein Bild der Schwäche bieten.«

Irgendwie war mir klar gewesen, daß er das sagen würde. Mittlerweilen empfahl es sich, ein kleines Notizbuch mitzuführen, um immer auf dem laufenden zu sein, wen ich alles für ihn umbringen sollte. »Ja«, erklärte ich, »er wird sterben.« Ich versprach nicht, daß ich den Hurensohn mit eignen Händen umbringen würde. Schließlich stirbt *jeder* einmal. Ich dachte, ich sollte die Angelegenheit an die Sprechenden Felsen weiterleiten. Sie waren wie Leoparden, die man sich zu Hause hielt und die man ab und zu loslassen mußte, damit sie sich frei bewegen und ihre Mahlzeit besorgen konnten.

»Gut«, antwortete Friedlander Bei mit geschlossenen Augen.

»Da sind noch zwei Sachen, o Scheich«, sagte ich zögernd.

Er schlug die Augen auf und sah mich gequält an. »Es tut mir leid, mein Neffe. Mir geht es nicht gut. Bereits vor dem Brand litt ich an einer Krankheit. Die Schmerzen in meinem Kopf und im Bauch sind schlimmer geworden.«

»Haben die Ärzte eine Erklärung?«

»Nein, sie sind Tölpel. Sie sagen mir, sie können nichts finden. Sie wollen permanent neue Untersuchungen durchführen. Ich leide unter ihrer Inkompetenz, und mich quält die Erniedrigung.«

»Ihr müßt Euch den Ärzten anvertrauen, mein Onkel«, sagte ich, »ich wurde sehr gut behandelt in diesem Krankenhaus.«

»Ja, aber du warst kein gebrechlicher alter Mann, der sich mit letzter Kraft ans Leben klammert. Mit jeder ihrer barbarischen Prozeduren berauben sie mich um ein Jahr meines Lebens.«

Ich lächelte. »So schlimm ist es nicht, o Scheich. Sie werden die Ursache für Euer Leiden entdecken und es beheben. Darauf werdet Ihr Euch bald wieder so stark fühlen wie eh und je.«

Papa winkte ungeduldig ab. Er wollte nicht mehr darüber sprechen. »Was sind das für Probleme, die du mir zusätzlich aufladen willst?«

Ich mußte vorsichtig vorgehen, es waren heikle Themen. »Die erste Angelegenheit betrifft meinen Diener, Kmuzu«, sagte ich. »So wie ich Euch vor dem Feuer barg, rettete Kmuzu mich. Ich versprach ihm, ich würde Euch um eine Belohnung bitte.«

»Aber natürlich, mein Sohn. Er hat sich eine Belohnung verdient.«

»Ich dachte, ob Ihr ihm nicht die Freiheit schenken könntet.«

Papa sah mich schweigend, mit leerem Gesichtsausdruck, an. »Nein«, sagte er langsam. »Die Zeit dafür ist noch nicht gekommen. Ich werde die Umstände prüfen und ein geeignetes Geschenk wählen.«

»Aber ...« Er gebot mir mit einer Handbewegung Einhalt. Obwohl er geschwächt war, machte es mir seine Persönlichkeit unmöglich, ihn weiter zu bedrängen, wenn er sich bereits entschlossen hatte. »Ja, o Scheich«, stimmte ich demütig zu. »Die zweite Angelegenheit betrifft die Witwe und die Kinder von Jirji Shaknahyi, dem Polizisten, der mein Partner war. Sie haben außerordentliche finanzielle Schwierigkeiten, und ich möchte mehr für sie tun, als ihnen nur Geld anbieten. Ich bitte Euch um die Erlaubnis, sie in Eurem Palast wohnen zu lassen — und wenn es nur für eine kurze Zeit ist.«

Papa gab mir deutlich zu verstehen, daß er nicht mehr länger mit mir sprechen wollte. »Du bist mein Liebling«, sagte er schwach. »Deine Entscheidungen sind meine Entscheidungen. Es ist gut.«

Ich verbeugte mich. »Ich werde Euch nun ruhen lassen. Möge Euch Allah Frieden und Gesundheit schenken.«

»Ich werde dich vermissen, mein Sohn.«

Ich erhob mich und warf einen Blick in das angrenzende Zimmer. Yousseff und Tariq schienen völlig in ihr Kartenspiel vertieft zu sein. Ich war mir jedoch sicher, daß ihnen kein Wort entgangen war, das Papa und ich gewechselt hatten. Noch bevor ich die Tür erreicht hatte, hörte ich Friedlander Bei schnarchen. Ich versuchte, so wenig Geräusch wie möglich zu machen.

Ich fuhr mit dem Aufzug hinunter, schlurfte in mein Zimmer und stieg wieder ins Bett. Gott sei Dank war die gegrillte Leber verschwunden. Ich hatte gerade das Holoset eingeschaltet, als Dr. Yeniknani ins Zimmer kam. Dr. Yeniknani hatte dem Neurochirurgen assistiert, der mein Gehirn aufmotzte. Er war ein dunkler Typ, ein Türke mit feurigen Augen und einem Hang zum Mystizismus. Er war sogar Sufi-Schüler. Ich hatte ihn während meines letzten Aufenthalts hier kennen- und schätzengelernt und war froh, ihn wiederzusehen. Ich sah hoch vom Holoset und sagte »aus«.

»Wie geht es Ihnen, Herr Audran?« erkundigte sich Dr. Yeniknani. Er trat an mein Bett und lächelte auf mich herab. Seine kräftigen Zähne hoben sich weiß gegen die dunkle Haut und den buschigen, schwarzen Schnurrbart ab. »Darf ich mich setzen?«

»Bitte, machen Sie es sich bequem. Sie kommen also, um mir mitzuteilen, daß das Feuer mein Gehirn verschmort hat. Oder wollen Sie mir nur Guten Tag sagen?«

»Nach Ihrem Ruf zu urteilen, kann nicht mehr viel Gehirn da sein, das verschmort werden könnte. Nein, ich wollte nur sehen, wie es Ihnen geht und ob ich etwas für Sie tun kann.«

»Vielen Dank. Nein, ich denke, ich habe alles. Ich möchte nur raus hier.«

»Das sagt jeder hier. Man möchte meinen, wir foltern unsere Patienten.«

»Ich hatte schon angenehmere Ferien.«

»Ich möchte Ihnen ein Angebot unterbreiten, Herr Audran«, erklärte Dr. Yeniknani. »Wie fänden Sie es, einige Begleiterscheinungen des Alterungsprozesses aufzuhalten? Den Abbau des Verstandes und den Gedächtnisschwund zu verhindern?«

»Aha. Und nun kommt gleich ein riesengroßer Haken, da bin ich sicher.«

»Es gibt keinen Haken. Dr. Lîsan experimentiert mit einer vielversprechenden Technik, die all das leistet. Stellen Sie sich vor, wenn Sie sich nie mehr wegen Ihrer geistigen Fähigkeiten Gedanken machen müssen, wenn Sie älter werden. Sie werden mit zweihundert Jahren so scharf und schnell denken wie heute.«

»Klingt großartig, Dr. Yeniknani. Aber Sie sprechen doch nicht von Vitaminpräparaten?«

Er grinste verlegen. »Na ja, nicht unbedingt. Dr. Lîsan arbeitet an plexiformer kortikaler Aufrüstung. Er packt die Großhirnrinde in ein mikroskopisch feines Drahtgeflecht. Dieses besteht aus unglaublich dünnen Goldfäden, die auf dieselbe Weise mit Ihrem Gehirn verbunden werden wie Ihr korymbisches Implantat.«

»Aha.« Für mich hörte sich das nach verrücktem Wissenschaftler an.

»Durch diese Verbindungsfäden werden die elektrischen Impulse von Ihrer Großhirnrinde in das Goldgeflecht geleitet und *vice versa.* Das Geflecht dient als künstlicher Steuermechanismus. Die ersten Versuche zeigen, daß sich die Anzahl der neuronalen Verbindungen dadurch verdrei-, ja vervierfachen läßt.«

»Als wenn man einen Computer mit einem zusätzlichem Speicher aufrüstet«, sagte ich.

»Der Vergleich ist zu naiv«, widersprach Dr. Yeniknani. Er wurde sichtlich aufgeregt, als er mir seine Forschungsarbeit darlegte. »Das menschliche Gedächtnis funktioniert nach holographischen Prinzipien, müssen Sie wissen. Wir bieten Ihnen also nicht einfach eine Unmenge leeren Speicherplatz an, um Gedanken und Erinnerungen abzulegen. Es geht darüber weit hinaus — wir geben Ihnen ein besseres Redundanzsystem. Bereits jetzt speichert Ihr Gehirn jede einzelne Erinnerung an verschiedenen Plätzen ab. Je mehr Gehirnzellen jedoch absterben, desto mehr geht von diesen Erinnerungen und erlernten Fähigkeiten verloren. Durch kortikale Aufrüstung entsteht die Möglichkeit, Informationen sehr viel häufiger abzuspeichern — wir sprechen hier von einem um das x-fache erhöhten Faktor. Ihr Verstand ist gesichert, der graduelle Verschleiß kann ihm nichts mehr anhaben. Nur noch traumatische Verletzungen stellen eine Gefahr da.«

»Alles, was ich tun muß«, sagte ich zweifelnd, »ist ja dazu zu sagen, daß Sie und Dr. Lîsan mein Gehirn in einen Drahtkorb plumpsen lassen wie der Händler auf dem Markt den Krautkopf.«

»Das ist alles. Sie spüren überhaupt nichts.« Dr. Yeniknani grinste. »Und ich denke, ich kann Ihnen auch versprechen, daß die Prozesse in Ihrem Gehirn durch diese Aufrüstung rascher ablaufen. Sie haben Reflexe wie Superman, Sie ...«

»Bei wie vielen Menschen haben Sie diese Operationen bereits durchgeführt und wie geht's ihnen?«

Er betrachtete seine langen, spitz zulaufenden Finger. »Um ehrlich zu sein, bisher haben wir diese Operation noch nicht am Menschen durchgeführt. Aber unsere Arbeit mit den Laborratten ist äußerst vielversprechend.«

Ich war erleichtert. »Und ich dachte schon, Sie wollten mir da etwas andrehen.«

»Denken Sie daran, Herr Audran«, sagte er, »in ein paar Jahren brauchen wir ein paar Freiwillige, die mutig genug sind, um Pionierarbeit zu leisten auf dem Feld der Medizin.«

Ich faßte nach oben an meine zwei corymbischen Implantate. »Ohne mich, ich habe mein Teil schon getan.«

Dr. Yeniknani zuckte die Achseln. Er lehnte sich zurück und sah mich nachdenklich an. »Ich habe gehört, Sie haben Ihrem Patron das Leben gerettet. Ich habe Ihnen einmal erklärt, daß der Tod notwendig ist, um in das Paradies zu gelangen, und daß man ihn nicht fürchten soll. Ebenso wahr ist, daß das Leben noch wünschenswerter ist, wenn wir dem Rechten Weg folgen und es nutzen, um uns mit Allah zu versöhnen. Sie sind ein mutiger Mann.«

»Ich glaube nicht, daß ich tapfer war«, entgegnete ich. »Ich habe in dem Augenblick überhaupt nicht nachgedacht.«

»Sie leben zwar nicht streng nach den Geboten des Propheten«, erklärte Dr. Yeniknani, »aber auf Ihre Art sind Sie sein Gefolgsmann. Vor zweihundert Jahren sagte ein Mann, daß die Religionen der Welt wie die bunten Glasfenster einer Laterne seien, Gott aber sei die einzige Flamme darin.« Er schüttelte mir die Hand und erhob sich. »Wenn Sie erlauben.«

Anscheinend gab mir Dr. Yeniknani jedesmal, wenn wir uns unterhielten, eine Sufi-Weisheit mit auf den Weg. »Der Friede sei mit Ihnen«, sagte ich.

»Und möge er auch Sie stets begleiten«, antwortete er und verließ mein Zimmer.

Später aß ich zu Abend. Eine Art gebackenes Lamm, Kichererbsen und gedünstete Bohnen mit Zwiebeln und Tomaten. Es wäre ganz gut gewesen, wenn irgend jemand das Küchenpersonal von der Existenz von Salz und Zitronensaft in Kenntnis gesetzt hätte. Dann war es mir wieder langweilig, und ich schaltete das Holoset ein, schaltete es wieder aus, starrte die Wände an, schaltete das Holoset wieder ein. Endlich läutete zu meiner großer Erleichterung das Telefon neben mir. Ich meldete mich mit »Gepriesen sei Allah«.

Am anderen Ende war Morgan. Ich hatte keinen Englisch-Daddy hier, und Morgans Arabischkenntisse reichen nicht mal, um die Toilette zu finden. Die einzigen Worte, die ich verstand, waren ›Jawarski‹ und ›Abu Adil‹. Ich sagte ihm, ich würde mit ihm sprechen, sobald ich aus dem Krankenhaus entlassen würde. Natürlich verstand er mich genausowenig wie ich ihn. Deshalb hängte ich auf.

Ich legte mich zurück und starrte an die Decke. Es überraschte mich nicht wirklich, daß es möglicherweise ein Verbindung zwischen Abu Adil und dem wahnsinnigen amerikanischen Killer gab. So wie sich die Dinge entwickelten, hätte es mich auch nicht überrascht zu erfahren, daß Jawarski in Wirklichkeit mein lange verlorener Bruder ist.

14. Kapitel

Ich war fast eine Woche im Krankenhaus. Ich sah holo, las eine Menge und, obwohl ich eigentlich keinen Besuch wollte, kamen ein paar Leute vorbei. Lily, die Geschlechtsumwandlung, die in mich verknallt war, Chiri, Yasmin. Dazu kamen zwei Überraschungen: Die erste war ein Obstkorb von Umar Abdul-Qawy, die zweite war ein Besuch von sechs mir völlig fremden Menschen, Leuten aus dem Budayin und der Gegend um die Polizeiwache. Unter ihnen war die junge Frau mit dem Baby, der ich etwas Geld gegeben hatte an dem Tag, als Shaknahyi und ich bei On Cheung vorbeischauten.

Sie war genauso schüchtern und verlegen wie damals, als sie mich auf der Straße ansprach. »O Scheich«, sagte sie mit zitternder Stimme und stellte einen mit einem Tuch bedeckten Korb auf meinen Tisch, »wir beten alle zu Allah um Eure Genesung.«

»Scheint zu funktionieren«, antwortete ich mit einem Lächeln, »denn der Arzt meint, ich werde heute entlassen.«

»Gepriesen sei Allah«, rief die Frau. Sie wandte sich zu den anderen, die mit ihr gekommen waren. »Diese Leute hier sind die Eltern der Kinder, die Euch auf der Straße anbetteln und vor der Polizeiwache. Sie möchten Euch für Eure Großzügigkeit danken.«

Diese Frauen und Männer lebten in derselben Armut, in der ich den größten Teil meines Lebens verbracht hatte. Merkwürdig war nur, daß sie mir gegenüber nicht gereizt reagierten. Es mag undankbar erscheinen, aber manchmal kann man seine Wohltäter nicht ausstehen.

Als Kind lernte ich, wie demütigend es sein kann, auf die Wohltätigkeit anderer angewiesen zu sein. Vor allem, wenn man sich nicht einmal mehr den Luxus leisten kann, stolz zu sein.

Es hängt alles von der Haltung der Spender ab. Nie werde ich vergessen, wie sehr ich als Kind in Algier Weihnachten haßte. Die Christen aus der Nachbarschaft pflegten dann Körbe mit Nahrungsmitteln für meine Mutter, meinen kleinen Bruder und mich zusammenzupacken. Dann kamen sie in unsere schäbige Wohnung, standen herum und strahlten uns voll Stolz auf ihre gute Tat an. Ihr Blick wanderte von meiner Mutter über Hussein zu mir in der Erwartung, daß wir ihnen für ihr Geschenk angemessen Dank zollten. Wie oft habe ich mir gewünscht, wir wären nicht so hungrig und könnten ihnen diese gottverdammten Dosen ins Gesicht werfen!

Ich hatte Angst, diese Eltern könnten mir gegenüber genauso empfinden. Ich wollte ihnen klarmachen, daß sie sich meinetwegen nicht vor Dankbarkeit den Arsch aufzureißen brauchten.

»Ich bin froh, wenn ich helfen kann, meine Freunde«, sagte ich. »Aber ich habe meine ganz eigennützigen Gründe dafür. Im Koran steht: ›Gebt reichlich von euerem Vermögen den Eltern, Verwandten, Waisen, Armen und dem Sohne des Weges; das Gute, das ihr tut, kennt Allah.‹ Wenn ich also ein paar Kiam für einen guten Zweck lockermache, kann ich vielleicht die Nacht wieder gutmachen, die ich mit den zwei blonden Hamburger Zwillingen durchmachte.«

Ein paar meiner Besucher lächelten. Das trug zu meiner Entspannung bei. »Trotzdem danken wir dir«, sagte die junge Mutter.

»Es ist noch nicht einmal ein Jahr her, da ging es mir selbst noch nicht so gut. Manchmal hatte ich nur jeden zweiten Tag etwas zu essen. Es gab Zeiten, da wußte ich nicht, wo ich schlafen sollte. Manche Nächte verbrachte ich in Parks oder verlassenen Häusern. Ich habe Glück gehabt und versuche nun, davon etwas weiterzugeben. Ich kann mich noch gut erinnern, wie man mir half, wenn ich am Boden war.« Davon entsprach so gut wie nichts der Wahrheit, aber es klang verflucht gütig.

»Wir lassen Euch jetzt wieder allein, o Scheich«, sagte die Frau. »Ihr braucht wahrscheinlich Ruhe. Wir wollten Euch nur wissen lassen, daß wir, wenn es irgend möglich ist, Euch gerne helfen würden.«

Ich sah sie aufmerksam an und überlegte, ob sie wohl meinte, was sie sagte. »Vielleicht gibt es da eine Möglichkeit, ich suche nach zwei Kerlen«, sagte ich, »On Cheung, den Babyhändler, und diesen Mörder, Paul Jawarski. Wenn ich da einen Hinweis bekäme, wäre ich sehr dankbar.«

Sie blickten sich nervös an. Keiner sagte etwas. Genau, wie ich erwartet hatte. »Möge Euch Allah Frieden und Wohlergehen gewähren, o Scheich Marîd al-Amîn«, flüsterte die Frau und ging rückwärts zur Tür.

Ich hatte einen Beinamen bekommen! Sie nannte mich Marîd den Vertrauenswürdigen. »*Allah yisallimak*«, antwortete ich. Ich war froh, als sie gingen.

Etwa eine Stunde kam eine Krankenschwester und sagte mir, daß der Arzt meinen Entlassungsschein unterschrieben habe. Das war mir nur recht. Ich rief Kmuzu an, und er brachte mir saubere Sachen zum Anziehen. Meine Haut war noch immer sehr empfindlich, und das Anziehen tat entsprechend weh. Aber ich war froh, nach Hause zu kommen.

»Der Amerikaner, Morgan, möchte Euch sprechen, *yaa Sidi*«, sagte Kmuzu. »Es sei sehr wichtig, sagt er.«

»Hört sich nach guten Nachrichten an.« Ich stieg in das Elektromobil ein, und Kmuzu schloß die Beifahrertür. Dann ging er um die Limousine herum und stieg auf der Fahrerseite ein.

»Außerdem müßt Ihr Euch um Geschäftsangelegenheiten kümmern. Auf Eurem Schreibtisch liegt eine beträchtliche Summe Geldes.«

»Mhm.« Das waren wohl zwei dicke Umschläge von Friedlander Bei und das Geld von Chiris Club.

Kmuzu sah mich aus den Augenwinkeln an. »Habt Ihr bereits Pläne, was Ihr mit diesem Geld anfangen wollt, *yaa Sidi?*«

Ich lächelte. »Hast du etwa ein Pferd, auf das ich setzen soll?«

Kmuzu runzelte die Stirn. Er hatte eben keinen Sinn für Humor. »Euer Vermögen ist gewachsen. Mit dem Geld, das während Eures Krankenhausaufenthaltes einging, beläuft sich die Summe mittlerweilen auf über hunderttausend Kiam, *yaa Sidi.* Damit ließe sich viel Gutes bewirken.«

»Wußte gar nicht, daß du so auf meinen Kontostand achtest, Kmuzu.« Er war manchmal so ein guter Freund, daß ich darüber fast vergaß, daß er ja eigentlich ein Spion war. »Ich habe mir schon überlegt, wie man das Geld für wohltätige Zwecke nutzen könnte. Vielleicht eine Armenklinik im Budayin oder eine Suppenküche.«

Das verblüffte ihn. »Das ist wunderbar!« rief er. »Ich stimme aus ganzem Herzen zu!«

»Das freut mich«, antwortete ich spitz. Ich hatte tatsächlich schon länger in diese Richtung gedacht, aber ich hatte nicht gewußt, wie ich die Sache anpacken sollte. »Würde es dir etwas ausmachen, dich um die Durchführung zu kümmern? Ich werde von dieser Abu-Adil-Jawarski-Sache völlig beansprucht.«

»Ich wäre mehr als glücklich. Ich denke nicht, daß Euer Geld ausreicht, um eine Klinik zu finanzieren, *yaa Sidi,* doch die Armen zu speisen ist edel und großmütig.«

»Ich hoffe, es ist mehr als das. Gib mir Bescheid, wenn du genaue Vorstellungen und Zahlen hast.« Eine angenehme Nebenwirkung des Ganzen war, daß Kmuzu zu tun hatte und eine Zeitlang seine Nase weniger in meine Angelegenheiten stecken würde.

Als wir das Haus betraten, empfing uns Yousseff über das ganze Gesicht grinsend und verbeugte sich. »Willkommen, o Scheich!« rief er. Er entwand Kmuzu meinen Koffer. Die beiden folgten mir den Gang entlang.

»Euer Appartement wird noch renoviert, *yaa Sidi*«, sagte Kmuzu. »Ich habe für uns eine komfortable Suite im Ostflügel eingerichtet. Im Erdgeschoß und weit entfernt von Eurer Mutter und Umm Saad.«

»Dankeschön, Kmuzu.« Im Geist beschäftigte ich mich schon mit der Arbeit, die vor mir lag. Ich konnte es mir nicht mehr leisten, mich noch etwas zu erholen. »Ist Morgan hier, oder muß ich ihn anrufen?«

»Er wartet im Vorzimmer«, sagte Youseff. »Ist es so recht?«

»Gut. Yousseff, warum gibst du den Koffer nicht wieder Kmuzu. Er kann ihn in unser Übergangsquartier bringen. Ich möchte, daß du mich in Friedlander Beis Arbeitszimmer führst. Du glaubst doch nicht, daß er etwas dagegen hat, wenn ich es benutze, während er im Krankenhaus ist?«

Yousseff dachte einen Augenblick lang darüber nach. »Nein«, sagte er, »das sollte kein Problem sein.«

Ich lächelte. »Fein. Ich werde mich um seine Geschäfte kümmern, bis er wieder gesund ist.«

»Dann lasse ich Euch nun allein, *yaa Sidi*«, sagte Kmuzu. »Kann ich mit der Arbeit an dem Wohltätigkeitsprojekt beginnen?«

»So bald wie möglich. Gehe hin in Frieden.«

»Gott sei mit Euch«, antwortete Kmuzu und verschwand in Richtung Dienstbotenflügel. Ich ging mit Yousseff zu Papas Arbeitszimmer.

An der Türschwelle blieb Yousseff stehen. »Soll ich den Amerikaner reinschicken?« fragte er.

»Nein. Lasse ihn ein paar Minuten warten. Ich brauche mein Englisch-Add-on, sonst verstehe ich kein Wort von dem, was er sagt. Würde es dir etwas ausmachen, es mir zu holen?«

Ich erklärte ihm, wo es sich befand. »Wenn du dann zurückkommst, kannst du Morgan hereinbitten.«

»Selbstverständlich, o Scheich.« Yousseff beeilte sich, meine Wünsche zu erfüllen.

Es war ein unangenehmes Gefühl, in Friedlander Beis Sessel zu sitzen. Als okkupierte ich einen von geradezu unheiliger Kraft durchdrungenen Platz. Dieses Gefühl behagte mir überhaupt nicht. Zum einen hatte ich nicht das Bedürfnis, die Rolle des Nachwuchspaten zu übernehmen oder gar die des Maklers weltweiter Macht. Ich saß jetzt zu Papas Füßen, aber wenn, Allah möge es verhindern, ihm etwas zustoßen sollte, würde ich nicht darauf warten, zu seinem Nachfolger ernannt zu werden. Für meine Zukunft hatte ich andere Pläne.

Ich blätterte ein paar Minuten durch die Akten und Notizen auf Papas Schreibtisch, ohne etwas Belastendes oder Aufregendes zu finden. Als ich gerade die Schubladen durchwühlen wollte, kam Yousseff zurück. »Ich habe die ganze Sammlung gebracht, *yaa Sidi*.«

»Vielen Dank, Yousseff. Bitte führe jetzt Morgan herein.«

»Ja, o Scheich.« Allmählich begann mir diese Unterwürfigkeit zu gefallen, ein schlechtes Zeichen.

Ich steckte mir den Englisch-Daddy rein, als der große, blonde Amerikaner durch die Tür trat. »Wie geht's, Mann?« sagte er grinsend. »Hier war ich noch nie. Nett haben Sie's hier.«

»Friedlander Bei hat's nett hier«, sagte ich und forderte ihn auf, Platz zu nehmen. »Ich bin nur sein Botenjunge.«

»Wie Sie meinen. Wollen Sie hören, was ich rausgefunden habe?«

Ich lehnte mich zurück. »Wo ist Jawarski?« fragte ich.

Morgan hörte auf zu grinsen. »Das weiß ich immer noch nicht, Mann. Ich habe das überall rumerzählt, aber bisher kam noch kein einziger Hinweis. Ich glaube nicht, daß er die Stadt verlassen hat. Er treibt sich noch irgendwo hier rum, aber er hat hervorragende Arbeit geleistet und sich praktisch in Luft aufgelöst.«

»Ja, da haben Sie recht. Was ist also die gute Nachricht?«

Er fuhr sich mit der Hand über das stachelige Kinn. »Ich kenne da jemanden, der jemanden kennt, der für eine Scheinfirma arbeitet, die Reda Abu Adil gehört. Es handelt sich dabei um einen dubiosen Paketdienst. Auf alle Fälle hat dieser Typ, den mein Freund kennt, gesagt, daß er gehört habe, jemand hätte gesagt, dieser Paul Jawarski möchte sein Geld. Sieht so aus, als hätte ihr Freund Abu Adil es Jawarski einfach gemacht, sich den Weg aus dem Knast freizuballern.«

»Ein paar Wachen starben dabei; das läßt Abu Adil wahrscheinlich kalt.«

»Allerdings. Abu Adil warb Jawarksi also über diesen Paketdienst an, in die Stadt zu kommen. Ich habe keine Ahnung, was Abu Adil wollte, aber Sie wissen ja, wofür Jawarski berühmt ist. Dieser Freund von mir nennt's den Jawarski-Abgang.«

»Und jetzt sorgt Abu Adil dafür, daß Jawarski ungestört bleibt?«

»So stelle ich mir das vor.«

Ich schloß die Augen und dachte darüber nach. Es war völlig logisch. Ich hatte keinen sicheren Beweis dafür, daß Abu Adil Jawarksi beauftragt hatte, Shaknahyi zu töten, aber im Herzen wußte ich, daß es so war. Ich wußte ebenso, daß Jawarski Blanca und die anderen in Shaknahyis Notizbuch umgebracht hatte. Und weil Kommissar Hajjar sowohl Friedlander Bei als auch Justitia hinterging, hegte ich nicht die geringsten Zweifel, daß Jawarski der Polizei nie in die Falle ging. Und wenn er es täte, würde er nie vor einem Gericht erscheinen.

Ich machte die Augen auf und sah Morgan an. »Schnüffeln Sie weiter, Kumpel«, sagte ich. »Sie sind ohnehin der einzige.«

»Geld?«

Ich blinzelte. »Was?«

»Haben Sie kein Geld für mich?«

Wütend stand ich auf. »Nein, ich habe kein Geld für Sie! Ich sagte Ihnen, Sie bekommen die anderen fünfhundert Kiam, sobald Sie Jawarski gefunden haben.«

Morgan erhob sich. »In Ordnung Mann, ist ja in Ordnung.«

Ich war verlegen wegen meines Gefühlsausbruchs. »Es tut mir leid, Morgan. Ich bin nicht wegen Ihnen wütend, die ganze Sache bringt mich zur Weißglut.«

»Mhm. Ich weiß, Shaknahyi war Ihr Freund. Alles in Ordnung, ich bleibe dran.«

»Dankeschön, Morgan.« Ich begleitete ihn aus dem Büro und brachte ihn zum Eingang. »Wir werden verhindern, daß sie damit durchkommen.«

»Verbrechen zahlt sich nicht aus, hm?« Morgan grinste und gab mir einen Klaps auf die verbrannte Schulter. Ich zuckte vor Schmerz zusammen.

»So ist es.« Ich ging mit ihm die mit Kies bestreute Auffahrt entlang. Ich wollte das Haus verlassen, und wenn ich jetzt verschwand, hatte ich Kmuzu nicht im Schlepptau. »Möchten Sie in den Budayin mitfahren?« fragte ich.

»Nein, das ist nicht nötig. Ich habe etwas anderes zu erledigen, Mann. Bis später.«

Ich ging zum Haus zurück und holte das Auto aus der Garage. Ich hatte vor, im Club vorbeizuschauen und nachzusehen, ob er noch stand.

Die Tagschicht war noch an der Arbeit, und es waren nur fünf oder sechs Kunden da. Indihar runzelte die Stirn und sah weg, als sie meinen Blick auffing. Ich zog es vor, mich an einen Tisch zu setzen und nicht an meinen Stammplatz an der Theke. Pualini kam, um Hallo zu sagen. »Willst du einen Weißen Tod?« fragte sie.

»Einen Weißen Tod? Was ist das?«

Sie zuckte die schmalen Schultern. »Ach, so nennt Chiri das schreckliche Zeug, Gin und Bingara, das du immer trinkst.« Sie zog eine Grimasse.

»Ja, bring mir einen Weißen Tod.« Der Name war nicht schlecht.

Brandi war auf der Bühne und tanzte zu dieser Sikh-Propagandamusik, die plötzlich so populär geworden war. Ich fand sie schrecklich. Ich hatte keine Lust, mir politische Stimmungsmache anzuhören, selbst wenn der Beat großartig war und die Melodie aus zwei gefälligen Takten bestand.

»Da ist er, Boss«, sagte Pualani und legte eine Papierserviette vor mich, auf das sie das Highball-Glas stellte. »Was dagegen, wenn ich mich zu dir setze?«

»Hm? Nein, überhaupt nicht.«

»Möchte dich was fragen. Ich überlege mir, weißt du, ob ich mir das Hirn verdrahten lassen soll, damit ich Moddys hernehmen kann und so?« Sie neigte den Kopf zur Seite und sah mich an, als hätte ich Schwierigkeiten, ihr zu folgen, sagte aber nichts mehr.

»Ja«, unterbrach ich das Schweigen. Man mußte mit Pualani so sprechen, wenn man nicht für den Rest seines Lebens im selben Gespräch verwickelt sein wollte.

»Na ja, alle sagen, du verstehst mehr als alle anderen davon. Da dachte ich mir, ob du mir vielleicht jemand empfehlen könntest.«

»Einen Chirurgen?«

»Mhm.«

»Es gibt eine Menge Ärzte, die sowas machen. Die meisten sind absolut in Ordnung.«

Pualini rümpfte neckisch die Nase. »Ich habe gedacht, ob ich nicht vielleicht zu deinem Arzt gehen und mich auf dich berufen könnte.«

»Dr. Lîsan hat keine private Praxis. Aber sein Assistent, Dr. Yeniknani, ist ziemlich gut.«

Pualini blinzelte. »Schreibst du mir seinen Namen auf?«

»Klar.« Ich kritzelte seinen Namen und seinen Commcode auf die Papierserviette.

»Und macht er auch in Busen?«

»Das glaube ich nicht.« Pualani hatte schon ein kleines Vermögen für ihren Körper ausgegeben. Sie hatte einen scharfen Hintern, der mit Silikon gepolstert worden war, und mit Silikon betonte Wangenknochen. Und ihr Kinn und ihre Nase waren operiert worden, Brustimplantate hatte sie ebenfalls schon. Ihre Figur war umwerfend, und meines Erachtens wäre es falsch, den Busen noch mehr aufzublähen. Doch ich hatte schon vor langer Zeit gelernt, daß man mit Tänzerinnen nicht reden kann, wenn es um die Oberweite geht.

»O ... okay.« Das enttäuschte sie offensichtlich. Ich nippte an meinem Weißen Tod. Pualini machte noch keine Anstalten zu gehen. Ich wartete darauf, daß sie fortfuhr. »Du kennst Indihar?« fragte sie.

»Klar.«

»Hat 'ne Menge Probleme am Hals. Ist absolut pleite.«

»Ich habe versucht, ihr etwas zu leihen, aber sie wollte es nicht nehmen.«

Pualini schüttelte den Kopf. »Nein, Geld will sie sich keins leihen. Aber vielleicht könntest du ihr anders helfen.« Dann stand sie auf und ging nach vorne an die Theke. Dort setzte sie sich zu ein paar orientalisch aussehenden Männern mit Matrosenmützen.

Manchmal wünsche ich mir einfach, das Leben möge mich nicht behelligen. Ich trank noch einen Schluck, stand auf und ging an die Bar. Indihar sah mich und kam herüber. »Willst du etwas, Marîd?« fragte sie.

»Jirjis Pension hilft dir nicht viel weiter, hm?«

Sie sah verärgert zur Seite und lief an das andere Ende der Theke. »Ich will dein Geld nicht«, sagte sie.

Ich folgte ihr. »Ich biete dir kein Geld an. Was hältst du von einem ruhigeren Job, der dir erlaubt, den ganzen Tag bei deinen Kindern zu sein? Du müßtest dann keinen Babysitter mehr zahlen.«

Sie wandte sich um. »Was soll das?« In ihrem Blick lag Mißtrauen.

Ich lächelte. »Ich rede davon, daß du mit dem kleinen Jirji, mit Zahra und Hâkim in eine der leeren Wohnungen in Papas Residenz ziehst. Das spart dir jeden Monat eine Menge Geld, Indihar.«

Sie überlegte. »Vielleicht. Aber warum willst du, daß ich in Papas Residenz ziehe?«

Nun mußte ich einen glaubwürdigen Grund aus der Tasche zaubern. »Es ist wegen meiner Mutter. Ich brauche jemanden, der ein Auge auf sie hat. Ich würde dir dafür zahlen, was du verlangst.«

Indihar klopfte auf die Theke. »Ich habe schon einen Job, hast du das vergessen?«

»He«, sagte ich, »wenn's daran hängt, bist du gefeuert.«

Die Farbe wich ihr aus dem Gesicht. »Was, zum Teufel, redest du da?«

»Überlege dir das, Indihar. Ich biete dir ein nettes Zuhause, Unterkunft und Essen frei, jede Woche ein ordentliches Gehalt für einen Teilzeitjob. Du mußt dich nur darum kümmern, daß meine Mutter nichts Verrücktes anstellt. Deine Kinder wären aufgeräumt, und du müßtest nicht mehr Tag für Tag in diese Bar kommen. Du müßtest dich nicht mehr ausziehen und tanzen und dich nicht mehr mit den angetrunkenen Kerlen und den lahmarschigen Mädchen wie Brandi rumärgern.«

Sie zog die Augenbrauen in die Höhe. »Ich sage dir Bescheid, Marîd. Sobald ich herausgefunden habe, was du im Schilde führst. Das klingt einfach zu gut, um wahr zu sein, mein Herzblatt. Oder hast du dir etwa ein Weihnachtsmann-Moddy reingedrückt?«

»Gut, überlege dir alles. Sprich mit Chiri darüber. Ihr traust du. Hör dir an, was sie darüber denkt.«

Indihar nickte. Sie musterte mich noch immer mißtrauisch. »Auch wenn ich ja sage, im Bett läuft nichts.«

Ich seufzte. »Ja, in Ordnung.« Ich ging zurück an meinen Tisch. Eine Minute später ließ sich Fuad il-Manhous in den anderen Stuhl fallen. »Neulich wachte ich auf«, hub er in seiner hohen, näselnden Stimme an, »und meine Mama sagte zu mir: ›Fuad, wir haben kein Geld, geh und verkauf eins von den Hühnern.‹«

Er wollte mir eine seiner törichten Geschichten erzählen. Um beachtet zu werden, machte er alles — dafür machte er sogar einen totalen Narren aus sich. Hauptsache, man lachte. Das Traurige daran war, daß selbst seine phantastischsten Geschichten auf einem seiner wirklichen Reinfälle beruhten.

Er sah mich an, um zu sicher zu sein, daß ich ihm bis hierher folgen konnte. »Das tat ich dann auch. Ich ging zu dem Hühnerstall von meiner Mama und scheuchte diese Hühner, bis ich eins erwischte. Dann trug ich es den Berg hinunter und den Berg hinauf und über die Brücke und durch die Gassen, bis ich zum Souk der Geflügelhändler kam. Ich hatte noch nie zuvor ein Hühnchen zum Hühnermarkt gebracht, hatte also keine Ahnung, was ich tun mußte. Den ganzen Tag stand ich da mitten auf Markt, bis die Händler ihr Geld einsteckten und alles, was sie nicht verkaufen konnte, auf ihre Karren luden. Ich hatte den Muezzin schon zum Abendgebet rufen hören und wußte also, daß mir nicht mehr viel Zeit blieb.

Ich ging mit meinem Hühnchen zu einem der Männer und sagte ihm, daß ich es verkaufen möchte. Er schaute es sich an und schüttelte bloß den Kopf: ›Dieses Hühnchen hat ja keine Zähne mehr‹, sagte er.

Ich sah es mir an und, bei Allah, er hatte recht. Dieses Hühnchen hatte keinen einzigen Zahn im Maul. Ich sagte also: ›Was gibst du mir dafür?‹ Und der Mann gab mir eine Handvoll Kupferfîqs.

Dann machte ich mich auf den Heimweg, in der einen Hand die Kupferfîqs, die andere Hand in der Tasche. Und wie ich gerade über den Abwasserkanal gehe, ist da dieser Schwarm Stechmücken. Ich schlage mit den Händen um mich, um sie zu verscheuchen, und laufe so schnell ich kann über die Brücke. Wie ich auf der anderen Seite bin, merke ich, daß ich kein Geld mehr habe. Alle Münzen waren mir in den Kanal gefallen.«

Fuad hüstelte. »Kann ich ein Glas Bier haben, Marid?« bat er. »Mich dürstet richtig.«

Ich gab Indihar ein Zeichen, ihm eins zu zapfen. »Bezahlst du dafür, Fuad?« fragte ich ihn. Sein langes Gesicht wurde noch länger. Er sah aus wie ein kleiner Hund, der im nächsten Moment mit Prügeln rechnet. »War nur ein Scherz«, beruhigte ich ihn. »Das Bier geht auf Kosten des Hauses. Ich möchte wissen, wie die Geschichte ausgeht.«

Indihar brachte ihm das Glas Bier und blieb, um den Rest der Geschichte zu hören. *»Bismillah«,* murmelte Fuad und nahm einen großen Schluck. Als er das Glas absetzte, verzog er dankbar das Gesicht und grinste mich an, bevor er mit der Geschichte fortfuhr. »Wie ich also nach Hause kam, war meine Mama fuchsteufelswild. Ich hatte weder das Hühnchen noch hatte ich das Geld. ›Das nächste Mal‹, sagte sie, ›steckst du das Geld in die Tasche.‹

›Ah‹, sagte ich, ›daran hätte ich vorher denken sollen.‹ Am nächsten Morgen weckte mich meine Mama wieder auf und sagte mir, ich soll wieder ein Hühnchen in den Souk bringen. Ich zog mich also an und ging hinaus und scheuchte sie herum und fing eins und trug es den Berg hinunter und den Berg hinauf und über die Brücke und durch die Gassen in den Souk. Und diesmal blieb ich nicht den ganzen Tag in der heißen Sonne stehen, sondern ging gleich zu dem Händler und zeigte ihm das Hühnchen.

›Das schaut ja genauso schlecht aus wie das gestern‹, sagte er. ›Und außerdem muß ich den ganzen Tag dafür in dem Käfig Platz machen. Aber ich sage dir etwas, ich gebe dafür einen großen Topf Honig. Das ist sehr guter Honig.‹

Das war ein sehr guter Handel, weil meine Mama hatte zwar noch vier Hühnchen, aber Honig hatte sie keinen. Ich nahm also den Topf Honig und machte mich auf den Heimweg. Ich ging gerade über die Brücke, als mir einfiel, was meine Mama gesagt hatte. Ich machte also den Topf auf und goß den Honig in die Hosentasche. Als ich am Berg oben war, war alles weg.

Meine Mama war wieder fuchsteufelswild. ›Das nächste Mal‹, sagte sie, ›balancierst du den Topf auf dem Kopf.‹

›Ah‹, sagte ich, ›daran hätte ich vorher denken sollen.‹ Am dritten Tag weckte mich meine Mama auf, und ich fing ein Hühnchen und brachte es in den Souk und zeigte es dem Händler.

›Sehen alle deine Hühnchen so aus?‹ rief er. ›Na, im Namen Allahs, ich will dir für den Vogel ein Abendessen geben.‹ Und der Händler gab mir Quark und Molke.

Ich dachte an das, was meine Mama mir gesagt hatte, und balancierte alles auf dem Kopf. Ich ging durch die Gassen und über die Brücke und den Berg hinunter und den Berg hinauf. Als ich zu Hause ankam, fragte mich meine Mutter, wieviel ich denn für das Hühnchen bekommen habe. ›Genug Quark und Molke für ein Abendessen‹, sagte ich.

›Und wo ist das alles?‹ sagte sie.

›Auf meinem Kopf.‹ Sie sah mich an und zog mich zum Waschtrog. Dann goß sie mir einen ganzen Eimer kaltes Wasser über den Kopf und schrubbte ihn mir mit einer harten Bürste. Die ganze Zeit schrie und brüllte sie, weil ich den Quark und die Molke nicht nach Hause gebracht hatte.

›Das nächste Mal trägst du es in den Händen‹, sagte sie.

›Ah‹, sagte ich, ›daran hätte ich vorher denken sollen.‹ Am nächsten Morgen stand ich sehr früh, vor Sonnenaufgang, auf und ging hinaus und fing das hübschste, netteste, fetteste Hühnchen, das noch da war. Ich verließ das Haus, bevor meine Mama aufwachte, und trug das

Hühnchen den Berg hinunter und durch Gassen in den Souk der Geflügelhändler.

›Guten Morgen, mein Freund‹, rief der Händler. ›Ich sehe, du hast wieder so ein altes, zahnloses Hühnchen.‹

›Das ist ein sehr nettes Hühnchen‹, sage ich. ›Und ich möchte soviel dafür, wie es wert ist, und nicht weniger.‹

Der Händler sah sich das Hühnchen genau an und murmelte leise. ›Weißt du‹, sagte er schließlich, ›die Federn hier sitzen sehr fest.‹

›Soll das nicht so sein?‹ sage ich.

Er zeigte auf ein paar tote Hühner mit abgeschnittenem Kopf. ›Siehst du da Federn dran?‹

›Nein‹, sagte ich.

›Hast du schon mal ein gebratenes Hühnchen mit Federn gegessen?‹

›Nein‹, sagte ich.

›Dann tut es mir leid. Es kostet mich viel Zeit und Mühe, um alle Federn zu rupfen. Ich kann dir nur diesen wilden Kater hier anbieten.‹

Ich dachte, das ist ein guter Handel, weil der Kater würde die Mäuse und Ratten fangen, die im Hühnerstall den Hühnern das Essen wegfraßen. Ich dachte daran, was meine Mama mir gesagt hatte, und versuchte, den Kater vorsichtig in den Händen zu tragen. Als ich den Berg hinuntergelaufen war und den nächsten hinauflaufen wollte, fauchte der Kater und spuckte und wand sich und kratzte, bis ich ihn nicht mehr halten konnte. Er sprang mir aus den Händen und lief weg.

Ich wußte, meine Mama würde wieder fuchsteufelswild sein. ›Nächstesmal‹, sagte sie, ›bindest du ihn an einen Strick und ziehst ihn hinter dir her.‹

›Ah‹, sagte ich, ›daran hätte ich vorher denken sollen.‹ Nun waren nur noch zwei Hühnchen übrig. Deshalb brauchte ich am nächsten Morgen länger, um eins zu fangen, auch wenn es mir egal war, welches ich diesmal erwischte. Als ich in den Souk kam, war der Händler froh, mich zu sehen.

›Gepriesen sei Allah, daß wir beide heute wohlauf sind‹, sagte er. ›Ich sehe, du bringst ein Hühnchen.‹

›Ja, das stimmt‹, antwortete ich. Ich legte das Hühnchen auf das verzogene Brett, das er als Ladentheke hernahm.

Der Händler nahm das Hühnchen in die Hand, schätzte sein Gewicht und stach mit dem Finger hinein, als wäre es eine Melone. ›Dieses Hühnchen legt keine Eier, oder?‹ fragte er.

›Natürlich legt es Eier! Es ist die beste eierlegende Henne, die meine Mutter je hatte.‹

Der Mann schüttelte den Kopf und runzelte die Stirn. ›Siehst du‹, sagte er, ›das ist nicht gut. Mit jedem Ei, das dieses Hühnchen legt, hat es weniger Fleisch auf den Knochen. Das wäre ein schönes, schweres Hühnchen geworden, wenn es keine Eier gelegt hätte. Gut, daß du es mir jetzt bringst, bevor überhaupt nichts mehr dran ist.‹

›Die Eier müssen aber auch etwas wert sein‹, sagte ich.

›Ich sehe keine Eier. Ich sage dir, was ich mache. Ich gebe dir dieses tote, gerupfte Hühnchen zum Essen für diese eierlegende Henne. Einen besseren Handel wird dir kein anderer Geflügelhändler hier anbieten. Wenn sie hören, daß das so eine gute Eierlegerin ist, werden sie dir keine zwei Kuperfîqs geben wollen.‹

Ich war froh, daß dieser Mann mich mochte, weil er mir Sachen erzählte, die ich von keinem anderen Händler erfahren hätte. Ich handelte also für meine wertlose, eierlegende Henne dieses gerupfte Hühnchen ein, auch wenn ich den Eindruck hatte, daß es etwas mickrig ist, komisch roch und die falsche Farbe hatte. Ich erinnerte mich, was meine Mama gesagt hatte, und band das Hühnchen an einen Strick und zog es hinter mir her.

Ihr hättet meine Mama schreien hören sollen, als ich nach Hause kam. Das arme gerupfte Hühnchen war völlig ruiniert. ›Bei meinem Augenlicht!‹ rief sie. ›Du bist der größte Narr von allen Ländern des Islams. Das nächste Mal trägst du es auf der Schulter!‹

›Ah‹, sagte ich, ›daran hätte ich vorher denken sollen.‹

Es war also noch ein Hühnchen übrig, und ich nahm mir vor, daß ich diesmal alles richtig machen würde. Ich stand früh auf, wusch mir das Gesicht und die Hände, zog meine besten Kleider an und ging hinaus in den Hühnerstall. Ich brauchte eine ganze Stunde, bis ich das letzte Hühnchen gefangen hatte, das Lieblingshühnchen meiner Mutter. Es hieß Mouna. Endlich hielt ich das um sich schlagende Ding in Händen. Ich trug es hinaus aus dem Hühnchenstall, den Berg hinunter und den Berg hinauf, über die Brücke und durch die Gassen zum Souk.

Aber diesen Morgen konnte ich den Hühnchenhändler nicht an seinem Stand entdecken. Ich wartete ein paar Minuten und überlegte, wo mein Freund wohl sein könnte. Schließlich trat ein Mädchen auf mich zu. Sie war ganz so gekleidet, wie es sich für ein bescheidenes mohammedanisches Mädchen gehört. Wegen dem Schleier konnte ich ihr Gesicht nicht sehen, aber als sie sprach, und ich ihre Stimme hörte, wußte ich, daß sie das allerschönste Mädchen war, das ich je getroffen habe.«

»Auf die Art und Weise kannst du dich gehörig in Schwierigkeiten bringen«, erklärte ich Fuad. »Den Fehler, mich am Telefon zu verlieben, habe ich schon öfters als einmal gemacht.«

Er runzelte die Stirn, weil ich ihn unterbrochen hatte, und fuhr fort. »Wahrscheinlich war sie das allerschönste Mädchen, das ich je getroffen habe. Sie sagt also: ›Bist du der Herr, der meinem Vater jeden Morgen ein Hühnchen verkaufte?‹

Ich sagte: ›Das kann ich nicht sagen. Ich weiß ja nicht, wer dein Vater ist. Ist das hier sein Stand?‹ Sie sagte ja. ›Dann bin ich dieser Herr, und hier habe ich unser letztes Hühnchen. Wo ist dein Vater heute morgen?‹

In ihren Augen sammelten sich große Tränen. Sie sah auf zu mir, und ihr Gesicht erregte mein Mitleid, zumindest der Teil davon, den ich sehen konnte. ›Mein Vater ist schrecklich krank‹, sagte sie. ›Der Arzt glaubt nicht, daß er den Tag überlebt.‹

Diese Neuigkeit erschütterte mich. ›Möge Allah deinem Vater Barmherzigkeit erweisen und ihm Gesundheit schenken. Wenn er stirbt, muß ich mein Hühnchen heute jemand anders verkaufen.‹

Das Mädchen schwieg für einen Augenblick. Ich glaube, mein Hühnchen war ihr egal. Schließlich sagte sie: ›Mein Vater schickte mich heute morgen hierher, um dich zu suchen. Das Gewissen plagt ihn. Er sagt, daß er dich nicht redlich behandelte, und er möchte dieses Unrecht wiedergutmachen, bevor er vor Allah tritt. Er bittet dich, seinen Esel als Geschenk anzunehmen, den Esel, der zehn Jahre lang den Karren meines Vaters zog.‹

Dieses Angebot machte mich etwas mißtrauisch. Schließlich kannte ich das Mädchen nicht so gut wie seinen Vater. ›Habe ich dich richtig verstanden‹, sagte ich. ›Du möchtest euren Esel gegen dieses Hühnchen hier eintauschen?‹

›Ja‹, sagte sie.

›Darüber muß ich nachdenken‹, sagte ich. ›Das ist nämlich unser letztes Hühnchen.‹ Ich überlegte und überlegte, aber ich konnte nichts daran entdecken, das Mama wütend machen könnte. Ich war sicher, daß sie dieses Mal bestimmt glücklich über meinen Tausch sein würde. ›In Ordnung‹, sagte ich und packte den Esel am Halfter. ›Nimm das Hühnchen und sage deinem Vater, daß ich für seine baldige Genesung bete. Möge er morgen wieder an seinem Stand im Souk stehen, *inshallah.*‹

›*Inshallah*‹, antwortete das Mädchen und senkte den Blick. Dann ging sie weg mit dem letzten Hühnchen von meiner Mama, und ich sah sie nie mehr wieder. Ich denke viel an sie, weil sie wahrscheinlich die einzige Frau ist, die ich liebe.«

»Ja, da hast du recht«, rief ich dazwischen und lachte. Fuad steht auf fiese Schnepfen, die nichts anbrennen lassen. Jeden Abend hängt er drüben in der ›Roten Lampe‹ rum, der Kneipe von Fatima und Nassir. Ich kenne niemand sonst, der da allein reingeht. Fuad verbringt viel Zeit dort, indem er sich ständig verliebt und ausnehmen läßt.

»Ich wollte gerade den Esel nach Hause führen, als mir einfiel, was meine Mama gesagt hat. Ich blieb also stehen und stöhnte und ächzte und wuchtete mir den Esel auf die Schulter. Ich muß zugeben, ich konnte mir wirklich nicht denken, warum meine Mama wollte, daß ich ihn so trug, wo er doch genausogut laufen konnte wie ich. Aber ich wollte sie nicht schon wieder verärgern.

Ich stolperte also mit dem Esel auf dem Rücken nach Hause. Und als ich den Berg hinunterkletterte, kam ich an dem herrlichen Palast von Scheich Salman Mubarak vorbei. Wie ihr wißt, lebte Scheich Salman in dieser großen Villa mit seiner schönen Tochter, die sechzehn Jahre alt war und seit dem Tag ihrer Geburt noch kein einziges Mal gelächelt hatte. Sie konnte zwar sprechen, aber sie tat es nicht. Niemand, nicht mal ihr reicher Vater, hatte sie auch nur ein Wort sprechen gehört, seit die Frau des Scheichs, die Mutter des Mädchens, gestorben war, als das Mädchen drei Jahre alt war. Die Ärzte sagten, daß sie wieder sprechen würde, wenn jemand sie zum Lachen brächte. Oder daß sie wie jeder andere lachen würde, wenn jemand sie zum Sprechen brächte. Scheich Salman hatte die üblichen Reichtümer samt der Hand seiner Tochter angeboten, aber ein Freier nach dem anderen versagte. Das Mädchen saß einfach nur niedergeschlagen am Fenster und sah zu, wie die Welt vorüberzog.

Und dann ging ich vorbei mit dem Esel auf der Schulter. Es muß ein ziemlich merkwürdiger Anblick gewesen sein, wie der Esel mit den Beinen nach oben auf meinem

Rücken lag und mit den Hufen ausschlug. Später erzählten sie mir, daß die schöne Tochter des Scheichs mich und den Esel ein paar Minuten lang ansah und dann vor Lachen nicht mehr einhalten konnte. Sie konnte auch wieder sprechen, denn sie rief lauthals nach ihrem Vater, damit er es auch sah. Der Scheich war so dankbar, daß er auf die Straße hinauslief, um mich kennenzulernen.«

»Gab er dir seine Tochter zur Frau?« fragte Indihar.

»Na klar«, sagte Fuad.

»Wie romantisch«, entgegnete sie.

»Und als ich sie heiratete, war ich der reichste Mann der Stadt nach dem Scheich. Und meine Mutter war zufrieden, und es machte ihr überhaupt nichts mehr aus, daß sie kein Hühnchen mehr hatte. Sie lebte mit mir und meiner Frau im Palast des Scheichs.«

Ich seufzte. »Wieviel davon ist wahr, Fuad?« fragte ich ihn.

»Oh«, entgegnete er, »ich habe etwas vergessen. Es ist nämlich so, daß der Scheich in Wirklichkeit der Geflügelhändler ist, der jeden Morgen in den Souk ging. Ich weiß nicht mehr, warum. Das verschleierte Mädchen war also genauso hübsch, wie ich gedacht hatte.«

Indihar nahm Fuads Glas, das noch halb voll war, und trank es aus. »Ich dachte, der Geflügelhändler lag im Sterben«, warf sie ein.

Fuad runzelte die Stirn. Dieser Einwand brachte ihn ins Schwitzen. »Ja, schon, aber schau mal, als er seine Tochter lachen und seinen Namen rufen hörte, wurde er auf wunderbare Weise geheilt.«

»Gepriesen sei Allah«, rief ich.

»Den Teil mit Scheich Salman und seiner wunderschönen Tochter habe ich erfunden«, sagte Fuad.

»Mhm. Und du und deine Mama, ihr habt wirklich Hühnchen?« wollte Indihar wissen.

»Aber sicher«, beteuerte er, »aber im Moment gerade nicht.«

»Weil du sie verkauft hast?«

»Ich habe zu Mama gesagt, wir sollten mit jüngeren Hühnchen anfangen, die noch Zähne haben.«

»Gott sei Dank muß ich jetzt die Bierlachen aufwischen«, verabschiedete sich Indihar und verschwand hinter die Theke.

Ich trank meinen Weißen Tod aus. Nach Fuads Geschichte hatte ich Lust auf drei oder vier weitere Drinks. »Noch ein Bier?« fragte ich ihn.

Er stand auf. »Danke, Marîd, aber ich muß jetzt etwas Geld verdienen. Ich möchte ein Goldkettchen für dieses Mädchen kaufen.«

»Warum gibst du ihr nicht eins von denen, die du an die Touristen verscherbeln willst?«

Er starrte mich entsetzt an. »Sie kratzt mir die Augen aus!« Sah ganz so aus, als hätte er eine weitere heißblütige Schöne gefunden. »Ach ja, dabei fällt mir ein, der Halb-Hadschi hat gesagt, ich soll dir das hier zeigen.« Er zog etwas aus der Tasche und warf es vor mich hin.

Ich hob es auf. Es war schwer und etwa fünfzehn Zentimeter lang, aus Stahl und glänzte. Ich hatte sowas noch nie in der Hand gehabt, wußte aber sofort, um was es handelte: ein leeres Magazin für eine Automatik.

Es gibt nicht mehr viele Leute, die die alten Projektilwaffen noch verwenden. Doch Paul Jawarski benutzte eine 45er Automatik. Aus der stammte das hier.

»Woher hast du das, Fuad?« fragte ich beiläufig und betrachtete das Magazin von allen Seiten.

»Aus der Gasse hinter der Kneipe des Schwulen Che. Manchmal kann man da Geld finden. Das fällt ihnen gerne aus der Tasche, wenn sie raus auf die Gasse gehen. Ich zeigte es zuerst Saied, und er sagte, ich soll es dir zeigen.«

»Mhm. Ich habe noch nie etwas von der Kneipe des Schwulen Che gehört.«

»Würde dir nicht gefallen. Geht brutal zu. Ich gehe da nie rein. Ich treibe mich immer nur in der Gasse herum.«

»Klingt schlau. Wo ist sie denn?«

Fuad machte ein Auge zu, als konzentriere er sich. »Hâmidiyya. In der Aknouli-Straße.«

Hâmidiyya. Reda Abu Adils kleines Königreich. »Und warum dachte Saied, daß mich das interessieren würde?«

Fuad zuckte die Achseln. »Hat er mir nicht gesagt. Und? Ich meine, interessiert es dich?«

»Ja, danke, Fuad. Ich stehe in deiner Schuld.«

»Wirklich? Könnte ich dann ...«

»Ein andermal, Fuad.« Ich machte eine zerstreute, abwehrende Geste mit der Hand. Er verstand wohl den Hinweis, denn kurze Zeit später merkte ich, daß er verschwunden war. Ich hatte viel nachzudenken: War das eine Spur? Versteckte sich Paul Jawarski in einem von Abu Adils schäbigeren Unternehmen? Oder war es eine Falle, die mir Saied der Halb-Hadschi gestellt hatte: Schließlich wußte er ja nicht, daß ich ihm nicht mehr traute.

Ich hatte keine Wahl. Falle oder nicht, ich mußte die Fährte verfolgen. Aber noch nicht gleich.

15. Kapitel

Erst am nächsten Morgen kümmerte ich mich um Fuads Spur. Ich wurde das ungute Gefühl nicht los, daß ich in eine Falle tappte, andererseits dachte ich mir, ich könnte genausogut gefährlich leben. Wenn ich mich auf die konventionellen Methoden verließ, würde ich Jawarski bestimmt nicht finden. Vielleicht half es, den Kopf auf den Block zu legen und so den Henker hervorzulocken.

Und dann gab es natürlich die Möglichkeit, daß das Magazin Jawarski gar nicht gehörte und es beim Schwulen Che nichts gab, außer ein paar Kerle in ausgefallenen Kaftanen.

All das beschäftigte mich auf dem Weg durch die Promenade, an Frenchy Benoits Club vorbei zum Friedhof. Ich spürte, daß sich die Dinge immer rascher entwickelten, nur wußte ich noch nicht, ob für mich alles gut oder schlecht ausgehen würde. Ich wünschte mir, Shaknahyi wäre da und gäbe mir einen Rat. Und ich wünschte, ich hätte die Zeit mit ihm besser genutzt und mehr von ihm gelernt. Sein Grab wollte ich heute als erstes besuchen.

Am Friedhofseingang kauerten oder saßen mehrere Leute auf abgebrochenen Betonbrocken. Als sie mich sahen, sprangen sie alle auf die Füße und versperrten mir den Weg: die Greise, die Coca-Cola und Sharâb aus verbeulten Kühlboxen verkauften, die sie auf Dreirädern rumkutschierten; die zahnlosen alten Weiber, die mir mit ihren welken Blumensträußen vor dem Gesicht rumwedelten und die »O Großzügiger! O Barmherziger!« plärrenden Kinder. Manchmal spreche ich auf organisierte, laute Bettlerei nicht gut an. Statt mitleidig reagiere ich gereizt. Ich bahnte mir meinen Weg durch die Menge und blieb nur stehen, um für ein paar Kiam ein verschrumpeltes Bouquet zu kaufen. Dann ging ich durch den Backsteinbogen in den Friedhof.

Shaknahyis Grab befand sich auf der anderen Seite des Wegs, nahe an der Westmauer. Der Grabhügel war noch immer ein Erdhaufen, doch ein paar Grashalme schauten schon hervor. Ich bückte mich und legte das unscheinbare Bouquet auf das obere Ende des Grabes, das gemäß den muslimischen Gepflogenheiten nach Mekka wies.

Nach einiger Zeit stand ich wieder auf und schaute zurück zur Sechzehnten Straße, über die vielen Gräber hinweg, die aufs Geratewohl angeordnet waren. Die mohammedanischen Grabsteine trugen alle eine Mondsichel und einen Stern, aber es gab auch ein paar christliche Kreuze und ein paar Davidsterne. Und natürlich viele, die gar nicht verziert waren. An Shaknahyis letztem Ruheplatz fand sich nur ein aufgerichteter flacher Stein, auf dem sein Name und sein Todesdatum eingekratzt waren. Bald würde dieser Stein umfallen und zweifelsohne von einem anderen Hinterbliebenen entwendet werden, der zu arm war, um sich einen richtigen Grabstein leisten zu können. Shaknahyis Name würde dann mit einem Stück Sandpapier weggerubbelt werden, und der Stein würde an einem anderen Grab stehen, bis er schließlich wieder gestohlen werden würde. Ich beschloß, ihm einen richtigen Grabstein zu besorgen. Zumindest soviel hatte er sich verdient.

Ein Junge in einem Kaftan und einem Turban auf dem Kopf zupfte mich am Ärmel. »O Vater der Traurigkeit«, sagte er mit hoher Stimme, »ich kann rezitieren.«

Er war einer dieser jungen Scheichs, die den ganzen Koran auswendig konnten. Wahrscheinlich lebte seine Familie davon, daß er im Friedhof die Suren aufsagte. »Ich zahle dir zehn Kiam, wenn du für meinen Freund betest«, sagte ich. Er hatte mich in einem schwachen Moment erwischt.

»Zehn Kiam, Effendi! Möchtet Ihr, daß ich das ganze heilige Buch aufsage?«

Ich legte ihm die Hand auf die knochige Schulter. »Nein, nur etwas Tröstliches über Gott und den Himmel.«

Der Junge runzelte die Stirn. »Es gibt viel mehr über die Flammen der Hölle und die ewige Verderbnis«, sagte er.

»Ich weiß, doch das will ich nicht hören.«

»Gut, Effendi.« Und er fing an, die alten Verse in einem hohen Singsang aufzusagen. Ich ließ ihn neben Shaknahyis Grab stehen und ging zurück zum Eingang.

Meine Freundin und gelegentliche Geliebte, Nikki, hatte ihre letzte Ruhe in einem weißgewaschenen Grab gefunden, das bereits verfiel. Nikkis Familie hätte es sich sicherlich leisten können, ihre Leiche nach Hause überführen zu lassen, aber sie hatte es vorgezogen, sie hier zu bestatten. Nikki war eine Geschlechtsumwandlung, und ihre Familie wollte wohl unnötiges Aufsehen vermeiden. Wie auch immer, dieses einsame Grabmal paßte sehr gut zu dem schweren, lieblosen Leben Nikkis. Auf meinem Schreibtisch in der Polizeiwache bewahrte ich einen kleinen Messingskarabäus auf, der ihr gehört hatte. Es verging keine Woche, in der ich nicht an Nikki dachte.

Ich ging an den Gräbern von Tamiko, Devi und Selima, den drei von der Schwesternschaft der Schwarzen Witwen, vorbei, und an dem von Hassan dem Schiiten, dem Schweinehund, der mich beinahe umgebracht hatte. Ich ging ziellos zwischen den Gräbern umher und hing düsteren Gedanken nach. So wollte ich den restlichen Nachmittag nicht verbringen. Ich schüttelte die wachsende Depression ab und lief zurück zur Promenade. Als ich über die Schulter zurücksah, stand der junge Scheich noch immer an Shaknahyis Grab und rezitierte die heiligen Verse. Ich war mir sicher, daß er für die zehn Kiam da stehenbleiben würde, auch wenn ich weg war.

Wieder mußte ich mir den Weg durch die Bettler bahnen, doch diesmal warf ich ihnen eine Handvoll Münzen zu. Es war einfacher, durchzukommen, wenn sie sich um die Münzen balgten. Ich nahm das Telefon vom Gürtel und nannte Saieds Commcode. Es läutete eine paarmal, und ich wollte schon aufgeben, als er antwortete. »*Marhaba*«, meldete er sich.

»Hier ist Marîd. Wie geht's?«

»Geht schon. Was gibt's?«

»Ach, eigentlich nichts. Ich bin aus dem Krankenhaus entlassen.«

»Ah, schön, das zu hören.«

»Ja, begann mir schon etwas auf die Nerven zu gehen. Bist du mit Jacques und Mahmoud zusammen?«

»Mhm, ja. Wir sitzen bei Courane und saufen uns zu. Warum schaust du nicht vorbei?«

»Ich glaube, das werde ich tun. Du könntest mir einen Gefallen tun.«

»Ja?«

»Ich erzähle es dir später. Bis dann. Ich werde in etwa einer halben Stunde da sein. *Ma'as-salaama.*«

»*Allah yisallimak.*«

Ich steckte das Telefon zurück an den Gürtel. Auf dem Weg zurück zu Chirigas Club verspürte ich plötzlich ein wahnsinniges Verlangen, drin vorbeizuschauen und zu sehen, ob Indihar oder eins der anderen Mädchen ein paar Sunnys oder Triphets hatten, auf die sie verzichten konnten. Das waren keine Entzugssymptome, das war eine Gier, die über die letzten Tage immer stärker geworden war. Es kostete mich großen Willen, gegen dieses Verlangen anzukämpfen. Es wäre soviel einfacher gewesen, meiner wahren Natur nachzugeben. Vielleicht hätte ich es getan, wenn ich nicht gewußt hätte, daß ich später mein Hirn brauchen würde — unbeeinträchtigt.

Ich lief weiter bis zur Fünften Straße. Dort traf ich auf

eines der ungewöhnlichsten Schauspiele, die ich je sah. Laila, die alte schwarze Hexe, der der Modladen gehörte, stand mitten auf der Straße und stieß schrille Schreie gegen Safiyya, die Frau mit dem Lamm aus, die eine Straße weiter stand, und sich ebenfalls die Lunge aus dem Leib schrie. Sie sahen aus wie zwei Cowboys aus einer amerikanischen Holoshow, wie sie aufeinander einkreischten und -brüllten. Ein paar Touristen liefen die Straße herauf. Sie blieben stehen und sahen den alten Frauen unruhig zu, um dann wieder zurück zum Osttor zu laufen. Ich wollte nicht zwischen die beiden Hexen geraten. Man konnte die grünen Strahlen direkt aus ihren Augen schießen sehen.

Ihr Gebrüll konnte ich nicht verstehen. Sie plärrten so hoch und waren schon so heiser, und vielleicht war das gar kein Arabisch. Ich hatte keine Ahnung, ob die Frau mit dem Lamm sich das Hirn hatte tunen lassen, aber Laila ging nirgends ohne Moddy und eine Handvoll Daddys hin. Sie hätte auch in Etruskisch zetern können.

Es dauerte eine Weile, dann waren sie es beide müde. Safiyya machte sich zuerst aus dem Staub. Sie verabschiedete sich mit einer obszönen Gebärde von Laila und lief die Promenade hinunter in Richtung Boulevard il-Jameel. Laila sah ihr hinterher und schickte ihr ein paar Flüche nach. Dann drehte sie sich um und ging brummelnd die Vierte Straße hinunter. Ich folgte ihr. Vielleicht fand ich bei ihr im Laden ein nützliches Moddy.

Als ich den Laden betrat, stand Laila hinter der Registrierkasse, ein Lied auf den Lippen, und sortierte einen Stapel Rechnungen. Sie sah hoch und lächelte mir zu. »Marîd«, begrüßte sie mich traurig, »weißt du, wie *langweilig* das Leben als Frau eines Landarztes ist?«

»Um der Wahrheit die Ehre zu geben, Laila, ich weiß es nicht.« Sie hatte offensichtlich das Moddy gewechselt, sobald sie wieder im Laden war, und hatte die Frau mit dem Lamm völlig vergessen.

»Wenn du es wüßtest«, sagte sie verschmitzt und blinzelte mir zu, »würdest du keinen Anstoß nehmen, wenn ich mit dem Gedanken spielte, mir einen Liebhaber zu nehmen.«

»Madame Bovary?« fragte ich.

Sie zwinkerte einfach. Die Wirkung war bescheiden.

Ich sah mir ihre verstaubten Büchsen durch. Ich suchte nichts Bestimmtes. »Laila«, rief ich über die Schulter, »fällt dir zu den Buchstaben A.L.M. etwas ein?«

»L'Association des Larves Maboules?«

Das bedeutete Verein der verrückten Versager. »Was sind denn das für welche?« fragte ich nach.

»Weißt du doch, Leute wie Fuad.«

»Nie gehört.«

»Habe ich mir gerade ausgedacht, *chéri.*«

»Mhm.« Ich griff nach einem Moddy-Päckchen, an dem mein Blick hängen geblieben war. Es enthielt eine Anthologie von Romanhelden, hauptsächlich euramerikanische Rächer der Enterbten, es war aber auch ein alter chinesischer Dichterfürst, ein Bantu-Halbgott und ein Gauner aus dem hohen Norden darunter. Der einzige Name, den ich kannte, war Mike Hammer. Ich hatte noch ein Nero-Wolfe-Moddy, wenn auch die Begleit-Hardware, Archie Goodwin, ein vorzeitiges und schreckliches Ende unter dem Absatz des Halb-Hadschis gefunden hatte.

Ich entschied mich für die Anthologie. Damit hätte ich eine ganze Bandbreite verschiedenster Fähigkeiten und Persönlichkeiten. Ich nahm sie mit zu Laila. »Nur das hier heute«, sagte ich.

»Es gibt da was Besonderes ...«

»Pack es bitte ein, Laila.« Ich gab ihr eine Zehn-Kiam-Note. Leicht beleidigt, nahm sie das Geld. Ich überlegte, welches Moddy für den Besuch beim Schwulen Che geeignet war. Ich hatte noch immer Rex, Saieds Rauhbein-Moddy. Ich entschied mich dafür. Das neue hier wollte ich zur Reserve mitnehmen.

»Das Wechselgeld, Marîd.«

Ich nahm das Päckchen, das Wechselgeld sollte die Alte ruhig behalten. »Kauf dir was Hübsches, Laila«, sagte ich zu ihr.

Sie lächelte erneut. »Und weißt du, ich glaube, heute abend bringt mir Leon eine romantische Überraschung mit.«

»Ja, bestimmt.« Als ich den Laden verließ, war mir, wie immer in Lailas Nähe, leicht mulmig.

Ich machte drei Schritte Richtung Promenade, da machte es plötzlich Peng! Peng! Peng! Ein Stück Beton streifte mich unter dem rechten Auge. Ich warf mich in den Eingang zu der Spielhalle direkt neben Lailas Laden. Peng! Peng! Peng! Ziegelsteine zerbarsten, und von der Mauer vor mir stiegen rote Staubwolken auf. Ich drückte mich so weit nach innen wie irgend möglich. Peng! Peng! Noch zwei Schüsse: Jemand hatte soeben achtmal mit einer ziemlich durchschlagkräftigen Waffe auf mich geschossen.

Niemand kam angelaufen. Niemand wollte wissen, ob mit mir alles in Ordnung sei oder ob ich vielleicht einen Arzt brauchte. Ich wartete und fragte mich, wie lange es wohl dauern würde, bis ich mich wieder hinauswagen durfte. Versteckte sich Jawarski noch immer irgendwo da drüben, ein frisches Magazin in seiner 45er Automatik? Oder war das nur eine Warnung gewesen? Wenn er es darauf angelegt hatte, mich zu töten, hätte er bessere Arbeit leisten können.

Nach ein paar Minuten war ich es müde, Angst zu haben, und verließ die Sicherheit des Eingangs. Zugegeben, zwischen den Schulterblättern fühlte ich mich merkwürdig verletzlich, als ich um die Ecke lief. Ich kam zu dem Schluß, daß das Jawarskis Art von Einladung gewesen war. Ich wollte sie nicht ablehnen, ich wollte nur vorbereitet sein.

Trotzdem mußte ich noch etwas anderes erledigen, bevor ich meine Aufmerksamkeit ganz dem Amerikaner widmen konnte. Ich ging zum Auto und warf das neue Moddy auf den Rücksitz, wo noch die Aktentasche lag. Ich fuhr gemächlich durch Rasmiyya zu Couranes Kneipe. Als ich ankam, stellte ich das Auto in der engen Gasse ab und holte Saieds Moddy aus der Aktentasche. Ich sah es mir noch mal nachdenklich an und steckte es mir zusammen mit den Daddys rein, die Schmerz und Müdigkeit abblocken. Anschließend stieg ich aus und ging in Couranes Dämmerschuppen.

»Monsieur Audran!« begrüßte mich der Exilant mit ausgestreckten Armen. »Ihre Freunde sagten mir, Sie würden kommen. Wie schön, Sie wieder zu sehen!«

»Ja«, sagte ich. Der Halb-Hadschi, Mahmoud und Jacques saßen an einem Tisch im hinteren Teil des Lokals.

Courane folgte mir und sagte leise: »War das mit Inspektor Shaknahyi nicht schrecklich?«

Ich sah ihn an. »Genau das war es, Courane. Schrecklich.«

»Ich war ganz entsetzt.« Er nickte, um mir zu zeigen, wie ernst er es meinte.

»Wodka Gimlet«, beendete ich das Gespräch.

Ich zog mir einen Stuhl an den Tisch und setzte mich zu den anderen, doch ich sagte kein Wort. Das letztemal, als ich mit ihnen beisammen war, war ich nicht gut angekommen. Ich fragte mich, ob sich daran wohl etwas geändert hatte.

Jacques war der Christ, der mich immer herablassend daran erinnerte, daß in seinen Adern mehr europäisches Blut floß als in meinen. Heute nachmittag schloß er nur ein Auge und nickte mir zu. »Habe gehört, du hast Papa aus einem brennenden Gebäude gerettet.«

Courane kam mit dem Drink an. Statt einer Antwort hob ich das Glas und nippte daran.

»Ich habe auch mal einen Brand erlebt«, mischte sich der Halb-Hadschi ein. »Na ja, eigentlich war es so, daß ich in einem Gebäude war, das eine Stunde später abbrannte. Ich hätte darin umkommen können.«

Mahmoud, die männliche Geschlechtsumwandlung, schnaubte. »Also Marîd«, sagte er, »ich bin beeindruckt.«

»Ja, darum ging es mir ausschließlich, euch Arschlöcher zu beeindrucken.« Ich quetschte die letzten Tropfen aus dem Zitronenspalt in den Gimlet. Vitamin C — Sie wissen schon.

»Nein, jetzt komm schon«, fuhr Mahmoud fort, »alle sprechen darüber. Da gehörte schon was dazu.«

Jacques zuckte die Achseln. »Vor allem, wenn man sich vorstellt, daß du mir nix dir nix der neue Friedlander Bei hättest werden können. Du hättest den Alten nur drin schmoren lassen brauchen.«

»Hast du daran gedacht?« fragte Mahmoud. »Ich meine, in dem Augenblick?«

Ich mußte einen tiefen Zug Wodka nehmen, denn ich stand kurz davor auszurasten. Als ich das Glas wieder abstellte, sah ich sie der Reihe nach an. »Ihr kennt Indihar, ja? Seit Jirjis Tod ist's finanziell ziemlich eng bei ihr. Sie nimmt weder von mir noch von Chiri was zu leihen, und im Club verdient sie nicht genug.«

Mahmouds Augenbrauen gingen in die Höhe. »Will sie für mich arbeiten? Sie hat einen hübschen kleinen Arsch, sie könnte gutes Geld machen.«

Ich schüttelte den Kopf. »Daran hat sie kein Interesse. Sie will, daß ich ihr eine neue Wohnung besorge. Sie hat zwei Jungs und ein Mädchen. Ich habe ihr gesagt, auf einen der Jungen könnte sie verzichten.«

Das brachte sie zum Schweigen. »Vielleicht«, sagte Jacques schließlich, »erfahre ich etwas.«

»Versuch's. Indihar sagte, daß sie sich unter Umständen auch von dem Mädchen trennen würde. Wenn sie zusammenbleiben, und wenn der Preis stimmt.«

»Wann mußt du's wissen?« fragte Mahmoud.

»Sobald du was erfährst. Jetzt muß ich gehen. Saied, hast du was dagegen, mitzukommen?«

Der Halb-Hadschi sah zuerst Mahmoud, dann Jacques an, aber keiner sagte etwas dazu. »Denke nicht«, brummte er.

Ich holte zwanzig Kiam aus der Tasche und legte sie auf den Tisch. »Die Runde geht auf meine Kosten.«

Mahmoud blinzelte mir zu. »In letzter Zeit sind wir etwas hart mit dir umgesprungen.«

»Ist mir nicht aufgefallen.«

»Auf alle Fälle sind wir jetzt froh, daß die Dinge zwischen uns wieder in Ordnung sind. Es gibt keinen Grund, warum es nicht wieder so werden sollte wie früher.«

»Klar«, sagte ich.

Ich schubste Saied, und wir liefen hinaus in die Sonne. Vor dem Auto hielt ich ihn auf. »Ich wollte dich fragen, wie ich zum Schwulen Che komme«, sagte ich.

Die Farbe wich ihm aus dem Gesicht. »Was, zum Teufel, willst du da?«

»Ich habe davon gehört, das ist alles.«

»Also ich will da nicht mit. Ich bin nicht mal sicher, ob ich den Weg weiß.«

»Klar weißt du ihn, Freundchen«, knurrte ich ihn an. »Du weißt alles.«

Saied hatte es nicht gern, wenn man ihn rumschubste. Er versuchte, möglichst aufrecht zu stehen, um größer zu wirken. »Glaubst du, du kannst mich dazu *zwingen*, mitzukommen?«

Ich schaute ihn einfach an. Mit völlig leerem Gesichtsausdruck. Dann hob ich sehr langsam die rechte Hand an die Lippen. Ich öffnete den Mund und biß kräftig zu. Ich riß ein kleines Stück Fleisch aus meinem Handgelenk und spuckte dem Halb-Hadschi ins Gesicht. Von den Mundwinkeln tropfte mir das eigene Blut. »Schau mal, du Bastard«, fauchte ich ihn an, »das tue ich *mir selbst* an. Warte ab, was ich *dir* antue!«

Saied wich zitternd zurück. »Du bist verrückt, Marîd!« sagte er, »du bist völlig verrückt.«

»In den Wagen!«

Er zögerte. »Du hast Rex eingesteckt, stimmt's? Du solltest dieses Moddy nicht tragen. Mir ist nicht geheuer, wie es auf dich wirkt.«

Ich warf den Kopf zurück und lachte. Ich führte mich nur so auf wie er, wenn *er* das Moddy trug. Und er trug es oft. Ich konnte verstehen, warum — ich fand es ziemlich gut.

Ich wartete, bis er auf den Beifahrersitz rutschte. Dann ging ich auf die andere Seite und setzte mich hinter das Lenkrad. »Wo geht's lang?« fragte ich.

»Nach Süden.« Seine Stimme klang müde und hoffnungslos.

Ich fuhr eine Weile. Sollte er sich doch den Kopf darüber zerbrechen, wieviel ich wußte. »Was für eine Kneipe ist das?« unterbrach ich schließlich das Schweigen.

»Nichts Besonderes.« Der Halb-Hadschi bockte. »Ein Treffpunkt für die Springstiefeljungs, die *Jaish.*«

»Ja?« Ich hatte mir, rein dem Namen nach, die Kundschaft des Schwulen Ches so vorgestellt wie den Kerl in der Vinylhose und mit der auf den Rücken gefesselten Hand, der mir vor ein paar Wochen bei Chiri ins Auge gestochen war.

»Die Bürgerwehr. Sie tragen diese grauen Uniformen und halten Paraden ab und verteilen eine Menge Flugblätter. Ich glaube, sie wollen die Ausländer raus haben. Nieder mit ungläubigen Franzosen. Du kennst die Nummer.«

»Mhm. Ich habe von il-Manhous gehört, daß du öfters dort bist.«

Saied gefiel unser Gespräch gar nicht. »Sieh mal, Marîd«, fing er an, sprach den Satz aber nicht zu Ende. »Und überhaupt, glaubst du alles, was Fuad dir erzählt?«

Ich lachte. »Was, glaubst du, hat er mir erzählt?«

»Keine Ahnung.« Er rückte weg von mir, näher an die Tür. Beinahe tat er mir leid. Er sagte kein Wort mehr, außer um mir den Weg zu weisen.

Als wir an der Kneipe ankamen, holte ich meine unter dem Sitz versteckten Waffen hervor, die kleine großkalibrige Kanone, die mir vor langer Zeit Kommissar Okking gegeben hatte, und die Schockpistole, die mir Shaknahyi gegeben hatte. Ich sah die beiden Waffen nachdenklich an. »Ist das eine Falle, Saied? Sollst du mich hierher bringen, damit mich Abu Adils Schläger kaltmachen können?«

Dem Halb-Hadschi stand das Entsetzen ins Gesicht geschrieben. »Was soll das Ganze, Marîd?«

»Sag mir ganz einfach, warum, zum Teufel, du Fuad aufgetragen hast, mir dieses 45er Magazin zu zeigen.«

Unglücklich sackte er im Sitz zusammen. »Ich ging zu Scheich Reda, weil ich völlig durcheinander war, Marîd. Das ist alles. Vielleicht ist es jetzt zu spät, aber ich möchte dir sagen, daß es mir leid tut. Ich wollte einfach nicht danebenstehen, wenn du der große Held wurdest und Friedlander Beis Liebling. Ich fühlte mich benachteiligt.«

Mein Mundwinkel zuckte. »Willst du damit sagen, daß du mich in eine tödliche Falle hast laufen lassen, weil du *eifersüchtig* warst?«

»Das wollte ich nicht.«

Ich zog das leere Magazin aus der Tasche und hielt es ihm vor die Augen. »Vor einer Stunde hat Jawarski noch eins von diesen Dingern auf mich abgefeuert. Mitten am Tag, in der Vierten Straße.«

Saied rieb sich die Augen und murmelte etwas. »Mit sowas habe ich nicht gerechnet«, flüsterte er.

»Womit *hast* du gerechnet?«

»Ich dachte, Abu Adil würde mich so behandeln, wie Friedlander Bei dich behandelt.«

Ich schaute ihn verwundert an. »Du bist also wirklich zu Abu Adil gegangen und hast ihm deine Dienste angeboten? Ich dachte, du hättest ihm nur von meiner Mutter erzählt. Aber du bist sein Werkzeug, stimmt's?«

»Ich sagte ja, es tut mir leid«, sagte er zerknirscht. »Ich mache es wieder gut.«

»Das wirst du tun, da kannst du Gift drauf nehmen.« Ich reichte ihm die großkalibrige Kanone. »Nimm das! Wir gehen jetzt da rein und suchen Jawarski.«

Der Halb-Hadschi nahm die Waffe zögernd in die Hand. »Wenn ich jetzt Rex hätte«, sagte er traurig.

»Nein, ich traue dir nicht mit Rex. Den trage ich.« Ich stieg aus und wartete auf Saied. »Steck die Kanone weg! Niemand soll sie sehen, bis du sie brauchst. Gibt es ein Kennwort oder sowas?«

»Nein, du mußt nur dran denken, daß niemand da drin Ausländer leiden kann.«

»Mhm. Also komm schon!« Ich ging voran in die Kneipe. Drinnen war es gerammelt voll und laut. Es waren nur Männer da, und sie trugen alle dasselbe, wahrscheinlich die graue Uniform dieser rechten Bürgerwehr. Es war düster, keine Musik war zu hören: Der Laden des Schwulen Che war nicht diese Art von Kneipe. Das hier war ein Treffpunkt für Männer, die sich gerne als tapfere Soldaten verkleideten und durch die Straßen marschierten, aber nicht in echte Schießereien verwickelt werden wollten. Am meisten erinnerten mich diese Clowns an Hitlers SA, die sich auch hauptsächlich durch Perversion und sinnlose Brutalität auszeichneten.

Saied und ich bahnten uns den Weg durch die Menge zur Theke. »Ja?« fragte der Barkeeper mürrisch.

Ich mußte brüllen, um verstanden zu werden. »Zwei Bier.« Das hier sah nicht so aus, als ob man exotische Drinks bekommen könnte.

»Gut.«

»Und wir suchen da jemand.«

Der Barkeeper sah vom Zapfhahn hoch. »Werdet ihr hier nicht finden.«

»Ja?« Er stellte die Biere vor dem Halb-Hadschi und mir ab, und ich zahlte. »Ein Amerikaner, wurde bei einer Schießerei ...«

Der Barkeeper grapschte nach der Zehn-Kiam-Note, die ich auf die Theke gelegt hatte. Wechselgeld erwähnte er nicht. »Schau mal, ich beantworte keine Fragen, ich zapfe Bier. Und wenn ein Amerikaner hier reinkäme, würden ihn die Burschen hier wahrscheinlich in Stücke reißen.«

Ich trank einen Schluck von dem kühlen Bier und sah mich um. Vielleicht war Jawarski nicht in dieser Kneipe gewesen. Vielleicht versteckte er sich oben in dem Gebäude oder in einem Nachbargebäude. »Okay«, sagte ich zu dem Barkeeper gewandt, »er war nicht hier. Hast du sonst in letzter Zeit Amerikaner in der Gegend gesehen?«

»Hast du mich nicht verstanden? Keine Fragen.«

Es war Zeit, zu überzeugungskräftigeren Mitteln zu greifen. Ich zog einen Hundert-Kiam-Schein aus der Tasche und winkte dem Barkeeper damit vor der Nase herum. Ich brauchte kein Wort sagen.

Er sah mir in die Augen. Offensichtlich wußte er nicht, was er tun sollte. Schließlich sagte er: »Gib mir das Geld.«

Ich grinste. »Schau es dir noch genauer an, vielleicht hilft das deinem Gedächtnis auf die Sprünge.«

»Jetzt hör schon auf, mit dem Ding rumzuwedeln. Da kriegen wir beide nur Schwierigkeiten.« Ich legte den Schein auf die Theke und legte die Hand drauf. Ich wartete. Der Barkeeper verschwand für einen Augenblick. Als er wiederkam, schob er mir ein heruntergerissenes Stück Pappe zu.

Ich nahm es in die Hand. Darauf stand eine Adresse. Ich zeigte sie Saied. »Weißt du, wo das ist?« fragte ich ihn.

»Ja«, antwortete er unglücklich. »Das ist zwei Straßen hinter Abu Adils Palast.«

»Scheint zu stimmen.« Ich gab dem Barkeeper die hundert Kiam, der sie schnell verschwinden ließ. Ich holte die Schockpistole raus und zeigte sie ihm. »Wenn du versucht hast, mich reinzulegen, kommen wir zurück, und dann lernst du das hier näher kennen. Verstanden?«

»Er ist dort«, sagte der Barkeeper. »Und jetzt macht, daß ihr verschwindet, und laßt euch hier nicht mehr blicken!«

Ich steckte die Pistole weg und drängelte mich zur Tür durch. Als wir wieder auf dem Trottoir draußen waren, sah ich den Halb-Hadschi an. »Na siehst du, war doch gar nicht so schlimm.«

Verzweifelt fragte er: »Und jetzt willst du wohl, daß ich mitkomme und mit dir Jawarski suche?«

Ich zuckte die Achseln. »Nein. Dafür habe ich schon jemand anders bezahlt. Ich will nicht in Jawarskis Nähe kommen, wenn es sich irgendwie vermeiden läßt.«

Saied kochte vor Wut. »Willst du damit sagen, du hast mich Blut und Wasser schwitzen lassen und mich hierhergeschleppt, und jetzt war alles umsonst?«

Ich machte die Autotür auf. »He, das war nicht umsonst«, sagte ich lächelnd. »Allah wird mir wohl zustimmen, wenn ich sage, es war gut für dein Seelenheil.«

16. Kapitel

Die westfälische Limousine fuhr Richtung Norden, hinaus aus Hâmidiyya. Ich hatte meinen Englisch-Daddy einstecken und sprach mit Morgan. »Ich habe ihn gefunden«, sagte ich.

»Großartig, Mann.« Der Amerikaner klang enttäuscht. »Heißt das, ich bekomme das restliche Geld nicht?«

»Ich sage Ihnen, was ich mache. Sie können die anderen fünfhundert Kiam haben, wenn Sie für mich ein paar Stunden auf Jawarski aufpassen. Haben Sie eine Pistole?«

»Ja. Wollen Sie, daß ich das Ding benutze?«

Keine geringe Versuchung. »Nein. Ich möchte nur, daß Sie ein Auge auf ihn haben.« Ich las ihm die Adresse auf dem Pappdeckel vor. »Lassen Sie ihn nicht entwischen. Halten Sie ihn fest, bis ich da bin!«

»Klar, Mann. Aber brauchen Sie nicht den ganzen Tag. Ich bin nicht wild darauf, einen ganzen Tag mit einem Irren zu verbringen, der bereits an die zwanzig Leute umgenietet hat.«

»Ich glaube an Sie. Wir sprechen später.« Ich hängte ein.

»Was hast du vor?« wollte Saied wissen.

Ich wollte es ihm trotz seiner aufrichtigen Beichte und Reue nicht sagen. Ich traute ihm immer noch nicht. »Ich bringe dich zurück zu Couranes Club«, wich ich aus. »Oder ist es dir lieber, wenn ich dich irgendwo im Budayin absetze?«

»Kann ich nicht mit dir kommen?«

Ich lachte zynisch. »Ich besuche den wichtigsten

Mann in deinem Leben, Abu Adil. Stehst du dich noch immer gut mit ihm?«

»Weiß ich nicht«, stotterte der Halb-Hadschi. »Aber vielleicht sollte ich wirklich zurück zu Couranes Club. Mir ist da etwas eingefallen, was Jacques und Mahmoud wissen sollten.«

»Das glaube ich dir aufs Wort.«

»Außerdem habe ich keine Lust, diesem Bastard Umar noch einmal über den Weg zu laufen.« Saied sprach den Namen ›Himmar‹ aus, er änderte den Vokal nur etwas und aspirierte ihn. Das war ein arabisches Wortspiel. *Himmar* heißt Esel, und für die Araber ist der Esel eins der schmutzigsten Tiere auf der Erde. Eine gute Idee, Umar zu anzupöbeln. Und wenn er Rex trug, war der Halb-Hadschi durchaus fähig, Abdul-Qawy das ins Gesicht zu sagen. Möglicherweise einer der Gründe, warum Saied in Hâmidiyya nicht mehr so gern gesehen war.

Eine Weile schwieg er. »Marîd«, sagte er schließlich, »ich meinte das ernst, was ich sagte. Ich habe einen großen Fehler gemacht, meinen Mantel so zu wenden. Aber ich hatte nie einen Vertrag oder sowas mit Friedlander Bei, ich dachte nicht, daß ich jemandem schaden würde.«

»Ich wäre beinahe zweimal umgekommen. Zuerst das Feuer, dann Jawarski.«

Ich stellte den Wagen neben Couranes Club ab. Saied war zerknirscht. »Was soll ich noch sagen?« flehte er mich an.

»Es gibt nichts mehr zu sagen, wir sehen uns später.«

Er nickte und stieg aus. Ich sah zu, wie er in den Club ging. Dann nahm ich das Harter-Kerl-Moddy raus. Ich fuhr nach Nordwesten, zu Papas Residenz. Bevor ich Abu Adil gegenüber trat, hatte ich noch ein, zwei andere Dinge zu erledigen.

Ich fand Kmuzu in unserem provisorischen Appartement vor dem Chhindwara-Terminal. Er sah auf, als er mich ins Zimmer kommen hörte. »Ah, *yaa Sidi!*« Ich hatte ihn selten so zufrieden gesehen. »Ich habe gute Neuigkeiten. Es ist gar nicht so teuer, eine Suppenküche zu organisieren, wie ich dachte. Hoffentlich verzeiht Ihr mir, daß ich Eure Finanzen untersuchte, aber ich habe herausgefunden, daß wir mehr als doppelt soviel haben als nötig.«

»Soll das ein Wink mit dem Zaunpfahl sein, Kmuzu? Ich mache nur eine Suppenküche auf, und nicht zwei. Hast du schon ein Betriebskonzept ausgearbeitet?«

»Wir können die Suppenküche eine Woche lang mit dem Geld arbeiten lassen, das Ihr mit Chirigas Club in einer Nacht einnehmt.«

»Das hört man gerne. Es wundert mich nur, daß dich dieses Projekt so aufwühlt. Warum bedeutet es dir eigentlich so viel?«

Sämtliche Begeisterung wich aus Kmuzus Gesicht, es blickte wieder so unbeteiligt drein wie immer. »Ich fühle mich einfach verantwortlich für Eure christliche Herzensbildung.«

»Das nehme ich dir nicht ab.«

Sein Blick wich mir aus. »Das ist eine lange Geschichte, *yaa Sidi*«, sagte er. »Ich möchte sie jetzt nicht erzählen.«

»In Ordnung, Kmuzu. Ein andermal.«

Er wandte sich mir wieder zu. »Ich habe etwas Neues über den Brand herausgefunden. Ich habe Euch ja bereits erzählt, daß ich Beweise für eine vorsätzliche Brandstiftung habe. In jener Nacht fand ich in dem Gang zwischen Eurer Suite und der des Herrn des Hauses Lumpen, die mit einer leicht entflammbaren Flüssigkeit getränkt waren.« Er zog eine Schublade heraus und zeigte mir ein paar fast völlig verbrannte Fetzen, von denen aber trotz des Feuers noch genug übriggeblieben war, um ein dekoratives Muster aus achtzackigen Sternen in hellem Rosa und Braun zu erkennen.

Kmuzu hob einen anderen Stoffetzen. »Heute fand ich das hier. Es ist ganz offensichtlich das Tuch, von dem diese Fetzen heruntergerissen wurden.«

Ich untersuchte das größere Stück Stoff, es stammte von einem Kleidungsstück. Zweifelsohne war es dasselbe Material. »Wo hast du das gefunden?« fragte ich.

Kmuzu legte die Lumpen in die Schublade zurück. »Im Zimmer des jungen Saad ben Salah.«

»Wie kommst du dazu, dort herumzuschnüffeln?« fragte ich verwundert.

Kmuzu zuckte die Achseln. »Ich suchte nach Beweisen, *yaa Sidi.* Und ich glaube, ich habe genug, um den Brandstifter überführen zu können«

»Der Junge? Doch nicht Umm Saad selbst?«

»Ich bin sicher, sie wies ihren Sohn an, das Feuer zu legen.«

Es war nicht so, daß ich ihr das nicht zugetraut hätte, aber es paßte nicht ganz zusammen. »Warum sollte sie das tun? Ihr Plan war doch, Friedlander Bei zu dem Eingeständnis zu bringen, daß Saad sein Enkelsohn ist. Sie will, daß ihr Sohn Papas Besitz erbt. Wenn sie den alten Herrn jetzt erledigt, steht sie draußen im Regen.«

»Wer weiß, was sie sich dabei dachte, *yaa Sidi?* Vielleicht hat sie diesen Plan aufgegeben und will sich nun rächen?«

Himmel, wenn das so war, was stellte sie dann als nächstes an? »Du hast doch ein Auge auf sie?«

»Ja, *yaa Sidi.*«

»Gib besonders acht.« Ich wandte mich, um zu gehen, machte aber noch mal kehrt. »Kmuzu, fällt dir zu den Buchstaben A.L.M. etwas ein?«

Er überlegte kurz. »Nur die Afrikanische Liga für Menschenrechte«, sagte er.

»Kann sein«, zweifelte ich. »Und was ist mit der Phönixdatei?«

»O ja, *yaa Sidi.* Davon habe ich gehört, als ich bei Scheich Reda arbeitete.«

Ich war so oft vor einer Mauer gestanden, daß ich schon fast die Hoffnung aufgegeben hatte. Allmählich hatte ich zu glauben begonnen, daß die Phönixdatei nur ein Hirngespinst Jirji Shaknahyis war und daß ich einem Phantom hinterherjagte. »Warum redete Abu Adil mit dir da drüber?«

Kmuzu schüttelte den Kopf. »Abu Adil redete nie über irgend etwas mit mir, *yaa Sidi.* Ich war bloß ein Leibwächter. Aber Leibwächter werden oft vergessen oder übersehen. Sie werden zu einer Art Möbelstück im Zimmer. Ich habe Scheich Reda und Umar mehrmals darüber sprechen gehört, wen sie der Phönixdatei hinzufügen wollen.«

»Was ist das verdammte Ding dann?« wollte ich wissen.

»Eine Liste. Eine Liste mit den Namen der Leute, die für Scheich Reda oder Friedlander Bei arbeiten, sei es nun direkt oder indirekt. Und von den Leuten, die ihnen einen Gefallen schulden.«

»Wie beim Militär oder der Polizei. Aber was ist daran so wichtig? Die Polizei könnte doch bestimmt jederzeit genauso eine Liste aufstellen. Warum setzte Jirji Shaknahyi dafür sein Leben aufs Spiel?«

»Neben jedem Namen steht ein Code, der die physiologischen Details enthält, den Abstoßungskoeffizient, die durchgeführten Organtransplantationen und andere Körpermodifikationen.«

»Dann sind also sowohl Abu Adil als auch Papa auf dem laufenden, was die Gesundheit ihrer Leute angeht. Das ist doch großartig. Ich hätte nicht gedacht, daß sie sich mit solchen Kleinigkeiten abgeben.« Kmuzu runzelte die Stirn. »Ihr versteht nicht, *yaa Sidi.* Die Datei enthält nicht mögliche Organempfänger, sondern mögliche Organspender.«

»Mögliche Organspender? Aber diese Leute sind nicht tot, sie sind noch ...« Ich riß die Augen auf und starrte ihn an.

Kmuzus Miene verriet mir, daß ich mit meiner schrecklichen Erkenntnis richtig lag. »Die Liste ist hierarchisch geordnet«, fuhr er fort, »vom niedersten Botenjungen bis hinauf zu Umar und Euch. Wenn jemand auf der Liste verletzt oder krank wird und eine Organtransplantation benötigt, kann es sein, daß Abu Adil und Friedlander Bei jemanden mit einer niedrigeren Rangordnung opfern. Das geschieht nicht immer, aber je höher man auf der Liste rangiert, um so wahrscheinlicher ist es, daß ein geeigneter Spender gewählt wird.«

»Mögen ihre Häuser zerstört werden! Diese Söhne von Dieben!« flüsterte ich. Das erklärte die Notizen in Shaknahyis Notizbuch — die Namen auf der linken Seite waren die Leute, die vorzeitig ruhiggestellt wurden, um die Leute auf der rechten Seite mit Ersatzteilen zu versorgen. Blanca hatte das Pech gehabt, auf der Liste zu weit unten zu stehen. Sie war nur eine kleine Nutte gewesen, die leicht zu ersetzen war.

»Es kann sein, daß jeder, den Ihr kennt, in der Phönixdatei steht. Ihr selbst, Eure Freunde, Eure Mutter. Mein Name ist ebenfalls darin enthalten.«

Die blanke Wut stieg in mir auf. »Wo bewahrt er sie auf, Kmuzu? Ich werde Abu Adil mit dieser Datei den Rachen stopfen.«

Kmuzu hob eine Hand. »Denkt daran, *yaa Sidi,* daß Scheich Reda dieses schreckliche Geschäft nicht allein betreibt. Er arbeitet mit unserem Herrn zusammen. Sie teilen sich die Informationen, und sie teilen sich das Leben ihrer Mitarbeiter. Die Niere eines von Scheich Redas Lakaien kommt vielleicht einem Geschäftspartner Friedlander Beis zugute. Die zwei sind große Konkurrenten, doch was das angeht, sind sie ein Herz und eine Seele.«

»Wie lange läuft das schon so?«

»Seit vielen Jahren. Die zwei Scheichs fingen damit an, um sicherzugehen, daß es ihnen niemals an geeigneten Organen fehlen würde.«

Ich schlug mit der Faust auf den Schreibtisch. »Deshalb sind sie beide so uralt geworden. Sie sind zwei gottverfluchte Fossilien!«

»Und sie sind verrückt, *yaa Sidi*«, fügte Kmuzu hinzu.

»Du hast mir immer noch nicht gesagt, wo ich sie finden kann. Wo ist die Phönixdatei?«

Kmuzu schüttelte den Kopf. »Ich weiß es nicht. Scheich Reda hält das geheim.«

Nun, ich hatte ohnehin vor, heute nachmittag in diese Gegend zu fahren. »Danke, Kmuzu. Du warst eine große Hilfe.«

»*Yaa Sidi,* Ihr werdet doch nicht etwa Scheich Reda damit konfrontieren?« Die Vorstellung beunruhigte ihn offensichtlich sehr.

»Nein, natürlich nicht«, sagte ich. »Mir ist klar, daß ich es nicht gleichzeitig mit den beiden alten Herren aufnehmen kann. Kümmere du dich nur mal um die Suppenküche. Es wird langsam Zeit, daß das Haus Friedlander Beis den Armen etwas zurückgibt.«

»Das ist gut.«

Ich ließ Kmuzu am Terminal zurück. Wieder draußen im Wagen überdachte ich noch einmal meinen Tagesplan. Die Bombe, die soeben vor meinen Füßen hochgegangen war, ließ mich alles in einem neuen Licht sehen. Ich fuhr in den Budayin, parkte das Auto und lief die Promenade hoch in Chiris Club.

Das Telefon läutete. *»Marhaba«*, sagte ich.

»Ich bin's Mann. Morgan.« Ich war froh, daß ich noch den Englisch-Daddy einstecken hatte. »Jawarski ist hier. Er hat sich in einer verwahrlosten Wohnung verkrochen. Die Gegend hier ist wirklich übel. Ich treib mich im Treppenhaus herum und beobachte die Tür. Wollen Sie, daß ich da reingehe?«

»Nein«, antwortete ich, »sorgen Sie nur dafür, daß er sich nicht aus dem Staub macht. Ich will sichergehen, daß er da ist, wenn ich später vorbeischaue. Wenn er abzuhauen versucht, nehmen Sie Ihre Pistole und halten ihn zurück. Tun Sie, was nötig ist, aber lassen Sie ihn nicht entkommen.«

Ich hakte das Telefon wieder an den Gürtel und ging in den Club. Für den späten Nachmittag war ziemlich viel los. Ein neues schwarzes Mädchen namens Mouna tanzte auf der Bühne. Plötzlich fiel mir ein, daß das hübscheste Hühnchen in Fuads langer Geschichte so geheißen hatte. Das bedeutete, daß er wahrscheinlich dieses Mädchen verehrte, und das wiederum hieß, daß sie wahrscheinlich für Unruhe sorgen würde. Ich mußte meine Augen offenhalten.

Die anderen Mädchen saßen bei Kunden, und die ganze Theke entlang blühte die Liebe. Es war verdammt herzerwärmend.

Ich ging an meinen Stammplatz und wartete auf Indihar. »Einen Weißen Tod?« fragte sie.

»Noch nicht. Hast du darüber nachgedacht, worüber wir neulich gesprochen haben?«

»Ob ich in Friedlander Beiș bescheidene Hütte ziehe? Wenn es nicht wegen der Kinder wäre, würde ich keinen Gedanken daran verschwenden. Ich will ihm nichts schuldig sein. Ich will nicht als einer von Papas kleinen Arschkriechern enden.«

Vor nicht allzu langer Zeit war es mir genauso ergangen. Und jetzt, da ich von der Bedeutung der Phönixdatei erfahren hatte, wußte ich, daß ihr Mißtrauen Papa gegenüber mehr als berechtigt war. »Du hast recht, Indihar«, sagte ich. »Aber ich verspreche dir, das wird nicht passieren. Nicht Papa tut das für dich, sondern *ich.*«

»Ist da ein Unterschied?«

»Ja, und zwar ein großer. Wie also lautet deine Antwort?«

Sie seufzte. »Okay, Marîd, aber ich werde auch nicht *dir* in den Hintern kriechen. Wenn du weißt, was ich meine.«

»Du schläfst nicht mit mir. Das hast du schon deutlich genug gesagt.«

Indihar nickte. »Nur damit dir das klar ist. Ich trauere um meinen Ehemann. Vielleicht trauere ich mein ganzes Leben um ihn.«

»Nimm dir soviel Zeit, wie du brauchst. Du hast noch ein langes Leben vor dir, Kleines«, antwortete ich. »Eines Tages findest du schon wieder jemand.«

»Daran mag ich nicht mal denken.«

Ich hätte das Thema schon früher wechseln sollen. »Du kannst einziehen, sobald du willst. Aber warte bis zum Schichtwechsel«, sagte ich. »Das bedeutet, daß ich mich auch um ein neues Barmädchen für die Tagschicht umsehen muß.«

Indihar sah nach links und nach rechts und rückte näher. »Wenn ich du wäre«, flüsterte sie, »würde ich jemand von außen anstellen. Ich würde keiner hier zutrauen, den Laden zu führen. Mit denen geht zuviel drauf und bleibt zuwenig für dich übrig. Besonders dieser Brandi traue ich nicht über den Weg. Und die Pualini ist nicht hell genug, um ein Glas auf den Untersetzer zu stellen.«

»Was denkst du, soll ich tun?«

Sie kaute kurz an der Unterlippe. »Ich würde Frenchy Benoit Delia abheuern. Das täte ich. Oder Heidi von der ›Silbernen Palme‹.«

»Vielleicht. Ruf mich an, wenn du was brauchst.« Noch etwas, um das ich mich kümmern mußte. Doch jetzt kreisten meine Gedanken hauptsächlich um eine verwahrloste Wohngegend im Westen der Stadt. Ich ging hinaus in die warme Nachmittagssonne. Es hatte angefangen zu regnen, und es roch angenehm und sauber.

Ein paar Minuten später war ich wieder im Modladen in der Vierten Straße. Zweimal am Tag bei Laila reicht einem normalen Menschen ein ganzes Jahr. Ich hörte, wie sie mit einem Kunden über ein Modul sprach. Der Mann brauchte etwas für Armadentologie. Das ist die Wissenschaft, aus Zähnen High-Tech-Waffen zu machen. Laila war noch immer Emma: Madame Bovary, die Zahnärztin von morgen.

Als der Kunde ging — ja, Laila hatte genau das gefunden, wonach er suchte — versuchte ich ihr zu sagen, was ich wollte, ohne in ein Gespräch verwickelt zu werden. »Hast du *Hölle-auf-Raten*-Module?« fragte ich sie.

Sie hatte schon den Mund geöffnet, um mich mit einem Flaubert'schen Gefühlsausbruch aus zweiter Hand zu begrüßen, doch das schockierte sie. »Du willst doch nicht sowas, Marîd«, säuselte sie.

»Es ist nicht für mich, sondern für einen Freund.«

»Von deinen Freunden macht das auch keiner.«

Ich hielt mich zurück und packte sie nicht im Kragen. »Es ist für keinen Freund, es ist für ein verfluchtes Arschloch von einem Feind.«

Laila lächelte. »Du willst also etwas *wirklich* Übles?«

»Das Übelste überhaupt.«

Sie eilte hinter der Ladentheke hervor und lief zu der verschlossenen Tür am anderen Ende des Geschäftsraums. »Solche Waren stelle ich nicht aus«, erklärte sie, während sie in ihren Taschen nach dem Schlüssel suchte, die an einem langen grünen Plastikhalsband hingen. »Ich verkaufe keine *Hölle-auf-Raten-Moddys* an Kinder.«

»Die Schlüssel sind am Halsband.«

»O danke, Schatz.« Sie sperrte die Tür auf und schaute mich an. »Bin gleich wieder da.« Nach ein, zwei Minuten kam sie mit einem kleinen braunen Karton zurück.

Darin lagen drei Moddys, alle drei sahen gleich aus: normales graues Plastik ohne Herstelleretikett. Das hier waren Bootleg-Moddys, die gefährlich werden konnten. Die regulären Moddys wurden sorgfältig aufgezeichnet oder programmiert, und alle nicht dazugehörigen Signale wurden entfernt. Mit einem Underground-Moddy riskierte man einiges. Bootleg-Moddys waren manchmal ›uneben‹, und wenn man sie wieder rausnahm, konnte es passieren, daß das Gehirn schwer geschädigt war.

Laila hatte die Moddys in dem Karton mit handschriftlichen Etiketts versehen. »Wie wär's mit ansteckenden Geschwulsten?« fragte sie.

Ich überlegte kurz und kam zu dem Schluß, daß das zu sehr dem Moddy glich, das Abu Adil das letztemal getragen hatte, als ich ihn sah. Ich lehnte ab.

»Okay«, fuhr Laila fort und schob die Moddys mit ihrem langen, krummen Zeigefinger durcheinander. »Cholezystitis?«

»Was ist denn das?«

»Keine Ahnung.«

»Und was ist auf dem dritten drauf?«

Laila hob es hoch und las vor: »D-Syndrom.«

Mich fröstelte. Davon hatte ich gehört. Es war eine Art schrecklicher Nervenkrankheit, die von langsamen Viren verursacht wurde. Zuerst leidet man unter Gedächtnislücken sowohl des Kurzzeit- als auch des Langzeitgedächtnisses. Die Viren zerstören das Nervensystem unaufhaltsam, bis man zusammenbricht — stier vor sich hin starrend und völlig verblödet, bettlägerig und Todesqualen leidend. Man stirbt schließlich, wenn der Körper die einfachsten Funktionen vergessen hat und nicht mehr atmen oder das Herz nicht mehr kontrollieren kann. »Wieviel kostet das?« fragte ich.

»Fünfzig Kiam«, sagte sie. Sie sah mich an und grinste. Die paar Zähne, die sie noch hatte, waren schwarze Stumpen, es sah scheußlich aus. »Es kostet mehr, weil es schwer zu kriegen ist.«

»In Ordnung.« Ich gab ihr das Geld und stopfte das D-Syndrom-Moddy in die Tasche. Dann versuchte ich, möglichst schnell aus Lailas Laden zu kommen.

»Weißt du«, sagte sie und legte mir ihre knochige Hand auf den Arm, »heute abend führt mich mein Geliebter in die Oper aus. Ganz Rouen wird uns zusammen sehen!«

Ich entzog mich ihr und lief zur Tür hinaus. »Im Namen Allahs, des gnädigen Erbarmers«, murmelte ich.

Während der langen Fahrt hinaus zu Abu Adils Residenz dachte ich über die jüngsten Geschehnisse nach. Wenn Kmuzu recht hatte, hatte Umm Saads Sohn das Feuer gelegt. Ich glaubte nicht, daß der junge Saad aus eigenem Antrieb gehandelt hatte. Doch Umar hatte mir versichert, daß Umm Saad weder in seinen noch in Abu Adils Diensten stand. Er hatte mich sogar offen aufgefordert, sie zu beseitigen, wenn ich es für nötig befinden sollte. Aber warum hatte sich Umm Saad, wenn sie ihre Befehle nicht mehr direkt von Abu Adil entgegen nahm, plötzlich entschlossen, die Dinge selbst in die Hand zu nehmen

Und Jawarski. Hatte er auf gut Glück auf mich gefeuert, weil ihm mein Gesicht nicht gefiel — oder weil Hajjar Abu Adil gesteckt hatte, daß ich wegen der Phönixdatei rumschnüffelte? Oder gab es noch üblere Geheimnisse, auf die ich nur noch nicht gestoßen war? An diesem Punkt traute ich weder Saied noch Kmuzu. Morgan war der einzige, auf den ich mich verlassen zu können glaubte. Und dafür hätte ich keinen Grund angeben können. Er erinnerte mich einfach daran, wie ich gewesen war, bevor ich mit dem Versuch begonnen hatte, ein korruptes System von innen heraus zu ändern.

Das war übrigens die aktuelle Rationalisierung, mit der ich mein schönes Leben vor mir selbst rechtfertigte. Die bittere Wahrheit war wahrscheinlich, daß mir sowohl der Mut fehlte, Friedlander Beis Zorn auf mich herabzurufen, als auch die Beherztheit, seinem Geld den Rücken zu kehren. Ich beruhigte mich damit, daß ich meine Position in der Kanalisation der Schande und des Unehrenhaften dazu nutzte, den weniger Glücklichen zu helfen. Es beruhigte mein Gewissen kaum.

Ich fuhr und ich grübelte, und meine Schuld und Einsamkeit wurden immer größer. Vielleicht war das mit ein Grund für den taktischen Fehler, den ich machte. Ich hätte wohl Saied oder Kmuzu mehr vertrauen sollen. Zumindest hätte ich einen der Sprechenden Felsen mitbringen können. Statt dessen verließ ich mich auf meine Cleverness. Ich dachte, sie würde ausreichen, um eine Konfrontation mit Abu Adil durchzustehen. Schließlich hatte ich zwei Pläne: Zuerst wollte ich ihn mit dem D-Syndrom-Moddy bestechen, und wenn er dann nicht weich wurde, wollte ich dazu übergehen, ihm alles, was ich wußte, ins Gesicht zu schleudern.

Zum Teufel, zu dem Zeitpunkt kam mir das großartig vor.

Die Wache an Abu Adils Tor erkannte mich und ließ mich passieren, obwohl Kamal, der Butler, den Grund für meinen Besuch wissen wollte. »Ich bringe ein Geschenk für Scheich Reda«, erklärte ich. »Ich muß ihn unbedingt sprechen.«

Er wollte mich nicht weiter vorlassen. »Wartet hier«, sagte er mit einem verächtlichen Schnauben. »Ich werde fragen, ob es zulässig ist.«

»Die passive Form sollte möglichst vermieden werden«, sagte ich. Er verstand es nicht.

Er ging den langen Weg zu Abu Adils Büro und kam mit demselben verächtlichen Gesichtsausdruck zurück. »Ich soll Sie zu meinem Herrn vorlassen.« Es schien ihm das Herz zu brechen, mir entgegenkommen zu müssen.

Er führte mich in eines von Abu Adils Büros, doch nicht in dasselbe, in dem ich bei meinem ersten Besuch mit Shaknahyi gewesen war. Ein süßer Duft, möglicherweise von einem Räucherstäbchen, erfüllte die Luft. An der Wand hingen gerahmte Drucke von europäischen Meisterwerken, und ich hörte leise Umm Khaltoum singen.

Der große Mann selbst saß in einem bequemen Sessel, auf den Beinen eine wunderschöne bestickte Decke. Sein Kopf ruhte kraftlos an der Rückenlehne, die Augen waren geschlossen. Die Hände lagen auf den Knien, sie zitterten.

Umar war selbstverständlich da, er schien nicht glücklich, mich zu sehen. Er nickte mir zu und legte den Zeigefinger an die Lippen. Damit wollte er mir wohl signalisieren, nicht unser letztes Gespräch zu erwähnen, in dem er mit mir seine Pläne diskutiert hatte, Abu Adil zu stürzen und sich das Reich des alten Scheichs anzueignen. Deswegen war ich nicht gekommen, mich beschäftigte Wichtigeres als Umars halbherziger Machtkampf.

»Ich habe die Ehre, Scheich Reda einen schönen Nachmittag zu wünschen«, sagte ich.

»Möge Allah diesen Nachmittag auch für Sie angenehm gestalten«, antwortete Umar.

Wir werden sehen, dachte ich. »Ich möchte dem edlen Scheich dieses kleine Geschenk überreichen.«

Umar machte eine Handbewegung, den Wink, mit dem ein König einem Bauern befiehlt, näher zu treten. »Was ist das?« fragte er.

Ich sagte nichts, ich reichte es ihm einfach. Umar drehte und wendete es. Dann sah er hoch zu mir. »Sie sind klüger, als ich dachte. Mein Herr wird sich sehr darüber freuen.«

»Ich hoffe, er besitzt dieses Modul nicht bereits.«

»Nein, nein.« Er legte es dem alten Herrn in den Schoß, doch der machte keine Anstalten, es sich näher anzusehen. Umar musterte mich nachdenklich. »Ich würde Ihnen gerne ein Gegengeschenk machen, obwohl ich sicher bin, daß Sie es aus Höflichkeit ablehnen werden.«

»Probieren Sie es doch«, entgegnete ich, »ich bin für jede Information dankbar.«

Umar runzelte die Stirn. »Ihre Umgangsformen …«

»Sie sind schrecklich, ich weiß, aber was soll ich machen? Ich bin nur ein dummer Bohnenfresser aus dem Maghreb. Doch jetzt bin ich auf eine Menge belastender Informationen gestoßen — belastend für Sie und Scheich Reda und, um ehrlich zu sein, auch für Friedlander Bei. Ich spreche von dieser verfluchten Phönixdatei, die Ihr da angelegt habt.« Ich wartete, wie Umar reagierte.

Ich mußte nicht lange warten. »Ich fürchte, Monsieur Audran, ich weiß nicht, wovon Sie sprechen. Vielleicht ist es so, daß Ihr Herr in höchst illegale Aktivitäten verwickelt ist und nun versucht, die Schuld ...«

»Sei ruhig.« Umar und ich starrten auf Reda Abu Adil, der das *Hölle-auf-Raten*-Moddy, das er trug, rausgenommen hatte. Umar war bestürzt. Das war das erste Mal, daß Abu Adil in ein Gespräch eingriff. Er schien mehr zu sein als der alte senile Schwachkopf, der mehr oder weniger pro forma an der Spitze war. Sobald er das Krebsmoddy herausnahm, wurde sein Gesicht straffer, und seine Augen blitzten intelligent.

Abu Adil stieß die Decke beiseite und stand aus dem Sessel auf. »Hat Sie Friedlander Bei nicht über die Phönixdatei aufgeklärt?« wollte er wissen.

»Nein, o Scheich, davon habe ich erst heute erfahren. Das hat er vor mir geheimgehalten.«

»Aber Sie haben in Angelegenheiten rumgeschnüffelt, die Sie nichts angehen.« Abu Adils Intensität erschreckte mich. Umar hatte nie solche Leidenschaft oder solche Willensstärke gezeigt. Es war, als sähe ich Scheich Redas *Baraka*, eine andere Magie, als sie Papa umgab. Das Moddy von Abu Adil, das Umar trug, ließ diese Tiefe nicht vermuten. Wahrscheinlich war keine Elektronik der Welt in der Lage, die Natur des *Baraka* aufzuzeichnen. Soviel zu Umars Behauptung, dank Abu Adils Moddy sei er ihm gleichwertig. Das war reine Selbsttäuschung.

»Ich denke, diese Angelegenheiten gehen mich sehr wohl etwas an«, sagte ich. »Ist nicht mein Name in der Datei enthalten?«

»Ja, bestimmt«, erwiderte Abu Adil, »aber er steht weit genug oben, so daß Sie nur Nutzen daraus ziehen können.«

»Ich denke an meine Freunde, die weniger glücklich sind.«

Umar lachte gelangweilt. »Sie zeigen wieder, wie schwach Sie sind. Jetzt leiden Sie wegen des Schmutzes unter Ihren Füßen.«

»Jede Sonne geht einmal unter. Vielleicht erleben Sie es, wie Sie selbst in der Hierarchie der Phönixdatei nach unten rutschen. Dann werden Sie wünschen, Sie hätten nie davon gehört.«

»O Herr«, rief Umar verärgert, »haben Sie noch nicht genug davon?«

Abu Adil hob überdrüssig die Hand. »Ja, Umar. Ich schätze Friedlander Bei nicht besonders, aber seine Kreaturen noch weniger. Bring ihn ins Studio!«

Umar trat mit einer Nadelpistole in der Hand auf mich zu, und ich wich zurück. Ich wußte nicht, was er im Sinn hatte, aber es war bestimmt nichts Angenehmes. »Hier entlang!« sagte er. Unter diesen Umständen folgte ich ihm.

Wir verließen das Büro und gingen den daran anschließenden Gang entlang, dann eine Treppe in den ersten Stock hinauf. In diesem Haus herrschte stets eine Atmosphäre von Frieden und Harmonie. Das Licht wurde durch die Holzgitter an den hohen Fenstern gefiltert, und die Geräusche schluckten die dicken Teppiche. Mir war klar, daß diese Harmonie eine Illusion war. Mir war klar, daß ich nun bald Abu Adils wahre Natur kennenlernen würde.

»Hier herein!» sagte er und öffnete eine schwere Metalltür. Sein Gesicht war merkwürdig angespannt. Das Ganze gefiel mir überhaupt nicht.

Ich folgte ihm in einen schalldichten Raum. Darin stand ein Bett, ein Stuhl und ein Wagen, mit allerhand elektronischem Gerät darauf. Die Wand gegenüber war aus Glas, und dahinter befand sich ein kleiner Kontrollraum mit Armaturen und Anzeigen und allerhand Schaltern und Knöpfen. Ich wußte, was das war. Abu

Adil hatte sein eigenes Aufnahmestudio für Persönlichkeitsmodule. Der Traum eines jeden Fans.

»Gib mir die Pistole«, sagte Abu Adil.

Umar reichte seinem Herrn die Nadelpistole und verließ den schalldichten Raum. »Sie wollen mich wohl Ihrer Sammlung hinzufügen«, sagte ich. »Aber ich verstehe nicht, warum. Meine Verbrennungen zweiten Grades werden nicht so unterhaltsam sein.« Abu Adil starrte mich nur an, noch immer mit demselben merkwürdigen Grinsen im Gesicht. Ein kalter Schauer lief mir dabei über den Rücken.

Kurze Zeit darauf kam Umar zurück. Er brachte eine lange Metallrute, ein Paar Handschellen und ein Seil, an dem ein Haken befestigt war. »O Gott«, sagte ich. Mir wurde langsam schlecht. Allmählich bekam ich es mit er Angst zu tun, daß sie etwas mehr aufnehmen wollten.

»Steh gerade!« sagte Umar und ging um mich herum. Er faßte hoch und holte das Moddy und die Daddys raus, die ich trug. »Und was immer passiert, duck dich nicht. Das ist nur zu deinem Besten.«

»Danke für den Tip«, sagte ich, »ich schätze es ...« Umar holte mit der Metallrute aus und ließ sie auf meine rechtes Schlüsselbein runtersausen. Ein messerscharfer Schmerz durchzuckte mich, und ich brüllte. Er ließ sie auf der anderen Seite, auf das andere Schlüsselbein heruntersausen. Der Knochen krachte, und ich fiel auf die Knie.

»Das tut jetzt etwas weh«, sagte Abu Adil wie ein netter alter Arzt.

Umar schlug mit der Metallrute auf meinen Rücken ein. Einmal, zweimal, dreimal. Ich schrie. Er schlug mich noch ein paarmal. »Jetzt steh auf!« drängte er mich.

»Bist du verrückt«, stieß ich hervor.

»Wenn du nicht aufstehst, nehme ich mir dein Gesicht vor.«

Ich kämpfte mich auf die Beine. Mein linker Arm baumelte bloß noch und war zu nichts zu gebrauchen. Mein

Rücken war ein blutiger Matsch. Ich merkte, daß ich nur noch flach und unter Schluchzen atmen konnte.

Umar hielt inne und ging noch mal um mich herum. Eine Bestandsaufnahme. »Die Beine«, sagte Abu Adil.

»Ja, o Scheich.« Der Hurensohn knallte die Rute gegen meine Oberschenkel, und ich fiel wieder zu Boden. »Hoch«, knurrte Umar. »Hoch!«

Er schlug mich, wo ich lag, auf die Schenkel und die Waden, bis auch sie nur noch ein blutiger Brei waren. »Ich krieg dich«, stieß ich vor Schmerz heiser hervor. »Beim heiligen Propheten, ich schwöre, daß ich dich kriege!«

Umar prügelte so lange auf mich ein, bis er sich jeden Teil meines Körpers ausgiebig vorgenommen hatte. Nur meinen Kopf verschonte er. Abu Adil hatte ihm dies aufgetragen, da er keine Beeinträchtigung der Aufnahmequalität wollte. Als der alte Mann der Meinung war, es sei genug, gab er Umar ein entsprechendes Zeichen. »Schließe ihn an!« sagte er.

Ich hob den Kopf und sah zu. Es war beinahe, als befände ich mich in einem anderen Körper, ganz weit weg. Die Muskeln schmerzten irrsinnig, die Krämpfe jagten einander. Die Qualen, die von den Wunden am ganzen Körper ausgingen, ließen mich wie Messerstiche zusammenzucken. Aber der Schmerz war so stark geworden, daß er wie eine Mauer zwischen Geist und Körper wirkte. Ich wußte zwar, daß es noch immer furchtbar weh tat, aber es war so schlimm gewesen, daß ich mich in einem Schockzustand befand. Ich verfluchte meine zwei Peiniger und flehte sie an. Ich bedrohte sie und bat sie, mir meinen Schmerzblocker-Daddy zurückzugeben.

Umar lachte nur. Er ging zu dem Wagen und drehte an den Geräten darauf herum. Anschließend kam er mit einem langen, glänzenden Moddyanschluß zurück. Er sah dem Anschluß verdammt ähnlich, den wir bei dem Transpex-Spiel verwendet hatten. Umar kniete sich neben mich und zeigte ihn mir. »Ich stecke dir das hier rein«, erklärte er mir. »Damit können wir genau aufnehmen, was du empfindest.«

Ich hatte Schwierigkeiten beim Atmen. »Arschlöcher«, röchelte ich.

Umar steckte den chromblitzenden Moddystecker in meine vordere corymbische Buchse. »Das tut jetzt überhaupt nicht weh«, informierte er mich.

»Du wirst sterben«, flüsterte ich, »Du wirst, verdammt noch mal, sterben!«

Abu Adil hatte noch immer die Nadelpistole auf mich gerichtet. Doch ich wäre auch so zu keinen Heldentaten mehr in der Lage gewesen. Ich glaubte, jeden Moment ohnmächtig zu werden. Ich versuchte, dagegen anzukämpfen, denn ich wollte ihnen nicht ganz ausgeliefert sein. Was ich wohl ohnehin schon war.

Nachdem er mir die Handschellen angelegt hatte, befestigte Umar den Haken daran und zog mich am Seil in die Höhe. Als ich schwankend auf die Beine gekommen war, warf er das andere Seilende über einen Balken hoch über meinem Kopf. Ich erkannte, was er vorhatte. »*Yallah*«, schrie ich. Er zog am Seil, bis ich auf den Zehenspitzen balancierte. Er zog noch etwas, bis ich keinen Boden mehr unter den Füßen hatte. Ich hing am Seil, die Arme nach hinten. Sie mußten das ganze Gewicht tragen. Langsam drehten sich die Kugeln aus den Gelenkpfannen.

Es war schier unerträglich. Ich bekam fast keine Luft mehr. Ich versuchte, mich gegen den wahnsinnigen Schmerz abzublocken. Zuerst flehte ich um Gnade, dann um den Tod.

»Jetzt stecke ihm das Moddy rein«, sagte Abu Adil. Seine Stimme schien aus einer anderen Welt zu kommen, von ganz weit her, von einem Berggipfel jenseits des Ozeans.

»Ich suche Zuflucht beim Herrn«, flüsterte ich. Diesen Satz wiederholte ich wie einen magischen Zauber.

Umar stand auf dem Stuhl, in der Hand das graue

Moddy, das D-Syndrom-Moddy, das ich gekauft hatte. Er steckte es mir in die hintere Buchse.

Er hing von der Decke, konnte sich aber nicht erinnern, warum. Er litt Todesqualen. »Im Namen Allahs, helft mir!« rief er. Er erkannte, daß der Schmerz nur schlimmer wurde, wenn er schrie. Warum war er hier? Er konnte sich nicht erinnern. Wer hatte ihm das angetan?

Er konnte sich nicht erinnern.

Die Zeit verging, vielleicht verlor er das Bewußtsein. Es war dasselbe Gefühl, als wenn man aus einem lebhaften Traum erwacht und sich die Welt des Wachens und die des Traums einen Moment lang vermischen, wenn Aspekte der einen Welt Bilder aus der anderen verzerren und es Mühe kostet, sie auseinanderzusortieren und sich für eine zu entscheiden.

Wie ließ es sich erklären, daß er allein und gefesselt war? Er hatte keine Angst vor dem Schmerz, aber es machte ihm Angst, dieser Situation möglicherweise nicht gewachsen zu sein und sie nicht zu verstehen. Über ihm summte leise ein Ventilator, und ein schwacher, würziger Duft lag in der Luft. Am meisten peinigte ihn die Vorstellung, daß er in ein furchtbares Drama verwickelt war, ohne etwas von seiner Bedeutung zu verstehen.

»Gepriesen sei Allah, der Herr der Welten«, flüsterte er, »der gnädige Erbarmer, der dereinst über alles richten wird. Dich allein preisen wir. Dich allein flehen wir an um Hilfe.«

Die Zeit verstrich. Die Qual wuchs. Schließlich konnte er weder zittern noch zusammenzucken. Bilder und Geräusche spielten durch seine betäubten Sinne mit seinem dahindämmernden Verstand. Zu denken oder reagieren war ihm nicht mehr möglich, aber er war noch nicht ganz tot. Jemand redete auf ihn ein, doch er antwortete nicht.

»Geht das?«

Es war entsetzlich. Von einem Augenblick zum anderen *verstand* ich wieder. All die Schmerzen, die soeben noch in Schach gehalten worden waren, schlugen nun zu. Ich muß wohl gewimmert haben, denn er hörte nicht auf, mich zu beruhigen: »Es ist gut, es ist gut.«

Ich sah hoch. Es war Saied. »He«, sagte ich; mehr brachte ich nicht heraus.

»Es ist gut«, erklärte er mir wieder. Ich wußte nicht, ob ich ihm glauben sollte. Sein Gesichtsausdruck strafte ihn Lügen.

Ich lag in einer Gasse zwischen verwahrlosten, heruntergekommenen Mietskasernen. Ich hatte keinen blassen Schimmer, wie ich hierhergekommen war. Und in diesem Augenblick war es mir auch egal.

»Sind das deine?« sagte er. Er hatte ein paar Daddys und drei Moddys in der Hand.

Eins davon war Rex und eins das graue D-Syndrom-Moddy. Ich heulte beinahe, als ich den Schmerzblocker-Daddy sah. »Gib 'n mir!« stieß ich hervor. Meine Hände zitterten, als ich hochfaßte, um ihn mir reinzuschieben. Beinahe im selben Augenblick fühlte ich mich wieder großartig, obwohl ich wußte, daß ich furchtbare Wunden hatte und zumindest das Schlüsselbein, wenn nicht mehr, gebrochen war. Der Daddy wirkte schneller als eine Tonne Sonnein. »Du mußt mir sagen, was du hier tust«, sagte ich. Ich setzte mich auf, in der Illusion, mir ginge es gut.

»Ich bin dir gefolgt. Wollte sichergehen, daß du nicht in Schwierigkeiten kommst oder so. Die Wache am Tor kennt mich und Kamal ebenfalls. Ich ging in das Haus und sah, was sie mit dir machten. Ich wartete, bis sie dich rausschafften. Sie müssen dich für tot gehalten haben, oder es ist ihnen egal, ob du es überlebst oder nicht. Ich packte die Hardware und folgte ihnen. In dieser verstunkenen Gasse hier ließen sie dich liegen. Ich versteckte mich hinter der Ecke, bis sie verschwanden.«

Ich legte ihm die Hand auf die Schulter. »Danke«, sagte ich.

»He«, entgegnete der Halb-Hadschi und grinste bescheuert, »nichts zu danken. Muslimbrüder und so, oder hast du das vergessen?«

Ich wollte nicht mit ihm streiten. Ich hob das dritte Moddy auf, das er mitgenommen hatte. »Was ist das?« fragte ich.

»Kennst du's nicht? Gehört es nicht dir?«

Ich schüttelte den Kopf. Saied nahm mir das Moddy aus der Hand und steckte es sich ein. Einen Augenblick später änderte sich sein Gesichtsausdruck. Er erstarrte fast. »Mögen die Eier meines Vaters in der Hölle schmoren!« rief er. »Es ist Abu Adil.«

17. Kapitel

Der Halb-Hadschi bestand darauf, mit mir zu dem Gebäude zu kommen, in dem sich Paul Jawarski verbarg. »Du bist am Boden«, erklärte er mir kopfschüttelnd. »Wenn du den Daddy rausnimmst, erkennst du, wie kaputt du bist. Du gehörst ins Krankenhaus.«

»Ich komme gerade aus dem Krankenhaus«, entgegnete ich.

»Na, das hat anscheinend nichts gebracht. Du mußt wieder zurück.«

»Okay, ich gehe zurück, wenn die Sache mit Jawarski vorbei ist. Bis dahin lasse ich den Daddy drin. Und Rex brauche ich wahrscheinlich auch.«

Saied sah mich aus den Augenwinkeln an. »Du brauchst noch viel mehr als Rex. Du brauchst ein Dutzend von deinen Bullenfreunden.«

Ich lachte zynisch. »Ich glaube nicht, daß die kommen würden. Ich glaube, Hajjar würde sie nicht mal schikken.«

Wir kamen nur langsam vorwärts auf Hâmidiyyas größter Nord-Süd-Verbindung. »Was willst du damit sagen?« fragte Saied. »Glaubst du, Hajjar will die Lorbeeren für Jawarskis Verhaftung allein einheimsen? Um eine Beförderung und Medaillen zu kassieren?«

Wir bogen in eine enge, mit Unrat übersäte Gasse und fanden den Hintereingang des Hauses, das wir gesucht hatten. »Shaknahyi glaubte, daß er in eine Falle getappt war«, sagte ich. »Er vermutete, daß Jawarski für Hajjar arbeitet.«

»Ich dachte, Jawarski arbeitet für Scheich Reda.«

Ich zuckte die Achseln. Ohne den Schmerzblocker hätte ich das nicht ausgehalten. »Alle, die wir kennen, arbeiten schwarz. Warum soll das bei Jawarski anders sein?«

»Das stimmt nun auch wieder. Willst du, daß ich mit hineinkomme?«

»Nein danke, Saied. Mir ist es lieber, du bleibst hier und bewachst den Hintereingang. Ich gehe nach oben und spreche mit Morgan. Ich möchte mit Jawarski allein sein. Morgan schicke ich zum Vordereingang.«

Saied machte sich Sorgen. »Ich halte das nicht für klug, Maghrebi. Jawarski ist ein schlauer Hund und macht sich nichts draus, Leute umzulegen. So wie du beieinander bist, hast du momentan keine Chance gegen ihn, sollte er handgreiflich werden.«

»Dazu wird es nicht kommen«, ich langte nach oben und schob mir Rex rein. Dann zog ich die Schockpistole aus der Tasche.

»Was willst du machen? Wenn Hajjar Jawarski laufen läßt ...«

»Ich werde Hajjar einfach übergehen.« Ich wollte alles tun, um zu verhindern, daß Jawarski der Justiz durch die Lappen ging. »Ich werde den Hauptabteilungsleiter benachrichtigen und den Polizeipräsidenten und die Medien. Die können doch nicht alle unter einer Decke stekken.«

»Warum eigentlich nicht?« warf der Halb-Hadschi ein. »Aber wahrscheinlich hast du recht. Denk dran, wir sind hier unten, wenn du Hilfe brauchst. Dieses Mal entkommt Jawarski nicht.«

Ich grinste. »Darauf kannst du Gift nehmen.« Ich ging an ihm vorbei in die alte Mietskaserne. Ich stand in einem kühlen, dunklen Gang, der zu einer Treppe führte. Der für leerstehende Gebäude typische dumpfe, modrige Geruch lag in der Luft. Als ich bis zum zweiten Stock die Treppe hochlief, knirschte der heruntergefallene Putz unter meinen Füßen. »Morgan?« rief ich. Wahrscheinlich hatte er eine Pistole in der Hand, deshalb wollte ich ihn nicht überraschen.

»Sind Sie es, Mann? Sie haben sich aber Zeit gelassen.«

Ich erreichte den Treppenabsatz, auf dem er saß. »Tut mir leid«, sagte ich, »ich hatte Probleme.«

Er riß die Augen auf, als er sah, wie kaputt und fertig ich war. »Sieht so aus, als hätten Sie Ihr Tagessoll bereits hinter sich.«

»Es geht schon noch, Morgan.« Ich zog fünfhundert Kiam aus der Jeans und gab sie ihm. »Jetzt gehen Sie bitte nach unten, und behalten Sie den Haupteingang im Auge. Wenn ich Hilfe brauche, rufe ich Sie.«

Der blonde Amerikaner lief nach unten. »Sie werden Hilfe brauchen«, deutete er düster an, »und es wird zu spät sein, wenn Sie rufen.«

Der Daddy gab mir das Gefühl, keine Schmerzen zu haben, und Rex gab mir die Sicherheit, jeder Herausforderung, also auch Jawarski, gewachsen zu sein. Ich überprüfte, ob die Schockpistole geladen war, dann pochte ich an die Tür. »Jawarski«, rief ich, »hier ist Marîd Audran. Jirji Shaknahyi war mein Partner. Ich bin hier, um Sie festzunehmen.«

Ich mußte nicht lange warten. Jawarski riß die Tür auf und lachte. In der Hand hielt er eine schwarze 45er Automatik. »Sie sind ja ein unwahrscheinlicher Blödmann«, sagte er. Er trat zurück, damit ich vorbeikonnte.

Ich achtete darauf, daß er meine Waffe sah, als ich an ihm vorbeiging, aber er war sich seiner so sicher, daß ihn das nicht im mindesten zu stören schien. Ich nahm gegenüber der Tür auf einer zerschlissenen Couch Platz. Jawarski ließ sich in einen Sessel fallen, der mit einem blumengemusterten Stoff voller Blutflecken bezogen war. Ich war entsetzt, wie jung er war. Es überraschte mich, daß er mindestens fünf Jahre jünger war als ich.

»Je gehört, was das islamische Gesetz für Mörder vorsieht?« fragte ich ihn. Wir hatten unsere Pistolen aufeinander gerichtet, aber Jawarski wirkte geradezu lässig.

»Nein, ist auch egal«, sagte er. »Juckt mich nicht, wenn ich sterbe.« Jawarski sprach auf eine eigenartige Weise mit einer Seite des Mundes, als denke er, er sähe dadurch hart und brutal aus. Offensichtlich hatte er ernste psychische Probleme, aber ihm würde nicht mehr genug Zeit bleiben, damit klarzukommen. »Von wem weißt du, daß ich hier bin? Verräter mache ich fertig. Sag mir, wer's war, damit ich den Schweinekerl umpusten kann!«

»Dazu wird's nicht kommen, Freundchen. Du kannst nicht die ganze Stadt kaufen.«

»Bringen wir's hinter uns«, versuchte er mich irrezumachen. »Ich habe vor, mir heute mein Geld abzuholen und aus der Stadt zu verschwinden.« Meine Schockpistole schien ihn nicht im geringsten zu stören.

Er schaute rechts an mir vorbei. Ich ließ den Blick langsam in dieselbe Richtung gleiten, auf ein Holztischchen neben der Couch, auf dem Zeitungen lagen. Drei Magazine mit Munition lagen da. »Hat Hajjar dir den Auftrag gegeben, Shaknahyi umzulegen?« fragte ich. »Oder war es Umar, Abu Adils Schoßhündchen?«

»Ich verpfeife niemanden«, sagte er mit einem anzüglichen Grinsen.

»Und die anderen — Blanca Mataro und der Rest. Da hast du nicht die 45er genommen. Warum eigentlich nicht?«

Jawarski zuckte die Achseln. »Sie sagten, daß ich es bleiben lassen soll. Sie wollten nicht, daß etwas kaputtgeht von den Innereien, nehme ich an. Ich habe den Bullen immer selber den Tip gegeben, damit der Krüppelwagen schnell da ist. Sie wollten wohl nicht, daß die Ware verdirbt.« Er lachte dreckig. Ich mußte die Zähne zusammenbeißen.

Ich warf noch mal einen Blick auf das Tischchen. Ob Jawarski sich nicht die Mühe gemacht hatte, ein neues

Magazin einzulegen, bevor er mich zur Tür hereinließ? Er sah aus, als liebe er es, zu bluffen. »Wie viele hast du umgebracht?« fragte ich ihn.

»Du meinst, alle zusammen?« Jawarski sah zur Decke. »Oh, das waren sechsundzwanzig. So viele habe ich gezählt. Beinahe einen für jedes Jahr. Und ich habe bald Geburtstag. Hättest du was dagegen, Nummer siebenundzwanzig zu werden?«

Ich hätte ihn anspringen können. »Paß bloß auf, Jawarski«, stieß ich zwischen den Zähnen hervor.

»Komm schon, du mit deiner Mädchenpistole, leg mich um, wenn du dich traust!« Es gefiel ihm, mich zu verspotten und bis aufs Blut zu reizen. »Schau mal die Schlagzeile hier, ›Der Böse Jawarski — Legendärer Verbrecher‹, klingt doch nicht übel?«

»Je an die Leute gedacht, die du erschossen hast?«

»Den Bullen weiß ich noch. Ich drehte mich um und schoß ihm in die Brust. Er wankte nicht mal, sondern ballerte zurück. Doch er traf mich nicht, und ich verschwand hinter dem Haus. Als ich auf der anderen Seite war, linste ich um die Ecke und sah, daß mir dieser Bulle, den ich angeschossen hatte, immer noch auf den Fersen war. Also gab ich's ihm noch mal und rannte hinter das nächste Haus. Als ich mich umdrehte, war er immer noch hinter mir her. Vorne an seinem Mantel lief schon das Blut herunter, aber er verfolgte mich immer noch. Das war ein echter Mann.«

»Je an seine Familie gedacht? Shaknahyi hatte eine Frau, weißt du. Und drei Kinder.«

Jawarski starrte mich an. Wieder verzog er das Gesicht zu einem irren Grinsen. »Scheiß auf sie«, sagte er.

Ich stand auf und ging drei Schritte auf ihn zu. Jawarski hob die Augenbrauen, als lade er mich ein näher zu treten. Er stand, und ich warf ihm die Schockpistole zu. Er fing sie zwischen linker Hand und Brust auf. Ich holte mit der Faust aus und trieb ihm meine Knöchel in den Mund. Darauf packte ich ihn am rechten Handgelenk und drehte es nach außen. Ich war bereit, ihm nötigenfalls die Knochen zu brechen. Er stöhnte und ließ die Automatik fallen. »Ich bin nicht Hajjar«, schnauzte ich ihn an. »Und ich bin auch nicht dieser verdammte Catavina. Mich kannst du nicht kaufen, und im Augenblick bin ich nicht in der Stimmung, mich um deine Rechte zu scheren. Verstanden?« Ich bückte mich und angelte mir seine Pistole. Ich hatte mich geirrt, sie war geladen.

Jawarski faßte sich an die Lippen. Als er sich die Finger ansah, waren sie blutig. »Du hast dir wieder diese Holoshows reingezogen«, sagte er mit einem Grinsen. Er war noch immer die Ruhe selbst. »Du bist keinen Deut besser als Hajjar. Du bist keinen Deut besser als ich, wenn du die Wahrheit wissen willst. Du würdest mich wie ein Sieb durchlöchern, wenn du sicher wärst, daß du damit durchkommst.«

»Da hast du recht.«

»Aber du bist der Meinung, es gibt schon zu viele wie Hajjar. Und dabei ist Hajjar nicht mal ein schlechter Bulle; das ist er nicht. Er macht nur das, was man von ihm erwartet. Es ist völlig in Ordnung, wenn alle früh genug Bescheid wissen. Ich vertrau dir ein kleines Geheimnis an: Du wirst genauso enden wie Shaknahyi. Du wirst kleinen alten Damen über die Straße helfen, bis du alt genug für die Rente bist. Und dann wird dich irgendso ein junger Hund wie ich platttreten.« Er kratzte sich mit dem kleinen Finger im Ohr. »Und wenn du weg vom Fenster bist«, sagte er genüßlich, »wird der junge Hund deine Frau vögeln.«

Mein Gesicht war hart und angespannt. Langsam hob ich die Pistole und hielt sie ruhig auf den Punkt zwischen Jawarskis Augen gerichtet. »Schau sie dir an«, stieß ich voll Verachtung hervor. »Das ist kein Spielzeug.«

Ich nahm die Schockpistole und schob sie in die Tasche. Anschließend gab ich Jawarski ein Zeichen, er solle sich setzen, und nahm selbst erneut auf der Couch Platz. Wir musterten uns ein paar Sekunden lang. Mein Atem ging schnell, bei Jawarski hatte ich das Gefühl, die Sache machte ihm Spaß.

»Ich möchte wetten, du tust alles, um Shaknahyis Witwe zu trösten«, fing er wieder an. »Hast du sie schon gevögelt?«

Ich spürte, wie erneut Wut in mir aufstieg. Ich haßte es, mir seine Lügen anzuhören, seine Rechtfertigungen für Verbrechen und Korruption. Am schlimmsten war, daß er mir weiszumachen versuchte, Shaknahyi sei aus Dummheit gestorben, ohne Sinn und Zweck. Das würde ich mir nicht anhören. »Halt's Maul!« knurrte ich ihn an. Ich merkte, daß ich vor Jawarski mit der Automatik rumfuchtelte.

»Siehst du? Du kannst nicht schießen. Wenn du's nicht tust, geh ich frei aus, ganz egal, wer mich einsperrt. Ich komm wieder raus. Scheich Reda wird dafür sorgen. In dieser Stadt werde ich nie vor Gericht gestellt.«

»Das stimmt.« Er hatte ja wahrscheinlich recht damit. Ich feuerte einmal. Die Detonation war gewaltig, der Nachhall wollte kein Ende nehmen, wie ferner Donner. Jawarski kippte in Zeitlupe nach hinten, die Hälfte seines Gesichts war verschwunden. Überall war Blut. Ich ließ die Pistole auf den Boden fallen. Noch nie zuvor hatte ich mit einer Projektilwaffe auf jemanden geschossen. Ich machte einen Schritt zurück und fiel, nach Atem ringend, auf die Couch.

Als ich hier hereingekommen war, hatte ich nicht die Absicht gehabt, diesen Mann zu töten. Doch ich hatte es getan. Es war eine bewußte Entscheidung gewesen. Ich hatte die Verantwortung auf mich genommen, damit der Gerechtigkeit genüge getan wird. Denn ich war mir sicher gewesen, daß das der einzige Weg war. Ich sah auf meine Hände und Arme, die über und über voll Blut waren.

Die Tür wurde eingetreten. Zuerst rannte Morgan herein, hinter ihm kam Saied. Sie blieben am Eingang stehen und sahen sich den Schauplatz an. »Okay«, sagte der Halb-Hadschi ganz ruhig. »Das wäre erledigt.«

»Hör mal, Mann«, meldete sich Morgan zu Wort, »ich muß jetzt verschwinden. Sie brauchen mich ja wohl nicht mehr, oder?«

Ich starrte sie nur an. Ich fragte mich, wie sie so ruhig sein konnten.

»Komm, Mann«, drängte Morgan. »Das könnte jemand gehört haben.«

»Oh, das hat bestimmt jemand gehört«, mischte sich Saied ein, »Aber in dieser Gegend ist keiner so blöd und kümmert sich drum.« Ich faßte hoch und holte das Harter-Kerl-Moddy raus. Für eine Weile hatte ich genug von Rex. Wir verließen die Wohnung und liefen die Treppe hinab. Unten ging Morgan in die eine Richtung, der Halb-Hadschi und ich in die andere.

»Was jetzt?« fragte Saied.

»Wir müssen uns den Wagen holen«, antwortete ich. Die Vorstellung gefiel mir überhaupt nicht. Die Limousine stand noch immer bei Abu Adil. Mir war wirklich nicht danach, sobald dorthin zurückzukehren, nachdem der Bastard mich zu dieser Aufnahme mißbraucht hatte. Ich *würde* zurückkehren. Das wollte ich ihm heimzahlen. Aber nicht jetzt.

Saied hatte wohl am Ton meiner Stimme erkannt, was ich fühlte. »Weißt du, was?« sagte er. »Ich hole den Wagen, du bleibst hier und wartest. Dauert nicht lange.«

»Gut.« Ich gab ihm die Schlüssel. Ich war ihm aus tiefstem Herzen dankbar, daß er mir gefolgt war und daß er mir geholfen hatte. Es fiel mir nicht mehr schwer, ihm zu trauen. Das war gut, denn sogar mit dem Schmerzblocker-Daddy war mein Körper nahe daran zusammenzubrechen. Ich mußte dringend zum Arzt.

Ich wollte mich nicht hinsetzen, weil ich Probleme beim Aufstehen befürchtete. Statt dessen lehnte ich mich an die weiße, gipsverzierte Wand eines wackligen Häuschens. Über mir hörte ich das schrille Krächzen von Ziegenmelkern, die über den Dächern nach Insekten jagten. Ich schaute zu einem anderen Wohnhaus auf der anderen Straßenseite hinüber und entdeckte wilden, von Kraft strotzenden Farn, der an der Hausmauer emporwuchs, diesem ganz unwahrscheinlichen Platz, der dennoch günstige Wachstumsbedingungen bot. Aus offenen Fenstern roch es nach Essen: gedünstetem Kraut, gebratenem Fleisch, gebackenem Brot.

Ich war von Leben umgeben hier, und doch konnte ich nicht vergessen, daß ich das Blut eines Mörders vergossen hatte. Ich hielt noch die Schockpistole in der Hand. Ich hatte keine Ahnung, wie ich das Ding loswerden konnte. Ich war unfähig, einen klaren Gedanken zu fassen.

Nach einer Weile hielt die cremefarbene westfälische Limousine neben mir. Saied stieg aus und half mir um den Wagen herum zum Beifahrersitz. Ich ließ mich auf den Sitz fallen, und er machte die Tür zu. »Wohin?« fragte er.

»Ins verdammte Krankenhaus.«

»Gute Idee.«

Ich schloß die Augen und spürte den Wagen durch die Gassen rollen. Ich nickte ein. Saied weckte mich auf, als wir ankamen. Ich stopfte meine Schockpistole und die 45er unter den Sitz, und wir stiegen aus.

»Hör mal«, sagte ich. »Ich gehe nur in die Notaufnahme und lasse mich zusammenflicken. Danach muß ich ein paar Leute besuchen. Warum gehst du nicht nach Hause?«

Der Halb-Hadschi zog die Augenbrauen zusammen. »Was ist los? Traust du mir immer noch nicht?«

Ich schüttelte den Kopf. »Das ist es nicht, Saied. Darüber bin ich hinweg. Nur manchmal arbeite ich einfach ohne Zuschauer besser, okay?«

»Klar. Ein kaputtes Schlüsselbein reicht dir noch

nicht. Du bist erst glücklich, wenn wir dich in fünf verschiedenen Containern beerdigen.«

»Saied.«

Er hob die Hände. »In Ordnung, in Ordnung. Du willst zurück und Scheich Reda und Himmar attackieren, das ist deine Sache.«

»Ich werde Ihnen nicht gegenübertreten, wenigstens nicht jetzt.«

»Okay, sag mir Bescheid, wenn es soweit ist!«

»Da kannst du sicher sein«, sagte ich und gab ihm zwanzig Kiam. »Du kannst dir doch hier ein Taxi nehmen?«

»Mhm. Ruf mich später an!« Er gab mir die Autoschlüssel zurück.

Ich nickte und ging die Auffahrt hinauf zur Notaufnahme. Saied hatte mich in das Krankenhaus gebracht, in dem ich bereits zweimal gewesen war. Ich begann mich hier zu Hause zu fühlen.

Ich füllte ihre verfluchten Formulare aus und wartete, bis einer der diensthabenden Ärzte Zeit für mich hatte. Er spritzte mir an der Schulter etwas unter die Haut und machte sich dann an den gebrochenen Knochen zu schaffen. »Das wird jetzt gleich weh tun«, warnte er mich.

Er wußte ja nicht, daß ich Software eingeschmissen hatte, die das abfederte. Wahrscheinlich war ich der einzige Mensch auf der Welt mit diesem Add-on, aber ich war nicht berühmt. Ich stöhnte und ächzte etwas und schnitt ein paar Grimassen, ganz so, wie sich das gehörte, aber im großen und ganzen machte ich auf tapfer. Er legte meinen linken Arm mit einer Art supersteifen Bandage lahm. »Sie schlagen sich gut«, lobte er mich.

»Ich mache esoterische Übungen«, erklärte ich. »Die Schmerzkontrolle läuft über das Gehirn.« Das war nur zu wahr. Sie war mit einem langen, plastiküberzogenen Silberdraht verbunden.

»Wie auch immer«, sagte der Arzt. Als er mit dem

Schlüsselbein fertig war, behandelte er die Schnitt- und Schürfwunden. Dann kritzelte er etwas auf ein Rezept. »Ich gebe Ihnen trotzdem das hier gegen den Schmerz. Vielleicht brauchen Sie es. Wenn nicht, großartig.« Er riß das Blatt herunter und gab es mir.

Ich warf einen Blick darauf. Er hatte mir zwanzig Nofeqs aufgeschrieben, das waren so schwache Schmerzmittel, daß man im Budayin für zehn davon nicht ein Sonnein bekam. »Danke«, sagte ich kurz.

»Hat keinen Sinn, den Helden zu spielen und es auszuhalten, wenn die Medizin helfen kann.« Er blickte mich an und beschloß, daß er mit mir fertig war. »In sechs Wochen sind Sie wieder in Ordnung, Herr Audran. Ich empfehle Ihnen, in ein paar Tagen Ihren Hausarzt aufzusuchen.«

Ich bedankte mich noch einmal. Er reichte mir ein paar Formulare, ich ging damit ans Fenster und zahlte bar. Dann ging ich in das Hauptfoyer der Klinik und nahm den Aufzug zum zwanzigsten Stock. Die Krankenschwester war nicht dieselbe, aber Zain, der Wachmann, erkannte mich. Ich ging den Korridor hinunter zu Suite eins.

Neben Papas Bett standen ein Arzt und eine Krankenschwester. Als ich hereinkam, wandten sie sich um und sahen mich ernst an. »Stimmt etwas nicht?« fragte ich erschrocken.

Der Arzt rieb sich den grauen Bart. »Er hat ernste Probleme«, antwortete er.

»Was, zum Teufel, ist passiert?« wollte ich wissen.

»Er beschwert sich seit Wochen über Schwächeanfälle, Kopfweh und Bauchschmerzen. Lange Zeit konnten wir nichts Bestimmtes feststellen.«

»Ich weiß, er war zu Hause schon krank. Vor dem Brand. Er war zu schwach, um alleine zu fliehen.«

»Wir führten empfindlichere Tests durch«, fuhr der Arzt fort. »Und schließlich fanden wir etwas. Er nahm die ganze Zeit über ein ziemlich schwer nachzuweisendes und wirkungsvolles Neurotoxin zu sich, wahrscheinlich schon seit mehreren Wochen.«

Mich fröstelte. Jemand vergiftete Friedlander Bei, wahrscheinlich jemand vom Haus. Er hatte ganz sicher eine Menge Feinde, und meine jüngsten Erfahrungen mit dem Halb-Hadschi zeigten, daß ich im Prinzip jedem mißtrauen mußte. Dann fiel mein Blick plötzlich auf etwas auf Papas Tablett. Eine runde Blechbüchse, der Deckel lag daneben, und darin war eine Schicht mit Nußcreme gefüllter und in Zucker gewälzter Datteln.

»Umm Saad«, murmelte ich. Sie hatte ihn mit diesen Datteln versorgt, seit sie in das Haus gezogen war. Ich ging zu dem Tablett. »Wenn Sie das hier untersuchen«, erklärte ich dem Arzt, »haben Sie die Quelle gefunden. Da bin ich sicher.«

»Aber wer ...?«

»Machen Sie sich keine Gedanken darüber, wer es war. Machen Sie ihn wieder gesund.« Ich war so mit meinem eigenen Rachefeldzug wegen Shaknahyi beschäftigt gewesen, daß ich mich nicht ausreichend um Umm Saad gekümmert hatte. Auf dem Weg zur Tür kam mir der Gedanke, ob nicht auch die Frau des Kaisers Augustus ihn mit Feigen von seinem eigenen Baum vergiftet hatte, um ihn loszuwerden, damit ihr Sohn Kaiser werden konnte? Ich entschuldigte mich damit, die Parallele bisher übersehen zu haben, daß es einfach, verdammt noch mal, zuviel Geschichte gibt und sich ja nicht alles wiederholen kann.

Ich ging nach unten und holte den Wagen. Als ich mit dem Aufzug in den zweiten Stock fuhr, hatte ich mich bereits vollkommen unter Kontrolle. Ich lief zu Hajjars Büro. Catavina versuchte mich aufzuhalten, aber ich schob ihn einfach zur Seite, gegen eine dieser angestrichenen Pappzwischenwände, und lief weiter. Ich riß die Tür zu Hajjars Büro auf. »Hajjar«, sagte ich. Meine ganze Wut und meinen ganzen Ekel legte ich in diese zwei Silben.

Er saß gerade über irgendwelchen Papieren und blickte hoch. »Audran, was gibt's?«

Ich legte ihm die 45er auf den Schreibtisch. »Erinnern Sie sich noch an den Amerikaner, den wir suchten? Den Kerl, der Jirji umlegte? In einer dieser Rattenfallen haben sie ihn jetzt gefunden. Er wurde mit seiner eigenen Pistole erschossen.«

Hajjar sah die Automatik unglücklich an. »Wurde erschossen, hm? Gibt es Hinweise, wer's war?«

»Leider nicht.« Ich grinste zynisch. »Ich habe kein Mikroskop oder sowas, aber für mich sieht es so aus, als hätte er seine Fingerabdrücke abgewischt. Kann sein, daß wir diesen Mord ebenfalls zu den ungeklärten Fällen zählen müssen.«

Hajjar lehnte sich zurück. »Sieht so aus. Na ja, wenigstens werden die Bürger dieser Stadt zufrieden sein, daß Jawarski neutralisiert wurde. Gute Polizeiarbeit, Audran.«

»Ja. Sicher.« Ich wandte mich um und ging zur Tür. Dort blieb ich stehen und sagte zu ihm: »Damit ist einer erledigt, wissen Sie, was ich meine? Zwei fehlen noch.«

»Von was, zum Teufel, reden Sie?«

»Ich denke, daß Umm Saad und Abu Adil die nächsten sind. Und noch etwas: Ich weiß, wer Sie sind, und ich weiß, was Sie treiben. Passen Sie auf sich auf. Der Kerl, der Jawarski umgenietet hat, ist da draußen, und vielleicht sind Sie der nächste auf seiner Liste.« Es machte mir Vergnügen zu sehen, wie Hajjars eingebildetes Grinsen verschwand. Als ich sein Büro verließ, murmelte er leise vor sich hin und griff nach dem Telefon.

Catavina wartete am Gang neben dem Aufzug. »Was haben Sie ihm erzählt?« wollte er aufgeregt wissen. »Was, zum Teufel, haben Sie ihm erzählt?«

»Keine Panik, Sergeant«, sagte ich. »Ihr Nachmittagsschläfchen ist nicht gefährdet. Zumindest in der nächsten Zeit nicht. Aber es würde mich nicht überraschen, wenn hier bei der Polizei bald mal aufgeräumt würde. Es könnte passieren, daß Sie zur Abwechslung wie ein echter Bulle arbeiten müssen.« Ich drückte den Knopf, um den Aufzug zu holen. »Und dabei können Sie auch gleich etwas abspecken.«

Meine Stimmung hatte sich etwas gebessert, als ich zum Erdgeschoß hinunterfuhr. Als ich in die frühe Abendsonne hinausging, hatte sie sich beinahe normalisiert.

Beinahe. Noch immer lastete meine Schuld schwer auf mir. Ich wollte nach Hause und mehr über Kmuzus Beziehung zu Abu Adil herausfinden, aber dann fuhr ich in die entgegengesetzte Richtung. Als ich den Ruf des Muezzins vernahm, ließ ich das Auto in der Souk-el-Khemis-Straße stehen. In der Nähe befand sich eine kleine Moschee. Im Hof machte ich halt, um meine Schuhe auszuziehen und die rituellen Waschungen vorzunehmen. Darauf betrat ich die Moschee und betete. Es war das erstemal seit vielen, vielen Jahren.

Mich in dieser kleinen Moschee mit den anderen im Gebet zu vereinigen, befreite mich nicht von meinen Zweifeln und meinem schlechten Gewissen. Das hatte ich auch nicht erwartet. Doch ich spürte in mir eine Wärme, ein Zugehörigkeitsgefühl aufsteigen, wie ich es seit meiner Kindheit nicht mehr gekannt hatte. Zum erstenmal konnte ich mich Allah in aller Demut nähern, seit ich in die Stadt gekommen war. Und wenn ich aufrichtig bereute, würden meine Gebete vielleicht erhört werden.

Nach dem Gebet sprach ich mit dem Vorsteher der Moschee. Wir unterhielten uns eine Weile, und er erklärte mir, daß ich gut daran getan hatte, zu kommen und zu beten. Ich war dankbar, daß er mir keinen langen Vortrag hielt, sondern es mir leicht machte.

»Da ist noch etwas, o Verehrter«, sagte ich.

»Ja?«

»Ich habe heute jemand umgebracht.«

Das schien ihn nicht sonderlich zu schockieren. Er

strich eine Weile über seinen langen Bart. »Erzähl mir, warum du das getan hast«, sagte er schließlich.

Ich erzählte ihm alles, was ich über Jawarski wußte, über die Verbrechen, die er begangen hatte, bevor er in die Stadt kam, wie er Shaknahyis erschoß. »Er war ein schlechter Mensch«, schloß ich, »aber dennoch fühle ich mich nun selbst wie ein Verbrecher.«

Der Vorsteher legte mir die Hand auf die Schulter. »In der Sure ›Die Kuh‹«, sagte er, »steht geschrieben, daß ein Mord vergolten werden muß. Was du getan hast, ist kein Verbrechen in den Augen Allahs, gepriesen sei sein Name.«

Ich sah dem alten Mann tief in die Augen. Er versuchte nicht einfach, mich zu beruhigen, mein Gewissen zu besänftigen. Er zitierte das Gesetz, wie es der Prophet Gottes enthüllt hatte. Ich kannte die Passage des Korans, von der er gesprochen hatte, aber ich wollte es aus dem Munde eines Menschen hören, dessen Autorität ich anerkennen konnte. Ich hatte das Gefühl, mir war vergeben worden. Vor Dankbarkeit hätte ich weinen können.

Als ich die Moschee verließ, bewegten mich die widersprüchlichsten Gefühle: da war zum einen der ungestillte Zorn auf Abu Adil und Umm Saad, aber zum anderen fühlte ich mich eins mit mir selbst und auf eine merkwürdige, unbeschreibliche Art glücklich. Ich beschloß, noch woanders vorbeizuschauen, bevor ich nach Hause ging.

Chiri übernahm die Nachtschicht, als ich in den Club kam. Ich setzte mich auf meinen Stammplatz an der Theke. »Einen Weißen Tod?« fragte sie.

»Nein, ich kann nicht lange bleiben. Chiri, hast du Sonnein?«

Sie starrte mich ein paar Sekunden lang an. »Ich glaube nicht. Wie hast du dir denn den Arm verletzt?«

»Dann wenigstens Paxium? Oder Beauties?«

Sie stützte das Kinn in die Hand. »Schatz, ich dachte,

du hast den Drogen abgeschworen? Ich dachte, ab jetzt bleibst du sauber?«

»Ach, zum Teufel, Chiri, quäl mich nicht!«

Sie holte unter der Theke ihre kleines schwarzes Pillendöschen hervor. »Nimm dir, was du willst, Marîd«, sagte sie. »Du wirst schon wissen, was du tust.«

»Das weiß ich«, sagte ich. Ich nahm mir ein halbes Dutzend Kapseln und Tabletten. Mit etwas Wasser schluckte ich sie hinunter. Ich achtete gar nicht darauf, was das alles genau war.

18. Kapitel

Ich schonte mich eine Woche lang, aber mein Verstand raste wie ein wild gewordener Windhund. Ich überlegte mir hundert verschiedene Möglichkeiten, an Abu Adil und Umar Rache zu nehmen: Ich kochte sie in großen Bottichen voll Gift; ich ließ scheußliche Viren auf sie los, neben denen ihnen ihre *Hölle-auf-Raten*-Moddys harmlos wie eine Sommergrippe erscheinen würden; ich beauftragte ganze Horden von sadistischen Ninjas, in ihren Palast einzudringen und sie mit raffinierten Messerschnitten zu Tode zu quälen. In der Zwischenzeit erholte sich mein Körper, obwohl die ausgefeiltesten Gehirnmodifikationen das Zusammenwachsen von gebrochenen Knochen nicht beschleunigen konnten.

Das Warten überstieg beinahe meine Fähigkeiten, aber ich hatte eine wunderbare Krankenschwester. Yasmin hatte sich meiner erbarmt. Saied hatte es auf sich genommen, die Geschichte meiner Heldentaten zu verbreiten. Jetzt wußte jeder im Budayin, wie ich Jawarski allein gegenübergetreten war. Sie hatten auch erfahren, daß er durch mein moralisches Beispiel so erschüttert war, daß er auf der Stelle zum Islam konvertierte. Und daß, während wir zusammen beteten, Abu Adil und Umar sich anschlichen, um mich zu töten, daß aber Jawarski sich dazwischen stürzte und den Tod fand, als er mein Leben rettete, das Leben seines neuen mohammedanischen Bruders.

Dann gab es die Geschichte, in der Umar und Abu Adil mich gefangennahmen und in ihre finstere Burg schleppten, wo sie mich folterten, mich zu dieser Moddy-Aufnahme mißbrauchten und mich zwangen, Blankoschecks und betrügerische Reparaturverträge zu unterschreiben, bis endlich Saied der Halb-Hadschi zu meiner Rettung hereinstürzte. Zum Teufel damit! Meines Erachtens schadeten die paar Ausschmückungen weder ihm noch mir.

Auf alle Fälle war Yasmin so aufmerksam und eifrig bemüht, daß Kmuzu schon fast ein wenig eifersüchtig wurde. Ich konnte keinen Grund dafür sehen. Schließlich waren viele der Aufmerksamkeiten, mit denen Yasmin mich bedachte, in Kmuzus Aufgabenkatalog überhaupt nicht enthalten. Eines Morgens wachte ich auf, und sie saß rittlings auf mir und rieb mir die Brust. Sie war pudelnackt.

»In der Klinik«, sagte ich schläfrig, »ziehen die Krankenschwestern selten ihre Tracht aus.«

»Sie haben eine bessere Ausbildung«, entgegnete Yasmin. »Ich bin eine Anfängerin auf diesem Gebiet. Deshalb weiß ich nicht genau, was ich nun zu tun habe.«

»Du weißt genau, was du tust«, sagte ich. Die Massage erstreckte sich immer weiter nach unten. Ich wurde schnell munter und bot ihr einen festen Halt.

»Du sollst dich doch nicht anstrengen, laß das mal alles mich machen.«

»Gut«, antwortete ich. Ich sah hoch zu ihr und dachte daran, wie sehr ich sie liebte. Ich dachte ebenfalls daran, wie verrückt sie mich im Bett machen konnte. Bevor ich vollständig den Kopf verlor, sagte ich: »Was ist, wenn Kmuzu hereinkommt?«

»Er ist in die Kirche gegangen. Außerdem«, fügte sie boshaft hinzu, »müssen sogar Christen früher oder später erfahren, daß es sowas wie Sex gibt. Wo kämen sonst die neuen Christen her?«

»Die Missionare bekehren sie unter den Leuten, die sich um ihren eigenen Kram kümmern.«

Aber Yasmin hatte nicht vor, eine Diskussion über religiöse Themen vom Zaun zu brechen. Sie hatte ganz etwas anders im Sinn. Ein glücklicher Seufzer entfuhr ihr. »Es ist schon so lange her.«

»Ja«, entgegnete ich. Mehr fiel mir dazu nicht ein, ich war mit etwas anderem beschäftigt.

»Wenn meine Haare wieder lang sind, kann ich dich damit wieder wie früher kitzeln.«

»Weißt du«, sagte ich, mein Atem begann schwerer zu gehen, »ich hatte immer diese Phantasie ...«

Yasmin riß die Augen weit auf. »Nicht mit meinen Haaren! Das wirst du bleiben lassen!« Nun, wir haben alle unsere Hemmungen. Nur hätte ich nie geglaubt, daß mir etwas einfallen könnte, was Yasmin schockieren würde.

Ich habe nicht vor zu behaupten, wir hätten es den ganzen Vormittag getrieben, bis Kmuzu in das Wohnzimmer kam. Erstens hatte ich es seit Wochen überhaupt mit niemandem mehr getrieben, und zweitens machte es uns beide schier wahnsinnig, wieder zusammen zu sein. Es war kurz, aber sehr intensiv. Hinterher hielten wir uns fest, ohne ein Wort zu sagen. Ich hätte sofort wieder einschlafen können, aber das ließ Yasmin nicht zu.

»Wünschst du dir manchmal, ich wäre eine große, schlanke Blondine?« wollte sie wissen.

»Ich bin nie gut mit richtigen Frauen zurechtgekommen.«

»Indihar gefällt dir, das weiß ich. Ich habe gesehen, wie du sie angeschaut hast.«

»Du spinnst. Sie ist nur nicht so übel wie die anderen Mädchen.«

Yasmin zuckte die Achseln. »Aber wünschst du dir manchmal, daß ich eine hochgewachsene Blondine wäre?«

»Du könntest eine sein. Du hättest nur die Ärzte darum bitten müssen, als du noch ein Junge warst.«

Sie vergrub das Gesicht an meinem Hals. »Sie erklärten mir, ich hätte nicht den Knochenbau dafür«, sagte sie mit erstickter Stimme.

»Ich finde, du bist vollkommen.« Ich wartete einen Herzschlag lang. »Bis auf die Füße, die sind die größten, die ich im ganzen Leben gesehen habe.«

Yasmin schoß hoch. Das fand sie gar nicht komisch. »Möchtest du auch noch das andere Schlüsselbein gebrochen haben, *bahim?*«

Es dauerte eine halbe Stunde und ein langes, gemeinsames, heißes Duschbad, bis der Frieden wiederhergestellt war. Ich zog mich an und sah zu, wie Yasmin sich ausgehbereit machte. Diesmal zumindest würde sie nicht zu spät kommen. Ihr Job begann erst um acht Uhr abends. »Kommst du später im Club vorbei?« befragte sie mein Spiegelbild.

»Klar. Ich muß mich zeigen, sonst denken die Angestellten, ich leite ein Ferienlager.«

Yasmin grinste. »Du leitest gar nichts, Schatz. Chiri leitet den Club, so wie immer.«

»Ich weiß.« Inzwischen machte es mir Spaß, Clubbesitzer zu sein. Ursprünglich hatte ich vor, Chiri den Club so bald wie möglich zurückzugeben, aber jetzt wollte ich ihn noch eine Weile behalten. Es war ein großartiges Gefühl, bei Brandi, Kandy, Pualini und den anderen im Mittelpunkt zu stehen.

Nachdem Yasmin gegangen war, setzte ich mich an den Schreibtisch. Mein altes Appartement war inzwischen renoviert und frisch gestrichen worden, und ich lebte wieder im ersten Stock des Westflügels. In der Nähe meiner Mutter zu wohnen war einfach nervenzermürbend gewesen, obwohl es nur ein paar Tage waren. Und obwohl wir uns so überraschend ausgesöhnt hatten. Ich fühlte mich erholt genug, mich wieder den unerledigten Geschäften zuzuwenden — Umm Saad und Abu Adil.

Als ich es nicht weiter aufschieben zu können glaubte, griff ich endlich nach dem braunen Moddy, der Aufnahme von Abu Adil. »*Bismillah*«, flüsterte ich und faßte widerstrebend nach oben, um es einzuschieben.

Wahnsinn, beim Leben des Propheten!

Audran hatte das Gefühl, als sehe er die Welt mit Abu Adils Augen, als nehme er alles durch einen engen Tunnel der Gemeinheit und Selbstsucht wahr. Die Dinge waren entweder gut für Abu Adil oder schlecht, dazwischen gab es nichts.

Als nächstes stellte Audran fest, daß er sich in einem Zustand sexueller Erregung befand. Natürlich, Adil empfand nur sexuelle Befriedigung, wenn er mit sich selbst schlief, oder einem Faksimile von sich. Genau das war Umar — ein Bügel, über den er sein elektronisches Abbild hängen konnte. Und Umar war zu dumm, um zu erkennen, daß er nicht mehr war, da er keine anderen Qualifikationen hatte, die ihn wertvoll machten. Wenn er Abu Adil mißfiel oder ihn langweilte, würde Umar sofort ersetzt werden wie viele andere, die im Lauf der Jahre verschwunden waren.

Was war mit der Phönixdatei? Was bedeutete A.L.M.?

Natürlich, hier war es ja ... Alif. Lâm. Mîm.

Das waren gar keine Initialen. Das war kein unbekanntes Akronym. Das kam aus dem Koran. Vielen Suren darin waren Buchstaben vorangestellt. Niemand wußte, was sie bedeuteten. Vielleicht etwas Mystisches oder aber nur die Initialen eines Kopisten. Ihre Bedeutung war im Lauf der Jahrhunderte verlorengegangen.

Es gab mehrere Suren, die mit Alif, Lâm, Mîm begannen, aber Audran war sofort klar, welche es sein mußte. Die dreißigste Sure, die den Namen ›Die Römer‹ trug. Die Zeile, um die es ging, lautete: »Allah erschafft die Wesen und wird sie einst wieder von neuem erstehen lassen, und dann kehrt ihr zu ihm zurück.« Es war offensichtlich, daß Scheich Reda, ebenso wie Friedlander Bei, sich selbst sah, wenn er den Namen Gottes aussprach.

Und plötzlich wußte Audran, daß die Phönixdatei mit der Liste dieser arglosen Menschen, die keine Ahnung hatten, daß sie vielleicht ihrer Organe wegen umgebracht werden würden, auf einer legierten Kobaltspeicherplatte gespeichert war, die Abu Adil in seinem Schlafzimmer versteckte.

Auch andere Dinge verstand Audran nun. Als er an Umm Saad dachte, enthüllten Abu Adils Erinnerungen, daß sie wirklich nicht mit Friedlander Bei verwandt war, aber daß sie sich bereit erklärt hatte, ihn auszuspionieren. Als Belohnung sollten Umm Saads Name und der ihres Sohnes in der Phönixdatei gelöscht werden. Sie würde sich nie mehr Gedanken machen müssen, daß plötzlich jemand, den sie nicht mal kannte, ihr Herz oder ihre Leber nötiger brauchte als sie.

Audran erfuhr, daß Umm Saad Paul Jawarski angeheuert hatte und daß Abu Adil seinen Schutz auf den amerikanischen Killer ausgedehnt hatte. Umm Saad hatte Jawarski in die Stadt gebracht und als Zwischenträgerin zwischen ihm und Scheich Reda fungiert, sie hatte ihm die Mordaufträge überbracht. Für diese Morde war Umm Saad mitverantwortlich und für das Feuer und die Vergiftungen Friedlander Beis.

Audran war schlecht, das schreckliche, alles mit sich reißende Gefühl des Wahnsinns drohte ihn zu überwältigen. Er faßte hoch und zog das Moddy raus.

Tscha. Das war das erstemal, daß ich eine Moddy-Aufnahme von einer lebenden Person benutzt hatte. Eine ekelerregende Angelegenheit. Es war, als wäre man über und über von Schleim bedeckt; nur, Schleim konnte man abwaschen. Wenn der Geist besudelt wurde, berührte einen das stärker, im Innersten, und es war weitaus schrecklicher. In Zukunft, schwor ich mir, würde ich mich auf Romanfiguren und Moddykonstrukte beschränken.

Abu Adil war noch verrückter, als ich gedacht hatte. Ich hatte einiges erfahren — oder mein Verdacht war bestätigt worden. Überraschenderweise konnte ich Umm Saads Beweggründe verstehen. Wenn ich von der Phönixdatei gewußt hätte, hätte ich auch alles getan, um meinen Namen darin zu löschen.

Ich wollte mit Kmuzu darüber sprechen, aber er war

noch nicht aus der Messe zurück. Meine Mutter fiel mir ein, und ich dachte mir, ob sie mir vielleicht etwas zu erzählen hatte.

Ich ging über den Hof zum Ostflügel. Mein Klopfen wurde nicht sofort beantwortet, doch dann bat sie mich herein. »Komme gleich.« Ich hörte Glasklirren, eine Schublade wurde aufgezogen und wieder geschlossen. »Komme gleich.« Als sie die Tür öffnete, konnte ich den irischen Whiskey riechen. Sie war sehr umsichtig, seit sie in Papas Haus wohnte. Bestimmt trank sie genausoviel und nahm auch ebensoviel Drogen wie sonst, aber sie besaß immerhin die Disziplin, sich nicht in der Öffentlichkeit zu zeigen, wenn sie high war.

»Friede sei mit dir, o Mutter.«

»Und möge er auch dich stets begleiten.« Sie war etwas unsicher auf den Beinen und lehnte sich an den Türrahmen. »Möchtest du hereinkommen, o Scheich.«

»Ja, ich muß mit dir sprechen.« Ich wartete, bis sie die Tür weiter auf- und einen Schritt zurückmachte. Ich betrat das Zimmer und nahm auf der Couch Platz. Sie setzte sich mir gegenüber in einen bequemen Sessel. »Es tut mir leid«, sagte sie, »ich habe nichts, was ich dir anbieten könnte.«

»Ach, das ist okay, das macht nichts.« Sie sah gut aus. Das ordinäre Make-up und die schrille Aufmachung hatte sie abgelegt, und jetzt ähnelte sie mehr dem Bild, das ich früher von ihr hatte: Die Haare waren ordentlich frisiert, sie war normal gekleidet, und sie saß bescheiden da, die Hände im Schoß gefaltet. Kmuzus Bemerkung fiel mir ein, ich beurteile meine Mutter strenger als mich selbst, und ich vergab ihr ihren Schwips. Sie verletzte niemanden.

»O Mutter, du hast mir erzählt, daß du, als du in die Stadt zurückgekommen bist, wieder den Fehler gemacht hast, Abu Adil dein Vertrauen zu schenken. Ich weiß, daß mein Freund Saied dich hierher gebracht hat.«

»Das weißt du?« fragte sie argwöhnisch.

»Und ich weiß über die Phönixdatei Bescheid. Warum warst du bereit, Friedlander Bei auszuspionieren?«

Sie sah mich verblüfft an. »He, wenn dir jemand anbietet, dich von dieser gottverdammten Liste zu streichen, würdest du nicht auch alles tun? Zum Teufel, ich habe mir natürlich gesagt, daß ich Abu Adil nichts weitergeben würde, was er wirklich gegen Papa benutzen kann. Ich dachte, ich schade doch niemandem damit.«

Genau das hatte ich zu hören gehofft. Abu Adil hatte Umm Saad genauso wie meine Mutter erpreßt. Umm Saad hatte daraufhin versucht, alle in unserem Haus umzubringen. Meine Mutter hatte anders reagiert, sie hatte Friedlander Beis Schutz gesucht.

Ich tat so, als müsse man da nicht weiter drüber reden. »Und dann hast du noch gesagt, du würdest gerne etwas Sinnvolles mit deinem Leben anfangen. Willst du das immer noch?«

»Klar, sicher doch«, entgegnete sie mißtrauisch. Sie sah unglücklich drein, als erwarte sie, von mir zu dem schrecklichen Schicksal von lebenslänglichem sozialem Verantwortungsgefühl verurteilt zu werden.

»Ich habe etwas Geld auf der Seite«, fuhr ich fort, »und Kmuzu damit beauftragt, eine Art Suppenküche im Budayin einzurichten. Da dachte ich, ob du vielleicht bei dem Projekt mitarbeiten willst.«

»O sicher, ja doch«, antwortete sie stirnrunzelnd, »was immer du willst.« Ihre Reaktion hätte kaum weniger enthusiastisch ausfallen können, wenn ich sie gebeten hätte, sich die Zunge herauszuschneiden.

»Was paßt dir nicht?« fragte ich sie.

Zu meinem Erstaunen sah ich eine Träne über ihre blaße Wange rollen. »Weißt du, ich hätte nicht gedacht, daß es soweit kommt. Ich sehe doch noch immer gut aus. Ich meine, dein Vater hielt mich für schön. Das hat er mir die ganze Zeit gesagt. Und das liegt noch gar nicht so lange zurück. Ich glaube, wenn ich ein paar nette Sachen hätte — nicht das Zeug, das ich aus Algier mitgebracht habe —, könnte ich noch immer so manchem Typ den Kopf verdrehen. Es gibt also keinen Grund, den Rest des Lebens einsam zu sein, oder?«

Darüber wollte ich mich nicht auslassen. »Du siehst noch immer gut aus, Mutter.«

»Darauf kannst du Gift nehmen«, sagte sie und lächelte wieder. »Ich werde mir einen Minirock besorgen und Stiefel. Schau mich nicht so an, ich meine doch einen *geschmackvollen* Minirock. Fünfundsiebzig ist heutzutage nicht mehr so wild. Schau dir doch Papa an.«

Ja, genau, Papa lag hilflos in einem Krankenhausbett, zu schwach, sich allein die Decke bis zum Kinn zu ziehen.

»Und weißt du, was ich will?« fuhr sie mit träumerischem Blick fort.

Ich hatte Angst, nachzufragen. »Nein, was denn?«

»Ich habe im Souk dieses Bild von Umm Khaltoum gesehen. Das ist aus Tausenden von Reißnägeln gemacht. Der Typ dort hat sie in dieses große Brett gedrückt und jeden Nagel mit einer anderen Farbe angemalt. Wenn du direkt davor stehst, kannst du nichts erkennen. Aber wenn du weiter zurückgehst, ist es ein umwerfendes Bild von *der Dame.*«

»Ja, mag sein.« Ich sah es schon da an der Wand über Friedlander Beis stilvollen Möbeln prangen.

»Zum Teufel, ich habe auch etwas Geld zur Seite geschafft.« Ich muß wohl überrascht dreingeschaut haben, denn sie fuhr fort: »Ich habe auch meine Geheimnisse, mußt du wissen. Ich bin herumgekommen, ich habe Dinge gesehen. Ich habe meine eigenen Freunde, und ich habe mein eigenes Geld. Also bilde dir bloß nicht ein, du könntest mein Leben organisieren, nur weil du mich hier untergebracht hast. Ich kann jederzeit verschwinden, wenn ich will.«

»Mutter, ich will dir wirklich nicht vorschreiben, wie du dich benehmen sollst oder was du zu tun hast. Ich habe nur gedacht, es würde dir vielleicht gefallen, in der Suppenküche mitzuhelfen. Es gibt eine Menge Leute hier, die so arm sind, wie wir es einmal waren.«

Sie hörte nur mit einem Ohr zu. »Wir waren arm, Marîd«, schweifte sie in eine äußerst phantasievoll ausgeschmückte Erinnerung ab, »aber wir waren stets glücklich. Das war eine *schöne* Zeit.« Plötzlich zog ein Schatten über ihr Gesicht, und sie sah mich traurig an: »Und schau mich jetzt an.«

»Ich muß jetzt gehen«, sagte ich und stand auf. »Mögest du gesund bleiben, o Mutter.«

»Geh in Frieden«, antwortete sie und begleitete mich an die Tür. »Denk daran, was ich dir gesagt habe.«

Ich hatte keine Ahnung, was sie meinte. Sogar wenn alles bestens lief, bestanden die Gespräche mit meiner Mutter aus wenig Information und viel leerem Rauschen. Bei ihr ging es immer einen Schritt vorwärts und zwei zurück. Ich war froh, daß sie nicht daran dachte, nach Algier zurückzugehen oder ihre alte Arbeit hier aufzunehmen. Zumindest hatte ich sie so verstanden. Sie hatte etwas von ›Kopf verdrehen‹ gesagt, aber ich hoffte, sie hatte das nicht kommerziell gemeint. All das ging mir auf dem Weg zurück in den Westflügel durch den Kopf.

Kmuzu war da und sammelte die Schmutzwäsche ein. »Ein Anruf kam für Euch, *yaa Sidi*«, informierte er mich.

»Hier?« Ich wunderte mich, warum er nicht an mein Privattelefon gerichtet war, das ich immer am Gürtel bei mir trug.

»Ja. Es wurde nichts bestellt, außer, daß Ihr Mahmoud anrufen sollt. Die Nummer findet Ihr auf Eurem Schreibtisch.«

Das konnte eine gute Neuigkeit bedeuten. Ich hatte geplant, jetzt das zweite meiner drei Ziele in Angriff zu nehmen — Umm Saad. Doch nun würde sie warten müssen. Ich ging an den Schreibtisch und nannte Mahmouds Commcode. Er antwortete sofort. »*Allô*«, meldete er sich.

»Wie geht's, Mahmoud. Hier ist Marîd.«

»Gut. Ich habe etwas Geschäftliches mit dir zu besprechen.«

»Ich will es mir nur schnell bequem machen.« Ich zog den Stuhl heran und setzte mich. Ich konnte mir nicht helfen, ich mußte schmunzeln. »Okay, um was geht's?«

Das Gespräch stockte kurz. »Wie du weißt, war ich wegen Jirji Shaknahyis Tod sehr betrübt, möge der Segen Allahs auf ihm ruhen.«

Das war mir entgangen. Wenn ich keine Ahnung davon gehabt hatte, daß Indihar verheiratet war, bezweifelte ich, ob Mahmoud oder Jacques oder sonst jemand davon wußte. Vielleicht Chiriga. Chiri wußte über solche Sachen immer Bescheid. »Es war für die ganze Stadt eine Tragödie«, entgegnete ich, ohne mich näher darauf einzulassen.

»Es war eine Tragödie für Indihar. Sie muß hilflos vor Kummer sein. Und kein Geld zu haben, muß es für sie noch schwerer machen. Es tut mir leid, daß ich vorgeschlagen habe, sie soll für mich arbeiten. Das war gefühllos. Ich habe gesprochen, ohne zu denken.«

»Indihar ist eine gläubige Mohammedanerin. Sie wird weder für dich anschaffen gehen noch für sonst jemand.«

»Ich weiß, Marîd. Du mußt sie nicht in Schutz nehmen. Aber sie hat gemerkt, daß sie ihre Kinder nicht durchbringen kann. Du hast erwähnt, daß sie bereit wäre, eins davon in ein gutes Pflegeheim zu geben und so möglicherweise genug Geld zu verdienen, um die anderen anständig zu ernähren, zu kleiden und aufzuziehen.«

Ich haßte, was ich hier machte. »Vielleicht weißt du es nicht«, unterbrach ich ihn, »aber meine eigene Muter war gezwungen, meinen kleinen Bruder zu verkaufen, als wir Kinder waren.«

»Jetzt mal halblang, Maghrebi, sprich doch nicht von ›verkaufen‹. Niemand hat das Recht, ein Kind zu verkaufen. Wenn du so davon denkst, können wir nicht weiter darüber reden.«

»Gut. Es hat nichts mit Verkaufen zu tun. Nenne es, wie du willst. Der Punkt ist, hast du irgend jemanden gefunden, der vielleicht an einer Adoption interessiert wäre?«

Mahmoud machte eine Pause. »Nicht direkt«, sagte er schließlich. »Aber ich kenne einen Mann, der in solchen Angelegenheiten häufig als Zwischenhändler fungiert. Ich habe schon öfters mit ihm Geschäfte gemacht, ich kann für seine Integrität und sein Fingerspitzengefühl garantieren. Du verstehst, daß solche Transaktionen Einfühlungsvermögen und Takt voraussetzen.«

»Klar doch. Das ist wichtig. Indihar hat schon genug mitgemacht.«

»Genau. Deshalb hat dieser Mann so einen guten Ruf. Er kann die Kinder sofort in einer liebevollen Familie unterbringen, und er kann den Eltern mit einem Geldgeschenk Schuldgefühle ersparen. Das ist seine Art. Ich denke, Herr On ist die perfekte Antwort auf Indihars Problem.«

»Herr On?«

»Er heißt On Cheung. Er ist ein Geschäftsmann aus Kansu-China. Ich hatte bereits das Privileg, als Agent für ihn tätig zu werden.«

»Mhm.« Ich kniff die Augen zu und hörte, wie mir das Blut im Schädel pochte. »Damit wären wir beim Thema Geld. Wieviel ist dieser Herr On zu zahlen bereit? Und bekommst du Provision?«

»Für den älteren Sohn fünfhundert Kiam. Für den jüngeren Sohn dreihundert Kiam. Für die Tochter zweihundertfünfzig. Er zahlt auch einen Bonus. Wenn sie zwei Kinder abgibt, wären das zweihundert Kiam zusätzlich und fünfhundert, wenn sie sich von allen dreien trennt. Ich bekomme natürlich zehn Prozent. Wenn du mit ihr eine Provision abgemacht hast, muß sie das bezahlen.«

»Klingt fair. Um ehrlich zu sein, Indihar hatte sich gar nicht soviel erhofft.«

»Ich sagte dir ja, Herr On ist großzügig.«

»Und wie geht's jetzt weiter? Treffen wir uns wo oder was?«

Mahmoud wurde zusehends aufgeregt. »Natürlich möchten Herr On und ich die Kinder zuvor sehen, um sicherzugehen, daß sie gesund sind. Kannst du sie in einer halben Stunde in die Rafi-ben-Garcia-Straße 7 bringen?«

»Klar, Mahmoud. Bis dann. Und sag On Cheung, er soll das Geld mitbringen.« Ich legte das Telefon weg. »Kmuzu«, rief ich, »hör mit der Wäsche auf. Wir haben was zu erledigen.«

»Ja, *yaa Sidi.* Soll ich einen Wagen holen?«

»Mhm.« Ich stand auf und warf mir eine *Gallebeya* über die Jeans. Anschließend steckte ich mir die Schockpistole in die Tasche. Ich traute weder Mahmoud noch dem Babyhändler.

Das Haus lag im Judenviertel, und es war wieder ein Laden, dessen Schaufenster mit Zeitungen verklebt waren. Ziemlich genauso wie das Geschäft, das Shaknahyi und ich vergeblich durchsucht hatten. Ich klopfte an die Scheibe, und nach einer Weile öffnete Mahmoud die Tür einen Spalt.

»Marîd«, flüsterte er, »wo sind Indihar und die Kinder?«

»Ich habe ihnen gesagt, sie sollen im Auto bleiben. Ich möchte mir die Sache zuvor ansehen. Laß mich rein!«

»Sicher.« Er machte die Tür weiter auf und schob ihn zur Seite. »Marîd, das ist Herr On.«

Der Babyhändler war ein kleiner, dunkelhäutiger Mann mit braunen Zähnen. Er saß auf einem abgeschlagenen, metallenen Klappstuhl an einem Campingtisch. Neben sich hatte er eine Metallbox stehen. Er musterte mich durch das Drahtgestell einer Brille. Auch für ihn keine Nikonaugen.

Ich ging auf ihn zu und streckte ihm die Hand entgegn. On Cheung sah mich nur an, machte aber keine Anstalten, mir die Hand zu schütteln. Nach einer Weile kam ich mir wie ein Idiot vor und ließ die Hand sinken.

»Okay?« sagte Mahmoud. »Zufrieden?«

»Sag ihm, er soll die Kiste aufmachen.«

»Ich gebe Herrn On keine Anweisungen«, entgegnete Mahmoud. »Er ist sehr ...«

»Alles okay«, warf On Cheung ein. »Sehen Sie.« Er ließ den Deckel der Metallbox hochspringen. Darin befand sich ein Stapel Hundert-Kiam-Scheine, mit denen man jedes Kind im Budayin hätte kaufen können.

»Großartig«, sagte ich und zog die Pistole aus der Tasche. »Hände hoch.«

»Du Hurensohn«, rief Mahmoud. »Was ist das? Ein Raubüberfall? Damit kommst du nicht durch. Herr On wird dafür sorgen, daß es dir leid tut. Das Geld bringt dir nichts. Du bist tot, bevor du einen Fîq davon ausgibst.«

»Ich bin noch immer ein Bulle, Mahmoud«, sagte ich traurig. Ich machte die Metallbox zu und gab sie ihm. Ich konnte sie nicht mit meinem einen unverletzten Arm tragen und gleichzeitig die Schockpistole auf die beiden richten. »Hajjar ist schon lange hinter On Cheung her. Sogar ein korrupter Bulle wie er muß ab und zu wirklich jemand hochgehen lassen. Und diesmal ist er dran.« Ich brachte sie zum Wagen. Während Kmuzu uns zur Polizeiwache chauffierte, hielt ich die beiden mit der Pistole in Schach. Wir gingen alle vier hoch in den zweiten Stock. Hajjar blickte erstaunt auf, als unsere kleine Parade in sein Glaskabuff marschierte. »Kommissar«, sagte ich, »das hier ist On Cheung, der Babyhändler. Mahmoud, stell die Kiste mit dem Geld hin. Das ist als Beweismittel vorgesehen, wenn ich auch nicht annehme, daß es noch irgendwer zu Gesicht bekommt.«

»Sie schaffen es immer wieder, mich zu verblüffen«, antwortete Hajjar. Er drückte einen Knopf an seinem Schreibtisch und holte Verstärkung herbei.

»Der ist umsonst«, erklärte ich. Hajjar sah verständnislos drein. »Ich sagte Ihnen doch, daß noch zwei ausstünden. Das sind Umm Saad und Abu Adil. Die zwei Halunken hier sind so eine Art Dreingabe.«

»Gut, vielen Dank. Mahmoud kann gehen.« Der Kommissar sah hoch und zuckte die Achseln. »Glauben Sie wirklich, Papa hätte mich ihn behalten lassen?« Ich dachte kurz darüber nach und merkte, daß er recht hatte.

Mahmoud wirkte erleichtert. »Das werde ich nicht vergessen, Maghrebi«, knurrte er, als er an mir vorbeirannte. Seine Drohung beunruhigte mich nicht im geringsten.

»Außerdem«, sagte ich, »höre ich auf. Wenn Sie jemanden brauche, um Verkehrsberichte abzuspeichern oder Protokolleinträge einzugeben, müssen Sie sich ab jetzt einen anderen suchen. Wenn Sie jemand brauchen, der seine Zeit mit Phantomaufträgen vergeudet, müssen Sie sich jemand anderen suchen. Wenn Sie jemanden brauchen, um Ihre Korruptheit und Ihre Inkompetenz zu verschleiern, machen Sie das mit jemand anderem klar. Ich arbeite hier nicht mehr.«

Hajjar grinste zynisch. »Ja, eine Menge Bullen reagieren so, sobald sie mit echtem Druck konfrontiert werden. Aber ich dachte, Sie würden länger durchhalten, Audran.«

Ich verpaßte ihm zwei Ohrfeigen, schnell und laut. Er starrte mich nur an und faßte sich langsam an die brennenden Backen. Ich drehte mich um und marschierte aus dem Büro, Kmuzu folgte mir auf den Fersen. Von überall her kamen Bullen, um zu sehen, was ich mit Hajjar gemacht hatte. Alle grinsten. Sogar ich.

19. Kapitel

»Kmuzu«, sagte ich, als wir, er am Steuer, zurück zur Villa fuhren, »würdest du Umm Saad zum Abendessen einladen?«

Er sah mich von der Seite an. Wahrscheinlich dachte er, ich sei vollkommen verrückt geworden, aber er war großartig darin, seine Meinung für sich zu behalten. »Natürlich, *yaa Sidi*«, sagte er. »Im kleinen Speisezimmer?«

»Mhm.« Ich beobachtete, wie die Straßen des Christenviertels vorbeiflogen und fragte mich dabei, was ich machte.

»Ich hoffe, Ihr unterschätzt die Frau nicht«, sagte Kmuzu.

»Das denke ich nicht. Ich habe einen gesunden Respekt vor ihr. Und ich halte sie für wahnsinnig. Wenn ich ihr erzähle, daß ich über die Phönixdatei Bescheid weiß und warum sie sich in unser Haus eingeschlichen hat, wird sie erkennen, daß das Spiel vorbei ist.«

Kmuzu klopfte mit den Zeigefingern auf das Lenkrad. »Falls Ihr Hilfe benötigt, *yaa Sidi*, werde ich da sein. Ihr werdet Ihr nicht allein gegenübertreten müssen, wie Ihr Scheich Reda allein gegenübergetreten seid.«

Ich lächelte. »Danke, Kmuzu, aber ich halte Umm Saad für nicht so irr oder mächtig wie Abu Adil. Wir beide werden einfach gemeinsam essen. Ich werde die Sache nicht aus der Hand geben, *inshallah*.«

Kmuzu warf mir noch mal einen nachdenklichen Blick zu, bevor er sich wieder auf das Fahren konzentrierte.

An Friedlander Beis Besitz angekommen, lief ich nach oben, um mich umzuziehen. Ich entschied mich für ein weißes Gewand und einen weißen Kaftan, in den ich meine Schockpistole steckte. Ich holte auch den Schmerzblocker-Daddy raus. Ich brauchte ihn nicht mehr wirklich, und für den Fall des Falles hatte ich eine Menge Sunnys dabei. Eine Schmerzflut brach über mich herein. Der Daddy hatte das alles abgeblockt. Am schlimmsten war das unangenehme Pochen in der Schulter. Ich sah keinen Sinn darin, tapfer zu leiden, und machte mich über mein Pillenschächtelchen her.

Während ich auf Umm Saads Antwort auf die Einladung wartete, hörte ich Papas Muezzin zum Abendgebet rufen. Seit meinem Gespräch mit dem Vorsteher der Moschee in der Soukel-Khemis-Straße hatte ich mehr oder weniger regelmäßig gebetet. Mag sein, daß ich es nicht schaffte, fünfmal am Tag zu beten, aber es war auf alle Fälle besser als je zuvor. Ich ging nach unten in Papas Arbeitszimmer. Dort bewahrte er seinen Gebetsteppich auf, und in einer Wand befand sich eine extra Mîhrab, die halbkreisförmige Nische, die in den Moscheen die Richtung anzeigt, in der Mekka liegt. Nachdem ich mir das Gesicht, die Hände und die Füße gewaschen hatte, breitete ich den Gebetsteppich aus, machte mich von aller Unsicherheit frei und wandte meine Aufmerksamkeit Allah zu. Als ich mit dem Beten fertig war, flüsterte Kmuzu: »Umm Saad wartet im kleinen Speisezimmer auf Euch.«

»Danke.« Ich rollte Papas Gebetsteppich zusammen und räumte ihn auf. Ich fühlte mich entschlossen und stark. Früher glaubte ich, dies sei eine vorübergehende, durch das Beten hervorgerufene Illusion, aber jetzt war ich überzeugt, daß der Zweifel die Illusion war. Die Gewißheit göttlicher Gnade war echt.

»Es ist gut, daß Ihr zum Glauben zurückgefunden habt, *yaa Sidi*«, bemerkte Kmuzu. »Eines Tages müßt Ihr mich Euch vom Wunder Jesu Christi erzählen lassen.«

»Jesus ist für die Mohammedaner kein Unbekannter,

und seine Wunder bleiben den Gläubigen nicht verborgen.«

Wir gingen ins Speisezimmer, wo Umm Saad und ihr Sohn bereits auf ihren Plätzen saßen. Der Junge war nicht eingeladen worden, aber seine Anwesenheit würde mich nicht davon abhalten, die Dinge zu sagen, die ich sagen wollte. »Willkommen«, begrüßte ich sie, »und möge Allah dafür sorgen, daß Euch dieses Mahl bekommt.«

»Danke«, erwiderte Umm Saad. »Wie geht es Eurer Gesundheit?«

»Gut, gepriesen sei Allah.« Ich setzte mich, und Kmuzu bezog hinter meinen Stuhl Stellung. Auch Habib befand sich hier — es konnte auch Labib sein, je nachdem, welcher der beiden Felsen Papa im Krankenhaus bewachte. Umm Saad und ich tauschten noch ein paar Höflichkeitsfloskeln mehr aus, bis eine Bedienstete eine Platte mit *Tahini* und Salzfisch brachte.

»Ihr Koch ist ausgezeichnet«, sagte Umm Saad. »Ich habe jedes Mahl hier genossen.«

»Das freut mich.« Weitere Vorspeisen wurden gebracht: kalte, gefüllte Weinblätter, gedünstete Artischokkenherzen und mit Frischkäse gefüllte Auberginenscheiben. Ich forderte meine Gäste auf, sich selbst zu bedienen.

Umm Saad häufte großzügig bemessene Portionen auf den Teller ihres Sohnes. Sie sah mich an und fragte: »Darf ich Ihnen Kaffee einschenken, o Scheich?«

»Noch nicht gleich. Es tut mir leid, daß Saad ben Salah hier ist und hört, was ich Ihnen zu sagen habe. Es ist an der Zeit, Ihnen mitzuteilen, was ich in der Zwischenzeit herausgefunden habe. Ich weiß alles über Ihre Arbeit für Scheich Reda und wie Sie versuchten, Friedlander Bei zu ermorden. Ich weiß, daß Sie Ihrem Sohn den Auftrag gaben, den Brand zu legen, und ich weiß alles über die vergifteten Datteln.« Umm Saad wurde vor Schreck ganz blaß. Sie hatte gerade von einem gefüllten

Zwischendurch: [redacted] „Und möge Allah dafür sorgen, daß Euch dieses Mahl bekommt.“ [redacted] Ein frommer Wunsch – doch die Welt, in die uns dieses Buch führt, ist nun einmal nicht voller Harmonie – auch nicht für unseren Helden. Deshalb ist es gut, immer einmal zwischendurch die spannende Lektüre beiseite zu legen und in unserer Welt neue Energie zu schöpfen: Dafür gibt's die … [redacted]

Weinblatt gekostet, spuckte den Bissen nun aus und ließ den Rest auf ihren Teller fallen. »Was haben Sie getan?« fragte sie heiser.

Ich nahm ein gefülltes Weinblatt und aß es. Während ich daran kaute, beantwortete ich ihre Frage: »Ich habe nichts getan, das so schrecklich wäre, wie Sie denken.«

Saad ben Salah stand auf und kam auf mich zu. Sein Jungengesicht war vor Wut und Haß verzerrt. »Beim Barte des Propheten«, sagte er, »ich gestatte es Ihnen nicht, so mit meiner Mutter zu sprechen!«

»Ich sage nur die Wahrheit«, entgegnete ich ihm. »Ist es nicht so, Umm Saad?«

Der Junge durchbohrte mich schier mit seinem Blick. »Meine Mutter hatte mit dem Feuer nichts zu tun. Das war meine eigene Idee. Ich hasse Sie, und ich hasse Friedlander Bei. Er ist mein Großvater, aber er verleugnet mich. Er läßt seine eigene Tochter in Armut und Elend leben. Er verdient den Tod.«

Ich nippte ruhig am Kaffee. »Das glaube ich nicht. Es ist löblich, wenn du die Schuld auf dich nehmen willst, Saad, aber die Verantwortung liegt bei deiner Mutter, nicht bei dir.«

»Sie sind ein Lügner!« rief die Frau.

Der Junge sprang auf mich zu, aber Kmuzu warf sich zwischen uns. Er hatte keine Schwierigkeiten, Saad zurückzuhalten. Ich wandte mich wieder an Umm Saad. »Was ich nicht verstehe, ist, warum Sie Papa töten wollten. Ich kann nicht sehen, wie Ihnen sein Tod nutzen konnte.«

»Dann wissen Sie nicht soviel, wie Sie glauben.« Sie schien sich etwas zu entspannen. Sie blickte schnell zwischen Kmuzu und mir hin und her, der ihren Sohn noch immer fest umklammert hielt. »Scheich Reda versprach mir, meinen Anspruch, Herrin des Hauses zu sein, zu unterstützen, wenn ich Friedlander Beis Pläne in Erfahrung brächte oder ihn eliminierte. Ich würde seinen Besitz übernehmen und die Geschäfte, die politischen Dinge würde ich Scheich Reda überlassen.«

»Klar, und Sie mußten nur Abu Adil vertrauen. Wie lange glauben Sie, würde es dauern, bevor er Sie eliminierte, so wie Sie Papa eliminieren wollten? Dann könnte er die zwei mächtigsten Häuser der Stadt vereinigen.«

»Sie erfinden Geschichten!« Sie stand auf und wandte sich Kmuzu zu. »Lassen Sie meinen Sohn los!«

Kmuzu sah mich an. Ich schüttelte den Kopf. Umm Saad holte eine kleine Nadelpistole aus ihrer Tasche. »Ich sagte, lassen Sie meinen Sohn los.«

»Ich bitte Sie«, sagte ich und hob beide Hände zum Zeichen, daß sie von mir nichts zu fürchten hatte, »das hat keinen Sinn. Legen Sie die Pistole weg. Wenn Sie das nicht tun, wird nicht einmal die Macht Scheich Redas ausreichen, um Sie vor Friedlander Beis Rache zu schützen. Ich bin sicher, Abu Adil ist nicht länger an Ihnen interessiert. Sie machen sich hier nur etwas vor.«

Sie feuerte zwei oder drei Nadeln in die Decke, um zu zeigen, daß sie es ernst meinte. »Lassen Sie meinen Jungen los!« sagte sie heiser. »Lassen Sie uns gehen!«

»Ich weiß nicht, ob ich das tun kann. Ich bin sicher, Friedlander Bei möchte ...«

Es machte *sitt! sitt!*, und ich merkte, daß Umm Saad auf mich gefeuert hatte. Ich holte tief Luft und wartete auf den Schmerz. Er würde mir sagen, wo sie mich getroffen hatte. Doch er blieb aus. Sie war so aufgeregt gewesen, daß sie nicht einmal aus dieser kurzen Entfernung getroffen hatte.

Sie richtete die Nadelpistole auf Kmuzu, der sich nicht rührte. Er hatte noch immer Saad als Schutzschild. Darauf wandte sie sich wieder mir zu. Inzwischen jedoch war der Sprechende Fels zur Stelle. Er hob eine Hand und ließ sie auf Umm Saads Handgelenk niedersausen. Sie ließ die Nadelpistole fallen. Der Fels hob die andere Hand und ballte sie zur Faust.

»Nein«, rief ich, aber es war zu spät. Mit einer kräftigen Rückhand schlug er Umm Saad zu Boden. Auf ihrer aufgerissenen Lippe bildete sich eine helle Blutspur. Sie lag auf dem Rücken, der Kopf war unnatürlich abgewinkelt. Mir war klar, daß der Fels sie mit einem Schlag getötet hatte. »Das macht zwei«, flüsterte ich. Jetzt konnte ich mich voll auf Abu Adil konzentrieren. Und Umar, das Spielzeug des alten Mannes, das in einer Wunschwelt lebte.

»Hundesohn!« brüllte der Junge. Er schlug wild um sich, bevor Kmuzu ihn losließ. Dann kniete er sich auf den Boden und umarmte seine tote Mutter. »O Mutter, Mutter«, wimmerte er.

Kmuzu ließ ihn eine Weile trauern. »Saad, steh auf!« sagte ich schließlich. Er sah hoch zu mir. Ich glaube nicht, daß ich jemals soviel tiefem Haß ins Auge geblickt habe. »Ich bringe Sie um«, sagte er. »Das verspreche ich Ihnen. Euch allen.«

»Steh auf, Saad!« wiederholte ich. Ich wünschte mir, das wäre nicht passiert, aber für Bedauern war es zu spät.

Kmuzu legte die Hand auf Saads Schulter, doch der Junge schüttelte sie ab. »Du mußt meinem Herrn gehorchen«, sagte Kmuzu.

»Nein«, widersprach Saad. Dann langte er blitzschnell nach der Nadelpistole seiner Mutter. Der Fels trat auf seinen Unterarm. Saad brach neben seiner Mutter zusammen und hielt wimmernd seinen Arm.

Kmuzu kniete sich nieder und nahm die Nadelpistole an sich. Als er wieder aufstand, reichte er sie mir. »Was wollt Ihr nun tun, *yaa Sidi?*« fragte er.

»Wegen des Jungen?« Ich sah Saad nachdenklich an. Ich wußte, daß er mir nichts als Haß entgegenbrachte, aber ich empfand nur Mitleid für ihn. Er war ein Bauer gewesen in dem Spiel zwischen seiner Mutter und Abu Adil, eine Marionette in ihrem Vorhaben, Friedlander Beis Macht an sich zu reißen. Natürlich erwartete ich nicht, daß Saad das verstand. Für ihn würde Umm Saad immer eine Märtyrerin und ein Opfer grausamsten Unrechts sein.

»Was soll geschehen?« unterbrach Kmuzu meine Gedanken.

»Oh, laß ihn einfach laufen. Er hat schon genug gelitten.« Kmuzu trat zur Seite, und Saad rappelte sich hoch, den verletzten Arm an die Brust gedrückt. »Ich werde die Beerdigung deiner Mutter angemessen vorbereiten«, erklärte ich ihm.

Wieder blitzte der blanke Haß aus seinen Augen. »Sie werden sie nicht anfassen!« schrie er. »Ich werde meine Mutter beerdigen.« Er wich zurück und stolperte zur Tür. Dort angekommen, wandte er sich noch mal um. »Falls es so etwas wie einen Fluch gibt«, stieß er fiebrig hervor, »rufe ich alle Flüche, die es gibt, auf Sie und Ihr Haus herab. Ich werde Sie hundertmal dafür bezahlen lassen, was Sie getan haben. Das schwöre ich dreimal auf das Leben des Propheten Mohammed!« Darauf rannte er aus dem Speisezimmer.

»Ihr habt einen erbitterten Feind gewonnen, *yaa Sidi*«, sagte Kmuzu.

»Ich weiß, aber darüber kann ich mir jetzt keine Gedanken machen.« Ich schüttelte traurig den Kopf.

Das Telefon auf dem Sideboard läutete, und der Fels ging ran. »Ja?« sagte er. Er hörte zu, dann reichte er mir den Hörer.

Ich nahm ihn und meldete mich. »Hallo?«

Vom anderen Ende kam nur ein Wort: »Komm!« Es war der andere Fels.

Mich fröstelte. »Wir müssen in die Klinik«, sagte ich. Ich sah auf Umm Saads Leiche, unklar darüber, was zu tun war.

Kmuzu verstand mein Problem. »Yousseff kann sich darum kümmern, *yaa Sidi,* wenn das in Eurem Sinn ist.«

»Ja«, sagte ich. »Es kann sein, daß ich euch beide brauche.«

Kmuzu nickte, und wir verließen das Speisezimmer, mit Labib oder Habib auf den Fersen. Wir gingen nach draußen, und Kmuzu fuhr mit der Limousine vor dem Vordereingang vor. Ich stieg hinten ein, es war für den Felsen einfacher, sich auf den Beifahrersitz zu quetschen.

Kmuzu brauste beinahe so wild durch die Straßen wie Bill, der Taxifahrer. Wir erreichten die Suite eins, als gerade ein Krankenpfleger aus Papas Zimmer kam.

»Wie geht's Friedlander Bei?« fragte ich besorgt.

»Er lebt noch«, antwortete der Pfleger. »Er ist bei Bewußtsein, aber Sie können nicht lange bei ihm bei bleiben. Er wird sofort operiert. Der Arzt ist in diesem Augenblick bei ihm.«

»Danke.« Ich wandte mich Kmuzu und dem Felsen zu. »Wartet hier.«

»Ja, *yaa Sidi*«, sagte Kmuzu. Der Fels gab keinen Ton von sich. Er warf Kmuzu nur einen kurzen, feindseligen Blick zu.

Ich betrat die Suite. Ein anderer Krankenpfleger rasierte Papas Schädel. Offensichtlich zur Vorbereitung für die Operation. Tariq, sein Kammerdiener, stand tief beunruhigt daneben. Dr. Yeniknani und ein weiterer Arzt saßen am Campingtisch und besprachen leise etwas.

»Gott sei gepriesen, daß Ihr hier seid«, rief der Kammerdiener aus. »Unser Herr fragt schon die ganze Zeit nach Euch.«

»Was gibt es, Tariq?« wollte ich wissen.

Er runzelte die Stirn. Er schien jeden Moment in Tränen ausbrechen zu wollen. »Ich verstehe es nicht. Die Ärzte können es Euch erklären. Aber jetzt müßt Ihr unseren Herrn wissen lassen, daß Ihr hier seid.«

Ich trat an Papas Bett. Er schien zu schlafen, sein Atem ging leicht und flatterte. Die Haut sah ungesund und grau aus. Seine Lippen und Augenlider waren unnatürlich dunkel. Der Pfleger hatte den Kopf kahl geschoren, nun sah Papa noch bizarrer, totenähnlicher aus.

Er schlug die Augen auf. »Du hast uns einsam gemacht, mein Neffe«, sagte er. Seine Stimme war schwach, als kämen die Worte von weit her.

»Möge Gott Euch nie einsam sein lassen, o Scheich«, erwiderte ich. Ich beugte mich zu ihm und küßte ihn auf die Wangen.

»Erzähl mir«, hub er an. Er atmete pfeifend und konnte den Satz nicht zu Ende sprechen.

»Alles läuft gut, gesegnet sei Allah«, sagte ich. »Umm Saad weilt nicht mehr unter den Lebenden. Nur Abu Adil muß noch zurechtgewiesen werden wegen dieser Torheit, gegen Euch zu intrigieren.«

Seine Mundwinkel zuckten. »Eine Belohnung ist dir sicher. Wie gingst du gegen diese Frau vor?«

Wenn er nur mit diesem Schubladendenken aufhören würde — immer sprach er von Schuld und Belohnung. »Ich habe ein Persönlichkeitsmodul von Scheich Reda«, erwiderte ich. »Das hat mir sehr viel geholfen.«

Er hielt den Atem an und sagte unglücklich: »Dann weißt du ...«

»Ich weiß Bescheid über die Phönixdatei, o Scheich. Ich weiß, daß Ihr gemeinsam mit Abu Adil dieses üble Machwerk beschützt.«

»Ja. Und du weißt ebenfalls, daß ich der Großvater deiner Mutter bin. Daß du mein Urenkel bist. Aber verstehst du, warum wir das geheimhielten?«

Nun, bis zu diesem Augenblick war mir das nicht klar gewesen, obwohl ich es vielleicht erfahren hätte, wenn ich Abu Adils Moddy getragen und an mich oder meine Mutter gedacht hätte. Dann war die ganze Geschichte, ob Papa möglicherweise mein Vater war, nur eine Finte von meiner Mutter. Wahrscheinlich hatte sie die ganze Zeit über Bescheid gewußt. Und deshalb hatte Papa sich so aufgeregt, als ich sie bei ihrem ersten Besuch hier in der Stadt einfach aus dem Haus warf. Deshalb hatte

Umm Saad ihm soviel Kummer bereitet: Weil alle außer mir kapierten, daß sie mit Abu Adils Hilfe versuchte, die echten Erben aus dem Nest zu werfen. Und Umm Saad erpreßte Papa mit der Phönixdatei. Jetzt verstand ich, warum er ihr erlaubte, so lange hier zu bleiben, und warum er es vorzog, daß ich sie beseitigte.

Und seit dem Tag, als Friedlander Beis göttliche Hand mir aus den Wolken heraus auf die Schulter tippte, war ich für Höheres bestimmt. War ich dazu vorgesehen, nur Papas unverzichtbarer, wenn auch widerwilliger Gehilfe zu sein? Oder ging es die ganze Zeit darum, mir den nötigen Schliff zu verpassen, die Macht und den Reichtum, zusammen mit den furchtbaren Entscheidungen auf Leben und Tod zu erben, die Papa Tag für Tag fällen mußte?

Wie naiv von mir, zu denken, ich könnte aus all dem einen Ausweg finden! Friedlander Bei hatte mich nicht nur in der Hand, ich *gehörte* ihm. Ich hatte sein Brandzeichen in den Genen. Als mir bewußt wurde, daß ich nie mehr frei sein würde und daß meine Hoffnungen, wieder frei zu sein, immer nur leere Illusionen gewesen waren, ließ ich den Kopf hängen.

»Warum hieltet Ihr und meine Mutter das vor mir geheim?«

»Du bist nicht allein, mein ... Sohn. Als junger Mann zeugte ich viele Kinder. Als mein ältester Sohn starb, war er älter, als du jetzt bist. Und er ist bereits seit mehr als einem Jahrhundert tot. Ich habe Dutzende von Enkelkindern, eines davon ist deine Mutter. Was deine Generation betrifft, bin ich über die Zahl meiner Nachfahren im unklaren. Es wäre nicht richtig gewesen, dir das Gefühl zu geben, etwas Besonderes zu sein und deine Beziehung zu mir für selbstsüchtige Zwecke einsetzen zu können. Ich mußte sichergehen, daß du würdig bist, bevor ich dich als Auserwählten anerkannte.«

Diese Rede wühlte mich nicht so auf, wie er vielleicht annahm. Für mich klang das nach einem Wahnsinnigen, der vorgab, Gott zu sein und seinen Segen wie ein Geburtstagsgeschenk austeilte. Papa wollte nicht, daß ich meine Beziehung ausnutzte! Himmel, wenn das nicht der Gipfel der Ironie war!

»Ja, o Scheich«, entgegnete ich. Es kostete mich nichts, mich fügsam zu geben. Zum Teufel, gleich würden sie ihm den Schädel aufschneiden. Doch ich versprach nichts.

»Vergiß nicht«, sagte er leise, »da sind viele andere, die gerne deine Position einnehmen würden. Du hast Dutzende und Aberdutzende von Cousins, die dir eines Tages Schaden zufügen werden.«

Großartig. Noch etwas, auf das man sich freuen konnte. »Dann sind die Computerdateien, die ich durchforstete ...«

»Im Lauf der Jahre immer wieder umgeschrieben worden.« Er lächelte schwach. »Du mußt lernen, Wahrheiten mit ausschließlich elektronischer Basis nicht zuviel Glauben zu schenken. Ist es nicht letztendlich unser Geschäft, die Nationen dieser Welt mit Versionen dieser Wahrheit zu versorgen? Hast du noch nicht verstanden, wie geschmeidig Wahrheit sein kann?«

Mit jeder Sekunde fielen mir weitere Fragen ein. »Dann war mein Vater wirklich Bernard Audran?«

»Der Matrose aus der Provence, ja.«

Ich war erleichtert, daß ich das nun wenigstens sicher wußte.

»Verzeih mir, mein Liebling«, flüsterte Papa. »Ich wollte die Phönixdatei vor dir geheimhalten. Und das machte es schwerer für dich, mit Umm Saad und Abu Adil fertigzuwerden.«

Ich hielt seine Hand, sie zitterte. »Macht Euch deshalb keine Sorgen, o Scheich. Es ist beinahe vorbei.«

»Herr Audran.« Ich spürte Dr. Yeniknanis große knochige Hand auf meiner Schulter. »Wir bringen Ihren Patron jetzt in den OP-Raum.«

»Was fehlt ihm? Was machen Sie mit ihm?«

Es war offensichtlich, daß die Zeit nicht für eine ausführliche Besprechung reichte. »Sie hatten recht mit Ihrer Vermutung wegen der vergifteten Datteln. Jemand verabreichte ihm seit langer Zeit Gift. Dadurch wurde seine Medulla geschädigt, das ist der Teil des Gehirns, der die Atmung, den Herzschlag und den Schlaf-/Wachrhythmus kontrolliert. Die Schädigung ist so schwer, daß er, wenn nicht bald etwas getan wird, in ein irreversibles Koma fällt.«

Mein Mund war trocken, und mein Herz raste. »Was machen Sie?«

Dr. Yeniknani sah auf seine Hände. »Dr. Lîsan glaubt, daß die einzige Hoffnung darin besteht, eine partielle Medulla-Transplantation durchzuführen. Wir haben auf gesundes Gewebe von einem kompatiblen Spender gewartet.«

»Und heute haben Sie es gefunden?« Ich fragte mich, wer auf dieser gottverdammten Phönixdatei dafür geopfert worden war.

»Ich kann Ihnen keinen Erfolg versprechen, Herr Audran. Die Operation wurde bisher erst drei- oder viermal versucht und noch nie in diesem Teil der Welt. Aber Sie sollten wissen, daß, wenn überhaupt bei einem Chirurg Hoffnung besteht, dies Dr. Lîsan ist. Und natürlich werde ich assistieren. Ihrem Patron wird unser ganzes Wissen und Können zur Verfügung stehen und die Gebete seiner Freunde.«

Ich nickte betäubt. Ich sah zu, wie zwei Pfleger Friedlander Bei von seinem Bett auf ein Rollbett hoben. Ich griff noch mal nach seiner Hand. »Da wären noch zwei Dinge«, flüsterte er heiser. »Du hast die Witwe des Polizisten ins Haus geholt. Wenn die vier Trauermonate abgelaufen sind, mußt du sie heiraten.«

»Sie heiraten!« Ich war so vor den Kopf gestoßen, daß ich darüber vergaß, höflich zu sein.

»Und wenn ich mich von dieser Krankheit erhole ...« Er gähnte und kämpfte gegen die Medikamente an, die ihm die Krankenpfleger verabreicht hatten, beinahe unfähig, die Augen offen zu halten. »Wenn es mir wieder gut geht, will ich nach Mekka pilgern.«

Auch das hatte ich nicht erwartet. Ich muß wohl gestöhnt haben. »Mekka«, sagte ich.

»Die Pilgerfahrt.« Er schlug die Augen auf. Er sah aus, als hätte er große Angst, nicht wegen der Operation, sondern wegen seiner nicht erfüllten Gelübde. »Sie ist überfällig«, sagte er, und dann fuhren sie ihn weg.

20. Kapitel

Ich kam zu der Überzeugung, daß es das Klügste war zu warten, bis mein Arm wieder voll funktionstüchtig und nicht mehr eingebunden war. Schließlich eroberte auch der große Sâlah ad-Dîn Jerusalem nicht an einem Tag zurück und trieb die Franzmänner und Kreuzfahrer hinaus, indem er nur mit der Hälfte seiner Armee in die Schlacht ritt. Nicht daß ich vorhatte, mich mit Scheich Reda oder Umar auf einen Faustkampf einzulassen, aber ich hatte mir in letzter Zeit genug Beulen und Kratzer eingefangen, um etwas vorsichtiger zu werden.

Die Wogen hatten sich geglättet. Eine Zeitlang sorgten wir uns um Friedlander Beis Genesung und beteten. Er hatte die Operation überlebt, und Dr. Lîsan hatte erklärt, sie sei erfolgreich gewesen. Aber Papa schlief beinahe rund um die Uhr, Tag für Tag. Gelegentlich wachte er auf und sprach mit uns, wenn er auch schrecklich verwirrt war und nicht wußte, wer wir waren und in welchem Jahrhundert er sich befand.

Jetzt, da Umm Saad und ihr Sohn verschwunden waren, herrschte im Haus wieder eine freundlichere Atmosphäre. Ich kümmerte mich um Papas Geschäfte und schlichtete an seiner Stelle die Streitigkeiten unter den Händlern der Sünde in dieser Stadt. Mahmoud machte ich klar, daß ich als Friedlander Beis Stellvertreter hart, aber fair sein würde. Schließlich fand er sich damit ab. Vielleicht tat er auch nur so. Bei Mahmoud kann man nie sicher sein.

Auch um eine größere Krise im Ausland mußte ich mich kümmern. Der neue Tyrann von Eritrea kam zu mir und wollte wissen, was in seinem eigenen Land vorging. Ich regelte das dank Papas untadeliger Aufzeichnungen und Tariqs und Yousseffs Mithilfe, die wußten, wo sich alles befand.

Meine Mutter benahm sich weiterhin abwechselnd halbwegs vernünftig und haarsträubend närrisch. Manchmal, wenn wir uns unterhielten, tat es uns leid, wie wir uns früher gegenseitig behandelt hatten. Und dann wieder gingen wir uns fast an die Gurgel. Kmuzu erklärte mir, daß so ein Verhältnis zwischen Kindern und ihren Eltern nicht ungewöhnlich sei, vor allem, wenn beide schon ein gewisses Alter erreicht hätten. Ich akzeptierte das und zerbrach mir nicht weiter den Kopf darüber.

Chirigas Club machte weiterhin eine Menge Geld, und sowohl Chiri als auch ich waren's zufrieden. Ich glaube, noch lieber wäre es ihr gewesen, wenn ich ihr den Club wieder verkauft hätte, aber es gefiel mir so gut, Clubbesitzer zu sein. Deshalb entschied ich mich, ihn noch eine Weile zu behalten, so wie ich mich dafür entschieden hatte, Kmuzu noch eine Weile zu behalten.

Dem Ruf des Muezzins zum Gebet folgte ich relativ häufig, und an einem oder zwei Freitagen besuchte ich die Moschee. Ich bekam allmählich den Ruf, freundlich und großzügig zu sein, und zwar nicht nur im Budayin, sondern in der ganzen Stadt. Wo immer ich hinging, nannten mich die Menschen Scheich Marîd al-Amîn. Mit den Drogen hatte ich noch nicht ganz aufgehört, weil ich ja verletzt war und es für unsinnig erachtete, für nichts und wieder nichts die Schmerzen zu ertragen.

Alles in allem, der Monat, nach dem ich der Polizei den Rücken gekehrt hatte, war ein willkommenes Experiment, was Ruhe und Frieden anbelangte. Das alles fand ein jähes Ende an einem Dienstag, als ich einen Telefonanruf entgegennahm. »*Marhaba*«, meldete ich mich.

»Gepriesen sei Allah. Hier ist Umar Abdul-Qawy.«

Ein paar Sekunden lang sagte ich gar nichts. »Was, zum Teufel, willst du?«

»Mein Herr ist besorgt wegen Friedlander Bei und möchte sich erkundigen, wie es ihm geht.«

Binnen kurzem drohte ich zu zerplatzen. Ich wußte wirklich nicht, was ich zu Umar sagen sollte. »Es geht ihm gut. Er ruht sich aus.«

»Dann kann er seinen Verpflichtungen nachkommen?« Seine Stimme war aalglatt, ich haßte ihn dafür.

»Ich sagte, es geht ihm gut, ja? Jetzt habe ich zu tun.«

»Nur eine Sekunde, Monsieur Audran.« Nun klang sie eindeutig scheinheilig. »Wir glauben, daß sich in Ihrem Besitz möglicherweise etwas befindet, das eigentlich Scheich Redas Eigentum ist.«

Mir war klar, wovon er sprach. Ich mußte lächeln. Es gefiel mir wesentlich besser, obenauf als unten zu sein. »Ich habe keine Ahnung, wovon du sprichst, Himmar.« Ich mußte es einfach sagen. Ich wußte, es würde ihm den Bart aufdrehen.

»Das Moddy«, sagte er, »das gottverdammte Moddy.«

Ich hielt inne, um auszukosten, was da in seiner Stimme mitschwang. »Zum Teufel«, entgegnete ich, »du verwechselst da was. Wenn mich die Erinnerung nicht trügt, habt *ihr* das gottverdammte Moddy. Weißt du noch? *Himmar?* Du hast mir die Hände hinter dem Rükken gefesselt und mich zu Brei geschlagen. Dann hast du mich mit dem Moddyanschluß verbunden und eine Aufnahme von mir gemacht. Habt ihr schon genug davon?«

Am anderen Ende herrschte Schweigen. Wahrscheinlich hoffte Umar, daß ich dieses Moddy vergessen hatte. Darüber wollte er nicht sprechen. Mir war das egal, jetzt gab ich den Ton an. »Wie ist es denn geworden, du Schwein? Trägst du mein Hirn, während dich dieser ekelhafte Irre bumst? Oder ist es andersrum? Wie bin ich denn, Umar? Eine Konkurrenz für Honey Pílar?«

Er versuchte sich zu beherrschen. »Möglicherweise

ließe sich ein Tausch arrangieren«, brachte er schließlich heraus. »Scheich Reda wünscht aufrichtig, dies wiedergutzumachen. Er möchte sein Persönlichkeitsmodul zurückerstattet haben. Ich bin sicher, er wäre einverstanden, Ihnen die Aufnahme, die wir von Ihnen gemacht haben, zurückzugeben mit einer angemessenen Entschädigung in bar.«

»Bar«, entgegnete ich. »Wieviel?«

»Das kann ich nicht mit Sicherheit sagen, aber ich bin sicher, Scheich Reda wäre da sehr großzügig. Er sieht, daß er Ihnen große Unannehmlichkeiten bereitete.«

»Ja, das kann man sagen. Aber Geschäft ist Geschäft, und ein Mann muß tun, was ein Mann tun muß.«

»Zehntausend Kiam«, sagte Umar.

Mir war klar, wenn ich zögerte, würde er eine höhere Summe nennen. Aber das Geld interessierte mich nicht. »Zehntausend?« sagte ich und gab mir Mühe, beeindruckt zu klingen.

»Ja«, Umar klang wieder glatt. Dafür würde er bluten. »Sollen wir uns hier treffen, in einer Stunde? Scheich Reda wies mich an, Ihnen zu sagen, daß unser Personal Ihnen zu Ehren ein besonderes Mittagessen vorbereitet. Wir hoffen sehr, daß Sie unsere alten Differenzen vergessen, Scheich Marîd. Sie und ich müssen harmonisch zusammenarbeiten. Stimmen Sie mir nicht zu?«

»Ich bezeuge, es gibt keinen Gott als Allah«, erklärte ich ernst.

»Beim Herrn der Kaaba, das wird ein denkwürdiger Tag für unsere beiden Häuser.«

Ich steckte das Telefon weg. »Da kannst du Gift drauf nehmen«, sagte ich. Ich lehnte mich zurück im Sessel. Ich wußte nicht, wer nach diesem Nachmittag Oberwasser haben würde, aber die Tage des falschen Friedens waren zu Ende.

Ich bin nicht komplett verrückt, also ging ich nicht allein zu Abu Adil. Ich nahm einen der Sprechenden Felsen mit, sowie Kmuzu und Saied. Die letzteren waren von Scheich Reda ausgenutzt worden, beide glaubten, noch eine Rechnung offen zu haben. Als ich sie fragte, ob sie mich bei dieser hinterlistigen Scharade begleiten wollten, stimmten sie begeistert zu.

»Ich möchte es wiedergutmachen, daß ich dich an Scheich Reda verraten habe«, erklärte der Halb-Hadschi.

Ich überprüfte meine beiden Waffen und blickte auf. »Aber das hast du doch schon getan. Als du mich aus der Gasse gezogen hast.«

»Nein«, entgegnete er, »ich stehe immer noch in deiner Schuld.«

»Ihr habt im Arabischen ein Sprichwort«, mischte sich Kmuzu nachdenklich ein, »›Was man verspricht, soll man halten. Wem man droht, soll man vergeben.‹ Das entspricht unserer christlichen Idee, die andere Backe hinzuhalten.«

»Das ist richtig«, hielt ich entgegen. »Aber wer nach Sprichwörtern lebt, vergeudet seine Zeit mit einer Menge Schwachsinn. ›Auge um Auge‹, das ist mein Motto.«

»Ich riet nicht zum Rückzug, *yaa Sidi*. Das war nur eine philologische Anmerkung.«

Saied sah Kmuzu irritiert an. »Und für diesen großen Glatzkopf mußt du dich bei Abu Adil auch noch revanchieren«, sagte er.

Die Fahrt hinaus zu Abu Adils Palast war auf merkwürdige Weise amüsant. Wir lachten und unterhielten uns, als wären wir zu einem Picknick oder einem Ausflug unterwegs. Ich fürchtete mich nicht im geringsten, obwohl ich weder ein Moddy noch Daddys trug. Saied redete beinahe ohne Punkt und Komma in der zerstreuten Art drauflos, der er seinen Spitznamen verdankte. Kmuzu wandte den Blick nicht von der Straße, während er fuhr, doch sogar er warf ab und zu unbeschwert etwas ein. Habib oder Labib — wer immer es war — saß hinten auf dem Rücksitz neben Saied und schwieg felsenriesenmäßig wie immer vor sich hin.

Abu Adils Wachmann ließ uns anstandslos passieren, und wir fuhren durch den herrlich angelegten Park. »Einen Augenblick«, sagte ich, als Kamal, der Butler, das massive, mit Schnitzwerk geschmückte Portal öffnete. Ich überprüfte erneut die Schockpistole und gab dem Halb-Hadschi die kleine großkalibrige Knarre. Kmuzu hatte die Nadelpistole von Umm Saad bei sich. Der Fels brauchte keine Waffe, ihm reichten seine beiden Hände.

Ich schnalzte ungeduldig mit der Zunge. »Was ist, *yaa Sidi?*« erkundigte sich Kmuzu.

»Ich weiß nicht, was ich mir einschieben soll.« Ich überflog meine Moddys und Daddys. Schließlich entschied ich mich für Rex, das Abu-Adil-Moddy wollte ich in der Hand tragen. Außerdem schob ich mir Schmerz- und Angstblocker-Daddys ein.

»Wenn das alles vorbei ist«, fragte Saied sehnsüchtig, »kann ich dann Rex wiederhaben? Er fehlt mir wirklich.«

»Klar«, sagte ich, obwohl ich das Macho-Moddy selbst gerne trug. Für das bevorstehende Zusammentreffen gab ich ihm die Anthologie. Ich hoffte darauf, daß Mike Hammer Abu Adil einen ordentlichen Haken versetzte.

»Wir müssen vorsichtig sein«, sagte Kmuzu. »Wir dürfen uns nicht einlullen lassen. In Scheich Redas Blut schwimmt der Verrat wie ein Bilharzia-Wurm.«

»Danke«, erwiderte ich, »aber das vergesse ich nicht so leicht.«

Dann stiegen wir vier aus dem Wagen und gingen den mit Keramikfliesen gepflasterten Weg zum Eingang des Haupthauses hoch. Es war ein warmer, angenehmer Tag, ich genoß die Sonne auf meinem Gesicht. Ich trug eine weiße *Gallebeya* und auf dem Kopf ein algerisches Strickkäppchen. Diese einfache Kleidung ließ mich demütig wirken.

Wir folgten Kamal in einen Salon im ersten Stock. Als wir an Abu Adils Aufnahmestudio vorbeikamen, war ich etwas angespannt. Ich atmete ein paarmal tief durch. Bis uns der Butler mit einer Verbeugung zu seinem Herrn vorließ, hatte ich mich wieder beruhigt.

Abu Adil und Umar saß auf großen Kissen, die mitten im Zimmer im Halbkreis um eine Plattform herum angeordnet waren. Darauf befanden sich mehrere mit Speisen beladene große Schüsseln und Platten, dazu Kannen mit Kaffee und Tee.

Unsere Gastgeber erhoben sich, um uns zu begrüßen. Ich merkte sofort, daß keiner von den beiden Hardware eingesteckt hatte. Abu Adil trat breit lächelnd auf mich zu. Er umarmte mich und sagte fröhlich: »*Ahlan wa sahlan!*« — »Willkommen und sei erfrischt!«

»Ich bin froh, Sie wieder zu sehen, o Scheich. Möge Allah Euch den Weg freimachen.«

Abu Adil freute sich über meine Unterwürfigkeit. Weniger jedoch freute ihn, daß ich Kmuzu, Saied und den Felsen mitgebracht hatte. »Kommen Sie, waschen Sie sich den Staub von den Händen«, begrüßte er mich. »Ich werde Ihnen das Wasser reichen. Natürlich sind auch Ihre Sklaven willkommen.«

»Paß auf, Kumpel«, knurrte Saied, der das Mike-Hammer-Moddy trug. »Ich bin kein Sklave.«

»Natürlich nicht«, antwortete Abu Adil, ohne seine gute Laune zu verlieren.

Wir machten es uns auf den Kissen bequem und tauschten noch mehr solche Höflichkeitsfloskeln aus. Umar schenkte mir eine Tasse Kaffee ein, und ich bedankte mich: »Möge Ihre Tafel stets überquellen.«

»Möge Gott Ihnen ein langes Leben gewähren«, antwortete Umar. Er war nicht annähernd so frohgemut wie sein Boss.

Wir kosteten von den Speisen und plauderten freundlich. Der einzige Mißton kam vom Halb-Hadschi, der einen Olivenkern ausspuckte und sagte: »Ist das alles, was ihr habt?« Scheich Redas Gesicht erstarrte. Es fiel mir schwer, nicht herauszuplatzen.

»Nun«, sagte Abu Adil, nachdem eine angemessene Zeitspanne verstrichen war, »haben Sie etwas dagegen einzuwenden, wenn ich das Gespräch auf Geschäftliches lenke?«

»Nein, o Scheich«, sagte ich, »ich bin begierig, diese Angelegenheiten zu einem Abschluß zu bringen.«

»Dann geben Sie mir das Persönlichkeitsmodul, das Sie aus diesem Haus mitgenommen haben.« Umar reichte ihm eine kleine Vinyltasche, Abu Adil machte sie auf. Sie war vollgestopft mit Bündeln neuer Zehn-Kiam-Noten.

»Ich möchte noch mehr dafür«, sagte ich.

Umars Gesicht verfinsterte sich. »Sie sind ein Narr, wenn Sie glauben, Sie könnten an unserem Handel jetzt noch etwas ändern.«

Ich achtete nicht auf ihn, sondern wandte mich Abu Adil zu. »Ich möchte, daß Sie die Phönixdatei löschen.«

Abu Adil lachte amüsiert auf. »Ah, Sie sind ein bemerkenswerter Mann. Aber das weiß ich bereits durch das hier.« Er hob den Moddy in die Höhe, den er gewaltsam von mir gemacht hatte. »Die Phönixdatei bedeutet für mich mein Leben. Durch sie bin ich so alt geworden. Zweifelsohne werde ich sie wieder brauchen. Mit dieser Datei kann ich vielleicht weitere hundert Jahre leben.«

»Es tut mir leid, Scheich Reda«, sagte ich und zog die Schockpistole, »aber ich bin entschlossen.« Ich warf meinen Freunden einen Blick zu. Auch sie hatten ihre Waffen auf Abu Adil und Umar gerichtet.

»Schluß mit diesem Blödsinn«, sagte Umar. »Sie kamen hierher, um die Moddys auszutauschen. Tun wir das nun, und was dann passiert, liegt in den Händen Allahs.«

Ich hielt meine Pistole auf Abu Adil gerichtet, nippte aber an meinem Kaffee. »Die Erfrischungen, die Sie reichen ließen, sind ausgezeichnet, o Scheich.« Ich setzte die Tasse wieder ab. »Ich möchte, daß Sie die Phönixdatei zerstören. Ich habe Ihr Moddy getragen, ich weiß, wo sie sich befindet. Kmuzu und Saied können Sie hier festhalten, während ich sie hole.«

Das schien Abu Adil nicht im geringsten aus der Fassung zu bringen. »Sie bluffen«, sagte er und hob die Hände. »Wenn Sie mein Moddy getragen haben, dann wissen Sie auch, daß ich Kopien davon gemacht habe. Aus dem Moddy erfahren Sie, wo sich das eine oder andere Duplikat befindet, aber Umar besitzt noch weitere, und wo die sind, werden Sie nicht herausfinden.«

»Zum Teufel«, mischte sich der Halb-Hadschi ein, »ich wette, daß ich ihn zum Sprechen bringe.«

»Laß nur, Saied«, sagte ich. Ich erkannte, daß Abu Adil recht hatte. Wir befanden uns in einer Patt-Situation. Eine Speicherplatte hier und einen Ausdruck dort zu vernichten brachte nichts. Doch die *Idee* der Phönixdatei konnte ich nicht zerstören. Und wie die Lage war, würde Abu Adil nie nachgeben.

Kmuzu neigte sich zu mir. »Ihr müßt ihn überreden, damit aufzuhören, *yaa Sidi*.«

»Hast du eine Idee, wie?«

»Leider nein.«

Ich hatte noch einen Trumpf, aber den benutzte ich ungern. Wenn er nicht zog, würde Abu Adil gewinnen, und ich konnte nie mehr mich oder Friedlander Beis Interessen vor ihm schützen. Doch ich hatte keine andere Wahl. »Scheich Reda«, sagte ich langsam, »auf Ihrem Moddy sind noch viele andere Dinge aufgezeichnet. Erstaunliche Dinge, die Sie getan haben und für die Zukunft planen.«

Abu Adil schien zum erstenmal beunruhigt zu sein. »Wovon sprechen Sie?«

Ich versuchte, so unbeteiligt wie möglich zu wirken. »Sie wissen natürlich, daß die gestrengen religiösen Führer Gehirnimplantate ablehnen. Ich konnte keinen Imam finden, der eins besitzt, deshalb konnte keiner Ihr Moddy einstecken und dies alles selbst erfahren. Aber ich sprach mit Scheich Al-Hadsch Mohammed ibn Abdurrahman, der die Gebete in der Shimaal-Moschee spricht.«

Abu Adil starrte mich mit weitaufgerissenen Augen an. Die Shimaal-Moschee war die größte und mächtigste Glaubensgemeinde in der Stadt. Was der Imam dort verkündet, hatte oft Gesetzeskraft.

Natürlich bluffte ich. Ich hatte nie den Fuß über die Schwelle der Shimaal-Moschee gesetzt. Und den Namen des Imams hatte ich soeben erfunden.

Scheich Redas Stimme wankte. »Was haben Sie mit ihm besprochen?«

Ich grinste. »Nun ja, ich beschrieb ihm in allen Einzelheiten die Sünden, die Sie bereits begangen haben, und die Verbrechen, die Sie für die Zukunft planen. Doch es gibt da noch ein faszinierendes technisches Problem, das noch nicht geklärt ist. Die Imams sind sich noch nicht einig, ob ein Persönlichkeitsmodul, eine Aufnahme von einem lebenden Menschen, vor einem mohammedanischen Gericht als Beweismittel zulässig ist. Sie und ich wissen, daß so ein Moddy absolut zuverlässig ist, viel zuverlässiger als jeder mechanische Lügendetektor. Aber die Imams, ihr aufrichtiges Herz sei gesegnet, debattieren das eingehend und gewissenhaft, der Länge und der Breite nach. Es kann noch lange dauern, bis sie eine Lösung finden. Aber dann können ernste Schwierigkeiten auf Sie zukommen.«

Ich hielt inne, um das Gesagte wirken zu lassen. Ich hatte dieses theologisch-juristische Dilemma soeben aus dem Ärmel geschüttelt, aber es war absolut plausibel. Mit dieser Frage würde der Islam irgendwann einmal zu Rande kommen müssen, so wie die Religion mit jedem anderen technischen Fortschritt hatte fertigwerden müssen. Es war nur eine Frage, wie sich die Wissenschaft von der neurochirurgischen Gehirnverbesserung zur Lehre des Propheten Mohammed verhielt, möge der Segen Allahs auf ihm ruhen und der Friede mit ihm sein.

Abu Adil rutschte unruhig auf seinem Kissen hin und her. Er schlug sich offensichtlich mit zwei unangenehmen Alternativen herum: die Phönixdatei zu zerstören oder an die für ihre Unnachgiebigkeit und Strenge berühmten Stellvertreter des Propheten ausgeliefert zu werden. Schließlich seufzte er tief auf. »Hört meine Entscheidung. Ich biete euch Umar Abdul-Qawy an meiner Statt an.«

Ich lachte. Umar kreischte entsetzt auf. »Was, zum Teufel, sollen wir mit *ihm?*« fragte der Halb-Hadschi.

»Ich bin sicher, ihr habt durch das Moddy erfahren, daß Umar viele der weniger ehrenvollen Geschäftspraktiken ersann«, erklärte Abu Adil. »Seine Schuld ist beinahe so groß wie die meine. Doch ich verfüge über Macht und Einfluß. Vielleicht nicht genug, um den Zorn der gesamten mohammedanischen Gemeinde dieser Stadt abzuhalten, aber doch ausreichend, um ihn abzulenken.«

Ich tat so, als wöge ich diesen Punkt ab. »Ja«, erwiderte ich langsam, »es wäre schon schwierig, Sie zu verhaften.«

»Aber es wäre nicht schwierig, Umar zu verhaften.« Scheich Reda warf seinem Gehilfen einen Blick zu. »Es tut mir leid, Junge, aber du hast dir das selbst zuzuschreiben. Ich weiß alles über deine niederträchtigen Pläne. Habe ich nicht, als ich Scheich Marîds Moddy trug, alles über deine Unterredung mit ihm erfahren? Das Gespräch, in dem er dein Ansinnen ablehnte, mich und Friedlander Bei zu beseitigen?«

Umars Gesicht wurde totenblaß. »Aber ich hatte nie vor ...«

Abu Adil wirkte nicht zornig, nur traurig. »Hast du wirklich geglaubt, du wärst der erste, der auf diesen Gedanken kommt? Wo sind deine Vorgänger, Umar? Wo sind diese ehrgeizigen jungen Männer, die deine Position die letzten anderthalb Jahrhunderte innehatten? Fast alle schmiedeten sie früher oder später Pläne gegen mich. Und jetzt sind sie verschwunden und vergessen. Genauso wird es dir ergehen.«

»Du mußt der Sache ins Gesicht sehen, Himmar«, höhnte Saied, »du mußt das Hemd anziehen, das du genäht hast. Quittungen sind schon was Übles, hm?«

Abu Adil schüttelte den Kopf. »Es tut mir leid, dich zu verlieren, Umar. Ich könnte nicht besser für dich gesorgt haben, wenn ich dein echter Vater gewesen wäre.«

Es begann mir Vergnügen zu bereiten. Ich war froh, daß sich alles so entwickelte, wie ich es geplant hatte. Eine Zeile aus einem amerikanischen Roman fiel mir ein: »Einen Sohn kann man ersetzen — aber es gibt nur einen Malteser Falken.«

Umar jedoch dachte anders. Er sprang auf und brüllte Abu Adil an: »Zuerst stirbst du! Ihr alle!«

Saied feuerte das großkalibrige Gewehr ab, bevor Umar seine Waffe ziehen konnte. Umar brach auf dem Boden zusammen, wand sich in Krämpfen, das Gesicht zu furchtbaren Grimassen verzerrt. Zu guter Letzt schwieg er. Er würde ein paar Stunden lang bewußtlos sein, aber er würde sich wieder erholen. Wenn es ihm auch noch lange Zeit miserabel gehen würde.

»Na«, sagte der Halb-Hadschi, »zusammengelegt sieht er direkt hübsch aus.«

Abu Adil seufzte. »So hatte ich mir diesen Nachmittag nicht vorgestellt.«

»Wirklich nicht?« fragte ich.

»Ich muß zugeben, ich habe Sie unterschätzt. Wollen Sie ihn mitnehmen?«

Ich wollte mir Umar nicht gleich aufladen, schließlich hatte ich ja noch gar nicht mit dem Imam gesprochen. »Nein«, entgegnete ich, »ich denke, ich kann ihn noch etwas in Ihren Händen lassen.«

»Sie können sicher sein, der Gerechtigkeit wird Genüge getan«, erklärte Scheich Reda. Der Blick, mit dem er seinen hinterlistigen Gehilfen musterte, jagte mir Schauer über den Rücken. Beinahe tat mir Umar leid.

»Gerechtigkeit«, zitierte ich ein altes arabisches Sprichwort, »heißt, die Ordnung wiederherstellen. Ich hätte jetzt gern mein Moddy.«

»Ja, natürlich.« Er beugte sich über die regungslose Gestalt Umars und legte mir das Moddy in die Hand. »Und nehmen Sie das Geld«, fügte er hinzu.

»Nein, ich denke, das lasse ich bleiben«, erklärte ich. »Aber ich behalte das Moddy, das ich von Ihnen habe. Damit Ihre Kooperation gewährleistet ist.«

»Wenn Sie es für notwendig halten«, sagte er unglücklich. »Aber es ist Ihnen klar: Ich habe mich nicht bereiterklärt, von der Phönixdatei Abstand zu nehmen.«

»Das ist mir klar.« Dann kam mir plötzlich eine Idee. »Doch eine letzte Forderung habe ich noch.«

»Ja?« fragte er mißtrauisch.

»Ich möchte, daß mein Name aus der Datei entfernt wird. Und die Namen meiner Freunde und Verwandten.«

»Natürlich«, sagte Abu Adil, froh darüber, daß meine letzte Forderung so leicht zu erfüllen war. »Es würde mich freuen, Ihnen einen Gefallen erweisen zu können. Senden Sie mir einfach eine entsprechende Liste.«

Später, auf dem Heimweg, beglückwünschten mich Kmuzu und Saied. »Das war ein vollständiger Sieg«, sagte der Halb-Hadschi.

»Nein«, entgegnete ich, »ich wünschte, es wäre so. Abu Adil und Papa haben noch immer diese gottverdammte Phönixdatei, auch wenn einige unserer Namen daraus entfernt werden. Es kommt mir vor, als erkaufe ich das Leben meiner Freunde mit dem Leben anderer unschuldiger Menschen. Als hätte ich zu Scheich Reda gesagt: ›Los, bring die anderen um, ist doch mir egal.‹«

»Ihr habt so viel erreicht, wie nur irgend möglich war, *yaa Sidi*«, warf Kmuzu ein. »Ihr solltet Gott dankbar sein.«

»Ich nehme es an.« Ich holte Rex raus und gab Saied das Moddy, der vor Freude über das ganze Gesicht strahlte. Wir fuhren zurück zu unserem Haus. Kmuzu und Saied besprachen ausführlich, was geschehen war, aber ich schwieg und gab mich düsteren Gedanken hin. Ich kam mir vor wie ein Versager. Ich hatte das Gefühl, einen schlechten Kompromiß geschlossen zu haben. Und ich hatte das unangenehme Gefühl, daß das mit Sicherheit nicht der letzte war.

Spät in der Nacht wachte ich auf, als jemand die Tür zu meinem Schlafzimmer öffnete. Ich hob den Kopf und sah eine Frau hereinkommen. Sie trug ein kurzes, eng anliegendes Negligé.

Sie hob die Bettdecke und schlüpfte neben mich in das Bett. Sie berührte mich mit einer Hand an der Wange und küßte mich. Es war ein phantastischer Kuß. Ich war hellwach. »Ich habe Kmuzu bestochen, damit er mich hereinläßt«, flüsterte sie. Verblüfft stellte ich fest, daß es Indihar war.

»Ja? Wie hast du Kmuzu bestochen?«

»Ich habe ihm gesagt, ich würde dich von deinen Schmerzen ablenken.«

»Er weiß, daß ich dafür Pillen und Software habe.« Ich legte mich auf die andere Seite, um sie besser ansehen zu können. »Indihar, was machst du hier?« fragte ich. »Du hast gesagt, du würdest nicht mit mir schlafen.«

»Ich habe meine Meinung geändert.« Das klang nicht gerade enthusiastisch. »Hier bin ich. Ich habe darüber nachgedacht, wie ich mich verhalten habe … nachdem Jirji starb.«

»Möge Allahs Segen auf ihm ruhen«, flüsterte ich. Ich legte den Arm um sie. Trotz ihrer Anstrengung, tapfer zu sein, spürte ich warme Tränen auf ihrem Gesicht.

»Du hast eine Menge für mich getan, und für die Kinder.«

Tscha. »Und deshalb bist du hier? Weil du dankbar bist?«

»Ich stehe in deiner Schuld.«

»Du liebst mich nicht, Indihar, oder?«

»Marîd, versteh mich bitte nicht falsch. Ich mag dich, aber ...«

»Aber das ist alles. Hör mal, ich glaube wirklich nicht, daß es eine gute Idee ist, hier zusammen rumzuliegen. Du hast mir erklärt, daß du nicht mit mir schlafen würdest, und das respektiere ich.«

»Papa will, daß wir heiraten«, sagte sie. Ein zorniger Unterton mischte sich in ihre Stimme.

»Er glaubt, es sei sonst eine Schande für sein Haus, wenn wir unter einem Dach leben. Selbst wenn wir nicht, du weißt schon, zusammen schlafen.«

»Auch wenn meine Kinder einen Vater brauchen und sie dich mögen, werde ich dich nicht heiraten, Marîd. Es ist mir gleichgültig, was Papa sagt.«

Eigentlich war Heiraten für mich ein tragischer Unfall, der nur anderen Leuten passierte — so wie ein tödlicher Autozusammenstoß. Ich fühlte mich noch immer verpflichtet, mich um Shaknahyis Witwe und seine Kinder zu kümmern. Und wenn ich jemand heiraten mußte, konnte ich es schlimmer treffen als wie mit Indihar. Aber trotzdem ...

»Ich denke, Papa hat das alles vergessen, bis er aus dem Krankenhaus entlassen wird.«

»Nur damit du es weißt.« Sie küßte mich noch mal — diesmal keusch auf die Wange — und schlüpfte leise aus dem Bett zurück in ihr Zimmer.

Ich kam mir wie ein Bastard von einem Gentleman vor. Ich hatte sie beruhigt, aber im tiefsten Innern bezweifelte ich sehr, daß Friedlander Bei sein Dekret vergessen würde. Ich mußte die ganze Zeit an Yasmin denken und ob sie noch mit mir ausgehen würde, wenn ich mit Indihar verheiratet war.

Ich konnte nicht mehr einschlafen, wälzte mich von der einen auf die andere Seite, drehte die Decke so lange um, bis sie nur noch ein unentwirrbares Knäuel war. Endlich gab ich auf, stand auf und ging in das Arbeitszimmer. Ich nahm in dem bequemen Ledersessel Platz und holte mir das Weiser-Ratgeber-Moddy. Ich sah es mir ein paar Sekunden lang an und fragte mich, ob es wohl mit den Vorfällen der letzten Zeit etwas anfangen konnte. »*Bismillah*«, murmelte ich. Dann faßte ich hoch und steckte es mir rein.

Audran schien sich in einer verlassenen Stadt zu befinden. Er lief durch enges Gassengewirr — hungrig, durstig und überaus müde. Nach einiger Zeit ging er um eine Ecke und fand sich auf einem großen Platz wieder. Die Stände waren verlassen, keine Waren waren zu sehen. Aber Audran erkannte den Ort. Er war wieder in Algerien. »Hallo?« rief er. Es kam keine Antwort. Ein altes Sprichwort fiel ihm ein: »Ich kam an den Ort meiner Geburt und rief: ›Die Freunde meiner Jugend, wo sind sie?‹ Ein Echo antwortete: ›Wo sind sie?‹«

Vor lauter Traurigkeit fing er an zu weinen. Ein Mann sprach ihn an, und Audran wandte sich um. Er erkannte den Mann, es war der Prophet Gottes. »Scheich Marîd«, sprach der Prophet, möge der Segen Allahs auf ihm ruhen und der Friede mit ihm sein, »betrachtest du mich nicht als Freund deiner Jugend?«

*Und Audran lächete. »*Yaa Hazrat*, ersehnt nicht jedermann auf der Welt Eure Freundschaft? Aber meine Liebe für Allah füllt mein Herz zur Gänze, so daß kein Platz mehr bleibt für Liebe oder Haß oder Menschen.«*

»Wenn das die Wahrheit ist«, entgegnete Prophet Mohammed, »dann bist du gesegnet. Doch erinnere dich, daß Gott uns warnte: ›Du wirst die breite Tür der Frömmigkeit nicht erreichen, wenn du nicht aus freiem Herzen gibst, was du am meisten liebst.‹ Was liebst du am meisten, o Scheich?«

Ich wachte auf, aber diesmal war Jirji Shaknahyi nicht da, um mir die Vision zu erklären. Ich fragte mich, was wohl die Antwort auf die Frage des Propheten war: Wohlleben, Vergnügen, Freiheit? Ich haßte die Vorstellung, etwas davon aufgeben zu müssen. Aber ich würde mich wohl damit abfinden müssen. Mein Leben mit

Friedlander Bei ließ sich nur schwer mit Müßiggang und Selbstbestimmung vereinbaren.

Doch mein Leben würde erst morgen wieder beginnen. In der Zwischenzeit hatte ich nur ein Problem: die Nacht zu überstehen. Ich machte mich auf die Suche nach meinem Pillenschächtelchen.